Gonzalo Torrente Ballester
Las sombras recobradas

Gonzalo Torrente Ballester

Las sombras recobradas

Relatos

Planeta

COLECCIÓN NARRATIVA

Dirección: Rafael Borràs Betriu

Consejo de Redacción: María Teresa Arbó,
Marcel Plans, Carlos Pujol y Xavier Vilaró

© Gonzalo Torrente Ballester, 1979
Editorial Planeta, S. A., Córcega, 273-277,
Barcelona-8 (España)

Diseño colección y sobrecubierta de Hans
Romberg (realización de Pere Olivé)

Ilustración sobrecubierta: acuarela de Eu-
nice Pinney, titulada «Dos mujeres»

Primera edición: octubre de 1979

Depósito legal: B. 30734 - 1979

ISBN 84-320-7122-6 (encuadernación)

ISBN 84-320-6296-0 (rústica)

Printed in Spain - Impreso en España

Talleres Gráficos «Duplex, S. A.»,
Ciudad de la Asunción, 26-D, Barcelona-30

PRÓLOGO

No creo necesario repetir que las obras literarias se justifican por sí mismas, y que toda explicación a posteriori de lo que son o hubiesen querido ser está de más, lo cual no obstante han abundado siempre los prólogos, prefacios y proemios, los umbrales, liminares y otros subgéneros o sencillamente nombres que constituyen o designan el desahogo del autor cuando intenta introducirse en la lectura para quedar lo mejor posible; como también se encuentran, y por la misma razón, los desahogos a manera de epílogos, postfacios y postscripta, perendengues de idéntica naturaleza y finalidad. ¡Como que ha llegado a acontecer que el prólogo o el epílogo valgan más que la obra misma y a veces la suplanten o sustituyan! Lo cual, naturalmente, no es nuestro caso, porque estas palabras previas quieren tan sólo dar cuenta de algunas circunstancias históricas o personales que afectan a los textos en este libro publicados, aunque no de manera tan principal que aclaren sus bondades o disminuyan sus defectos. Ni es así, ni jamás lo pretendería. Quiero sólo decir que éste es un libro inesperado, con el que nunca conté, que llegó a escribirse por razones exteriores a mí mismo, del orden de la atención al ruego de un amigo. Y puesto por esta causa a planear un «conjunto» con algunas «historias», se me ocurrió como remedio dar forma a ciertos temas, de mayor o menor extensión, de que venía echando mano desde hace muchos años para entretenimiento de circunstantes generalmente escasos y amistosos que por benevolencia me lo hubieran solicitado: así, de los aquí incluidos, el de *Sirena* y el de *Farruco el bastardo,* que con este título o con otros equivalentes fueron muchas veces relatados. Son dos historias antiguas, que se hicieron como tales a lo largo del tiempo, y que por causas que no he logrado dilucidar, teniéndolas enteras en la memoria, nunca llegué a escribirlas de esa manera larga, morosa y detallada a la que parecían

5

destinadas. Las otras dos, que de las anteriores se apartan bien claramente, pues su naturaleza es otra, pertenecen, en su invención y desarrollo a momentos más tardíos, aquellos de la década de los cuarenta en que anuncié las «historias de humor para eruditos» y publiqué una de ellas, *Ifigenia,* hoy recogido en el primer volumen de mis obras completas. Ahora no recuerdo bien si en mi proyecto eran cuatro o eran cinco las que constaban, pero, además de la publicada, y de estas dos que se recogen aquí, sólo recuerdo la que se hubiera titulado «Amor y pedantería», cuya idea esencial se utilizó más tarde y yace disuelta en los materiales de *La saga/fuga de J. B.* La escasa atención que se otorgó generalmente a mis escritos culminó en aquella década de los cuarenta, y en la que la siguió también, y a causa de ello fracasaron algunos de mis primeros planes literarios, este de las historias de humor entre otros varios, y hube de dar a sus materiales diverso tratamiento, en cualquier caso sin resultado. Así, lo mismo *Mi reino por un caballo* que *El hostal de los dioses amables,* llegaron en algún momento a ser comedias, o al menos fueron pensados como tales, y quizá también guiones radiofónicos tan malogrados en su fortuna como las piezas de teatro: en una forma y en otra, ahora extraviados y quizá perdidos. De lo que hubieran sido, con un poco de acierto literario, a lo que han llegado a ser hoy, media una gran distancia: como que me he limitado a escribirlos sólo para que no se pierdan sus argumentos, como quien dice, sin intención de hacer con ellos obra mayor. Y me parece que un parecido propósito es el que movió la pluma autora de *Farruco* y de *Sirena.*

Añado a la primera parte, aunque no quepa en el concepto de «memorias», una novela corta, *Farruquiño,* que escribí y publiqué hacia 1954. Creo recordar que entonces, siendo mi voluntad (como lo fue ahora) la de responder a una petición amistosa, me aproveché de algunos materiales disponibles y escribí ese relato, ni entonces celebrado ni después recordado. Con su inclusión aquí, no aspiro a incorporarlo de nuevo a la circulación literaria, sino sólo a rescatarlo de las sombras y restituirlo en cierto modo a su lugar de origen.

Queda, pues, sucintamente dicho por qué se pensó este libro y por qué se escribió, así como explicada la falta de unidad entre las narraciones de la primera parte y las de la segunda. Pues entiendo que el prólogo no necesita más, y, por lo tanto, termino.

Salamanca, 19 de junio, 1979.

Primera parte

Fragmentos de memorias

EL CUENTO DE SIRENA

Por diversas razones, quiero decir, a cada una por la suya, dedico este relato a Carmela López, en Madrid; a Drosula Lytra, en Nueva York; a Elena Panteleeva, en Leningrado; a Margarita Benítez, en San Juan de Puerto Rico; a Françoise Vervondel, en Bruselas; a Mercedes Menéndez, en Madrid, y a Isabel y Natividad Criado, aquí, en Salamanca. Las páginas son pocas, y no es cosa de repartirlas: por eso va la historia entera a cada destinataria, con mi afecto.

Esta historia de La Sirena no la escribí antes por no haber encontrado la manera natural de resolver una minucia técnica, aunque, la verdad sea dicha, no recuerdo haberme esforzado mucho en hallar la solución, y hasta es probable que esta dificultad aparente no haya pasado de tapadera de otras de entidad mayor, la de creer mínimamente en lo que se va a contar, condición necesaria (pienso o pensaba) para tratar un tema con responsabilidad. El cuento de La Sirena me fue llegando a retazos, como otros muchos; casi siempre por el mismo camino familiar, y el interés sentido por los que me lo contaban, y por aquellos otros más de cerca afectados por él, nunca pasó de lo meramente humano, y sólo cuando ya todo se había resuelto, y no digo olvidado, pero sí al menos modificadas mis relaciones sentimentales con la historia y con sus protagonistas, se me ocurrió pensar que bien pudiera servirme para materia de un relato; pero, entendámonos, de aquellos que se proponen desde un principio como increíbles, de aquellos en que al guiño del ojo del autor, responden los lectores advertidos con un guiño del ojo. En estas condiciones, cuando lo único que justifica a la narración es el modo de estar contada, ¿cómo iba a iniciar mi propuesta con palabras más o menos como éstas?: «Oiga, amigo: para que usted entienda lo que voy a contarle, tengo que referirme antes, y hacérselo saber, al bastardo del rey don Dionís de Portugal, el rey poeta; al conde de Barcellos, así llamado, que escribió una vez un nobiliario en el cual se incluye la historia escasamente verosímil del lejano progenitor de los Mariño. Y esta historia, amigo mío, es nada menos que la siguiente, créala usted o no la crea: alrededor del año mil, según la tradición o ciertos cálculos, un caballero de ese nombre de Mariño caminaba junto a la mar, cuando un inesperado resbalón u otra causa cualquiera lo precipitó en las alborotadas ondas, de las que no hubiera podido librarse, armado como iba y torpe en la natación (no en la lid, por supuesto), si no estuviera casualmente al acecho por aquellos lugares la Sirena del Finisterre, la tan siniestramente reputada, que acudió rápida al socorro, y que habiendo visto de cerca la hermosa cara y el bien trabajado cuerpo del desmayado náufrago, concibió por él unos amores tan súbitos, que se lo llevó a su espelunca y se lo quedó como amante durante bastantes años; y allí se hubiera muerto el caballero de puro viejo, si no fuera porque los hijos habidos de la coyunda, que eran cuatro, aunque excelentes en artes natatorias y piscatorias, lo ignoraban todo de la caballería y de la espada, por lo que su padre pidió a Sirena que le dejase volver a tierra y llevárselos consigo para darles cumplida educación, a lo que ella le respondió que bueno, que sí, que los llevase y los hiciese caballeros, pero con el anuncio y compromiso de que, cada generación, ella se llevaría un descendiente para sus necesidades particulares, y este destino singular se reconocería en el color azul de los ojos o en las escamas de pez que el destinado había de tener en los muslos. Y sucedió desde entonces que todos los Mariño de la costa, azules de los ojos o escamados, desaparecieron en la mar.» Ésta es la historia que con más solemnidad y más por lo menudo tendría que contarles, traducida quizá del texto portugués, y con la requerida erudición como garantía de que yo no la había inventado (por lo demás, en estas costas, era mucha la gente que la conocía, y si ahora ya no se recuerda, al desinterés de los jóvenes por el pasado y por sus lejanos genitores obedece. Pero en bastantes casas y casonas de campo, de ciudad o de mariña, campea la silueta de Sirena en las piedras heráldicas). Habría, digo, pues, que incluir esa advertencia. Pero, ¿cómo? ¿Así, por las buenas, al principio, con semejantes palabras: «El que no lea esto, no entenderá lo demás.» ¿O hábilmente emulsionada en el relato, como clave explicativa de unos sucesos hasta entonces enigmáticos? No hubiera estado mal, no, hacer de la desaparición de Alfonso Mariño una novela policíaca, y del texto en lusitano de Barcellos la aclaración del misterio; pero aconteció, entre otras cosas, que Alfonso Mariño desapareció a la vista de alguna gente, y que no iba solo. Tenía, al fin, a mi disposición, ¿quién lo duda?, muchos otros procedimientos tradicionales, pero ninguno me satisfizo (lo mismo me sucedió, como se ha visto o se verá, en la historia que titulo *El hostal de los dioses amables*), y yo me consideraba, con probable justicia incapaz de cualquier invención original. Y así se fue quedando, la historia de los Mariño de Vilaxuán, sin escribirla, aunque la haya contado muchas veces, y siempre con distintas palabras, las que me venían a las mientes. ¿Que cómo lo hice? De varias maneras. El guiño de ojo y la cita erudita, cuando se está frente a frente, resultan más aceptables, o quizá por cortesía nadie les hace objeciones, y salvados los primeros escollos, el indudable encanto de la historia hace olvidar esa muleta en que se apoya mi cuento.

Esos Mariño, de Vilaxuán, eran algo parientes de mi mujer, pero por líneas femeninas, de modo que a Josefina, que entonces era mi novia, no le tocaba nada de sangre de la Sirena. Insisto: cosa de suegras por un lado y por otro. Pero se llevaban bien y mantenían amistad, a pesar de la distancia: se invitaban a las bodas, a los bautizos y a las fiestas de los patrones respectivos, y nunça se olvidaban de decir, cuando venía a propósito: «¡Ah, sí, Vilaxuán! ¡Allí tengo yo parientes!» De modo que cuando Josefina y yo nos íbamos a casar, se creyó conveniente que fuéramos a verlos, a los Mariño, un. día, para que me conocieran y nos felicitasen, y de esta visita se trató por misivas y recados. De la boda ya estaban al corriente, y de mí les habían llegado, según supe después, los peores informes: que si carecía de oficio, y que si eso de escritor era un hato de ilusiones, y que a ver dónde estaban los libros que lo demostraban: opiniones salidas de Vilaxuán por escrito y que secretamente Josefina creía desbaratar con mi presencia, pues suponía que iba a caerles simpático a sus parientes. Yo me temo que no haya sido así, salvo a la vieja doña Rolendis   tía Rula   , que me pareció burlona, campechana y con cierto sentido del humor; pero de ningún modo a su nuera, la tía Eugenia, que llevaba la voz cantante de la casa y que apenas me dio la mano ni me miró de frente, aunque con mi novia extremase las carantoñas y besuqueos. La tía Eugenia de marras, viuda desde hacía pocos años, llevaba como un hombre la casa y el negocio de los barcos, y encaminaba a cada uno de sus hijos. Yo conocí a tres en aquella ocasión: Payo, que era un muchacho y estudiaba para piloto, y las dos niñas gemelas, que no sé por qué gracia se llamaban como las hijas del Cid: aunque sí lo sé, o lo supongo: la tía Eugenia venía de las tierras del Arlanza y había traído su particular mitología y su escala de valores, que intentaba imponer a todo el mundo, con gran regocijo de su suegra, que no parecía tomarla en serio y que también tenía manera propia de pensar. La tía Eugenia echaba la siesta, y gracias a esta costumbre se me hicieron las horas que pasé en aquella casa un poco menos aburridas y humillantes, porque, al quedarnos solos, la tía Rula se despachó a su gusto, y nos hizo reír con historias locales y aun familiares, y en un momento dado le dijo a Josefina: «¿Por qué no llevas a tu novio a que vea la cruz? Ya sabes dónde está la llave.» No sé si lo hizo para que, al hallarnos en la soledad de aquel jardín secreto, separado del otro, del oficial y visible que yo ya había visto por una tapia de hiedra y una puerta herrumbrosa, pudiéramos besarnos; pero mi novia, que era bastante inocente, o al menos tanto como yo, cumplió la orden y me enseñó una cruz de piedra, escondida de todos, en el fuste de cuya columna se iban leyendo nombres y nombres de llamados Mariño, en gallego los más antiguos, en castellano los últimos dos o tres, con esta leyenda debajo: «Morto no mare», «Muerto en la mar». «Éste es el marido de tía Rula», me dijo por uno de los últimos, «y este otro, su hijo, el marido de tía Eugenia». «¿También murió ahogado?» «Sí; tenía los ojos azules.» Y como yo le preguntase que qué tenía que ver una cosa con la otra, Josefina me explicó, como lo más natural del mundo, como lo más sabido, la historia de la Sirena y los trámites del color y las escamas. «Bueno; pero ¿vosotros creéis en esas paparruchas?», le pregunté. «Yo ni creo ni dejo de creer. Los demás de la familia, todos.» La tía Rula, más que nadie, aunque no dejase de hacer de sus propias creencias materia de sus burlas. «¿Le explicaste a tu novio lo de los muertos?» «Sí, claro.» «¿Y qué te dijo?», le preguntó, aunque mirándome. «Se quedó callado, pensando.» «Y ahora sigue lo mismo.» Insistía en mirarme, y ya se dirigió a mí francamente: «No serás como mi nuera, ¿verdad? Mi nuera no cree en antiguallas, pero su hijo Alfonso tiene los ojos azules y se lo ha llevado lejos de la mar y no hemos vuelto a verle en Vilaxuán. Allá lo tiene, en Castilla, como preso, y cuando queremos verlo, pues hay que ir a Castilla en peregrinación, para que el muchacho no se acerque y no corra el peligro de que se lo lleve la Sirena. ¡Como si con la Sirena valiesen subterfugios!» Se calló un momento y bajó la voz: «Mirar, mi marido dejó los barcos joven y buscó un trabajo en tierra porque yo no quería que corriese aquel peligro, y él lo hizo por complacerme. Pero le llegó el tiempo en que debían robármelo, y muchas madrugadas yo oía, desvelada, la voz de la Sirena que lo llamaba. ¡Muchas noches, muchas! No le decía nada a mi marido, me tragaba aquel espanto solitario, pero el cantar de la Sirena, ahí mismo, al pie de nuestro muelle, me despertaba, y no sólo a mí: mucha gente del pueblo la escuchaba también, y se decía que venía a reclamar lo que era suyo. Una vez, mi marido tuvo que embarcarse nada más que para ir a Santa Uxía, como quien dice ahí enfrente, y la barca naufragó y no volví a verle, pero tampoco a oír la voz de la Sirena. De modo que lo que os dije: no valen trampas. A Alfonso, tarde o temprano, se lo llevará también. En cambio, a Payo, ahí lo tenéis, con sus ojos castaños. Ése acabará la carrera de marino y se hará cargo de los barcos, que buena falta nos hace, y le dejaré hacerse a la mar aunque sea con galerna sin que me tiemble el corazón.»

La tía Rula era ya bastante vieja, aunque caminase gallarda y hablase sin tartajeos; pero por alguna cosa de las venas azuladas de sus manos me pareció arterioesclerótica, y por aquello en que creía, un poco mal de la chaveta. Tardó algún tiempo en morirse, cinco o seis años: un día me lo dijo Josefina, como sin darle importancia: «¿Te acuerdas de tía Rula, la de Vilaxuán? Pues se murió», y me mostró una estampita funeraria que le habían mandado. No recuerdo si entonces volvimos a hablar de los Mariño y de Sirena, no lo recuerdo: es muy probable que no. Era un momento en que yo había racionalizado convenientemente el fondo de leyendas y consejas incorporado a mis recuerdos en los años de niñez, y en cuanto a aquélla, tenía leído ya el Nobiliario del conde de Barcellos, con sus notas y sus explicaciones suficientes. Y aunque no anduviese muy holgado de materiales literarios, jamás se me hubiera ocurrido tomar aquella historia para sacar de ella un relato, entre otras razones porque doña Emilia Pardo Bazán lo había hecho ya unos cuantos años antes. ¡Aún la estoy viendo, en las páginas del *Blanco y Negro,* allá por el principio de los años veinte, la ilustración en que aparece la Sirena en su trono y delante de ella un caballero bípedo! No lo volví a leer, ese cuento, desde entonces, ni recuerdo su título, ni si trata en puridad de lo de los Mariño o de otro semejante; pero inevitablemente la comunidad de imágenes actuó de alguna manera restrictiva. Por otra parte, el vaivén de mi marea personal me alejó de los lugares y personas en que podía el asunto ser tema de conversación, hasta un punto tal que cuando escribí mi primera novela, cuyo protagonista se llama con aquel apellido, lo atribuí a otra familia de Mariños sin la menor prosapia mítica, de la que en todo el libro no consta la más leve referencia. Tampoco creo que, de haberlo hecho de otro modo, me lo hubieran agradecido. Y me había olvidado, por supuesto, de la falta de fe de aquella dama tan estirada, la tía Eugenia, en mis dotes de escritor, y de su convicción, no expresa, pero al menos insinuada, de que yo fuese un zascandil. Josefina, menos olvidadiza que yo, a la mención de la tía Eugenia solía torcer el morro. Lo menos que le llamaba era antipática.

Después de esto pasó el tiempo. ¡Una guerra, Dios mío, y otra guerra, cuántas cosas, y toda su secuela! Un día apareció a visitarnos Payo, de uniforme, que andaba en los bous armados, y nos contó cómo le iba a la familia, que sus hermanas estaban muy crecidas y que él, naturalmente, había terminado ya lo de piloto, y que cuando terminase aquello, navegaría en los barcos de casa, que iban de pesca al Gran Sol. Le pregunté distraídamente por Alfonso: me respondió que su madre, para que no fuese al frente, le había buscado un empleo en el Estado Mayor, de traductor, o de algo así, porque se le daban bien los idiomas y sabía dos o tres. Cuando se hubo marchado, lo comenté con Josefina. ¿No le vendrían tentaciones, a Alfonso, de irse un sábado a San Sebastián, como hacía mucha gente? Era de esperar que Sirena no se hubiese trasladado a la Concha. Pero Josefina me dijo que no me riese y que muriese el cuento. Allí mismo murió.

No volví a saber de ellos, de los Mariño, durante tiempo, y me creo autorizado a conjeturar que Payo no pescó en el Gran Sol hasta pasar aquellos años en que andaban por la mar los submarinos y podían averiar las redes con sus ímpetus ciegos. Pero también aquella guerra terminó sin que hubiéramos salido por el aire disparados, y más o menos después fueron las cosas acomodándose, o acaso se desacomodaron de otra manera, pues mucha gente anduvo de un lado a otro, yo entre ellos, a ver si se encontraba un rincón o una esquina en qué mantenerse erguido. Sería por el fin de los cuarenta, o acaso por el principio de los cincuenta: yo me hallaba en Madrid sin mi familia. Una vez me escribió Josefina que Payo se había casado con una chica irlandesa, que habían estado a verla y que pronto pasarían por Madrid: que los tratase bien. Y así fue como llegaron, Payo y Aileen, en un tren de la mañana, un poco fatigados, pero contentos, con la ilusión entera de los recién casados. Venían no tanto en viaje de novios como para que ella conociese un poco del país. Los acompañé al hotel, los dejé acomodados y quedamos para almorzar juntos, y para cenar también, pues como yo convidase al almuerzo, se empeñaron ellos en hacerlo a la cena. Observé que a Payo le gustaba mi compañía y hasta que estaba un poco envanecido de ella, y por las palabras de Aileen, comprendí que le había hablado de mí y de cómo marchaba en mi profesión.

¡Las vueltas que da el mundo! Aileen era una muchacha de grandes ojos grises, la boca un poco irregular, pero graciosa; hablaba un español pintoresco, pero expresivo, y de ciertas materias sabía más que su marido, por ejemplo de las leyendas y de las historias celtas, que fue de lo que hablamos principalmente, por insinuación mía, ante la estupefacción de Payo, que ponía de asombro y de sorpresa su cara de buen muchacho ingenuo. Me contaron también, muy por encima, la historia de su noviazgo, que había empezado a causa de una invernada forzosa en no sé qué puerto de la costa sur de Irlanda, cerca de Limmerick, donde ella vivía y había actuado de traductora con su poco español. «A mamá, al principio, le asustó una mujer de tan lejos, pero como Aileen es católica, acabó transigiendo. Espero que lleguen a ser amigas.» Y Aileen añadió que, para serlo, se sentía dispuesta a no hablar delante de ella ni de la gente pequeña ni de Finn McCool. Se habló después de que, desde Madrid, irían a Cuenca, donde estaba Alfonso. «¿Y qué hace allí?», les pregunté. Entonces me explicó Payo que Alfonso había ganado una cátedra de Instituto, una cátedra de historia, y que estaba allí destinado. Añadió, además, que era violinista, y decían que tocaba muy bien, pero aquí se acabaron las explicaciones. Les pregunté que si Alfonso no venía nunca a Madrid. Payo se encogió de hombros. «Ahora sé poco de él. Quien viene a verle todos los años, y pasan un mes juntos, es mamá. Yo no le he visto desde que acabó la guerra. Claro, es el tiempo que llevo navegando, y cuando vengo a España estoy muy pocos días.» Aileen me miró largamente y, sin que pareciera venir a cuento, empezó a hablar de sus cuñadas, Elvira y Sol, que eran ya unas mujeres, y que tenían novio. Cuando nos despedimos, no sé si al día siguiente, les rogué que no dejasen de saludar a Alfonso de mi parte, aunque no nos conociéramos, ya que éramos colegas. Payo me prometió que lo haría, y yo le di las gracias sin demasiado entusiasmo.

No creí que volvieran por Madrid, y menos tan pronto. Habíamos quedado vagamente en vernos en el verano, y Aileen había llegado a esbozar la invitación a que pasásemos todos, quiero decir mi familia y yo, unos días en Vilaxuán, donde la casa era grande y capaz y había dornas y gamelas para que los niños se ejercitasen en la navegación a la vista de su madre. Yo andaba por aquel tiempo metido en un trabajo arduo, seguramente de esos que se hacen con dificultad insalvable porque se comprometen sin gusto por ganar algún dinero. Recuerdo que cuando, pasados pocos días, me telefoneó Payo y me pidió una cita, trabajo me costó no demorarla con un pretexto cualquiera. Tardé, seguramente, en responderle, porque antes de que le diera el sí o el no, repitió la petición con distintas palabras, éstas de súplica. Le respondí que desde luego, que sí y que ahora mismo, y quedamos citados en su hotel para en seguida, y por no retrasarme cogí un taxi (era el tiempo todavía de los tranvías renqueantes). Se me ocurrió de momento que le hubiera sucedido algo a Aileen y que se hallase en un apuro, pero al entrar en el vestíbulo en el que me esperaban, vi el pelo rubio ceniza de la muchacha que le saltaba encima de los hombros. Fue también ella la primera en divisarme, y me saludó desde lejos con la mano. Payo se levantó y me salió al encuentro. Tranquilizó con una sonrisa y unas palabras de disculpa mis preguntas urgentes. «Ya suponía yo que te ibas a asustar», dijo Aileen mientras me besaba en las mejillas; y volviéndose a su marido, añadió: «Te lo dije, ¿verdad?» Payo parecía avergonzado. «No es nada nuestro», aclaró en seguida; «Como ves, estamos bien. Es cosa de Alfonso, ya te explicaremos, y, a lo mejor, no pasa de suposiciones. Ahora, toma algo», y me obligaron a beber un whisky irlandés fortísimo.

Estuve por preguntarles si ya se lo había llevado la Sirena, a Alfonso, pero tuve el acierto o el buen gusto de callármelo y dejar que fuesen ellos quienes me refiriesen el suceso, si alguno había, cuando y como quisieran: aquella tarde ya estaba echada a perros, era lo más probable que acabásemos cenando juntos y nada importante me acuciaba. Aileen, por su parte, parecía necesitada de que alguien escuchase sus impresiones de Cuenca, que la había fascinado. «¡Esa ciudad parece concebida por un irlandés borracho!», dijo una de las veces, pero luego corrigió la idea añadiendo que ese irlandés tenía que ser, además, poeta; y yo le agradecí el entusiasmo con que hablaba, por el amor que siempre tuve a aquella ciudad y el gusto que recibo cada vez que la visito. Fue entonces, probablemente, cuando intervino Payo para aclarar que Alfonso les había mostrado, casa por casa y piedra por piedra, cuanto en Cuenca había que ver y admirar, y que además los había llevado a recorrer la provincia y a conocer sus particularidades. Y ya no dejó de hablar de Alfonso: por grados o escalones contó de su hermano lo suficiente como para que en un momento dado le interrumpiese yo y le preguntase: «Luego, ¿está loco?» Se miraron, Aileen y Payo, y ella me respondió: «Si fuese un loco, la cosa sería bastante más sencilla, pero yo no creo que lo sea»; y Payo añadió: «No sé, no sé.» De lo dicho hasta entonces se deducía que nada de la conducta de Alfonso hacía pensar en un trastorno o en una extravagancia, ya que son muchas las personas normales que tocan el violoncello, que permanecen solteras a los treinta y pico de años y que se pasan el verano viajando por el extranjero. ¡Si sus medios de fortuna se lo permiten! La sospecha o más bien el temor, les venía de lo informado por Micaela y de lo que la misma señorita había añadido a sus informes, y como la mencionaron bastantes veces sin más explicación suficiente, tuve que preguntarles que quién era, y me respondieron que una profesora del Instituto, agregada a la cátedra de Alfonso, más joven que él, regularmente atractiva y que solía acompañarle al piano, pues, bien para entretenerse, bien en algunas fiestas escolares o sociales, solían actuar juntos y ejecutar conocidas sonatas y piezas menos sólitas que obligaban a ensayar continuamente. Según Micaela, Alfonso había querido ser un concertista de fama, era en realidad su verdadera vocación, y no la de profesor de Geografía, pero la prohibición de acercarse a la mar se lo había impedido, al limitar su libertad de movimientos a tierras y ciudades del interior, espacio insuficiente para una carrera de virtuoso, a todas luces. «¿Qué veto es ése?», pregunté, y Payo me respondió: «No es una prohibición, sino un juramento. Cosas de mi madre, ya sabes. Cuando Alfonso cumplió los diez años, comulgaron juntos y mamá le obligó a jurar que jamás se acercaría a la mar. Desde entonces, hasta que Alfonso fue mayor, se repitió el juramento con el mismo ceremonial, y en la catedral de Burgos, para más solemnidad. Un día, Alfonso se negó a seguir comulgando: desde entonces, le pide sólo su palabra de honor.» «¿Todavía ahora?» «Yo creo que sí. Mamá viene todos los años a pasar un mes con él, al menos, como te dije, y creo que es el acto más serio de su vida. Lo que pasa entre ellos me limito a sospecharlo, pero no lo sabe nadie a ciencia cierta.» Lo más probable es que, en aquel momento, se me ocurriera sacar un cigarrillo, invitarles, fumar todos en silencio. «Pues, si es así, no me extrañaría que se hubiera vuelto loco. ¡Qué disparate!» «Sin embargo —intervino Aileen—, según Micaela, lo importante no es el juramento, sino la frustración de Alfonso. Eso es lo que le trae reconcomido»; y repitió palabras al parecer de Micaela que aseguraban las ansias de triunfo de Alfonso, su necesidad de escuchar los aplausos y emborracharse con su frenesí, así como de sentirse reconocido y glorificado. La falta de todo esto le sumía en melancolías frecuentes, en soledades hoscas, y le empujaba a viajes desesperados no se sabía adónde, salvo a la mar, por supuesto. Aquella información me hizo perder todo interés por el caso, que se reducía así a términos vulgares de un fracaso corriente; no obstante, pregunté que qué opinaba Micaela de la historia de la Sirena. «¿La Sirena? No la ha mentado para nada. Se conoce que Alfonso, avergonzado, se la ocultó. Vamos, es lo que pienso, ahora que me lo has preguntado. Incluso te diré que durante estos días no la recordé para nada.» «Yo, sí», intervino Aileen. «¿Tú, por qué? «No hay más que entrar en casa de tu hermano para recordarla, y hay que ser ciego, como lo es Micaela, para no darse cuenta de que está completamente equivocada, y que lo de Alfonso no es tan sencillo como parece. Ya lo dije antes.» Se volvió hacia mí. «Mira, Gonzalo: la casa en que Alfonso vive es muy bonita, una de esas casas absurdas que tienen los pisos para abajo, y en que las habitaciones están metidas en los recovecos de las rocas. Ya las conoces, supongo. Él la arregló muy bien, con muy buen gusto, pero de una manera insólita en Cuenca. ¿Cuántos cientos de cuadros, estampas, grabados, porcelanas, cachivaches colgarán por las paredes? Pues no hay ni uno solo que no tenga relación con el mar, sea mapa, paisaje o barco, sea pintado o grabado o hecho con piedrecitas o conchas, de esos que he visto tantos en mi tierra y tú habrás visto también. Ni un solo modelo de barco conocido que no esté allí representado: series enteras con todos los de una clase o una época, a vela, a remo o a vapor, antiguos y modernos, ¡todos! Y todas las horas de la mar, en óleos y acuarelas, y los modos de las olas. Colgadas, en repisas o en vitrinas, miniaturas de barcos excepcionales; una, preciosa, la recibió de Inglaterra estando nosotros allí, y se hartó de enseñárnosla con más interés, te lo aseguro, que su mismo violoncello, pero entonces, Micaela no estaba presente. Pues bien: entre todo ese maremágnum, que no me explico cómo pudo reunir, he contado, al menos, cuarenta sirenas, pintadas, esculpidas, en madera, en barro, rotas, enteras. ¡Cuarenta, fíjate! Algunas, verdaderas maravillas. Pero aún hay más: las camas de su casa son camas de barco, compradas, según nos dijo, en desguaces, y nosotros hemos dormido en una hermosa litera de caoba. Payo arriba y yo abajo. Y casi todos los muebles, por no decir todos, son de la misma procedencia. Eso en Vilaxuán parecería casi natural, pero, en Cuenca, necesita explicación, ¿no te parece? Además sabe del mar todo lo que hay que saber.»

Aileen hablaba con voz baja e insinuante, con voz suave de no muy perfecta pronunciación, pero graciosa y grave: quiero decir que la gravedad de su tono la mitigaban sus frecuentes incorrecciones, pero que el resultado era grato. ¡Y tenía unos ojos tan hermosos! «Hay otra cosa que me chocó y que no entiendo: Alfonso nos mostró *casi toda* su casa, pero no toda. Hay un último piso secreto, cuya puerta me enseñó Micaela, que nadie ha visto. Micaela dice que cuando le da la furia, se encierra allí a tocar solo el violoncello. Yo no lo creo. Yo creo más bien que haya montado allí el puente de un navío y que se divierta con navegaciones ¡imaginarias!» «¿Entiendes de locos, Aileen?», le pregunté. «No, entiendo de irlandeses, y ahora voy entendiendo a este gallego», alargó una mano y acarició la de Payo, que se desvanecía de vanidad ingenua. «Aunque este gallego, cuando navega, tiene un puente de verdad.» Repentinamente había cambiado mi actitud ante Alfonso y su problema: violoncellista frustrado, me importaba un pepino; capitán de un barco imaginario que enviaba sus luces de situación a la hoz del Huécar, no dejaba de atraerme, pero en esta nueva estampa, no había lugar para Micaela, moza a quien suponía dispuesta a liberar a Alfonso del dragón de su madre. Y sobre esto pregunté si se había referido alguna vez a tía Eugenia. Payo dijo que no; Aileen, que alguna vez la había aludido, nunca mentado, y sin atribuirle una especial responsabilidad en el caso: «Fue ella quien sugirió que fueses a ver a Alfonso.» «¿Yo?» Se me tuvo que notar la sorpresa. «¿Y por qué yo? No le conozco ni, que yo sepa, poseo ninguna especial virtud que me permita averiguar los internales de cada quisque. Si esa niña piensa que, porque escribo novelas, nada más echar a Alfonso la vista encima se me va a revelar su secreto, se equivoca. Lo más probable es que le invente una historia, para mí convincente, pero alejada de la verdad. No soy un perspicaz, soy un imaginativo.» En aquel momento, Aileen me escuchaba con visible interés, como si estuviera poniendo mi intimidad al descubierto. «No se trata de eso, quizá —dijo al fin—; es en lo único en que estoy de acuerdo con Micaela. Alfonso, que efectivamente no te conoce, no deja de estar contento de ese parentesco que tenéis, y ha hablado de ti a Micaela, y, a nosotros, también nos preguntó algo. Cuando yo le sugerí que quizá os gustaría encontraros, y que qué opinaba, se puso muy contento y dijo que sí, que por supuesto, pero que en Cuenca, porque tendría un gran placer en enseñarte su casa.» «A lo mejor —añadió Payo— te descubre el secreto del piso.» Nos echamos a reír, no sé por qué. «Puedo ir un viernes por la tarde», dije. «En ese caso, te daremos el teléfono de Micaela, para que la avises y vaya a buscarte a la estación. Alfonso no quiere tener teléfono y ella es quien recibe los recados.» «Ella se hace la indispensable, ¿no?» «Algo de eso», concluyó Aileen.

Por alguna razón, sin embargo, que entonces no me detuve a analizar, la persona de Micaela me caía antipática, y su intervención la juzgaba innecesaria. Le escribí una carta a Alfonso, con un querido Alfonso, en principio estamos de acuerdo, y ya me dirás cuándo quieres que vaya a verte, y me respondió con un querido Gonzalo, como a veces tus viernes están embarazados por los estrenos, escoge uno en que te encuentres libre, y con que me pongas un telegrama basta: ésa fue la sustancia de las cartas cruzadas, y si el tono de la mía fue lo más cordial que pude, el de la suya no lo fue menos, así como sencilla y natural la redacción. Debieron de pasar pocas semanas, tres o cuatro, lo más. «Dime si te conviene el viernes», rezaba mi telegrama. «De acuerdo. Te esperará Micaela», me respondió. ¿Por qué? ¿Era, de un modo u otro, inevitable la intervención de la señorita pianista? Este detalle influyó mucho en mi ánimo, y, sobre todo, durante las imaginaciones que me entretuvieron durante el largo viaje, ya que entonces, y no sé si ahora también, se tardaba cuatro horas de Madrid a Cuenca, con parada en Tarancón. Hacía un día de aire con amenaza de lluvia, que se puso frío a la mitad del camino. Pensé que no estaría la cosa para recorrer callejas y hoces, propicias todas al viento encajonado. Pero este cuidado fue sólo una breve interrupción. Creo que, durante aquel viaje, pensé por primera vez el tema de Alfonso y la Sirena como materia literaria, aunque lejos de mí el propósito de escribirlo, ya que se trataba de hechos reales y de personas próximas. Pero de que le di vueltas y vueltas y lo organicé de varios modos no tengo la menor duda, aunque el personaje de Sirena se mantuviera lejano y de relieve escaso: algo así como un fantasma entre la niebla. Lo primero que concebí, y fui desarrollando, podía más bien entenderse como drama de tres personajes: la tía Eugenia, Alfonso y Micaela, cada uno con su carácter bien definido y, entre los tres, un argumento que desarrollar: la liberación de Alfonso por Micaela, especie de san Jorge con faldas que derrota al dragón (en este caso, una madre castradora), la tía Eugenia. Por alguno de sus aspectos e ingredientes, el tema podía resolverse muy bien como drama en tres actos, de corte evidentemente ibseniano: una madre tradicionalista, que al no poder sujetar al hijo a sus faldas para toda la vida, le inventa un mito y le crea una neurosis que lo mantiene espiritualmente atado a ella y obediente; una muchacha moderna y valerosa, libre su mente de prejuicios, que lucha por su felicidad; entre ambas, un hombre débil y sensible, que escapa a su condición refugiándose en el violoncello. Por cierto que, sin quererlo, eliminé del plan la significación de este instrumento, pues, sin quererlo también, el fondo del drama no era la frustración de Alfonso, sino la tiranía de la madre; y cuando al final del tercer acto Micaela rompía el violoncello contra la pared, Alfonso queda liberado y derrotada la madre, ya que el violoncello era su talismán, el embrujo que le permitía atrapar al hijo. Probablemente no me di cuenta entonces de que, inconscientemente, además de Ibsen, pesaba en mi ánimo García Lorca y que la rotura del violoncello equivalía a la del bastón de Bernarda por Adela. Aunque, claro, bien pensado, un violoncello no puede nunca homologarse a un bastón fálico: los gallegos operamos con otro subconsciente.

Parece mentira que cuatro horas de soledad y traqueteo den para tanto, pues al mismo tiempo que ese drama, a veces paralelamente, a veces, en secuencias alternadas, imaginé también una novela, que si bien no me daba ocasión de plantear situaciones de gran efecto (pese a que entonces, a mis novelas, yo las llamaba macrodramas), como la rotura del violoncello, me permitía en cambio insistir en ciertas descripciones, que se me antojaban poéticas, y en dar cabida a elementos fantásticos, no como meras referencias, sino como realidades presentes y operantes. ¡La angustia, por ejemplo, del canto de la Sirena, cuando las noches de niebla se aproximaba al muelle de los Mariño en Vilaxuán, como doña Rolendis me contara, y llamaba al hombre de su pertenencia! Podía ser bonito, ¿verdad? Todos cenando, en silencio (Alfonso no, por supuesto), y se escucha el cantar triste. Quedan sobrecogidos, no de oírlo, sino de miedo, y la tía Eugenia, que seguía afirmando no creer, se levanta, repentina, y se esconde en su cuarto, a rezar. Alguien se santigua furtivamente. En el pueblo, alguna madre que vela a su niño la escucha también y tiembla, y dos que salen de la taberna se agarran fuertemente, como si temieran ser arrebatados, y regresan. El tabernero les pregunta por la razón. Se miran ellos. «*E a Serea, que canta!*» «*Non ven por vos, que ven por un Mariño. Ide tranquilos.*» A pesar de lo cual, ellos permanecen a cubierto del canto hasta que vienen sus mujeres a buscarlos, y no les riñen por borrachos, porque ellas ya conocen la causa, y marcha cada pareja por su lado, bien cogidos. No había decidido aún si meter en la novela a Aileen, o dejarla en su condado de Limmerick, en espera de Payo.

¡Oh, no cabe duda! La novela daba mucho más de sí, y en sus paréntesis cabía todo, desde la cita textual de Barcellos, lo que ennoblece mucho un texto, a la enumeración minuciosa de los objetos que tenía Alfonso colgados en las paredes de su casa, y que mi corazón esperaba como la más interesante de las novedades inmediatas, pues siempre fui aficionado a las cosas de la mar y malafortunado en cuanto a su posesión: fuera de un par de barcos de bulto, unos cuantos grabados de los baratos y la gorra de marino de mi padre, no tengo nada, y esto que digo, reciente, relativamente, aunque por los veleros y un barquito en botella haya suspirado buena parte de mi vida. ¡Y para eso nace uno en un puerto de mar donde se fabrican acorazados, y para eso también ha dejado uno de estudiar importantes lecciones y ha aprendido los nombres de las velas, desde la cangreja a los papahígos! Ya me acercaba a Cuenca cuando todo proyecto literario se desvaneció en la niebla, y lo sustituyó en mi ánimo expectante la fruición anticipada de aquellas contemplaciones previstas. Sin que el placer lo estorbase la seguridad de hallarme, casi inmediatamente, en compañía del virago llamado Micaela, rompedora de Stradivarius y de complejos maternos. Payo la había descrito como buena moza, lo cual me autorizaba a atribuirle, en un momento dado del drama o de la novela (aunque menos en ésta), una frase de este tenor: «¡Te ofrezco el cambio de mi cuerpo fuerte y saludable por ese masoquimo que constituye tu único placer!», o algo parecido: más expresivo, por supuesto, mejor dicho: en el momento en que redacto estas líneas, mi memoria no funciona con la precisión acostumbrada y no recuerdo las palabras exactas. Pero la idea está clara, ¿no? Le va bien al carácter de Micaela, a su mentalidad liberada, a su conciencia de que, a pesar de todo, un cuerpo de mujer sigue siendo premio y remedio. ¡Mi cuerpo sano contra ese masoquismo del temor! Su realidad tangible contra el fantasma, puramente verbal, de la Sirena.

Pero resultó que la muchacha que me estaba esperando en la estación de autobuses no me pareció, al menos a primera vista, la más adecuada para desempeñar en mi novela una función tan destacada como la de protagonista, o, al menos, si el punto de vista elegido fuera el de la madre, el de antagonista, y no por desmerecimiento de su cuerpo, que como premio o remedio satisfacía aparentemente las exigencias más requintadas, sino porque, habiéndonos alejado sólo unos pasos del autobús, me soltó de sopetón que lo esperaba todo de mí para la salvación de Alfonso y que había rezado toda la tarde para que el resultado de mi visita reintegrase a la perfección y acaso, acaso, a la armonía cósmica la problemática biografía de mi colega y pariente, cuyo nombre pronunciaba con tal unción y ternura que la admiración y el amor que le tenía quedaban ipso facto revelados. Como la casa de Alfonso estaba arriba, en la ciudad, y era de las que asoman a la hoz del Huécar, hubimos de tomar un automóvil que nos llevase, de modo que durante el trayecto se limitó a interesarse por si mi viaje había sido bueno o malo, por si había pasado frío, y por otras menudencias personales. Me explicó también que Alfonso, a aquellas horas, tenía su última clase, y que como en esa materia de la docencia era muy escrupuloso y cumplidor, la había comisionado a ella para salir a recibirme, lo cual, por supuesto, ella había hecho con mil amores. Seguía lloviendo, cada vez con más fuerza, y relampagueaba, y al descender del coche frente a la casa de Alfonso estalló un trueno fuerte, que yo tomé como augurio, no sé si bueno o si malo: el retumbe que le siguió era cercano. Ya dentro de la casa, por una ventana del vestíbulo o zaguán, pude ver la hoz entera iluminada y fantástica: como que me arrimé a los cristales para contemplar el espectáculo mientras Micaela, después de haberse santiguado, temblaba. No esperé, sin embargo, a que pasase la tormenta para seguirla, a ella y a una criada vieja, muy pulida, que había acudido a abrirnos y que se había hecho cargo de mi maletín: bajamos a otro piso, donde había una sala muy espaciosa, y por una puerta que daba a ella entré en mi cuarto, que era holgado, con ventana a la hoz y, en efecto, muebles de barco. Pero no me detuve a examinarlos, porque Micaela estaba fuera, seguramente con ganas de charlar, de modo que salí rápidamente, y aunque ya las había visto de refilón, me acerqué a examinar, entre los muchos cuadros que colgaban de la pared, una serie de acuarelas, inglesas, al parecer, con vistas de Venecia y sus canales: recuerdo, sin duda, del viaje de alguna solterona con cierta destreza plástica. Eran bonitas, no extraordinarias. Micaela acudió en seguida a explicármelas, lo cual hizo identificándome La Salute, el Puente de Rialto y otros tópicos archiconocidos que a mí, sin embargo, entonces y ahora me hubiera gustado conocer de verdad, y no digamos a Alfonso, supongo. Aproveché la ocasión para preguntarle, cuando remató su información turística, muy salpicada de recuerdos personales, que cómo era que todos aquellos cuadros, y los que había visto arriba en el zaguán, tenían que ver con la mar, y ella se limitó a responderme que era una de las muchas manías de Alfonso, quizá la más inofensiva, aunque no la más barata, pues todo aquello que yo veía, y más que había en la casa, le había costado mucho dinero, y lo que te rondaré morena. Yo le dije que no me parecía manía, sino afición loable, y que ya me gustaría a mí tener la mitad nada más de aquella colección para mi uso, y ornato de mis paredes. Ella me miró no sin cierto susto reprimido. «Ustedes, los artistas, son gente rara.» «Pero ¿no lo es usted también, una artista?» «Sí, a mi modo, pero muy modesta.» «No lo será tanto cuando ha alcanzado esa altura que se requiere para acompañar a Alfonso. ¿Por qué no toca algo?» «¿De veras le interesa que lo haga? ¿No prefiere que le hable de Alfonso? No tardará en llegar y usted sabe aún muy pocas cosas de él.» «Me gustaría hacerme yo una idea por mi cuenta; y sólo después, recibir informes e incluso opiniones ajenas. Estoy seguro de antemano de que vamos a coincidir, pero...» No me dejó terminar. «Como usted quiera.» No parecía haberle hecho muy feliz mi decisión; acaso le hubiera chafado un amplio y documentado discurso; sin embargo, se aproximó al piano, lo abrió, se sentó, y, puesta un poco en situación, me obsequió con un repertorio consabido: *Para Elisa, Danza quinta* y la *Jota de Larregla*. Iba por los primeros compases de un rapsodia húngara, acaso la segunda, cuando se abrió la puerta y entraron, con Alfonso, dos caballeros más. A Alfonso lo identifiqué por su parecido con Payo: tenía la misma estatura y las espaldas anchas, algo combadas, pero el cabello claro y los ojos azules; los otros dos me los presentó como colegas que querían conocerme y a los que había invitado a cenar: uno de Literatura y otro de Clásicas. Seguía la tormenta; retumbaban los truenos, aunque más espaciados, y los recién llegados comentaban la cantidad de agua que bajaba por las calles pinas de Cuenca.

Me bastaron la primera ojeada y media docena de palabras para comprender que *también* había equivocado mis previsiones en lo referente a Alfonso, cuyo aspecto, cuya soltura, cuya naturalidad no se compaginaban bien con la estampa de neurótico que había imaginado, ni tampoco con la de violoncellista frustrado' que se muere de hambre de triunfos, descrito por Micaela. Recordé que Aileen lo había definido como persona normal, y de que lo era me hubiera persuadido nada más verle si no fuera por la insistencia en los temas marineros, de la decoración, y por aquellas sirenas pechugonas, de sonrisa popular y graciosa factura tosca que colgaban aquí y allá: no las cuarenta de que tenía noticia, pero sí su buena media docena: cuatro de loza pintada, una de talla, y otra bordada en lino con sedas de colores y lentejuelas; esta última debía de ser oriental por cuanto escondía en un turbante enjoyado la mata de su cabello: revelaba al menos una preocupación aceptada, dominada y trasmudada en especialismo coleccionista, lo cual, por otra parte, no me parecía mala solución para quien, durante un montón de años, se había visto obligado a jurar encima de la Hostia consagrada, o poco menos, que no se acercaría jamás al mar por miedo de que se lo llevase la Sirena. Mientras cenábamos, mientras la conversación general me lo permitió, no dejé de pensar en las remotas consecuencias de una paparrucha medieval, allí presentes ante mí. Alfonso era, a pesar de todo, un hombre civilizado, y se notaban en seguida sus muchos viajes, sus lecturas y la amplitud de sus preocupaciones. Había organizado una cena aparentemente sencilla, pero muy bien calculada, con sus apartes y consideraciones para mi úlcera de estómago, y procuraba que recayesen en Micaela las consecuencias elogiosas, si bien ella se defendía, no, no, no, aceptando únicamente la responsabilidad de la ternera, que había traído de algún pueblo alejado, aunque no la del asado. El de Clásicas era bastante comilón ; no así mi colega de Literatura, parco en lo sólido, pero entendido, al parecer, y buen frecuentador de lo líquido, cuya ingestión no parecía afectarle, salvo si lo mucho que charló fue el efecto de lo que había bebido. Quiero decir con todo esto que la velada transcurrió lo más lejos posible de cuanto yo hubiera podido suponer, salvo, en todo caso, la conducta de Micaela, que muy discretamente, o quizá mejor muy silenciosa, pero harto visiblemente, había tomado a su cargo la solución de las cuestiones prácticas, y aunque me dio la impresión de que la criada se sabía muy bien su menester, ella, Micaela, se empeñaba en recordárselo, que si el postre, que si el café, que si el licor : si a escondidas, no tanto que yo no lo advirtiese, aunque la verdad es que yo tenía la noche fisgona. Y me parece que también fue ella la que susurró a mi colega de Literatura la conveniencia de que reclamase del anfitrión como remate de una cena tan feliz, un concierto breve, dos o tres piezas nada más, ya que se había hecho tarde, y el tal de mi colega así lo solicitó, aunque su tono me llevó a creer que malditas las ganas que tenía de oír música en aquellos momentos, y que si lo pedía no era más que por puro compromiso. Alfonso se hizo de rogar ; a Micaela le entusiasmó la idea, y por si la cortés negativa de Alfonso hallaba eco en los presentes, yo incluido, salió y regresó en seguida con el violoncello y unas cuantas partituras que dejó encima del piano y ya no hubo remedio.

Nos acomodamos en unos buenos butacones con todo el aire de haber pertenecido a algún acorazado, y las etapas del concierto transcurrieron normales, salvo que Micaela volvía su miada hacia mí con insistencia, como intentando averiguar por mi expresión el efecto que el concierto me causaba, y como mis gafas oscuras no le permitían saber si yo, a mi vez, la miraba o no, pude representar a gusto la comedieta del embeleso, para que al menos se llevase la chica aquella satisfacción, ya que tan empeñada estaba. No sé si tocaban bien o mal; a mí, me sonaba agradablemente, pero no creo que el violoncello de Alfonso alcanzase esas alturas sublimes que desencadenan las tempestades tan apetecidas de Micaela, y no para ella: pensé que debía ser un hábil aficionado, y que acaso su buen gusto superase a su técnica, lo cual, por otra parte, me traía sin cuidado. Estoy seguro, sin embargo, de que Micaela me agradeció los éxtasis inefables, el arrobo casi místico que mi rostro llegó a expresar. Por fortuna ninguno de mis colegas podía observarme, ni al propio Alfonso le era fácil. Me fijé también en él: tocaba con naturalidad, sin teatralerías. Una vez que se cruzaron nuestras miradas, me guiñó un ojo.

Ejecutaron tres o cuatro sonatas para violoncello y piano, y al final de la última Alfonso dijo: «Ya está bien de dar la lata», y apartó de sí el instrumento. Micaela se entristeció, pero acató la indicación, y cerró el piano. Sirvió otra ronda de coñac, y yo aproveché la ocasión para hablar de los cuadros y grabados de las paredes: la verdad es que había tenido escasas ocasiones de meter baza durante las horas que llevaba allí, y acaso haya sido aquélla una de las primeras veces en darme cuenta de que, cuando alguien manifiesta deseos de conocer a uno, no es tanto para escuchar como para que se le escuche, y es lo que yo había hecho hasta entonces. Pero tampoco tomé la palabra para decir nada importante, sino sólo para orientar la conversación en un sentido que me interesaba, y se vio claramente cómo a Alfonso le alegraba que se sacase el tema, pues lo que respondió en seguida fue que cómo se notaba que yo era de puerto de mar; que llevaba años viviendo entre terrícolas y que nadie había mostrado interés ni extrañeza al ver su colección, menos aún entusiasmo: la mayor parte de los que venían a verle pasaba de largo sin fijarse en lo que allí había, y empezó a mostrarnos las piezas más raras de su colección, grabados del Renacimiento y del XVIII, algunos en series completas; un fragmento de un códice gótico con un galeón encima de un leviatán con cuernos y surtidores, y una reproducción a escala del *Santísima Trinidad* vencido en Trafalgar, anterior la copia, probablemente, a la batalla; un junco chino trabajado en marfil y con todo el cordaje sacado de la misma pieza: en fin, curiosidades de este jaez que a mí me interesaban, pero que a nuestros comilitones no parecían entusiasmar. Pero lo que a mí más me atrajo fue un acorazado *España* de plata, de algo más de una cuarta de eslora, unos treinta centímetros quizás, exactamente igual al que había en casa de una familia amiga, los de Bastarrechea, que solíamos visitar con frecuencia acaso semanal y que siempre me convidaban a galletas de vainilla y a chocolate. Tenían el barquito encima de una mesa, por puro adorno, y me dejaban cogerlo y examinarlo todo el tiempo que quisiera, y contarle los cañones y los botes salvavidas. ¡Y mira tú por dónde me lo venía a encontrar, a su hermano gemelo, y con él un buen pedazo de mi infancia! Para contemplar tales tesoros, Alfonso nos llevó a diversas habitaciones y pisos de la casa: observé que había una puerta, efectivamente, en el último, que no se abrió. Y cuando terminamos el recorrido eran ya las doce pasadas, y los colegas se marcharon llevándose con ellos a Micaela: ya no llovía, pero los contornos de las colinas se alumbraban aún de retumbes lejanos.

II

Cuando nos quedamos solos, me dijo Alfonso que si tenía sueño y quería acostarme, que me acostara pero que a él le apetecía un poco de música y que me invitaba a acompañarle. «Puedo darte, si quieres, una taza de café que te mantenga los párpados abiertos.» «Querrás decir los oídos, si va a ser música», le respondí. «Dije los párpados y dije bien. Hay cierta música que, más que para escucharla, es para mirarla», y se sonrió. No entendí bien lo que quería decirme, pero asentí, y él me invitó a seguirle. Descendimos dos pisos, hasta aquel en que se hallaba la puerta tenida por sospechosa; se acercó a ella, y sin darme explicaciones ni, a la operación, echarle el menor misterio, la abrió y la dejó franca para que yo pasase. Lo hice, y me encontré en una escalerilla un poco angosta, pero alfombrada, y de no muchos escalones, y bien iluminada con luces que no pude ver: así llegamos a un nuevo piso, que debía de ser el último hacia abajo: una sola habitación, verdaderamente amplia, pero no tanto que destruyese la intimidad: alfombrada de verde manzana, con butacones cómodos y un sofá situado delante de las ventanas o, más bien, ventanales, que abrían sin duda sobre el tajo del Huécar, como las otras de la casa, pero que tenían corridas las cortinas y seguramente cerradas las maderas. En la pared opuesta, un cortinaje de pesados candiles cubría enteramente el lienzo: no pensé que pudiera ocultar nada especial, sino estar allí con fines decorativos, porque, muy visiblemente instalados, se veían los trebejos de un tocadiscos moderno, de los que todavía se habían visto pocos, y que me llamó la atención en seguida. Me acerqué a curiosearlo. Entretanto, Alfonso me explicaba que, al invitarme a oír música, no había pensado ni un momento en la que él ejecutaba, sino en algo más serio y digno de ser escuchado, aunque fuese en conserva; y, esto lo dijo como subrayándolo y con cierta ironía, que me explicó después: «No estoy de acuerdo con los enemigos de la música impresa. Claro que no es como una orquesta o como la ejecución directa de un virtuoso; pero quienes vivimos en lugares como éste, ¿vamos a estar al albur de cualquier violinista o pianista de cuarta clase que se le ocurra hacer una *tournée* para ganarse unos duros? Personalmente, prefiero encerrarme con mis discos, que me permiten oír lo que quiero y a quien quiero.» Le pregunté si su propia música no le satisfacía. «En primer lugar, el repertorio para violoncello solo a mis alcances, o para violoncello y piano a los nuestros, es muy limitado; en segundo lugar, hay que ensayarla mucho para que una pieza de cierta dificultad te salga medianamente, y, en tercero y último, yo, como habrás podido escuchar, soy un músico mediocre», y como yo le mirase quizá con sorpresa, agregó: «Sí, mediocre, por no decir malo. No me faltaron la vocación y la afición, pero sí las dotes. He alcanzado mis propios límites hace ya tiempo. Ni aun dedicando todo el día al instrumento lo haría mejor.» Un poco estúpidamente le pregunté: «Pero ¿no te gustaría ser un gran concertista? Los aplausos, la gloria, todo eso.» Se echó a reír. «Has hablado con Micaela, ¿verdad? Bien, me temía que te llenase la cabeza de esas bobadas. No debí dejarte a solas con ella ni un solo minuto.» Había sacado, mientras hablaba, un paquete de cigarrillos, me había pasado uno, y mientras liaba el suyo, continuó: «Micaela, que también dio de sí como pianista todo lo que podía dar, se siente feliz imaginando que soy un genio injustamente preterido, y que, sólo con que yo lo quisiera, de un solo salto me vería en los grandes auditorios del mundo. Y ella conmigo, por supuesto: Micaela está atravesando una etapa en que, por alguna razón misteriosa, sus proyectos sólo tendrán realidad feliz si son proyectos conjuntos.» Le interrumpí para decirle que, fijándose bien, se veía en seguida que estaba enamorada de él. «¿Enamorada? Bueno, llámalo así si quieres, porque ahorra explicaciones. Pero no de mí, de mi ser real, de este que te habla ahora mismo con sinceridad, sino de ese que ella se inventó y con el que sueña: lo acostumbrado. Y como ése, el que le interesa, es al mismo tiempo el que conoce, quien está diariamente a su lado permanece tan desconocido para ella como si no lo hubiera visto nunca. Por ejemplo, jamás ha entrado en esta habitación. Si supiera que aquí sólo guardo un equipo sonoro, una colección de discos, y dos o tres cosas más, pensaría que me había vuelto loco, o llegaría a despreciarme. Ella afecta no tolerar los discos.» «¿Afecta? ¿Por qué no piensas que, a lo mejor, lo siente sinceramente? Además, si lo que ama de ti es lo que ella se ha inventado, ¿en qué se diferencia de los demás enamorados, sean hombres o mujeres?» «Quizá sea sólo un problema de cantidad. No estoy jugando a cínico, y créeme: estoy repitiendo algo en que medio mundo está conforme.» Alfonso se sentó frente a mí. Hasta entonces, mientras hablaba, había empezado a manipular el tocadiscos, pero, finalmente, no lo había puesto en marcha. «Quizá tengas razón. Quizás incluso sea sincera cuando dice odiar la música en conserva, que es como ella la llama. Pero lo bueno del caso es que nada de eso tiene la menor importancia. Más aún: estoy seguro de que en esa ficción inventada por Micaela, el capítulo del matrimonio no se ha pensado todavía: como que no puede pasar de la parte dramática, de la situación inicial. ¿Por qué el héroe no se decide?» «¿Y por qué no se decide?», le pregunté yo. «Realmente, porque nunca lo ha pensado, ni le interesa. El héroe es bastante feliz en su capital de provincia, de la que, por otra parte, puede salir cuando le dé la gana, pero a la que vuelve siempre, porque en ella está cuanto apetece. Según la imaginación de Micaela, porque estoy atado por un terrible juramento al capricho de una madre inhumana y supersticiosa, o acaso, acaso, más que por el juramento, por un respeto que no se entiende ya... No lo sé bien. Al llegar a esta parte del problema, ni yo pregunto más de lo que debo, ni Micaela es más explícita de lo que debe ser. La verdad es que ignoro lo que piensa al respecto, ni siquiera si piensa o se limita a sentir, pero tiene que ser algo así.» No pude refrenar la imprudencia de mis palabras, que comprendí cuando ya las había pronunciado: «¿Y no es cierto, efectivamente, que un juramento te ata?» Alfonso quedó un momento silencioso, mientras miraba no sé si al suelo o a la punta del cigarrillo. Luego dijo en voz baja: «Ya no.» Y como parecía que iba a decir algo más, esperé la continuación que fue ésta: «No es el juramento, es el miedo.» «¿El miedo de ser perjuro?» Alzó la cabeza. A su cara había vuelto la sonrisa, pero ya no la misma sonrisa; y parecía tranquilo, pero ya no con aquella tranquilidad, un poco desenvuelta, del tiempo de hasta entonces. «A ser perjuro, ¿por qué? ¿Quién me va a tomar la cuenta o la razón? No creo en nada ni en nadie que pueda hacerlo. El juramento, como decía el catecismo que estudié de rapaz, es poner a Dios por testigo, y esto, cuando se es un muchacho, incluso cuando se empieza a ser hombre, es como si las palabras que has pronunciado tiren de ti hacia otro mundo, a ése donde te juzgan. Pero cuando ya no se cree en Dios ni en el juicio ni, por supuesto, en el otro mundo, las palabras se quedan en el aire, vacías. Hubo un momento en que dejé de prestar a mi madre el juramento que cada año me exigía: quizá lo sepas. Entonces, me pidió mi palabra, y se la di. Hoy no hubiera tenido escrúpulo en continuar jurando, si a ella le parecía tenerme así más seguro. ¿Qué más da?» Aproveché la pausa de una chupada al cigarrillo apagado y la operación subsiguiente de reencenderlo para preguntarle: «Entonces ¿todo es un caso de amor filial un poco complicado? Porque si es así, no entiendo a lo que temes.» «A mi madre no, por supuesto. Hace tiempo que dejé de tratarla lealmente, y desde entonces le cuento ciertas mentiras caritativas. Una parte de su exigencia de siempre es, no sólo que no me acerque a la mar, sino que ni siquiera la vea. Sin embargo, la he visto ya: desde el tren, camino de París o camino de Italia. La he visto tranquila y resplandeciente, y también oscura y alborotada. No sé si hice bien o mal, pero por otros motivos que la obediencia a mi madre. Para obedecer hace falta respetar, y, para respetar, es menester que comprendas a medias lo que respetas, pero que la otra mitad permanezca en el misterio. Desde hace años, mi madre carece de misterios para mí. Aún no era vieja, como lo es ahora, y ya la había comprendido total y enteramente. Sentí y siento piedad por ella, no sólo afecto, y esto me obliga a representar la pequeña farsa de la obediencia, que sería absurda a mis años, ¿no?, y que ninguna madre en sus cabales se atrevería a exigirme. Mi madre y todo lo suyo está excluido hace tiempo de las razones del miedo. Pudiéramos retrotraerlas a realidades anteriores a mi madre misma.»

No dije que había en aquella habitación una sirena más, y no lo dije, no para reservar un efecto, que en todo caso sería reiterativo, sino porque estoy contando según el orden de los sucesos, y la sirena, si vista, no le había hasta entonces prestado gran atención: porque se hallaba en lo alto y en penumbra y no se le percibían los detalles, y porque, mirando como estaba a Alfonso, aquella talla policroma que es lo que me había parecido, quedaba un poco desviada. Pero cuando Alfonso levantó la cabeza, yo le imité, y confluyeron nuestras miradas en la figura, y así permanecimos, silenciosos, como si callando nos comunicásemos mejor que con palabras. Pasado un rato, se levantó y dijo: «Te prometí café. ¿Te sigue apeteciendo?» «Una lagrimita de él, y el resto leche. Ten en cuenta mi estómago.» «Verás que, para la cena, no lo he olvidado.» «Gracias a eso, puedo estar ahora contigo hablando.» «¿Tranquilamente?» «Bueno. En cierto modo...» Se había levantado, y abierto una que parecía puerta y que lo era de una alacena, en cuyo interior guardaba los avíos de preparar café y té, y la vajilla de servirlos. ¡Esbeltas tazas de loza fina, muy ricas de color, en cuya panza se enmarañaba la cola de una sirena! Me eché a reír. «¿Lo sabe Micaela?» «No. Sería incapaz de comprenderlo. Le conté que a mi madre le habían pronosticado mi muerte en la mar, como la de mi padre, y que ahí estaba el quid de la cuestión.» «A la pobre Micaela —murmuré— no le quedó otro remedio que la invención involuntariamente ficticia, pues operó con datos falsos.» «Preferible siempre a que conociese los verdaderos. ¡Menudo lío mental se hubiera armado la pobrecilla! Lo que me atribuye no es cierto, pero sí verosímil; lo entiende, y al entenderlo, queda tranquila. ¿Te la imaginas preguntándose y preguntándome *por qué creo en la sirena y por qué estoy persuadido de que acabará llevándome consigo al fondo del mar*? Y cuando se hubiera convencido de la imposibilidad de recibir respuesta, mía o de ella misma, comenzaría a preguntar a los demás: a un cura lo primero, porque es creyente; y después, a un psiquiatra, y como uno y otro, para salir del paso, intentarían convencerla de que estoy loco, acabaría proponiéndome el ingreso en el sanatorio de cualquier doctor Puñetas, o, mejor dicho, Puñitos, que es como le llamábamos en la Universidad a un compañero nuestro que nos aplicaba con toda seriedad el test de Rorschach.» «¿Y es realmente imposible que des una respuesta? A mí, por ejemplo.» Me miró. «¿La necesitas?» «En esta situación y en este instante parece, más que imprescindible, necesaria. Sin ella, no podría dormir.» Alfonso se echó a reír, pero no con franqueza. «Me dejarías el remordimiento de no haber sido un buen anfitrión.» «Soy, sin embargo, capaz de comprender que no puedas darme una respuesta, sencillamente porque no exista. En ese caso, tu responsabilidad de anfitrión quedaría completamente a salvo.» La cafetera, que había empezado a fungar, dio unos resoplidos fuer-

33

tes. El aroma violento y agradable del café colmaba ya la habitación. «Lo que no puedo negarte —me dijo mientras ajetreaba— es una explicación circunstancial; pero respuesta, esa que quizá apetezcas y que debería darte, no es, en efecto, posible. Los misterios, tú lo sabes, no pueden responder de sí mismos porque son, en sí mismos, interrogaciones.» Atravesaba el salón con una bandejita y las dos tazas: la suya, de negro y muy cargado; la mía, con leche y corto. «Y lo mío es como si en un estanque inocente y completamente explicable hubieran arrojado un enorme hipopótamo de piedra: desalojó las aguas y se quedó allí, con la panza apoyada en el limo. "Ésta va a ser tu muerte", aprendí una vez, y allí quedó para siempre la convicción de que así sería. ¿De qué me valió haberla sometido a los más rigurosos análisis, a los más implacables raciocinios, a las negaciones más demoledoras? Mi estanque particular se quedó asimismo sin agua y sin dioses, pero el hipopótamo continúa fondeado, y yo creo en él por encima de las razones y de las sinrazones. Sé que un día me llevará la Sirena, que debe de ser algo así como mi tatarabuela, si la leyenda no miente. Y me sucede lo acostumbrado: de una parte, me refrena el instinto, que me impidió hasta ahora aproximarme a la mar; de la otra, me empuja la fascinación de la muerte y del misterio. Un drama, como ves, nada nuevo.»

Como si lo acordáramos, nos llevamos a la boca las tazas de café, buscando, desde luego, una interrupción o, al menos, una pausa. Me demoré más, pero él esperó en silencio a que hubiese terminado el sorbeteo. Luego, dijo: «Ahora, tienes la palabra.» No sé por qué me sentí, de repente, incómodo. «¿Qué quieres que te diga? Por lo pronto, no creo en la Sirena ni en que se haya llevado ninguno de tus muertos, ni tampoco que haya de llevarte a ti.» «En eso, coincidimos —me interrumpió—; pero una cosa es que yo no crea en el hipopótamo de piedra, y otra que esté ahí instalado en el medio de mi alma, como una herida abierta, y que esté solo.» «De acuerdo, pero es otra cuestión. Para entenderla y poderla definir, necesitaría de unos conocimientos que estoy muy lejos de poseer...» Alfonso me volvió a interrumpir: «¿También tú crees que la solución está en manos del doctor Puñitos?» Lo hizo con cierto desdén en el tono que me hizo erguir el busto y recrestarme. «No, nada de eso. Pero es indudable que tu caso no es único y que alguien lo habrá estudiado, y que habrá algún modelo al que referirse. Sin dar la solución, probablemente, pero con determinados aspectos de la cuestión puestos en claro.» «Hablas como el doctor Puñitos, ni más ni menos. ¡Y yo, que te creí capaz de una comprensión más profunda!» «Un escritor, atajé, no tiene por qué comprender a los hombres. Le basta comprender a sus personajes, pero incluso esto no es necesario.» Alfonso dejó caer los brazos con evidente desaliento. «Soy real, irremisiblemente real.» Se le hundió la cabeza y se sumió en el silencio, que respeté, entre otras razones porque me sentía fastidiado de no haberle dado respuestas más inteligentes o, por lo menos, de no haber estado brillante, aunque fuese negativo. ¡Hay maneras tan convincentes de decirle a una persona: No te comprendo, e incluso: Me pareces un farsante! Pero, aquella noche, quizá porque los acontecimientos de la jornada hubiesen transcurrido demasiado de prisa, sin espacio entre unos y otros, mi a veces fácil elocuencia me había abandonado. Maquinalmente me levanté, me acerqué al tocadiscos y lo puse en marcha. Empezó a sonar una pieza de piano que me pareció romántica, pero que no logré identificar y cuyo título me olvidé de curiosear después. Alfonso no se había movido, aunque sí levantado un poco la cabeza, de modo que la apariencia de hombre vencido le abandonaba. Poco a poco se fue irguiendo, y, al final del disco, que era de los de corta duración, había recuperado su habitual aspecto e incluso su sonrisa. Vino hasta donde yo me hallaba, me echó el brazo por el hombro, y después de pedir perdón añadió que una mala hora la tiene cualquiera y que en él estaba justificada cualquier salida de tono. «Y, ahora, para que veas cómo te agradezco la visita, y el haber aguantado mis confidencias, voy a enseñarte el secreto de esta habitación, su maravilla. Lo que voy a mostrarte lo adquirí en Berlín no hace más de tres años. Tuvieron que venir especialistas que me lo instalasen, y me salió tan costoso que sólo recientemente me he visto libre de sacrificios económicos. Pero valió la pena.» Creí que se trataba de otro equipo sonoro, de cualquier prodigio electrónico ignorado todavía en nuestros pagos. Alfonso se dirigió a una esquina de la habitación, a la derecha del cortinaje de que hablé antes, y comenzó a tirar de una piola; lo que iba apareciendo en el espacio que dejaba libre el cortinaje era una superficie brillante y tersa, como de vidrio o de algo semejante, así de pulido. «Acércate.» Lo hice, y toqué: parecía, efectivamente, de cristal, y ocupaba casi todo el testero, si no eran dos franjas claras, una arriba y otra abajo, que servían al cristal como de marco; había, seguramente, otras dos a derecha e izquierda, pero las ocultaban las cortinas. «¿No ves nada?» «No. Sólo las cosas de esta habitación espejeándose.» «Apártate y siéntate en esa butaca.» Entonces me di cuenta de que una, igual a las que

habíamos ocupado, estaba fuera del grupo y vuelta hacia la
que hasta entonces había creído pared y que ahora empezaba
a sospechar que fuese algún último grito de pantalla de cine,
o algo por el estilo, pues la disposición de la butaca era la de
orientarse a un espectáculo. «Ahora vas a ver.»

Había a la derecha, oculta por los pliegues de la cortina,
una especie de tabla de mandos, con dos hileras de botones.
Alfonso pulsó uno, el cristal comenzó a iluminarse por la parte
superior y, con aquella luz tenue y creciente como de un amanecer, se me fue revelando el misterio, que empezó por unas
casas de miradores cristalinos a la orilla de un muelle largo, contra cuyas piedras batía suavemente la superficie del mar, y bien
pudiera ser el puerto de La Coruña, o, mejor, el de Villagarcía de Arousa. Las olas meneaban los barquichuelos, y algún
barco de gran porte, quizás un *clipper* de cinco mástiles, atra-
caba a un malecón. Cuando ya el sol resplandecía en los te-
chos de las casas, y se podían leer los nombres de las tiendas y
de los restaurantes, y los enormes rótulos de las compañías na-
vieras, y los más reducidos de las tabernas, la luz progresó en
su descenso, y alumbró primero las paredes del muelle hasta
llegar al suelo en que se asentaba, y, después, a la roca misma,
con los recovecos y protuberancias en que hundía sus raíces
la flora submarina: como árboles, como arbustos, como flores,
como lianas y yerbajos, que se mezclaban a las piedras irisa-
das y a los corales: que flotaban y se expandían en el agua pe-
rezosamente y se iban descubriendo, con sus colores y su quietud —o movimiento— conforme las alcanzaba la luz. Y más
abajo aún, praderas, colinas, arenales, bocas de oscuras espe-
luncas, los carcomidos restos de un velero por una de cuyas
escotillas asomaba un hocico y vigilaban unos ojos oscuros.
Y todavía quedaba otro más abajo, el más abajo definitivo y
abisal, adonde la claridad no llegaba, pero del que emanaba
un resplandor rojizo que permitía adivinar su relieve y advertir
la silueta rápida de un pez pasante o de una familia entera. Sólo
allí en lo profundo había movimiento: el resto parecía dormido, pero a punto de despertar, porque inmediatamente se inició un ir y venir simétrico como si hubiera llegado la hora de
desperezarse, y de todos los agujeros, y de los escondrijos de
las rocas, y de las fisuras de las paredes, y de las cuevas, de las
enramadas y de los intrincados laberintos surgieron peces, de los
grandes, de los chicos y de los medianos, cada cual a su altura, solitarios o en grupos, confusos u ordenados como en pelo-
tones, y las grandes medusas, así como las esponjas, y, por supuesto, los menudos hipocampos: es que Alfonso había pul-

sado un botón más, y ahora apretaba el tercero, que no sé qué sorpresa traería: fue como imprimir un orden en aquel revoltijo súbito del despertar, como si a un toque de diana los peces corriesen cada cual a su puesto: y fue tan sosegada y natural la natación, que pude identificar, entre ellos, la sardina y el jurel, al mero y a la lubina, a la opulenta merluza y al sabroso boquerón, al besugo, al ollomol, a la caballa, al bacalao de Terranova y a ese de más cerca que llaman abadejo: esto, entre los domésticos y comestibles, con la parrocha y el esturión que también aparecieron. Pude reconocer, por su figura, al pez martillo, al pez ballesta y al pez farol, al pez espada y al pez sierra, al pez piano y al pez guitarra, y por su modo de comportarse, a los peces voladores, a los esbeltos delfines, que yo llamo arroaces o golfiños, a los repugnantes tiburones y a la no menos repugnante barracuda. Creo haber visto media docena de marmotas, alguna solla, y una tribu de esos que los entendidos llaman *Chauliodus sloani*, llenos de farolitos en la barriga. Había más. ¡Y daba tanto gusto verlos apacibles y laboriosos, como las mujeres de una aldea que van a su quehacer por la mañana, al mercado, a la fuente o a la panadería! Cierto que de vez en cuando un pez grande se comía a un chico, pero figuraba en el orden y la ley lo amparaba. Y así transcurrieron unos instante hasta que Alfonso tocó un nuevo botón, que fue como un grito de alarma, pues sacudió al pecerío como un estremecimiento de terror o pánico, y como un sálvese el que pueda que remitió al escondrijo original, al buraco del sueño y de la noche. Algo oscuro, ondulante y tremendo se movía en el fondo del abismo: una sierpe de mar, delgada, interminable, a la que siguieron en su aparición el leviatán, el pez barbudo, la cabra marina, el comebarcos de los mares tropicales (de tan pesadas digestiones, como es sabido), el pez sol, con su collar de rayos y sus agudos colmillos, y el gigantesco nautilus, que se alimenta de ballenas; el olifante de cabeza de corza, que en mi tierra llaman lorcho, tan antiguo que figura ya, como tal monstruo, en los relieves romanos de la ciudad de Catón; aparecieron también algunos innominados y me atrevería a decir que incógnitos, como un caballo de mar gigantesco con la cabeza entre las patas, y su hembra, igualmente gigantesca, aunque con las patas en medio de la cabeza; y peces rueda, peces luna, peces molino de viento, peces navaja de afeitar, peces camelia, peces orquídea, peces guirnalda y peces bandolina, entre los menos horribles. La teratología registrada por Sebastián Münster estaba allí; estaba allí la teratología dibujada por Ambroise Paré. Estaba, estuvo, pero pasó: pulsando los botoncitos, Alfonso gobernaba el tránsito. La mar volvió a sosegarse y las cotidianas especies escondidas reanudaron sus tareas, un poco alertas, acaso un poco temerosas.

Me preguntó Alfonso que qué me parecía. «No salgo de mi asombro.» Arrastró un sillón y se sentó a mi lado. «Es un juguete electrónico. Te explicarás que, para adquirirlo, haya empeñado mi patrimonio castellano, los bienes de mi madre que me legó hace tiempo, no sé si en concepto de compensación por lo que me ha hecho sufrir. A un hombre como yo, a quien interesa sobre todo la oceanografía (si te has fijado, arriba en la biblioteca, habrás advertido que ésa es mi especialidad), tenía que atraer ese juguete, tenía que fascinarlo, y me hubiera sentido enormemente desgraciado de no haberlo podido comprar. Por fortuna logré hacerlo, y la casa que lo fabricó se avino a introducir algunas modificaciones que le confieren cierta singularidad y que lo hacen más interesante todavía. Debo decirte que el número de sus movimientos es muy grande, pues dependen del orden en que aprietes esos botones que ponen en funcionamiento las células. Por ejemplo, es la primera vez que la aparición de los monstruos interrumpe la vida cotidiana de los peces.»

Yo permanecía atento a las luces, a los movimientos del acuario, pero la seducción inicial se debilitaba, quizá porque, al pronunciar la palabra «electrónico», había Alfonso destruido los efectos, casi poéticos, de la sorpresa, y lo que me iba quedando era la convicción de que, con aquella clase de células y un poco de imaginación, se podía hacer de todo, pero ese «todo» acababa, como los movimientos de los peces, por repetirse: que era lo que ya empezaba a suceder detrás del vidrio. Era, por otra parte, tan perfecta la imitación, que ni siquiera poseía aquella gracia ingenua de ciertos artilugios que recuerdo de mi infancia, en los que, sacudido por una mar revuelta y espantosa, un barquichuelo parecía a punto de zozobrar: luctuoso suceso que se interrumpía y aplazaba de hora en hora al cesar las campanadas del reloj. Esto, la decepción y el recuerdo, superpuestos y rápidos, se suspendieron al levantarse Alfonso y accionar sobre un nuevo botón, que introdujo en el conjunto la novedad de iluminar el interior de una caverna, en la cual una figura de mujer peinaba ante el espejo su larga cabellera. Me vinieron entonces a las mientes los versos de una traducción de *Loreley* leída en mi bachillerato:

> *Peinábalos con peine también de oro,*
> *cantando una canción*

cuyo eco singular, triste y sonoro,
turbaba el corazón.

¿Era el hada de aquellas aguas? No esperé a que se levantase para comprender que lo de cintura para abajo lo tenía de pez, pero sí me llamé a mí mismo estúpido por no haberlo sospechado desde el principio, por no haberlo adivinado. ¡Aquello era la modificación introducida por la casa constructora del juguete a petición de Alfonso! La Sirena se asomó a la cueva, sacudiendo la colita, y se lanzó a las pacíficas aguas interiores, arriba y abajo, rápida y esbelta, donde los demás peces la recibieron con fiesta y compañía: fue escoltada hasta la misma superficie, cuando emergió, y abandonada allí mientras ella se dirigía a una roca sobresaliente en cuya cresta se sentó, y una vez acomodada, empezó a cantar una canción que no se oía, pero que se adivinaba por el gesto y el manoteo, un tanto de soprano profesional. Hombres y mujeres se asomaban a los muelles para oírla, pero los muelles quedaban lejos de la peña. «¡Fíjate ahora!», me susurró Alfonso, y su dedo apuntó hacia un lugar oscuro del acuario donde algo se movía, con dramática cautela, con cautela posiblemente asesina. Tardé unos instantes en descubrir los tentáculos de un pulpo, y en calcular que era mayor que los mismos escualos y casi del tamaño de los monstruos: me recordó aquel congénere gigante que figuraba en la portada de una novela de Victor Hugo que, en un antaño que empezaba a ser remoto, contemplaba todas las mañanas, camino del colegio, en el escaparate de un kiosko, y que nunca llegué a leer. Mientras, arriba, el concierto absorbía la atención de los mirones, y la Sirena se desvanecía de vanidad halagada, el pulpo fue ascendiendo, ora estirados los tentáculos, ora recogidos en espirales diversas, y salió a la superficie por detrás de la diva, y cuando ella lanzaba seguramente un do de pecho, a juzgar por sus brazos levantados al cielo del escenario, asomó el bichejo sus ojazos y le bastó un tentáculo para asirla de la cintura y llevársela consigo a los abismos. El público gritó; los peces chicos y grandes, de momento aterrados, se apartaron de la supuesta trayectoria del raptor, pero en seguida volvieron sobre sí y se aproximaron y formaron alrededor de la pareja un círculo compungido y suplicante. ¡Podían colegirse sus sollozos de aquel menear tan gracioso de colas y de aletas dorsales! Pero el pulpo, orgulloso, a juzgar por cierta muequecilla que debía de ser su gesto, descendía inexorable hacia el lugar oculto donde haría, de su presa, víctima. ¿Violarla, comérsela quizá? Yo no lo podía sospechar, porque semejante acción no se regía por otras leyes que las del capricho electrónico, desconocidas para mí y para Aristóteles. Llegó a sorberme la atención, aquel descenso, y del éxtasis me sacó un suave codazo de Alfonso. «¡Mira otra vez el muelle!» Le obedecí. Entre los aterrados mirones se abría paso un nuevo personaje, un Nadador de profundidad, provisto de botellas de oxígeno en la espalda y de puñal en la diestra. Todos los brazos se tendieron hacia él cuando hendió las aguas en un salto profesional, aunque elegante. Con la linterna del casco alumbraba su camino, en un principio incierto. Pronto le rodearon los peces, casi diría que le acuciaron, pero seguramente se limitaban a informarle de por dónde iba el ladrón, quien, por cierto, había alcanzado ya las aguas medias, las aguas a las que el sol llega en forma de luz lechosa y donde reina una penumbra decididamente erótica. Entonces comprendí que la violación, quizá el amor, era su fin, al menos según un orden temporal, porque dejó a la Sirena, desmayada, en una playa de rubia arena y le puso un montón de algas debajo de la cabeza. Un pez desagradable, especie de traidor de melodrama, hasta aquel momento desconocido para el espectador, se le acercó y le susurró algo, probablemente un chivatazo. El pulpo se alebrestó: dispuso en rueda los tentáculos y retrasó la cabeza casi hasta tocar el cuerpecillo de Sirena, protegiéndola o amenazándola. No tardó en aparecer el Nadador: ¡qué especie de estrella parpadeante era el puñal en su mano! Un parpadeo de acero, penetrante y frío. El pulpo recogió los tentáculos mientras el Nadador hacía una finta rápida y se escurría por el ala izquierda, libre aunque perseguido por tres de aquellas catapultas. No llegaron a tocarle, de manera que pudo retroceder y sustraerse al alcance del enemigo. Éste reconstruyó la rueda táctica, con cierta osadía (quizá fuese un ardid) adelantó un poco la cabeza, desamparada la víctima, al tiempo que el Nadador iniciaba un merodeo nada tranquilizante, por cuanto más que una provocación parecía un estudio de las defensas enemigas. El pulpo movía los grandes ojos en seguimiento de aquel cuerpo estirado que zigzagueaba en su presencia y lograba escabullirse cada vez que un tentáculo le amenazaba: una de las veces se revolvió el Nadador con tal velocidad y brío, que antes de que su enemigo se diese cuenta, ya le había metido el puñal por una de las ventosas y se la había rasgado. La mar se oscureció de sangre y el tentáculo se retiró y escondió detrás de la cabeza mientras los restantes se cerraban sobre el cuerpo del Nadador y lo envolvían. ¡Era el momento del peligro, quizá de la derrota! No pude menos que elevar el grupo de los contendientes a la categoría de símbolo universal: bien y mal, justicia y desafuero, David contra Goliat y la Técnica contra la Naturaleza, o, dicho también de otro modo, la luz contra las sombras. Estoy seguro, sin embargo, de que ninguna de estas sublimes entidades abstractas (salvo quizá los personajes históricos) habían pasado por las mientes de Alfonso, quien, en aquel momento, se identificaba de la mejor gana con el Nadador, peleaba en su pellejo y sufría en su cuerpo la opresión mortal de los tentáculos (pero, en este caso, ¿quién identificaba al pulpo?) El Nadador quedó de pronto como enjaulado y al mismo tiempo atenazado, en parte al menos: una pierna primero, luego la otra, la cintura después... ¡Todavía estaba libre la mano armada, que por fortuna era la izquierda, porque contra la derecha enderezaba ahora el pulpo sus intenciones, acaso porque la moviese mucho, porque bracease, porque brillase como un señuelo en su muñeca la pulsera de identificación! Cuando lo tuvo bien trincado, atrajo el cuerpo hacia sí, último movimiento para aniquilarlo, y fue entonces cuando el Nadador le metió el puñal en el corazón. Salió un chorretón de tinta oscura. Poco a poco, los radios de aquella rueda cayeron fláccidos, el Nadador estiró los miembros libres, y, para acudir a la desmayada víctima, puso encima del cuerpo muerto sus victoriosas plantas. ¡Qué arrogante su actitud, al mostrar a los peces estupefactos, que habían ido acercándose, el brazo y el puñal! Pero en seguida lo colgó de la cintura y se inclinó hacia la Sirena, quien seguía privada. La cogió en brazos, empezó a mover los pies y a ascender lentamente, triunfador y nupcial a un tiempo. En un rincón del acuario parpadeaba ya la cueva de Sirena: hacia ella se dirigió, precedido de una escuadra de hipocampos, seguido del cortejo de los peces, que se iban recogiendo detrás como el manto de Oberón recogía las estrellas la noche en que se reconcilió con Titania. La sucia sangre del pulpo enturbió la superficie del mar, y los curiosos del muelle la creyeron del Nadador y lamentaron su muerte, ¡tan valeroso y tan joven! Sirena volvió en sí, pero no abandonó los brazos que sostenían su cuerpo: agradecida y mimosa, se dejó conducir hasta su propio lecho. Una tortuga cerró la entrada de la cueva, y los peces quedaron fuera, silenciosos y contentos, como lectores de una novela que acaba bien. Yo, por mi parte, tenía algunas preguntas que hacer a Alfonso: ¿Cómo se reponía la sangre perdida por el pulpo en la pelea? En cuanto al Nadador, ¿la cantidad de oxígeno de sus depósitos bastaba para una operación tan larga y tan compleja, habida cuenta de que además, en algún momento de su entrevista con la Sirena, se había de quitar el casco? Todo esto, en el caso de que la función, como parecía lógico, pudiera repetirse.

III

Fueron muchas las veces que recordé aquella noche, con todos sus incidentes y palabras, y no sólo como acontecimiento entre otros, no sólo en su singularidad y extrañeza, sino principalmente como tema literario: esta tendencia mía a convertirlo todo, por vía de la imaginación y del estudio, en material narrativo, que después, finalmente, se pierde en los ensueños, a lo único que me condujo, en realidad de verdad, fue a estropear y falsear lo que es vida y experiencia. Meramente recordado, aunque fuera sólo para contarlo a mi mujer, lo acontecido aquella noche no perdió su condición de aventura y sorpresa; pero yo empecé pronto a considerarlo en lo que tenía de extraordinario, y a destriparlo, a ver si le encontraba dentro de las entrañas lo que pudiera haber de poesía, que era lo que de verdad me interesaba, aunque (debo decirlo todo) mi orientación de aquellos años no me llevase por el mejor camino hacia semejante averiguación: porque lo que me empeñaba en adivinar y reconstruir era el proceso mental y moral en virtud del cual Alfonso había llegado al estado de espíritu en que lo hallé; sin darme cuenta, tonto de mí, de que muchos procesos similares, reconstruidos, han dado al traste con historias hermosas, y de que yo mismo estaba a punto de cometer tal estropicio. Llegué a consultar el caso con amigos peritos en la vida y milagros de la mente, y aquel de entre ellos en el que tenía más fe y de cuyo saber esperaba mayor esclarecimiento, me echó un jarro de agua fría al responderme que Alfonso no pasaba de un vulgar majadero, neurótico con toda seguridad, y por supuesto mitómano, porque una persona normal, al llegar a la madurez, hubiera podido desligarse fácilmente de la influencia materna, liquidar cualquier clase de temores y bañarse por lo menos una vez cada año en las tranquilas aguas del Mare Nostrum; aseguró también que subyacía al folklórico cuento de la Sirena un complejo de Edipo sin resolver, y que el caso como tal carecía de interés para el científico; llevado a una novela, no creía que sirviese de ocasión para el descubrimiento de mundos abisales, ni mucho menos, y que el que fuese o no legítimo como tal obra literaria dependía de mi talento. El desánimo que sucedió a semejantes declaraciones no fue, sin embargo, impedimento u obstáculo para mi posible tarea, pues lo que de verdad me estorbó ponerme a ella, a pesar de los pronunciamientos en contra, fue mi parentesco con Alfonso y el respeto que debía a su intimidad. Sin embargo, ¡cuantas noches en claro, a vueltas con este o aquel detalle, o con la historia completa, como si fuera a escribirla! Llegó un momento en que hubiera podido hacerlo; pero ¿qué habría resultado? Porque tardé mucho tiempo en comprender que la historia de Alfonso sólo podía contarse al modo de los cuentos infantiles, y yo no tenía talento para hacerlo, ni nunca lo tuve.

Mientras viví solo en Madrid, fui alguna vez a Cuenca, a pasar unas horas con él, y él lo hizo, también con la misma frecuencia, como si me devolviese la visita. El asunto de la Sirena no volvió a plantearse, y Micaela, con quien hablé asimismo, no insistió en sus recomendaciones. Acompañé a Alfonso a algún concierto y a alguna librería; le presenté amigos y amigas: todos le recibieron como simpático y atractivo que era, pero sin que nadie llegase a sospechar que su vida, en algún modo, se saliera de lo corriente: la intuición de las mujeres modernas se orienta con preferencia hacia contenidos más racionales, o, al menos, racionalizados; no son, como sus abuelas románticas, zahoríes del misterio, ni lo cuentan acaso entre los componentes del *sex appeal*.

Dejamos, de repente, de vernos. Algún viaje largo, probablemente: mío, suyo o de ambos. Mi familia se trasladó a Madrid y fuimos a vivir a la avenida de los Toreros. Le escribí una carta a Alfonso, ofreciéndole mi casa, con el ruego de que viniera a vernos cuando pasara por Madrid. No me llegó respuesta ni otra noticia. Pasó aquel invierno, volvimos a Galicia, regresamos. Un día, al llegar —era septiembre, y empezaban los álamos a dorarse—, Josefina me tendió un sobre abierto, del que saqué un recordatorio: decía que Alfonso había muerto, aunque ni cómo ni dónde, un día del agosto pasado, y que se rezase por su alma. Mi mujer les escribió, a los Mariño y yo añadí una posdata: respondió Aileen, una carta cariñosa y entristecida, aunque sin detalles; se refería además, aunque vagamente, a un posible viaje, de ella o de Payo, acaso de los dos, a Madrid, donde tenían alguna gestión que hacer. Josefina les envió unas letras con el ruego de que avisasen, número de teléfono y demás. Eso fue todo.

Pasó tiempo, yo no sé cuánto, pero seguramente un año, o por lo menos un invierno. Nosotros andábamos un poco a trompicones con la vida: los hijos que crecían; la enfermedad de mi mujer, cada vez más peligrosa, y el dinero cada día más escaso. Por otra parte, había razones públicas para que amaneciésemos con el regusto amargo y una arruga en la frente. Nos fuimos olvidando de Mariño y su suceso. Si alguna vez atravesaba su nombre por la memoria, le respondía mi convicción de que una muerte llegada a tiempo, y sabría Dios de dónde, había interrumpido sus relaciones con la Sirena; porque, de habérselo llevado ella, ¿cómo no iba a haber salido en los periódicos? Entonces todavía se solía citar, a propósito de lo que fuese, aquello de Rilke y de la muerte propia, hoy olvidado ya, traspapelado, o quizá superado; pues yo pensé que la suya, la de Alfonso quiero decir, no habría cumplido este requisito. Y no di muchas vueltas al tema, ni a los demás recuerdos, ya que la actualidad lo desplazaba todo con energía. No he olvidado, sin embargo, algunas de las soluciones halladas para la narración mientras pensé en ella: la comenzaba al modo mítico, con dioses célticos de la tierra y la mar, uno de ellos llamado, no sé por qué, Moanna. ¡Mira tú! Y había otro, si no me engaña la memoria, una enorme serpiente dormida de milenios y tan recubierta de musgos y de piedras que todo el mundo la tomaba por una arruga del monte, y esta serpiente, que debía de ser pariente próxima de la del lago Ness, o por ahí, se despertaba y se desperezaba, con desprendimiento estrepitoso de adherencias, y luego se precipitaba en las linfas de la bahía tranquila, que inmediatamente se cubría de niebla, y esto me parece que desencadenaba la actividad de los restantes viejos dioses y de los otros personajes del relato, o cosa por el estilo. ¡Lo que se le ocurría a uno cuando era joven! Lo que se le ocurría y no escribía jamás, porque ¿quién se hubiera atrevido a hacerlo así por los años aquellos? La moda estaba por el detalle exacto y la ley de la mirada: hubiera necesitado de medio libro sólo para describir el desperezamiento de la serpiente y sus primeros movimientos después de siesta tan larga: no hay que olvidar que medía por lo menos un kilómetro de largo: la ladera del Lobeira que mira hacia Villagarcía.

En fin, que unas imaginaciones desalojaron a otras, y el caso de Alfonso Mariño lo conté alguna vez, entre amigos, como raro y bastante increíble, y así se inició lo que fue su destino posterior: un relato verbal más o menos divertido, según el talante del auditorio, y también según el narrador anduviese de facultades. Lo malo era su carencia de final: aparecía incompleto, sin solución, y yo me veía a veces obligado a inventarle una, más o menos hábil y convincente, que no era, por supuesto, la de la muerte de Alfonso, ya que ésa, como antes indiqué, le venía desde fuera del drama, como un *deus ex machina* traído por los pelos. ¡Y qué sensible es la gente a estas manipulaciones! En seguida responden que el final no les gusta, y la razón les sobra. El preferido fue el que atribuí a Micaela, transfigurada en mujer de carácter, a la que Alfonso un día abre su corazón: entonces, ella se lo lleva a la playa, le obliga a bañarse juntos, aunque él no supiera nadar, se lo lleva lejos, lo aguanta, lo protege, lo defiende, desafía a gritos a la Sirena, y, por último, lo devuelve a tierra completamente curado. Para dar a la escena cierto matiz romántico, hacía que Micaela, al poner los pies en la orilla, se desmayase. Y como no pasaba de aquí, como el imaginable matrimonio subsiguiente quedaba en la penumbra y cada oyente lo añadía o no según sus apetencias, pues el cuento quedaba decentito y como un triunfo final de la razón sobre la mitología. ¡Mira que la razón encarnada en Micaela! Aunque la verdad fuera que el personaje, de Micaela, sólo llevaba el nombre. Lo que yo había inventado era una regular amazona.

Posteriormente, sin embargo, toda la historia hubo de ser modificada, no por la fantasía, por los hechos, y es esto lo que quiero contar, verdadero final del drama y no recurso postizo. Un día llamaron por teléfono, y Aileen le dijo a Josefina que se preparaban a venir para tal día, y que si les buscábamos hotel. Así lo hicimos, claro, y ellos llegaron una clara mañana de finales de mayo, y casi en la misma estación, entre que se recogía el equipaje y se buscaba un taxi, Payo me habló de ciertas gestiones que necesitaba hacer para el negocio de los barcos, en las que seguramente yo podría ayudarle, como así fue: de modo que nos pasamos las horas inmediatas de una oficina en otra, y después nos reunimos a comer en un lugar del centro, con las mujeres. Payo había perdido aquel aire infantil de chicarrón del norte y algo de su corpulencia: como que estaba más delgado y como envejecido, y también a Aileen le salían arruguitas en las esquinas de los ojos, pero nada había turbado la limpidez de su mirada: conservaba la figura, eso que ya tenía tres niños. Las horas del almuerzo se consumieron en hablar de unos y de otros, en noticias de bodas y nacimientos, de fracasos y de proyectos. Parece que habían pasado una mala racha los pesqueros, de la que se estaban recobrando difícilmente, porque empezaba la competencia de las grandes compañías, y aquella pesca artesana que sólo requería valor y habilidad empezaba a batirse en retirada. «Va a haber mucha hambre en la costa, si las cosas no se arreglan», dijo una vez Payo. Las del matrimonio, en cambio, debían de ir muy bien, a juzgar por la ternura, como disimulada y secreta, con que se trataban, y quedé persuadido de que la dirección del cotarro la llevaba discretamente Aileen, y que Payo, con toda su fuerza y su gran humanidad, era calladamente gobernado: lo cual, pensé, no podía pasar inadvertido a la tía Eugenia, tan marimandona antaño, acaso ahora desplazada y reducida a una vejez beata y regañona. Conjeturas, como digo, porque de esto no se habló en aquella ocasión.

El trato fue de cenar en nuestra casa. Lo hicimos en la biblioteca, que era el lugar adecuado para esas ceremonias por ser el más bonito; Payo mostró interés por algunos grabados de barcos; su mujer, por los libros. Estuve a punto de preguntarles adónde había ido a parar la inmensa colección de Alfonso, pero me refrené a tiempo, y el tema del hermano muerto no salió durante toda la cena, en que, al revés que al mediodía, nos tocó a nosotros llevar la voz cantante e informar de nuestra vida y milagros, que ya iban siendo bastantes. No sé cómo ni cuándo se pronunció el nombre de Alfonso; lo dijo Aileen, de eso estoy seguro, e inmediatamente quedamos todos en silencio, como si hubiésemos llegado al borde de una sima y temiésemos caer. «¡Claro! Vosotros no sabéis aún...» Y Aileen añadió en seguida: «Siempre hemos dicho que os lo contaríamos en la primera ocasión, pero hasta hoy no la hubo.» Y luego se cruzaron unas palabras, quién de los dos empezaría, y Aileen sugirió que él, por lo de la niebla, y que ella ya intervendría cuando fuese menester. De modo que contó Payo, después de haber apurado el café y de haber estado un rato silencioso y como ensimismado. Lo de la niebla había sido al regreso del Gran Sol, cerca ya de la ría, un poco más abajo de Corrubedo, más o menos, entre este cabo y Sálvora, con más exactitud, pero ellos no lo sabían. Era una de esas nieblas espesas e impenetrables, casi tinieblas, con la mar encalmada y el aire tibio: los barcos se habían ido reuniendo hasta casi tocarse, y repicaban constantemente para avisarse de la situación, pero hasta las campanadas se apagaban en aquella humedad, de modo que sólo encontrándose cerca y a la vista se sentían seguros: hasta diez o doce que eran, formando un círculo, y se hablaban unos a otros, y unas veces maldecían y otras decían burlas. Las radios permanecían en conexión constante con las estaciones de tierra, y Payo, desde la suya, comunicaba con Aileen, le daba seguridades, y ella enumeraba la lista de recados para este marinero o aquel otro: que si la mujer de Aguiño había tenido que ir a Santiago a hacerse una operación, pero que ya estaba de vuelta y bien, o que si la mujer de Pepe o Xordo había parido una niña, y que si le esperaban para el bautizo. Entre noticia y noticia, Aileen inquiría precisiones: «Pues tenemos que andar cerca, porque ayer a medianoche avistamos el faro de Finisterre, calculo que habremos pasado ya la boca de la ría de Noya, o por ahí, pero no nos conviene movernos, ya sabes cómo es esta costa»; preguntar por Patricia, decir que estaba bien, los demás como siempre, Elvira y Sol habían ido a Pontevedra, de compras, pero regresarían para comer. Los barcos repicaban por turno y a la redonda, y en las proas puestas a la lobreguez, el más fuerte de cada tripulación, con un bichero, aguardaba el empellón posible, para desviarlo; pero quienes andaban aún por el sollado cuchicheaban de lo que pasaría si un barco de mediano porte los tropezase en su ruta: un barco que, como ellos, viniese repicando para que se le apartasen del camino: pues que sería el acabose. En el barco de Payo, al lado del bichero, se había puesto a horcajadas el rapaz de a bordo, que era de Las Inas, hijo de un marinero a quien ya se había llevado una galerna, y Payo le tenía en mucho aprecio, y éste fue el primero en oír los gritos, no muy lejos y más bien a estribor, aunque, metidos en la niebla, nunca se sabe, y el del bichero los escuchó también y preguntó al vigía del barco próximo si los había oído, y él dijo que sí, y el que esperaba en la popa del barco de babor, que quedaba un poco lejos, hizo bocina con las manos y preguntó si no escuchaban así como unos gritos, de manera que la cosa quedó clara, y el rapaz fue corriendo a decírselo al contramaestre, que estaba hablando con Payo desde la cubierta al puente, y mandó que echasen el chinchorro al agua y él mismo lo tripuló, con el rapaz y el del bichero, que lo llevaba en la mano por si había que enganchar a alguien. Llevaban también el farol para alumbrar desde la proa. Bogaron un pedazo sin oír nada, hasta que los gritos se repitieron, y el contramaestre cargó la caña y guió hasta donde él creía que venían los gritos. A las bordas de los barcos próximos se habían asomado caras curtidas con gorros de lana, azules o de colores, algunos con pompón, y echaban su cuarto a espadas gritando un poco más a babor, o a estribor, según lo que apreciaba cada cual, y un marinero viejo aseguraba en un corrillo que se trataba seguramente de algún náufrago, porque él juraría que no hacía ni media hora que había visto pasar, entre la niebla, la mole oscura de un paquebote; y otro marinero, viejo también y con fama de bastante lunático, le respondía que él, siendo muchacho, y en

ocasión de una niebla como aquélla, también se había trope-
zado con un barco que se les echaba encima, y que para librarse del abordaje todos se habían puesto a los bicheros, y se
habían librado por los pelos, pero que los bicheros se hundie-
ron en el costado del barco, que era de madera y estaba podrido: «Un *clipper* que nos dejó el aire con olor a muerto.»
Y otros cuentos así salieron de una memoria y de otra, mientras el chinchorro del contramaestre sacaba de las aguas una
mujer medio ahogada y la metía a bordo, y venga a hacerle la
respiración artificial, y a que vomitase lo que se había tragado, ayudado por el rapaz, estupefacto de verla en cueros,
mientras el otro, el del bichero, remaba de regreso. Los vieron
llegar los curiosos, los vieron izar a bordo del pesquero el
cuerpo inerte de una mujer desnuda: en silencio, sin atreverse
a bromear, pero susurrando alguno a su vecino: «Es el barco
de Mariño, ¿no?» Payo, que contemplaba la operación, le
gritó al contramaestre: «¡Aquí! ¡Acuéstala en mi cama!», y
él mismo abrió la puerta del camarote, y mientras el contramaestre la acomodaba, buscó la botella del aguardiente y la
aplicó a los labios de la desvanecida. El contramaestre traía
mantas, y en tanto la envolvía, dijo a Payo: «¿Se fija en los
pies y en las orejas? No llevó nunca pendientes ni zapatos.»
Y Payo le preguntó que qué quería decir. «Nada, nada.»

Al llegar a este punto la narración de Payo, Aileen le interrumpió: «Habrás pensado o estarás pensando lo que todos:
que aquella mujer medio ahogada era Sirena.» Y yo le respondí: «Resulta inevitable recordarlo; pero, de ahí a creer-
lo...» «Ni Payo, ni las niñas, ni por supuesto yo, lo hemos
creído jamás. No sé mi suegra. Pero la gente del pueblo estuvo
persuadida desde el primer momento, empezando por los marineros, que se santiguaron todos, incluso los más incrédulos,
y que dieron la noticia, al llegar, de que *"Hoxe pescamos a
Serea"*. De manera que puedes imaginar su recelo. Les decía-
mos: ¿Podéis creer que iba a medio ahogarse, que iba a coger
una pulmonía doble, que iba a estar a la muerte por un cha-
puzón? Porque así fue, y luchamos más de una semana para
salvarla, que estuvo en un tris. Ellos no respondían nada, o
bien decían: *"Pero ¿xa se sabe quén é?"* Y eso era lo que
buscaba Payo con telegramas y radios, con gestiones en la
Comandancia de Marina, con toda clase de investigaciones.
Pero no faltaba nadie entre el pasaje o la tripulación de cuantos barcos habían navegado aquellos días frente a la costa ga-
llega, ni se sabía de polizones perdidos, ni de nada que pudiera
darnos una explicación aceptable. Tenía que haber caído de

un yate o cosa así, extraviado también en la niebla. Esperábamos, para saberlo, a que ella recobrase el sentido, pero, para nuestra sorpresa, se curó, sí, pero no pudo explicarnos quién era, ni de dónde venía, porque había perdido la memoria. El médico dijo que del *shock*, que es lo que dicen siempre. Los esfuerzos para que recobrase la conciencia de sí misma fueron vanos. Era como una niña que todo lo tenía que aprender. Únicamente, a veces, cantaba: una canción sin palabras, tarará, tarará; una melodía también desconocida, por la cual, acaso, se hubiera podido averiguar su origen, pero no se nos ocurrió registrarla y que alguien la estudiase. Yo la recuerdo: es una melodía vulgar, muy sencilla, casi infantil; pero, ya ves cómo las cosas se complican: se supo que cantaba y se corrió por el pueblo que aquella música la recordaba alguien, la recordaban quienes habían oído cantar a la Sirena cuando se aproximaba al muelle rabiosa por la ausencia de Alfonso.» Aileen dejó caer la mano en mi brazo y añadió: «Fue una batalla muy dura la del sentido común contra la fantasía del pueblo. Aquella niebla espesa donde había aparecido la muchacha, pronto la poblaron de buques fantasmas, de monstruos olvidados ya, ¡qué sé yo de cuántas cosas! ¡Y las orejas intactas, y los pies que no habían calzado zapatos! Pero ninguno intentaba explicar cómo a Sirena, en lugar de la cola, le habían salido aquellas hermosas piernas!»

Me daba la impresión, por el tono de Aileen, por la energía puesta en sus palabras, por la pasión que encerraban, que la primera persona a quien quería convencer era a ella misma, y, después, a su marido y a mí: como si por debajo de nuestro escepticismo manifiesto, y del suyo, por supuesto, corriese como un arroyo oculto la convicción de que aquella mujer era, en efecto, Sirena, como decían todos en los contornos de Vilaxuán; como, según yo iba sospechando, creían los de la familia, o temían al menos: la primera, la tía Eugenia, quien, nada más ver a la náufraga, privada y vomitando agua, se había refugiado en un mutismo triste y desesperado, interrumpido sólo cuando algunos meses después se trató de bautizar a la muchacha («*sub conditione*», precisó Aileen), quien ya hablaba y a quien las niñas habían enseñado el catecismo y algunos otros saberes indispensables. La tía Eugenia gritó que no, que no, que no hicieran semejante sacrilegio, pero como el cura no se opusiera, la bautizaron, y fue una tarde de domingo en que, a la hora de la ceremonia, se quedaron vacías las tabernas, y, como sin quererlo, la gente se fue acercando al atrio, y anduvo por los alrededores en espera de que aquel demonio con figura de mujer, al recibir el agua bendita, pegase un estampido y saliese bufando por los aires. Pero no sucedió nada de eso, y la gente, decepcionada, aún sin atreverse a negar que la neófita fuese efectivamente la Sirena, creyó menos en la eficacia mágica de los sacramentos: lo cual dio lugar a un sermón memorable, por lo irritado, del cura párroco. De lo que Aileen insinuó, más de lo mucho que dijo, pude deducir que, no sólo para el pueblo, sino ante todo para la familia, aquel bautizo había sido como una prueba de sangre o de legitimidad, y que pasados sus trámites, no sólo la tía Eugenia, sino también las demás, modificaron sus convicciones secretas acerca de la identidad de Marta, que así le habían puesto por nombre. La cual aprendió con rapidez y naturalidad más de lo necesario para llegar a ser una muchacha corriente: en poco tiempo supo leer y escribir, y en la vida de relación se movía con gracia y destreza, de modo que muy pronto la dejaron salir sola al pueblo, con cuyas gentes se acostumbró a relacionarse, hasta el punto de empezar a hablarles en su lengua. «La señorita Marta» perdió en el transcurso de unos meses el aura de milagro o de misterio, y fueron muchos los que llegaron a confesar que se habían portado como unos tontos al creer que fuese de verdad Sirena: de modo que los argumentos, más que razonables, racionales, de Aileen y de la familia, cobraron tardíamente algún valor. «*Pois, ¡craro! sendo a Serea, ¿cómo raios ibase a afogar no mare?*» Y todo por el bautismo. Pero, en el fondo y en su mayor parte, se sentían decepcionados. El maestro dio una noche en el casino una especie de conferencia acerca de la terquedad con que las supersticiones sobreviven, y de cómo, a pesar de todos los pesares, a la menor circunstancia favorable, renacen de las oscuridades del alma, donde suelen refugiarse: a estas oscuridades, el maestro las llamó el subconsciente, y tuvo que explicar lo que era. Esta charla nocturna e improvisada se puso en parangón con la ya medio olvidada del cura párroco, y hubo quien resumió el resultado de la comparación en estas pocas palabras: «Así se explican las cosas.»

Sin embargo, fue una falta de precaución dejar a Marta que saliese sola y hablase con la gente. Hubo un día en que llegó a casa preocupada y permaneció silenciosa y soturna durante todo el almuerzo, ella, siempre locuaz y hecha una pura risa, y por la tarde alguien la vio sentada en el jardín, con la mirada puesta en la Sirena labrada en el blasón de aquella parte de la casa; días después preguntó por Alfonso, de quien nadie de la familia le había hablado, y, tiempo más tarde, la sorprendieron saliendo del cerrado donde estaba la cruz de los Mariño que habían muerto en la mar: hechas las averiguaciones oportunas, se llegó a la conclusión de que doña Pepita Figueroa, una mercera que tenía la tienda al lado del Casino, y a la que no convencieran las razones de nadie, había descubierto a Marta *su verdadera identidad,* y ella, que tenía el alma como una niña, se lo creyera. Acordaron no darse de momento por enterados, aunque la oposición de tía Eugenia, que proponía remitir a Marta a una embajada nórdica, la que fuese, pero mejor a la noruega, no sabía bien por qué, con el conque de que era rubia y corpulenta y todo el aire de venir de por allá arriba, y que ellos averiguasen su procedencia y la entregasen a su familia. «A lo mejor, al oír hablar su lengua, se acuerda otra vez de todo», lo cual no estaba mal pensado, probablemente; pero las niñas se le opusieron con razones de caridad, y Aileen porque le había cogido cariño, y Payo sin razones, aunque con energía: de lo cual resultó el retorno de tía Eugenia al silencio y a la hosquedad, a no dirigir la palabra a Marta y a pasarse en la iglesia más tiempo del acostumbrado. Una vez, Aileen halló ocasión de interrogar directamente a Marta, y sacó en limpio que conocía ya toda la historia, y que estaba segura de que Alfonso vendría un día a buscarla y a casarse con ella. Y resultó además que ya no ignoraba nada del casamiento y del amor, pese a que las niñas, sobre el particular, habían andado por las ramas. Dedujo Aileen que la intervención de doña Pepita Figueroa, aunque a fondo, dejaba mucho que desear, pues lo que había inculcado a Marta era una mezcla de vulgaridad y misterio bastante contradictoria. No se atrevió a preguntar a Marta si se creía Sirena, aunque sospechó que sí; lo que sí hizo fue intentar demostrarle que todo aquello no pasaba de paparruchas y cuentos viejos. La escuchó Marta con atención, y luego le preguntó por qué, entonces, la tía Eugenia no permitía a su hijo que se acercase a la mar, y lo tenía alejado de la familia casi desde su nacimiento. No supo Aileen qué contestar, y salió del apuro con palabras vacías. Marta le respondió ingenuamente: «No te entiendo.»

Necesito interrumpir aquí el relato para decir que, hasta aquel momento, había escuchado a Aileen ingenuamente, y que su cuento me había atrapado como a un participante más, aunque del coro: lo recibía como inesperado prolegómeno, acaso largo, de un acontecimiento real del que me sentía sentimentalmente afectado: la muerte de Alfonso, de la que lo ignoraba todo y cuyas circunstancias iba por fin a conocer.

Y sin quererlo, sin que siquiera se me pasara por las mientes la actitud contrapuesta, se me habían insinuado en el espíritu, también como reales, ligeros ramalazos de misterio que de la narración se desprendían como un aroma, los cuales, por no llegarme expresos, me hallaban desapercibido y por lo tanto inerme, pero empezaron a hacérseme patentes en el momento mismo en que Aileen contó su descubrimiento de que Marta estaba al cabo de la calle, y de que probablemente, en el fondo de su alma, se creía Sirena: pues esto sólo bastaba como explicación racional de cuanto pudiera suceder, como eslabón de una cadena lógica sólidamente trabada que excluía, no sólo toda expectación de misterio, sino cuanto de tal se hubiera recibido anteriormente. «Si yo hubiera escrito esta historia —concluí en mi interior—, le suprimiría ese trámite»: y de repente perdí todo interés por lo que no fuera el desenlace, que empezaba a averiguar en la sustancia, aunque no en los detalles. Y por llegar a conocerlos cuanto antes, interrumpí a mi vez a Aileen:

—¿Y qué pasó? ¿Fue Marta en busca de Alfonso, o cómo se conocieron? Porque voy suponiendo ya que a este final nos encaminan todos estos sucesos.

—Pero no como tú piensas. ¿Cómo iba Marta a buscarle, si no sabía andar sola por el mundo?

—¿Fue alguno de vosotros, pues?

—Tampoco. Aunque estuviéramos, como estábamos, convencidos de que era inevitable el encuentro entre Marta y Alfonso, ninguno de nosotros se atrevería a provocarlo; más aún, de haberlo podido, lo hubiéramos evitado.

—¿Y por qué?

—Quizá porque, en el fondo, lo temiésemos.

—Es decir, que también vosotros creíais que Marta era Sirena.

—¡No, no, de ninguna manera! —protestó Aileen; y Payo repitió tras ella: «¡No, no, no!»

—Entonces no lo entiendo.

—Acaso no pasase de mero presentimiento... Vivíamos metidos en una atmósfera extraña, afectando normalidad e incluso alegría, pero llenos de un miedo que no nos atrevíamos a confesar: el mismo que tenía mi suegra desde que le había nacido un hijo con los ojos azules y que se había reforzado con el hallazgo en la mar de una mujer desnuda. Ese miedo nos atenazó hasta hacernos enmudecer cuando una tarde, a finales de junio del año pasado, inesperadamente, increíblemente, apareció en casa Alfonso. ¿Eres capaz de imaginarlo? Sin avisar, sin una confidencia o un tanteo que hubiera preparado los ánimos. Cualquier cosa, la más disparatada del mundo, nos hubiera parecido natural, menos aquello. A nadie se le ocurrió jamás que Alfonso se atreviera a romper los juramentos, a saltar por encima de las prohibiciones, treinta y tantos años de prohibiciones, de su madre. Yo experimenté una sensación desconocida, créeme: como si algo diabólico empezase en aquel momento o como si se acabase: porque también podía ser que, con aquel acto inesperado, Alfonso hubiera roto un sortilegio. De una manera o de otra algo irreal empezaba a suceder, aunque bien pudiera acontecer lo contrario, que, de pronto, empezásemos a vivir la realidad. En cualquier caso todos saltamos de algo a algo, todos, menos Marta, para quien la llegada de Alfonso, por esperada, fue natural. De Payo sé que quedó anonadado: aquélla fue una noche de confidencias, no pudimos dormir, y estoy segura, créeme, de que fue aquella noche cuando engendramos a Jacobo, que tiene los ojos azules.

Quedó en silencio. Intenté atajar sus pensamientos:

—Como tú.

—No. No son mis ojos, no es mi azul, sino el de los Mariño. Lo distingo perfectamente.

—Bien. En cualquier caso, lo que quería decirte es que el acto de Alfonso no me sorprende en absoluto. Era algo que tenía que suceder, en Vilaxuán o en otro lugar cualquiera. Yo sé que nunca había estado junto a la mar, pero sí que se había acercado a ella, que la había visto. Era probablemente una decisión antigua, que se demoraba por algunas razones, yo no sé cuáles. Quizás esperase la muerte de tía Eugenia.

—¡No puedes imaginar su grito, ni cómo rechazó a Alfonso cuando se le acercó a darle un beso! Se encerró en su habitación, no hizo caso a las súplicas de nadie. Al día siguiente, había desaparecido: supimos por una criada de su marcha a Castilla, a Carrión de los Condes, de donde era y donde tiene hermanas. Payo la siguió en el tren inmediato, pero no consiguió convencerla de que regresara: como que casi no pudo hablar con ella. Allí está todavía, quizás esperando la muerte.

—¿Conoce la de Alfonso?

Me respondió Payo:

—No lo sabemos. Yo telefoneé a una de mis tías, le rogué que la enterase con precauciones, en fin, lo natural en estos casos, pero ignoramos si lo hizo y cómo. No ha vuelto a escribirnos, ni nadie en su nombre.

Aileen, por su parte, añadió:

—La tía de Payo no enteró a nadie de la muerte de Alfonso, de eso estoy segura. ¿No comprendes que, de saberlo, mi suegra habría vuelto a cobrarse de su razón? Quizá con una sola frase, con unas pocas palabras: ¿No os lo decía yo?, o algo así. No está en su carácter lo de dejarse vencer, ni siquiera escapar. Si lo hizo, no fue por cobardía sino por ira.

—¿Y hasta qué punto tendríais que darle la razón? —les pregunté.

—No te entiendo —me respondió Payo; y Aileen le atajó en seguida.

—Quiere decir que todavía no sabe cómo murió Alfonso, ni hasta qué punto...

La interrumpí:

—En el caso, claro está, de que, sabiéndolo, no mancille un secreto sagrado.

Aileen movió la cabeza, gravemente.

—No. No es ningún secreto, y en Vilaxuán, con más o menos detalles, lo sabe todo el mundo, aunque lo cuentan de manera distinta de la mía. Ellos dicen que Alfonso, como tenía que suceder, se enamoró de la Sirena, y que ella acabó llevándoselo, también como tenía que suceder. Lo que yo, que viví aquel verano más cerca de ellos que nadie, puedo decirte, es que la enamorada era Marta, y que Alfonso no lograba entender la situación, no lograba mantenerse por encima de su propia perplejidad, pues a poco que se dejase llevar por la imaginación, tenía que coincidir con lo que el pueblo creía: que Marta era la Sirena, y esperar lo que el pueblo esperaba: que un día se marcharía a la mar con ella. Hubiera aparecido Marta de otra manera y las cosas habrían transcurrido por cauces muy distintos. Pero Marta venía misteriosamente de la mar, y como había venido podía un día marchar, llevándoselo a él, eso sí.

—Perdóname, Aileen, que te interrumpa una vez más, pero eso mismo es lo que Alfonso creía y esperaba como única creencia y única esperanza de su vida desde mucho tiempo atrás. De mi primer viaje a Cuenca, del tiempo que pasé con él, fue la única conclusión positiva. Él mismo me lo confesó.

—En ese caso —me respondió Aileen— hubiera tenido que pensar que era demasiada casualidad lo de que las cosas saliesen tan al pie de la letra. Otro lo hubiera encontrado sospechoso, hubiera desconfiado. Y él mismo desconfiaba muchas veces, lo sé perfectamente, porque algunas señales me permitieron comprenderlo. Quizá haya sido un proceso que marchaba hacia su final, un final en el que cada cual recobraría su cordura, y Alfonso el primero. Yo lo esperaba así, porque Marta le gustaba, le gustaba mucho, y quería casarse con ella. Habíamos empezado los trámites, que no eran fáciles, que iban a ser largos. Es posible que la misma Marta hubiese llegado a creer que su destino, aquel, inexorable, que le había descrito con tanto detalle doña Pepita Figueroa, no tenía necesariamente por qué incluir una escapatoria a la mar. Participaba con el mismo entusiasmo que cualquier novia en la preparación de su ajuar y en todas las menudencias del caso. Hasta que un día llegó la galerna de agosto. ¿No la recuerdas? Los periódico hablaron de ella.

—La tengo ya olvidada.

—Los que vivís en la ciudad, de espaldas a la mar no comprenderéis nunca lo que significa un temporal así en tierras como las nuestras, quiero decir tanto las de Galicia como la mía; lo que significa de destrucción y de muerte.

Alcé la mano.

—Un momento, Aileen. *Yo sé* lo que significa una galerna; yo conozco la zozobra por la gente sorprendida en la mar, y el rezo en común por ella, y los lutos, y la pobreza, y todo eso a lo que tú ibas a referirte. Lo conozco desde muy niño, y lo viví, de maduro, lo bastante de cerca como para poder imaginármelo ahora en todos sus detalles.

—Entonces recordarás cómo se pone la mar de negra, con las olas hinchadas y las crestas, más que blancuzcas, amarillentas, y cómo zarandea lo barcos, y rompe las amarras, y los barcos se estrellan contra la costa.

—Claro que lo recuerdo.

—Pues fue una tarde de ésas, con la mar así. Nos habíamos reunido en la sala a tomar el café. Las niñas cosían en un rincón y hablaban de sus novios; Payo y yo con la niña; Alfonso y Marta, de pie, con las frentes pegadas a los cristales del ventanal, uno de los dos que dan al embarcadero y a la mar; la criada entraba y salía, traía el cuento de lo que pasaba fuera. El viento era muy fuerte y ruidoso, hacía temblar la casa, daba miedo; y silbaba, claro, en todos los agujeros y todas las grietas, hacía flauta de todo. Yo creo que era el viento el que nos había hecho callar, y que hasta la niña, en su cuna, lo escuchaba. No sé el tiempo que estuvimos así. Dorita, la criada, dijo, una de las veces que entró, que alguien había venido a avisar de que la dorna, que estaba al cabo del muelle, creíamos que bien sujeta, garreaba, y Payo le respondió que la dejasen perderse, que no valía jugarse la vida de un hombre. Fue entonces cuando Alfonso y Marta salieron de la sala, silenciosos, cogidos de la mano. Era un movimiento habitual, a nadie le llamó la atención. Unos minutos después oímos gritos fuera,

Payo corrió a la ventana y gritó también; la abrió y volvió a gritar: «¡Alfonso, no seas loco! ¡Alfonso, Alfonso!» Fuimos todos junto a él, y pudimos ver cómo, embarcado en la dorna con Marta, Alfonso se deshacía del ancla y dejaba que las olas los llevasen. Mientras intentaba izar la vela, Marta había cogido el timón y lo aguantaba con todo el peso de su cuerpo. Cuando los perdimos de vista, ya había acudido gente, ya se había pedido un vapor de socorro, en el que se embarcaron Payo y unos cuantos marineros. Era muy tarde ya. Creyeron verlos una vez, entre las olas enormes, pero fue seguramente una ilusión.

Salamanca, día de San Juan, 1978.

FARRUCO, EL DESVENTURADO

A Carmen Martín Gaite

Siempre que conté esta historia me embarazó desde un principio la incredulidad de los oyentes, y aunque después les haya interesado, y hayan visto que es humana y verosímil en su conjunto, al comenzarla yo, solían oponer una muralla de risas y objeciones, cuando no una interrogación unánime y burlona: «¿Y qué es eso de la Santa Compaña?», lo cual, en todo caso, sería razonable en tierras ajenas a la mía y, no digamos en América del Norte, de cuyas encrucijadas no hay memoria de que las hayan transitado jamás las Santas Ánimas, pero ¡en la misma Galicia, y gentes de mi familia! Y es que las cosas cambian y hay que ver cuántas vueltas dio este mundo, y en cuánto dejamos de creer, desde el año 16, fecha en que comienza el cuento. No faltaron, tampoco, algunos consejeros que me hayan dicho: «La historia es interesante. ¿Por qué la comienza usted de esa manera? No mencione la Estantigua y empiece por donde debe, la persona y las costumbres de ese Viejo Malvado, o don Fernando Freire, o como quiera que se llame, y por la casa, y por los trámites que trajeron a Farruco a este mundo.» Y como yo aquí sonriera, pues si por una parte son trámites imaginables, por la otra no hay constancia documental alguna de la más mínima particularidad que los haga distintos, el consejero me solía añadir más o menos: «No me refiero a eso, no sea mal pensado, sino a las causas que llevaron a La Habana a don Fernando Freire, y por qué se enamoró de esa mulata. Usted, por ejemplo, usó la palabra "apostadero". ¿Piensa que conoce su valor la gente que le escucha? Está en el deber de explicarla. Tampoco creo que anden muy enterados de la diferencia entre fragatas y navíos, y en cuanto a la historia de la Marina de Guerra durante el reinado del Narizotas, convendría que fuese más explícito, pues todo el mundo la ignora, aun los profesionales. En una palabra: quite al relato fantasía y añádale documentación. Tal y como lo cuenta parece una novela, cuando se trata de un episodio histórico. Cada materia busca su propia fisonomía: dele, desde el principio, la que le corresponde.» Yo creo que, a causa de estos consejos, el caso de Farruco no lo escribí jamás, ni lo escribiré como narración verídica ni como cuento imaginario, y por eso me limito a lo que voy a hacer aquí: referir sencillamente cómo llegaron a mí las noticias que lo componen, y cómo me interesó, y, finalmente, cómo, buscando aquí y allá, pude reconstruir una vida, al menos de manera suficiente para saber a qué atenernos. Y, como soy bastante honrado, añadiré en los puntos convenientes lo que yo habría puesto de mi cosecha de haber escrito la historia como es debido, pero dejando claro que son imaginarias.

Es esa honradez, precisamente, la que me impide prescindir de la Santa Compaña. Para que todo el mundo esté tranquilo y no me tenga por mentiroso, diré que no creo en ella, que la tengo por una antigua patraña cuyos orígenes y razones de ser están perfectamente dilucidados, y que mis supuestas relaciones con ella pueden ser racionalmente explicadas: basta con imaginar unas cuantas personas crédulas e ingenuas y un viejo un poco borracho, pero hábil de palabra, que sabe hacerlas partícipes de sus elucubraciones. En cuanto a mí, como va a verse en seguida, fui personaje pasivo e inocente, estaba medio dormido, y lo que sé del caso procede de referencias ajenas, no de mis propios recuerdos. ¡Me lo contaron tantas veces! Y así es como lo cuento. Pero, insisto, no solicito la conformidad de nadie, menos aún su asentimiento. Es absurdo que el alma de Farruco Freire anduviese nocturna por los mojados vericuetos de la Santa Compaña, necesitada de sufragios, cuando hoy ya nadie cree en los sufragios ni en el alma. La gente de hace sesenta años —ya ven, como quien dice anteayer, con acorazados por los mares, sin embargo, y la vacuna antirrábica surtiendo sus efectos— era aún muy distinta de la de ahora, sobre todo en la aldea.

¿Sería concebible en nuestros días un tipo como el tío Galán? Por entonces, hablo de la fecha que di antes, andaba cerca ya de los noventa, si no los había cumplido; era muy pequeñito, y los domingos por la tarde se ponía su traje nuevo, su corbata y su sombrero de paja, aunque lloviera, y se iba a requebrar a los bailes y lugares de reunión, como un mancebo. Antiguo marinero de la Armada, retirado ya, cuando le dieron la absoluta de los barcos se puso a navegar por cuenta propia, y en una barca que tenía iba a la playa de Cariño, o de Doniños, o de San Jorge, y la traía cargada de arena blanca y fina que vendía a perra chica la medida, y era barata; también algunos peces de rompiente. Estaba viudo, y sus hijos andaban por los acorazados, contramaestres los más de ellos, y él vivía en una choza muy bonita, al menos a mí me lo parecía, en un rincón de la ribera. Los sábados se cogía la cogorza, y los domingos los dedicaba, como dije, a las mujeres. Hablaba un castellano chapurreado de gallego con algunas palabras antillanas, pues no en vano se había pasado allá su juventud. Era de conversación graciosa y de recuerdos desordenados y tumultuosos: parecía tenerlos acumulados y en columna, nada más dar salida a uno de ellos, iba, detrás, el resto, sin que nadie lo pudiese frenar. Estas columnas de recuerdos no pasaban de cuatro: la guerra de Cuba, viajes a Filipinas, historias de ladrones y cuentos de la Santa Compaña. Nunca mezclaba los de una con los de otra, si no es que a los de la Santa Compaña añadía a las veces memorias de ritos ñáñigos, sin confundirlos, sin embargo, ni siquiera cuando andaba briago. Nadie los ponía en duda, ni aun los ateos militantes, que ya los había: la palabra del tío Galán fuera siempre de fiar; además, lo sabía todo el mundo, esta relación del viejo marinero con los muertos tenía su justificación ceremonial y era el efecto de una causa: por equivocación, cosa que puede suceder, el cura que le había bautizado le había ungido con los óleos de la Extrema, no con los del Bautismo, y a los así sacramentados se les descorren las cortinas que nos separan de la Verdad. Por eso, cuando Galán iba a ver a una vecina y le decía, después de algunos circunloquios: «Marica, tu marido necesita misas», se le creía y se iba a ver en seguida al párroco.

Con nosotros tenía relaciones de amistad antigua y buena. Cuando pescaba algunos peces, se los traía a mi abuela, si eran finos, para vendérselos baratos, y se quedaba a tomar algo, que era un tentempié con vino. Entonces, si estaba yo, me sentaba a su lado y le escuchaba. De los grandes narradores que conocí en mi infancia, fue uno de los mejores, el tío Galán, y contaba como si se estuviera viendo, una refriega en el Caribe o una pelea con tagalos en el muelle de Manila, y no digamos las noches de calma chicha bajo los cielos de esmeralda, allá en el trópico, la mar surcada de tiburones. Lo que supe de las faenas marineras lo aprendí en su escuela, y más me hubiera enseñado. Varias veces me invitó a acompañarle en sus viajes por las playas vecinas, pero nunca me lo permitieron en casa por el miedo que tenían de la mar, y más de aquellas costas, tan terribles y súbitas: como que cierta vez sobrevino una galerna y se llevó la choza de Galán, y le estrelló la barca contra unas rocas. Pasó dos días contemplando el estropicio, sin moverse y sin comer, los ojos puestos en unas tablas flotantes que la marea trajo y llevó: le rodeábamos a ratos, silenciosos como él, unos cuantos chavales, y compartíamos su pena. Después se levantó, se metió en la taberna y se agarró una curda de aguardiente que le tuvo otros dos días tumbado en la cuneta. Mi abuela se enteró e hizo que lo llevaran: acostado en un montón de heno, y con una manta, durmió otra noche más. Cuando abrió los ojos y reconoció el lugar, se fue a ver a mi abuela y, como la cosa más natural del mundo, aceptó lo de quedarse a dormir en la bodega a condición de que le dejase traer su coy, que se había salvado, y colgarlo de una viga. De su comida, que no se preocupase nadie, que él todavía sabía gobernarse; añadió la cláusula, bien remachada, de que le permitiesen emborracharse los sábados, y ahorrar de lo que fuera ganando para comprarse otro traje y salir de piropos los domingos. Quizás haya habido tratos más largos, pero esto fue lo que supe.

Lo que hace al caso, ocurrió una noche de agosto, colijo que del dieciséis por algunos barruntos, aunque también pudo haber sido el quince, pocos días después de lo de la Cruz de hierro en todo caso, que ya he contado: no el diecisiete, porque ese año, por otras cosas que pasaron, estábamos todos en la aldea, mi padre, mi madre y mis hermanos, y cuando lo del tío Galán, lo mismo que cuando lo de la Cruz, no había en casa otros niños que yo. Debía de ser un sábado, porque el tío Galán se había ido de taberna y nadie se cuidaba de él, que tenía su llave de la bodega y su autonomía. Los demás estábamos acostados, y yo, por supuesto, dormido, de modo que lo que cuento, hasta que me despertaron, son noticias recibidas, y lo que viene detrás, casi en su totalidad, también, pues lo que se dice despertarme, creo que aquella noche no desperté del todo. Pasaba de las doce cuando Galán aporreó la puerta, no la de la bodega, por la que entraba, sino la grande, y daba voces de que le abrieran «las niñas», que eran mis tías las solteras. Y tanto barullo armó, que una de ellas se asomó a la ventana y le dijo que se fuera a dormir la mona y que dejase a la gente en paz; pero el Galán insistió, y que tenía que hablar mano a mano con mi abuela, y que no dejaría de alborotar hasta que le permitieran subir. La noche entera se habría pasado allí por lo tercas que eran mis tías, y lo convencionales, si mi abuela no hubiera despertado y no viniera, con la vela en la mano, a enterarse del alboroto. Zanjó la cuestión ordenando que le franqueasen de una vez el postigo, y como él dijese que el negocio era secreto y que tenía prisa, mi abuela le mandó seguirla, y se lo llevó a un rincón de la sala, la vela en un velador, y allí quedaron cuchicheando. Tras la puerta cerrada, mis tías protestaban en voz baja y censuraban a su madre por prestar atención al curda: hasta que él mismo apareció en la puerta con el recado de que entrasen ellas también. Mi abuela las puso al corriente con muy pocas palabras: «La Compaña está ahí, en la encrucijada, y una de las benditas almas tiene que decirnos algo.» No sé si hubo patatuses, aunque sí algún callado «¡Ay, Jesús!» A mis tías no se les ocurrió responder a su madre con una crítica racionalista de la situación, con lo que el caso se habría resuelto allí, sino que añadieron, probablemente, a su exclamación: «¡Las Ánimas del Purgatorio! ¿Y quién será la que así nos necesita?» Y se echaron a conjeturar entre abuelos, tíos y parientes, sobre quién podría andar en tan menesterosos pasos. Mi abuela no las dejó seguir, y el Galán, en su ayuda, reclamó prisa. «Alguien tiene que salir y hablar con ellas. ¿Cuál de vosotras?» Empezaron a chillar, y a negarse, y a dar razones, y hubo una que convenció a Galán, que era quien dictaminaba, por más docto en la ciencia: «A la Santa Compaña no le pueden tratar más que los inocentes. Si no, se queda atado a ella para toda la vida, como lo estás tú.» «Y vosotras, ¿no lo sois?», sorncó la abuela. «¡Gonzalito, Gonzalito! —chilló una de ellas, no sé cuál—. ¡El único inocente que hay en la casa es Gonzalito!» Y como Galán aprobase con su cabezota cachazuda, la abuela dijo que no había más que hablar, y que fueran a aviarme. Gonzalito dormía. Me sacudieron y no despertaba, y lo más que lograron fue que empezase a llorar cuando me sacaron de la cama. «¡Ponle esto, que está fresca la noche y puede enfriarse! ¡Cálzale los calcetines! ¡Pero, despierta, hombre, y deja ya de llorar!» Me querían y me apercibían para la aventura con toda clase de pertrechos, un escapulario del Carmen, una higa de coral y varias cruces con ajo en el pecho y la espalda. «¡Que va a oler mal la criatura!» «¡Deja que huela! ¡Los fantasmas no tienen narices!» Y cosas así disputaban hasta que quedé vestido. Galán me tomó en brazos, yo me agarré a su cuello, mi abuela me echó una o varias bendiciones, y a la calle. Salí hipando. Y aquí sí creo recordar una noche clara de luceros, y una claridad mayor en la misma encrucijada, como quien dice, al lado de la puerta. Cuentan que recibí el mensaje con cierto comedimiento y que lo trasmití con bastante precisión: habrá sido con la ayuda de Galán, que yo no estaba para trotes. La sustancia del recado era que Farruco Freire necesitaba misas. «¿Farruco Freire? ¿Y quién viene a ser, mamá?» Mi abuela se había santiguado y, recogida en el silencio, rezaba. Sus hijas esperaron un buen espacio, y cuando ella levantó otra vez la mirada, volvieron a interrogarla. «Era un tío abuelo por la mano izquierda, hijo de don Fernando, el de Trafalgar. ¡Gracias a Dios que está en el purgatorio! Porque se creyó en la familia que había ido al infierno, y por eso nunca me habéis oído hablar de él, ni por él se rezó.» «¿Tan malo era?» «No es que fuese malo, sino desventurado. Pero algunas cosas no las hizo bien.» «¡Cuenta, cuenta!» «Ni una palabra más: son antiguallas que no hay para qué resucitar. Y, ahora, a la cama, y a rezar un padrenuestro por él.» «Si no sabemos quién es...» «Sabéis de sobra.»

De lo que se habló al día siguiente, no creo que me haya llegado información, ni que me importase en qué quedó el asunto en cuyo inicio había tenido parte, aunque no muy activa, es lo cierto, sino más bien instrumental y resignada. No puedo datar por tanto, ni creo que ahora importe, el momento en que supe que se había vendido algo para pagar a los frailes de Baltar, que las decían más baratas, unas misas gregorianas. El nombre de Farruco Freire, como si dijéramos, era de curso legal desde entonces, y todas las noches, en la cocina, tras los largos requilorios de costumbre, se rezaba por su alma, último en la lista de los difuntos, aquella letanía al conjuro de cuyos nombres se poblaban de recuerdos de muertos los rincones oscuros. Habrá sido al verano siguiente, o quizá al otro, cuando empecé a interesarme por quiénes habían sido Fulano y Perengano, fuese el rey Carlos III o la tía Manuela, y era generalmente a mi abuelo a quien interrogaba. Cuando le pregunté por Farruco, sin otra intención que la mera curiosidad, me respondió que no lo sabía bien, porque no era de su familia, y que le preguntase a la abuela; y ésta, interrogada, me envió a tomar viento con el conque de ser yo demasiado niño para tales interrogatorios. El día del patrón, seis de agosto, solía congregarse en la casa parte de la familia desperdigada, y uno de los que acudían siempre era Eladio, el mayor y más perdís de los tíos. A él oí contar, una de aquellas veces, que cuando vinieron a vivir a la casa, él todavía niño, había un cuadro con un cartel en la mano y un escrito que decía: «El desventurado bastardo Farruco Freire.» No puedo precisar si yo ya estaba enterado de lo que era un bastardo, aunque probablemente sí, porque los textos de historia aplicaban la palabreja al de Trastámara y al de Austria (y digo a uno, don Juan, porque el otro, don Juan José, no figuraba en nuestros textos), y algo nos habrían explicado, digo yo; por otra parte, no ignoraba que había hijos nacidos fuera del matrimonio, aunque quizá les llamase de otra manera. Sí, de otra manera mal sonante, pero sin culpa por mi parte. Las palabras de los niños eran entonces, como siempre, crueles. Pero el caso fue que aquel retrato, que mi tío Eladio recordaba con detalle, y al que se refirió más de una vez, aumentó el interés que yo tenía por la persona del que todos llamaban desventurado, y fue por esta palabra y por lo de la bastardía, y cuando fui creciendo, y salía el tema conmigo delante, no dejaban de relatar el modo cómo se había sabido que andaba penando por los caminos, o al menos había andado, y la parte por mí tenida en la mejora de su suerte; y siempre terminaban con la pregunta: «¿No te acuerdas, Gonzalito?» Era lo bastante consciente, y hasta marisabido, para calar la intención de palabras y disputas cuando se discutía si aquellas misas pagadas con sacrificio le habrían bastado para llegar al mejor puerto, o si andaría aún a la vista de la costa y sin poder alcanzarla. Galán ya había muerto, y no tenían a mano, las mujeres de casa, persona idónea para poder inquirir, de la procesión de las Ánimas, si Farruco Freire la había, por fin, abandonado. Las razones no dejaban de ser de peso, por alguna de las partes, como aquella de que para sacar del purgatorio un alma bastaba con una misa, y que a Farruco le habían dicho veinte, amén de infinitos padrenuestros noche tras noche, desde la memorable. ¡Y a saber los que habría rezado la abuela en soledad y por su cuenta! Los cuales razonablemente tenían que ser más eficaces, ya que la abuela estaba en este mundo por un olvido de Dios, quizá por una broma, cuando su sitio era en el otro, y no en mal puesto por cierto; pero en tanto le llegaba la hora, iba y venía, y tenía sus coloquios privados con los ángeles, y sus visiones secretas de Jesucristo. Yo no sé si habrá sido ésa su participación anticipada en los paisajes celestes lo que le hacía rechazarme cada vez que, de ramos en pascuas, le pedía que me contase la historia de Farruco. De mis tías había alcanzado, por fin, a saber algo: lo que a ellas les había llegado, seguramente, aunque modificado por cada una según su fantasía. Anticipándome a algún método histórico del que más tarde tuve imperfecta noticia, decidí aceptar por cierto aquello en que ambas coincidían. Farruco había nacido en La Habana, hijo de don Fernando Freire, a quien llamábamos ya el Viejo Malvado, y de una mulatita. Era muy guapo y le amaba todo el mundo, menos su padre. Había logrado, de hombre, ser propietario de un barco, y la Compañía de Sopiñas había querido sacarle mucho dinero, pero él, con un criado negro que tenía, se defendiera, y alguien había muerto en el fregado, que era padre de su novia. Después, desapareciera, sin saberse jamás de él.

No era mucho, y no explicaba casi nada. ¿Por qué se había callado aquel nombre durante casi un siglo? ¿Por qué lo suponían en el infierno? Matar al padre de la novia era una mala pata, por supuesto, pero si había sido en defensa propia... Con una hazaña así había hecho el Cid su estrepitosa entrada en la historia de España, y aunque puede que le dijesen funerales, nadie lo creía en el infierno. Luego venía lo de la Compañía de Sopiñas. De ésa sabía algo, aunque no mucho más; o sea lo de todo el mundo: que en los últimos años del reinado calamitoso de Fernando el Deseado, o sea, el Séptimo, se había organizado una gavilla de ladrones que operaba en los contornos de El Ferrol, primero, y más lejos, después, hasta llegar a La Coruña, y que por causa de ella había habido no sé qué zaragatas entre el capitán general de la Armada y el coronel Zumalacárregui, el que más tarde fue caudillo de don Carlos. El recuerdo de tal gavilla, o Compañía, estaba vivo en la memoria de los viejos, y los niños recibíamos retazos de la historia, mitificados, supongo. Eran cuentos para después de la cena y de tardes de lluvia interminables. Nadie, en el fondo, aseguraba su certeza.

Aconteció que por entonces me empezaron a gustar las piernas de las muchachas, y que en la casa de mi abuela se reunía todas las tardes, aprendizas de costura, un buen puñado de ellas, así como una docena, de mi edad o algo mayores. Venían de los contornos y aun de La Cabana y de La Graña, en aquella banda de la ría. Los modos de entretenerse mientras cosían no eran muy variados: o cantaban, o contaban, o escuchaban la lectura de algún novelón de aquellos de por entregas, rancios ya de color y a veces con agujeros de polilla, que se leían por turno de edades, de la más joven arriba. De estos novelones tendré que hablar por lo menudo alguna vez, pues los venía oyendo desde los siete u ocho años, y cuando no los oía, me marchaba a un rincón cargado de ellos a leerlos por lo bajo; pero por el momento es mucho más importante aquel interés súbito por las piernas femeninas sin discriminación que me había sacudido, y por las de Berta en particular, que me sacudía con insistencia. Berta tenía el pelo rubio y muy plantada facha, y era hija de un suboficial de la Benemérita con cuartel en La Graña. ¡Lástima de aquel su ojo siniestro, que a las veces se le escapaba y la afeaba un poco!

Defecto, sin embargo, ampliamente compensado por bastantes virtudes patentes, todas de la más carnal y encandilante naturaleza: insuficientes, sin embargo, para hacerme olvidar que las otras muchachas podían competir con ella en similares gracias, y que aunque mi atención, empujada por no sé qué sentimiento, la prefiriese, no desdeñaba a las otras, mayores que yo casi todas, y alguna ya con novio para casarse: atención que con frecuencia despertaba los celos de la favorita, que se sabía preferida y quería ser única. Por verlas y jugar con ellas bajaba, casi todas las tardes, a la casa de mi abuela, con pretexto o sin él, y regresaba después de atardecido, cuando ellas también se iban, bien acopiada de imágenes mi fantasía, y no sólo de piernas, sino de nalgas pellizcadas y de misterios más o menos entrevistos. Pero no todo eran allí efusiones eróticas, sino que también dábamos tiempo a las del espíritu: se contaban historias, como dije, y alguna vez salió la de Farruco, con más detalles de los que yo sabía, aunque no muchos. Salió, por ejemplo, que había sido masón, sin otras precisiones, lo que me puso los pelos de punta, no de pavor, de delicia, pues los masones eran entonces para mí tema melodramático y especialmente sugestivo. También salió que había salvado la vida a su padre en Trafalgar, aunque no explicaron cómo, ni lo dieron por dato cierto, sino por conjetura. Aquel nuevo detalle me llevó, una vez más, a interrogar a mi abuela, quien me respondió otra vez que yo era muy joven aún para aquellas historias, y que ya me lo contaría cuando fuese mayor. No sé si entonces, o en alguna ocasión cercana, me informó de que aquellos muebles en que dormía y me sentaba, sobre todo los de la sala, habían sido comprados por Farruco. Fue más explícita, alguna vez, mi abuela: «Cuando reinó Fernando VII, los marinos se morían de hambre, y mi tío Fernando, a quien no alcancé a conocer, pero que fue el dueño de esta casa, lo fue vendiendo todo, y fue Farruco, cuando vino para quedarse, quien mandó arreglar la casa y viajó a La Coruña con su barco y trajo los mejores muebles que pudo hallar. Algunos son esos viejos que vosotros vais destrozando. Ya pocos quedan.» Yo conservo aún los restos: una consola vieja y un sofá.

Mi gusto por las piernas de aquellas señoritas indicaba, creo yo, un cambio bastante memorable de mi manera de ver el mundo, aunque no tan súbito que entonces me hubiese dado cuenta; tuvieron que pasar años, y aficionarme al examen de mis recuerdos y a su juicio, para entender la razón de aquellas caminatas vespertinas, de aquellas mojaduras y cansancios; que eran por mi gusto, y que de la legitimidad del gusto no estaba muy seguro —los cánones de aquellos tiempos eran distintos—, lo prueban los variados subterfugios y pretextos con que me justificaba. Duraron todo un curso, el último, y el verano me trajo los primeros pantalones largos y el título de bachiller. Fue en mil novecientos veintiséis. Como otras veces, la casa de mi abuela nos acogió de veraneo. Como también me atraían las piernas de las muchachas de la ciudad, y ya tenía amigas, iba allá con frecuencia, casi todos los días, pero después de que Berta se hubiese marchado. No tener que estudiar me permitía solazarme con la conciencia tranquila, y me sobraba el tiempo para leer y para escuchar la música de los discos recientes que me prestaba un amigo: los primeros blues, las primeras canciones hawaianas y algún vals de *El Congreso se divierte*. ¡Aunque no, no! Como pasé tantas veces en aquella casa, como refugié en ella mi impotencia para pagar a un casero —y como pasó ya tanto tiempo—, se me confunden las épocas y las experiencias: lo de *El Congreso se divierte* fue más tarde. Fue un verano ajetreado además de caluroso. El enigma de Farruco Freire había dejado de inquietarme: no creí que pudiera sacar más noticias de las que ya sabía, y llegué a pensar que no valía la pena, y que aquel interés habido no era más que un achaque infantil. Seguí, sin embargo, siendo curioso, y aquellos días de ocio me atraían los fayados de la casa. Fayado es una palabra que usamos por allá, y que no equivale a bohardilla exactamente, aunque se le aproxima. El fayado, todo lo más que tiene es una claraboya, que, a veces, se levanta para dejar paso al aire. Los de mi casa tenían la particularidad de ser tantos como las habitaciones y de no comunicarse entre sí: las paredes eran todas maestras, de piedra, y llegaban, pues, al tejado. En cada una había una pequeña trampa entre las vigas, que se alzaba con una pértiga y se alcanzaba con una escalera de mano. No había otra manera de subir y era la usada por los albañiles cuando había que retejar una gotera, pero ellos lo hacían siempre por el techo de la cocina.

Alguna vez se me ocurrió anunciar mi deseo de explorar los fayados, y me dijeron que no se me ocurriera. Si pregunté las razones, la respuesta fue de que las techumbres estaban podridas, y de que podría matarme y matar a todos, si con un peso inesperado se venía abajo una de ellas. No discutí. Aquel verano había venido muy caliente, y todo el mundo echaba una larga siesta, lo menos hasta las cinco, que era la hora de llegar las chicas de la costura. Tenía entre dos y tres horas, según la suerte, para llevar a cabo una expedición. Un día dejé apercibida una escalera, de modo que pudiera meterla por la ventana de la sala, y lo hice: había elegido aquel fayado y no otro por ser el más alejado de los dormitorios, si no era el de mi abuela, que caía justamente al lado; pero, para el saber de mi abuela, y para su entender, todos los ruidos por encima de la cabeza eran celestes y tenían su especial interpretación. De todas maneras, tomé precauciones de silencio. No recuerdo si temblaba cuando inicié la ascensión, pero supongo que sí. Lo hacía a oscuras: las ventanas y balcones de la sala tenían las maderas cerradas. Así que, al meter mi cabeza en el hueco del fayado, me deslumbró el espectáculo de unos rayos de luz vivísima clavándose en las tinieblas y dejando señal en las partículas de polvo. Se veía un montón confuso de muebles arrinconados: primero, sólo manchas oscuras contra los triángulos blancos de las paredes extremas; después, se fueron destacando los contornos de armarios, cofres, estanterías, y, por el suelo, cajas, paquetes, atadijos, petates, mezclados con tejas rotas, vidrios quebrados, veladores, bastones, botas, ¡yo qué sé! Los desechos de muchos años de vida, revueltos y polvorientos, alumbrados algunos por una luz cruda y brutal que me hacía daño. Tardé en acostumbrarme. No sin miedo, ascendí hasta poner los pies en el fayado; metí en él, por precaución, la escalera, y cerré la trampa. Temblaba el piso a mi paso, pero no parecía podrido: unas planchas, las más trémulas, resistieron la prueba de mi navaja. Había quedado de pie junto a una cama de hierro pintada de azul, con perillas de cristal y bronce, y unos medallones en que amorcillos rosados retozaban. ¿Por qué la habrían desterrado del uso? Me hubiera gustado yacer en ella, no en la mía de barrotes, y adivinar los sueños, las esperanzas y los dolores de la muchacha que dormía allí antaño, quizá que allí muriera. ¡A lo mejor era por eso, por la muerte de una muchacha hermosa, por lo que la habían escondido! Estaba entera, quizá el único mueble entero de los que había allí, rotos, descabalados o cojitrancos. Fui repasando uno a uno, en una primera exploración, de la que sólo aparté dos retratos cubiertos de polvo, y arrimados a la pared con la estampa hacia dentro: no pude, de momento, adivinar si eran de santos o de civiles, si de mujeres o de varones. Después intenté abrir, y lo logré, aunque con quebranto de maderas y cristales, un armario de traza inglesa, de los que sirven asimismo de escritorio: guardaba en los anaqueles legajos y cajas, que, a la primera inspección, resultaron ser cartas, cuentas, facturas y mucho papel sellado con escrituras de compra-venta. ¡Muchos años llevaba mi familia vendiendo, así había llegado a la más limpia desposesión! Hipotecas, testamentos, pagarés. Lo aparté todo y me quedé con las cartas, relativa-mente limpias: las había ordenadas, las había revueltas. De momento, los nombres y las firmas me sonaron a raro. Las iba ojeando cuando leí: Farruco Freire, y eran un buen mon-tón las que firmaba. Fue una sorpresa y una especie de repe-luzno. A Farruco le tenía olvidado, y nunca hubiera supuesto que me lo iba a encontrar tan arriba y tan descolorido. Me dio un vuelco en el pecho este corazón mío que ahora me trae in-seguro por el mundo, ante la adivinación súbita de que uno de aquellos cuadros que había apartado fuera el retrato de Fa-rruco. Deseché el ovalado, por parecerme femenino, e hice bien: cuando lo descubrí después, mostró una estampa fran-cesa de una mujer con los hombros desnudos. Al otro, cua-drangular, le fui quitando el polvo con unos papeles, y fue saliendo la imagen, no muy clara, de un hombre joven, y más abajo de la cara, la cartela en que se proclamaba desventura-do, y su nombre. Yo estaba trémulo.

Aquellas lanzas de luz que me alumbraban se habían ido moviendo hasta desaparecer, y quedaba una claridad difusa que no me permitía leer ya. Había pasado mucho tiempo, más del previsto, y en aquel mismo momento sentí voces en el camino, las de las niñas de la costura, que se iban. Levanté con cuidado la trampa (la trapela) y escruté la sala vacía: con suerte podía descender sin que me descubrieran. Traje conmigo las cartas de Farruco, dejé el retrato protegido de unos cartones: bajé y retiré la escalera. Después me sacudí el polvo, o me lo cepillé. A las cartas les busqué un escondrijo para leerlas de noche, acostado y sin mirones. Supongo que me preguntarían dónde había pasado la tarde. No recuerdo, ni importa, cuál fue el tenor de la disculpa.

Lo que leí aquella noche, a la luz de una lámpara de car-buro, fue el fragmento de una historia que yo mal conocía y que empezaba a revelárseme: las cartas las escribía Farruco desde la ciudad de Betanzos, en que estaban fechadas, a la señorita Clara de la Barrera en un convento o monasterio de la misma ciudad: cartas que ella le devolvía sin abrir y cuyo contenido más o menos se repetía, aunque el requilorio de la-mentaciones, promesas, disculpas, juramentos, aumentase de la una a la otra con pequeñas variantes. Eran diez o doce: la última, de más pliegos, y de su texto se deducía que Farru-co había hecho entrega de ella a la *madre abadesa,* para que ésta en persona se la entregase a Clara. No era como las otras, sino más bien un relato que permitía reconstruir una parte de la historia, una parte importante, y conjeturar todo lo más el resto. Aquellas cartas permanecieron en mi poder muy pocos días: los que tardé en descubrir mi secreto y mi abuela en reclamármelas: con promesa de regalármelas un día, el incierto «cuando seas mayor» que no llegó jamás, porque, cuando murió —yo ya era padre—, en el arca de los misterios no apareció rastro de ellas, como tampoco de un puñal por el que me sentía fuertemente atraído y que no logré nunca ver. ¿En qué lugar del huerto lo habría enterrado? ¿En qué tarde estival, a esa hora crepuscular en que ella rezaba junto al arroyo, habría roto y entregado a la corriente las cartas de Farruco a Clara? Del mismo modo le hubiera gustado borrar las huellas y los recuerdos de cuanto malo la familia había hecho o padecido: para ello habría tenido que poner fuego a los papeles del fayado, testimonios de tantos yerros y catástrofes, pero tuve buen cuidado de callarme su existencia. «No encontré más que las cartas y el retrato.» Éste no lo escondió: permitió que lo limpiasen y colgasen en la sala, pero no le tenía amor, porque unos años después, cuatro o cinco, al regreso de una larga ausencia, lo eché de menos, y al preguntar por él, me dijeron que ella misma lo había vendido a un chamarilero.

No puedo, pues, poner aquí las cartas de Farruco, ni recordarlas al detalle, ni siquiera imaginarlas y darlas por auténticas. Alguna vez las quise reinventar y no me fue posible. Mi talento para el *pastiche* fue siempre escaso, y aquellas cartas sólo así podían ser suplantadas: porque lo que sí recuerdo fue la sorpresa que me causó su estilo, levantado y retórico, de esa retórica romántica de los malos poetas y también de algunos buenos: «¡Oh, Teresa! ¡Oh, dolor! ¡Lágrimas mías! — ¡Ah! ¿Dónde estáis, que no corréis a mares?» Lo mismo, pero con más palabras, y muy hinchado, que parecía que iba a estallar y salir por la quebrada, y derramarse, todo el dolor de Farruco ante la huida de Clara y ante su negativa a escucharle. No faltaban alusiones a un posible suicidio, ni las invocaciones a su mala fortuna, que él llamaba Destino aciago preferentemente, con mayúscula, y, a veces, Sino. Y cuando lo culpaba, sus palabras dejaban traslucir la blasfemia de la culpabilidad divina. Había momentos, ahora no lo dudo, verdaderamente conmovedores; pero yo entonces, pervertido de literatura, sólo era sensible a la retórica, que me horrorizaba. Por eso olvidé las palabras y me quedé solamente con los hechos, que ésos sí que los recuerdo bien, porque las cartas las leí una noche y otra, hasta media docena de noches: sobre todo la última, menos enfática y más rápida y concreta, aunque larguísima. Debió haberle costado una buena semana su redacción.

Lo que hasta entonces no había sido más que una pareja, usted muchas veces, yo algunas menos, nosotros pocas, creció de pronto en personajes y en proporciones: mi padre, el suyo; Paquita Ozores, su hermana Carmen, el coronel Zumalacárregui, el brigadier Bengoa, mi criado negro, mis marineros, los amigos de su padre, los contertulios de Paquita, los oficiales del batallón, la Compañía de Sopiñas, la Marina de Guerra, los mendigos, incluso el rey. Y el pequeño escenario de El Ferrol, con frecuencia prolongado hasta La Graña, hasta San Pedro de Leixa, hasta Los Corrales, se alargaba de pronto hasta Madrid, desde donde Farruco había suspirado por Clarita ausente, y donde tantas veces se había visto tentado por la idea de escribirle y declararle su amor. La estancia de Farruco en Madrid había sido larga y decepcionante cada día, pero sostenida por la esperanza de una solución favorable, hasta que en una ocasión un caballero de la Embajada inglesa le pidiera una cita, concertada para la tarde de aquel día en un café de moda. Al dar la mano al desconocido, un hombre elegante que hablaba un inglés refinado, Farruco comprendió inmediatamente que todos sus esfuerzos habían fracasado: porque aquel caballero le reveló, con el apretón de manos, su pertenencia a la masonería, de modo que Farruco ya no experimentó la menor sorpresa cuando le oyó decir: «Es inútil que insista usted en obtener el permiso para construir barcos en su ría. Nosotros nos oponemos porque va contra nuestros intereses, y esperamos que usted, que debe a la Gran Bretaña todo lo que es y todo lo que tiene, acate nuestra decisión con la debida elegancia, pues no ignoramos que, además de enriquecerle, Gran Bretaña hizo de usted un *gentleman*.» «Yo ya lo era», le respondió Farruco.

Esta palabra venía así, lo recuerdo, en inglés, aunque sin subrayar, y fue de aquellas lecturas lo que me atrajo más y lo que más me llenó de satisfacción, saber que Farruco había sido un caballero, como si de mi bisabuelo se tratase, y por aquella palabra me revelase su gran categoría: y lo imaginaba vestido como en el retrato, con aquella capa negra forrada de tartán, y con aquella corbata también negra, o al menos muy oscura, de la que sobresalían las puntas impolutas de la camisa; pero también con un alto sombrero de copa, y un pantalón a cuadros blancos y negros que empezaba a abotonarse por debajo de la rótula, ciñendo la pantorrilla; y unos guantes de gamuza cogidos al desgaire, o puestos y con la fusta en la mano, cuando iba a El Ferrol desde la casa de su padre, o cuando iba a La Graña y pasaba por delante de la casa de Clarita, quien, desde los miradores, respondía a su saludo con un movimiento de la mano y una sonrisa. ¡Quién sabe si alguna vez le arrojaría un modesto geranio! Lo imaginaba también por la calle Real, camino de cualquier parte, a la hora del paseo, pero conviene advertir que El Ferrol entonces imaginado se parecía más al conocido y transitado por mí, casi un siglo después, que al de Zumalacárregui, entonces ignorado: pasaba un poco lánguido y un poco ausente, y la gente le saludaba con miedo a causa de su reputación: porque en las cartas de Clarita insistía una vez y otra: yo no he sido pirata, yo no he vendido negros, yo no fui más que un marino comerciante entre la India y Londres: tejidos, té, materias primas. Lo cual quería decir que la gente le había atribuido tenebrosas hazañas marineras y le había situado fuera de la ley de la mar, allí tan respetada, y que probablemente cuando alguna jovencita lo veía pasar desde los miradores, un poquito entreabierta la cortina, y exclamaba algo así como: «¡Qué guapo es!», la madre, al quite, no dejaba de decirle: «¡No pienses en ese hombre, que ha sido pirata y negrero y vive contra la ley de Dios! Además es hijo de una mulata, y por mucho que su padre lo haya reconocido, no deja de ser bastardo.» Pese a lo cual, Farruco asistía a los saraos de Paquita Ozores, su madrina, en su palacio de la calle de la Merced, y a los bailes que daba de cuando en cuando, vestido de frac negro y de corbata blanca, y en el corazón de las muchachas peleaba el deseo que tenían de bailar con él (¡el vals, aquella novedad tan peligrosa!) y el miedo que las hacía temblar cuando por casualidad la mirada de Farruco se posaba en la de ellas. Sin embargo, ¡qué bien valsaba, y qué estremecimiento, qué sacudida hasta los pies, cuando la mano y el brazo enlazaban la cintura y la arrastraban al vértigo del baile! Aquel salón de Paquita en el palacio de la Merced, que ya no existe, y yo lo vi derruir, y lloré una lágrima sobre sus piedras derribadas, yo lo conocía bien, por haber acompañado muchas veces a mi abuelo durante las visitas que hacía a su propietario, que era el jefe del partido liberal; recuerdo sobre todo la enorme lámpara de cristal de roca, en cuyos pendeloques la luz se descomponía en mil irisaciones cegadoras que se multiplicaban en el papel, ya algo caduco, de las paredes. Prefería Farruco danzar debajo de aquella lámpara, o más bien era yo el que prefería imaginarlo allí, reducido a un corto espacio, mientras la gente murmuraba: «¡Baila ahí para que lo vean!» Bailaba allí, sí, para que lo viesen bailar con Clarita de la Barrera, la hija mayor de don Hermógenes, que había sido capitán de navío y a quien Fernando VII había echado del cuerpo por liberal: ¡y menos mal que había salvado la pelleja! Esto no era invención mía, esto lo decía Farruco en alguna de sus cartas, y años después pude enterarme, por hallazgos posteriores que contaré, que vivía de la protección de Paquita, quien le había cedido una casa en La Graña, y tenía consigo a sus hijas casi siempre, y que seguramente le daba también dinero, a cuenta, por supuesto, de lo que sacase don Hermógenes de la venta de sus bienes en algún lugar de La Montaña. «¡No me explico cómo ese padre, por muy liberal que sea, permite que su hija baile con ese bandolero, que, además, es masón!» «¡Ay, mujer, eso no lo sabemos! A lo mejor no son más que habladurías.» «Y, entonces, ¿por qué le respeta la Compañía de Sopiñas? Nada más que por eso. Todos son unos, y a saber si no es de los que se benefician de los robos.» «¡No digas semejante disparate, mujer! ¿Qué necesidad tiene de correr ese riesgo? ¡Es tan rico que podría comprar el pueblo entero, con los arsenales y todo!» «¡Ya será menos!»

Va siendo cosa de que cuente ya con algún detalle más qué era la Compañía de Sopiñas, varias veces mentada sin más aclaración, aunque a decir verdad sea difícil la respuesta por lo que tuvo de misterioso su personal, sobre el que se hicieron, durante un siglo, suposiciones para todos los gustos: que si marinos muertos de hambre, que si pícaros aprovechados de la situación, que si gente de viso obligada al robo por la miseria, que si vulgares ladrones. ¡Qué sé yo! Algo así, mero grupo de rapiñas nocturnas debió de ser en un principio, incrementado luego con adhesiones numerosas, y perfeccionada con las políticas su finalidad depredadora, pues cuando su radio de acción excedió a El Ferrol y su alfoz, y alcanzó a los alrededores de La Coruña, y por el Norte hasta Santa Marta y Mondoñedo, tachaban la Compañía de francamente liberal, esto debe de ser por lo que el rey envió a Zumalacárregui de coronel de un regimiento y de jefe militar de la plaza, con los poderes suficientes para acabar con aquel instrumento no sé si del infierno o solamente del hambre. Solían dar los golpes fuera de las ciudades, en pazos de señores, en casas de labradores ricos, en curatos prósperos, y por lo general enviaban aviso entre conminación y ruego, aunque otras se presentasen de improviso y robasen por las buenas. Lo de que la gente que la formaba era de buena cuna, lo deducían los asaltados de sus buenas maneras; lo de su nombre, no he podido averiguar de dónde viene. Fue incoado un proceso de muchos folios del que no se sacó nada en limpio. Y tampoco está clara la causa por la que la autoridad de Marina y Zumalacárregui estuvieron a punto de ensayar con sus soldados y marineros respectivos un prólogo a la guerra civil, los unos contra los otros como buenos hermanos de diferente uniforme. Por fin la sangre no llegó al río. Don Tomás, con sus tropas, se marchó a Santiago, y la identidad del Sopiñas continuó en el misterio. Pirala, en su *Historia de las guerras civiles,* en una nota al pie donde da cuenta de ésta, lo identifica con un X. X. corregidor, entonces, de El Ferrol. Un amigo mío de la Marina, curioso de ella, sacó la cuenta y descubrió un nombre, lo bastante conocido como para callárselo por prudencia, aunque esto sucediera en tiempo de la República. Yo lo recuerdo también, pero no tengo las pruebas: por eso me lo callo.

Nunca alcancé a conocer, ni siquiera a calcular grosso modo, el montante de la fortuna de Farruco, pero he pensado siempre que no fue para tanto, aunque bastase para la iniciación de aquel negocio de los barcos que se le frustró a Farruco por la masonería interpuesta. ¡Cómo que su proyecto era vender a los puertos del Cantábrico barcos más baratos que los que se compraban a los astilleros ingleses! Paquita se le había asociado, y ponía unos terrenos junto al mar que poseía en la banda norte de la ría, entre La Cabana y La Graña. No obstante, y aun rebajando considerablemente las fantasías, Farruco debía de ser bastante rico: por lo pronto, renovó la casa de su padre hasta dejarla como nueva, y los huecos de los muebles que su padre había ido vendiendo, los ocupó con reluciente caoba, como mi abuela me había indicado alguna vez: romántica caoba de curvas elegantes y un poco lánguidas, en sillas, en consolas y en canapés. Mis conjeturas al respecto no andaban demasiado descaminadas, aunque sí las relativas al bienestar de la ciudad, que daba por supuesto sin tener en cuenta debidamente el hecho de que así como don Fernando Freire, a la llegada de Farruco, estaba casi en la miseria, deberían estarlo también otros marinos de la ciudad, y, por ende, la ciudad entera con los astilleros clausurados hacía años. Siempre me fue más fácil imaginar que razonar, y a mis imaginaciones escasas veces apliqué el oportuno raciocinio, de modo que, cuando algunos años después de lo que vengo contando, leí por casualidad, o porque le había llegado la hora, el libro de don Jorgito el Inglés, me llevé una sorpresa, y la imagen triunfal que me había forjado de Farruco se me desmoronó como inadecuada al medio. Describe *La Biblia en España* una ciudad semidesierta y empobrecida, con más de la mitad de sus escasos habitantes dedicados a la mendicidad, cerrados los arsenales, vacías de mástiles las dársenas y la ría, sin comercio apenas, y la hierba creciendo entre las junturas de las hermosas losas de sus calles. Añade Borrow que se le acercó una mendiga a pedirle limosna y que lo hizo en inglés, y que ante su sorpresa, ella le recordó que habían bailado juntos en la Embajada española en Londres, y que era la viuda del almirante tal. En una ciudad así, estaban de más los bailes, y los saraos en el palacio de Paquita Ozores; no habría paseo en la calle Real, y no tendría Farruco salón donde lucir sus trajes cortados y cosidos por los sastres de Savile Row. Serían mendigos los que le salieran al paso en petición de algún maravedí, no orgullosas esposas de almirantes que desdeñaban su saludo por ser el de un bastardo. Y, sin embargo... En las cartas a Clarita se quejaba de la sequedad, de la indiferencia, de la hostilidad con que le habían recibido. «Me tratan sólo porque soy hijo de mi padre —escribía una vez—, y usted lo sabe.» Y, otra vez: «Pese a todo, si yo hubiese triunfado, ¿no les habría favorecido mi triunfo? ¿No hubieran vuelto a su trabajo los viejos carpinteros de ribera y a trazar planos de barcos los viejos ingenieros?» Pero yo, entonces, aquel año del descubrimiento de las cartas, daba poca importancia a estos detalles: me interesaban sobre todo las razones, o las causas, de la desventura de Farruco, y los términos de su pasión. Quedé tan embebido de él, me poseyeron su historia y su recuerdo de tal manera, que algo quiero contar a este respecto: yo regresaba todas las noches a la aldea a una hora prudente, y aunque en junio me alumbrase el camino el largo atardecer, más adelante lo hacía entre tinieblas, si no eran las noches de luna madrugadora. Y no puedo asegurar cuándo era más temerosa aquella estrada, si envuelta en la oscuridad o si con luna. Hubo ocasiones de pánico, como una vez que venía de ver una película sacada de la comedia *El gato y el canario,* por una rubia algo chata que se llamaba Laura la Plantte. Si algo existió en el mundo que yo haya conocido, fue aquel valle, recorrido mil veces en todas sus trochas y vericuetos a todas horas del día y aun de la noche. Y lo tenía por inmutable, quizá por lo único fijo y seguro de este mundo. Pues bien, aquella noche, todo se transformaba a mi paso: los troncos de los árboles y sus copas, los macizos de arbustos, las casas aledañas, hasta el rumor del riachuelo de la Malata, que solía ser manso y susurrante, entonces atronaba; de todas partes salían manos huesudas, sombras amenazadoras, gemidos o alaridos; no me sentí sobre la tierra firme hasta hallarme tras el portón de mi casa, bien atrancado ya, y envuelto en los ruidos familiares. Mas no era indispensable haber pasado la tarde en un cine, y visto un filme de terror, para que aquellas operaciones trasmutadoras se llevasen a cabo con tanta imprecisión como evidencia, y para que cada noche que transitaba por la cinta blanca del camino me viese amenazado, burlado a veces, por los informes seres espantosos en que el contorno se cambiaba; casa, muros, setos, huertos de maíz, los pajares, las chozas; y cuando salían unos pasos de las sombras y venían hacia uno, hasta que el bulto pasaba por la vera y decía «¡Buenas noches!», podían ser los pasos del infierno. ¡Cómo tranquilizaba el corazón, aquellas noches, cómo lo aseguraba, la luz temblona de una luciérnaga emboscada en las ramas de un zarzal! Por fin había algo fijo, identificable. También el canto de un grillo aseguraba el ánimo y ayudaba a soportar el miedo y a seguir adelante. O el canto de un alacrán. Pues bien: alguna de esas noches, no sé cuál, advertí que un perrillo se había puesto a mi lado; un perro blanco y manchado, llegado no sabía de dónde y no sabía cuándo, y que me acompañó hasta la puerta de mi casa. A la noche siguiente me lo encontré otra vez, justo en el lugar donde acababa la luz eléctrica y empezaban las sombras: meneaba su rabo con alegría y se puso a mi paso, silencioso y eficaz. Me sentí reafirmado en la realidad, y aquella noche el mundo pareció más estable, y hasta pude silbar. Vino también la siguiente, y todas, hasta que terminó el verano; yo había contado en casa su inesperada amistad, y me dejaban tras de la puerta, escondido, un pedazo de carne o un hueso, con que gratificaba su compañía: se lo arrojaba al aire, lo recogía él, y aquella cabriola era señal de despedida hasta la noche siguiente. Muchas veces hablamos, en la cocina, del perrillo acompañante, y salieron a relucir hipótesis varias sobre su personalidad y procedencia, y de las razones que tendría para favorecerme de aquel modo tan positivo: se podían partir en dos bandos contradictorios, el de los que lo atribuían a la inteligencia del animal y a su adivinación del miedo que yo pasaba, y el de quienes lo suponían habitado por el espíritu de alguien que me quería bien y que de semejante modo me ayudaba. Yo, sin decirlo, participaba de esta última opinión, convencido, como lo estuve pronto, de que el espíritu de Farruco Freire me socorría así. Hablé con él muchas veces, mientras andábamos, y le conté lo que sabía de él y lo que suponía, y alguna me atreví a interrogarle y a proponerle una respuesta: «Si me entiendes, da una carrera y vuelve», pero tales comunicaciones debían de estarle prohibidas. De todos modos, la última de aquellas noches le prometí que seguiría interesándome por su historia y estableciendo sus términos, y así lo hice hasta hoy; pero, tengo que confesarlo, con algunas etapas de desidia, en que situaciones más actuales me solicitaban. Lo que aquel verano quedó averiguado e imaginado en líneas generales e indelebles, fue el episodio de la muerte de don Hermógenes de la Barrera. Sólo tuve que añadirle, más adelante, dos o tres detalles, cuando hacia mil novecientos treinta y cuatro me permitieron investigar en los archivos del Gobierno Militar, donde, por algún soplo que tuve, me enteré de que yacía olvidado el proceso de Sopiñas. Lo encontré, efectivamente, y no lo leí completo porque era ingente y amenazador, pero sí examiné con calma los folios correspondientes, por la fecha, a la época en que Farruco vivía en El Ferrol, y pude hallar, en uno de ellos, la declaración firmada de su mano, que hizo a la muerte de don Hermógenes, aunque sin que este nombre figurase en el texto. Lo que sucedió fue que Farruco regresó de Madrid con las manos vacías, y la ilusión de los astilleros, que había traído al pueblo en vilo y como alucinado, se desvaneció. Ni para los carpinteros de ribera, ni para los ingenieros navales iba a haber ya trabajo. Cuando me interesé menos por la pasión de Farruco que por el hecho social de aquella miseria y del remedio que se proponía aportar, se me reveló el sentido de algunas frases mal entendidas, de algunos hechos que no alcanzaba a interpretar. Farruco fue recibido de uñas por una sociedad orgullosa que tomaba su situación, más que precaria, miserable, por accidente, sin que bastase a paliar la antipatía que había despertado, el hecho de que su padre perteneciese por nacimiento y función a aquella sociedad, y compartiese su desventura. Paquita Ozores, su madrina, le había alentado, le había protegido, había logrado hacerle tolerable al menos para la fracción liberal (que era precisamente la más afectada): porque los reunía en su casa, porque les daba el chocolate por las tardes y porque hábilmente había hecho de ellos el auditorio de Farruco; quizá también porque con algunos de ellos coincidía en la logia local, donde les describía, a aquellas víctimas estupefactas del absolutismo fernandino, el grado de libertad, de convivencia y de prosperidad, que los ingleses y los americanos habían alcanzado en sus tierras respectivas; y esto no fueron conjeturas mías, sino que lo deduje de frases bien precisas de las cartas de Clarita. Lo que sí es conjetura, aunque lícita, o al menos así lo creo, es la suposición del estupor y al mismo tiempo del entusiasmo con los que aquellas gentes escucharon al bastardo de Freire cuando por primera vez les expuso su proyecto de fundar un astillero en la ría y construir en él grandes barcos modernos destinados a las líneas de América; cuando arrebatadamente, y ante las objeciones, demostró su posibilidad; cuando calculó costes y echó las cuentas sobre los precios de venta, y cuando finalmente convenció a su auditorio de que todos los presentes, pero, además, tantos trabajadores sin tajo que hambreaban por los muelles o por las inútiles murallas de la plaza, o hacían cola ante el cuartel de Dolores esperando la sopa boba, lograrían, unos un sueldo, otros un jornal, y con esto otra vez la holgura del pueblo entero. No hablaba a tontas y a locas, romántico iluso, sino con las bases sólidas de unos terrenos que aportaba Paquita y de su propio dinero para empezar. Habría, claro está, que sacrificarse al principio, pero todos, conjuntamente, desde el más alto hasta el más bajo; uno de esos sacrificios unánimes que al final hace que todos compartan el triunfo. La oratoria de Farruco debió de ser como la prosa de sus cartas: más latina que inglesa, rica en imágenes e imprecaciones, interrumpida aquí y allá por embuchados patéticos y alguna vez sarcásticos: siempre que aludía o mentaba a la tiranía y a los efectos de su política; prudente, sin embargo, en el salón de Paquita, donde quizá hubiera soplones, pero desatada de improperios de la logia. Lo que al principio fue secreto no dejó de saberse, de propagarse, hasta llegar a las catervas de mendicantes y a los lechuzos fernandinos que rodeaban al jefe militar. Zumalacárregui se lo encontró a Farruco, o fue más bien un encuentro preparado, y el coronel le preguntó si era él el que pensaba dar de comer al pueblo, y como Farruco le respondiera que sí, orgulloso, Zumalacárregui le miró de arriba abajo y le respondió: «¡Pues que tenga suerte!» No hubo entre ellos simpatía, ni apenas relaciones. Sospechoso en los medios absolutistas, Farruco, a pesar de la esperanza que anunciaba, seguía siendo mal mirado por ciertas personas que de buen grado hubieran procurado su detención si no supiesen todos, o supuesen, que era ciudadano británico y que la Union Jack no sólo protegía el barco sino también a la persona del capitán. ¡Y bien bonito que era el barco! Esto lo reconocían todos, entendidos en cascos bien construidos para veloces travesías, y en mastelerías resistentes y ligeras. El *Kiss me, green widow*, que se llamaba así, con este nombre que parecía de broma, les hacía discutir, a los antiguos carpinteros que apoyaban su ocio hambriento en los parapetos de las murallas, de los modos viejos y de los modos nuevos; del «apostolado» en que muchos habían tenido parte, aunque fuese la modesta de lefre, y de los *clippers* de los últimos tiempos, cuatro palos y velas incontables. Y aun los había de cinco.

Pues Farruco regresó de Madrid con las manos vacías, como ya dije, sin una vaga promesa con que engañar la esperanza: después de unos meses de ausencia durante los cuales se había carteado largamente con Paquita, pliegos de letra menuda que años más tarde pude leer también, cuando se vendieron las cosas de aquel palacio de la calle de la Merced y yo anduve libremente fisgando en sus papeles: que me los daban todos por un poco de dinero que no tenía y que a la postre los llevó no sé quién de los Bermúdez, rama de Pontevedra quizá, a los que interesaban por razones de familia. y ellos los tendrán aún. No había carta sin su cumplida relación de gestiones en oficinas del Estado y maldiciones repetidas por el «¡Vuelva usted mañana!», que a un temperamento nervioso como el de Farruco desquiciaba; y refería también sucesos de política callejera, motines y ahorcamientos, con bulos y otras noticias, pero en ninguna de ellas faltaba el largo párrafo del recuerdo a Clarita, a quien seguramente se los leía la destinataria, y trasmitía a Farruco luego especies de respuestas. Había también referencias a las cartas, menos frecuentes, que enviaba a su padre. Serían doce, o quizá catorce, las de Paquita, y al menos una por semana, y si empezaron esperanzadas y animosas, el mundo es mío y me lo voy a comer, terminaron desesperadas y anunciando el regreso. Y aunque Farruco, nada más llegado, explicara en la logia local, larga y minuciosamente, la marcha de sus esfuerzos, y como fuera la mismísima masonería, aunque inglesa, la que le había hecho fracasar, el caso fue que la mayor parte de la gente se sintió como burlada, e hizo recaer en Farruco la responsabilidad, ni que fuera un iluso que los hubiera embaucado a todos. Y no le valió la defensa de Paquita, ni la de otros dos liberales que le tuvieron por honrado y sincero. Hasta los mismos mendigos, que antes le colmaban de bendiciones a su paso, sólo porque les arrojaba un puñado de monedas, le miraban ahora hoscos, no le seguían, no le pedían siquiera. Y fue uno de ellos, un viejo andrajoso de mirada hostil y voz acatarrada, quien se presentó una mañana en Los Corrales y golpeó con el puño la puerta abierta. «Traigo esto para don Francisco», explicó al criado negro de Farruco mientras le entregaba la carta; y se marchó en seguida. El papel decía con las palabras necesarias que aquella misma noche, al punto de las doce, representantes de la honorable Compañía de Sopiñas pasarían a recoger el donativo de cien onzas de oro que don Francisco Freire les había anunciado, y que las depositase en una caja o puchero a la puerta del zaguán, sin más averiguaciones. Farruco leyó el mensaje y lo meditó; montó después a caballo y se llegó al galope hasta el mismísimo cuartel de Dolores, donde pidió ser recibido por el señor Zumalacárregui. Éste le hizo esperar un rato, no demasiado, y le saludó de pie, más bien frío. «Acabo de recibir esto», le dijo Farruco, y le mostró la carta. «¿Y qué?» «Vengo a pedirle permiso para defenderme.» El coronel se encogió de hombros. «¡Allá usted! No le ofrezco una guardia de soldados porque sería peor, usted lo sabe.» «Lo sé y le agradezco la intención, pero tengo cierta confianza en mis propias armas. Lo que no quiero es que nadie se llame a engaño si llego a usarlas.» «Está en su derecho. Sin embargo, deberá cumplir determinadas condiciones. Hay abierto un proceso contra esos bandoleros, como sabe: un proceso militar. Ahora mismo haré que le acompañen hasta el despacho del juez. Declare lo que le ha sucedido esta mañana, y vuelva mañana a declarar lo que le haya sucedido esta noche... si está usted vivo.» «Confío en que mañana volveré a prestar declaración. ¿Debo presentarme antes a su señoría, y darle cuenta de cómo me fue la suerte?» Firmó la declaración, primera de las dos que constaban en el proceso, con su nombre y un apellido: Francisco Freire: yo lo leí y quiero que quede aquí escrito, porque en la siguiente y última declaración firmaba Francisco Freire *sin segundo,* así, con estas palabras. No creo que Zumalacárregui, ni siquiera el juez, le hubieran exigido estampar en un papel sellado aquella confesión de bastardía; hay que buscar la razón en los sucesos de aquella misma noche. O, mejor, en todo lo de antes, desde aquella ocasión, tantos años atrás, en que Paquita Ozores había revelado, a un niño desconsolado, la causa por la que no podía ingresar en la Real Compañía de Guardias Marinas; pero, sobre todo, en las horas, en los minutos del año escaso transcurrido desde su regreso, una tarde de agosto, cuando los botes que tendían la cadena de castillo a castillo para cerrar la ría, interrumpieron su faena para dar paso a un bergantín goleta abanderado inglés, que fondeó entre el monte de Cos y La Cabana con una precisión tal como si el que llevaba su timón conociese la ría palmo a palmo. Y así era, claro. La marea, crecida y mansa, golpeaba con suavidad, más bien lamía, los contornos de Cos, y por la parte de la ensenada llegaba hasta las tierras de labor. Farruco, antes de embarcar en la falúa, contempló, bastante cerca ya, detrás de una masa de árboles oscuros, el lugar donde estaba su casa, y no dejó de mirarlo mientras bogaban los remeros, y él, de pie, timoneaba. Fueron a desembarcar pasado el puente: él y su criado negro, cargado con un cofre que Farruco le ayudaba a transportar, arrimándole un poco el hombro. Lo que vio aparecía solitario y desolado, casas en ruinas, campos sin mies y sin surcos, y desde el portón de su casa, desvencijado, más allá de los árboles del jardín sin flores, la fachada mostraba las ventanas sin vidrios, desconchadas las paredes. Si continuó adelante y entró, fue porque unas gallinas picoteaban aquí y allá... Pero, bueno: estos detalles, y otros que estuve a punto de escribir, ¿los he sacado, en realidad, de las cartas de Clarita? ¿Se me recuerda con tanta precisión un relato breve y apresurado leído hace ya más de medio siglo? ¿O será que por haberlo imaginado tantas veces, como si fuera a escribirlo, se confunde en mi memoria lo que es invento con el mero recuerdo? Es obvio que Farruco, cuando escribió aquella carta de confesión y súplica, no pudo tener presente si las gallinas picoteaban o no en los yerbajos del suelo, ni si la tarde de su llegada eran vivas las mareas. Pero esto me lleva inevitablemente a otra cuestión de más sustancia, que fue precisamente la que me empujó tantas veces a pensar esta escena, de acuerdo con las capacidades y principios que en el momento rigiesen mi manera; es decir, cada vez que, según lo que me traen los recuerdos, refería Farruco que su padre no le había recibido con afecto, ni aun con amabilidad fingida, sino con palabras desabridas y la mención del otro hijo, Carlos, el legítimo, guardia marina muerto en Trafalgar, y que Farruco le había contado su historia, o parte de ella, al menos, aquella según la cual, después de huir de su casa una noche de lluvia fina y caliente, después de haberse enterado de que era bastardo, un contramaestre amigo le había acomodado de grumete en el barco mismo de su padre, que completaba la dotación diezmada en el encuentro habido con la escuadra de Calder, a la altura de Finisterre, más o menos; de manera que los tres habían peleado en Trafalgar, a bordo del *San Mateo*, y Farruco había visto cómo moría su hermano y cómo su padre caía herido, y él lo había salvado arrojándole al agua, desde el puente de mando, y él detrás, antes de que estallase la santabárbara, y le había ayudado hasta dejarlo bien asido a un madero y al alcance de un bote que recogía heridos, al que había gritado: «¡Éste es el capitán de navío don Fernando Freire, que se desangra por la pierna derecha!» (o quizá por la izquierda, no lo recuerdo bien). Y después los ingleses le habían cogido prisionero, más bien pescado, a él, a Farruco, y él se había hecho pasar por su hermano cuando le tomaron la filiación: «Soy el guardia marina don Carlos Freire; mi padre es el capitán de navío don Fernando Freire, comandante del *San Mateo,* que se ha hundido sin arriar bandera.» Y el oficial inglés le sonriera y le preguntara después si tenía hambre. Todo lo cual es evidentemente novelesco de la especie romántica, pero bastante verosímil, y, lo que es peor, cada vez que lo recuerdo, no puedo asegurar si lo leí de veras en una de las cartas a Clarita o si yo mismo lo inventé, aunque me incline a creer que no, que el dato es cierto, al menos como dato, pero que siempre fui consciente de su extrañeza, de que algo no encajaba, y de que esa secuencia completa de fuga, embarque y batalla bastaba para despojar de su realidad a la narración entera, caso de incluirse en ella, y hacerla en cierto modo su eje; porque ¿cómo admitir, cómo intercalar en una narración de tono verosímil, aunque de tintas románticas, esa escena de Farruco penetrando en el puente del *San Mateo,* desde donde su padre dirige la agonía del barco y retrasa como puede la suya propia, y, cuadrándose o sin cuadrarse, le dice emocionado: «Mi comandante, va a estallar la santabárbara y yo quiero salvarle la vida arrojándole al agua»? Y, acto seguido, le coge en vilo, sin darle tiempo a rechistar, y, ¡cataplún! zambullido en las sangrientas olas. Pues ¿y la suplantación del guardia marina muerto? No es que sea psicológicamente inadmisible, sino más bien explicable, ¡y hubiera habido que ver a Farruco feliz, tratado de prisionero distinguido!; pero ¿cómo iba a pasar inadvertida su presencia? Un guardia marina no era un paje de escoba. Y, más tarde, cuando las paces se firmaron y se le acabó la bicoca, ¿pudo, así, como quien lava, desaparecer de nuevo, y empezar la carrera que le llevó de hambrear en los muelles de Londres a capitán de un barco propio? Ya dije que algunas veces pienso, o más bien creo, que todas esas aventuras fueron de mi invención, influido del cine quizá, pero en este momento necesito confesar, para admitirlo yo mismo como cosa que viene de fuera, que se trata de una trampa en la que intento cogerme: porque ¿cómo iba a inventar aquello precisamente que he combatido siempre, que he rechazado, que me ha impedido escribir de cabo a rabo la historia de Farruco, el desventurado: una historia como Dios manda, contribución a la muy gloriosa de mi pueblo, y no esta especie de reconocimiento de mi impotencia en que ahora me entretengo? Sí, admito que son míos ciertos detalles, como el de las gallinas, y acaso también el de la marea viva, que allí se llaman *lagarteiras* y que corresponden precisamente a la fecha de la llegada de Farruco: por eso no sentí el menor escrúpulo en mencionarlos; pero la sustancia de la historia, la fuga, el embarque y la batalla, ésa la leí en aquella carta, en la última de todas, doce o catorce pliegos de letra menuda. Y si Farruco mintió le habrá mentido a Clarita (¿para qué?), y, antes que a ella, a su padre. Lo que inventé y jamás escribí era mucho más lógico, mucho más regular, mucho más aceptable. Claro que, por entonces, tenía la costumbre, probablemente mala, de meterme en el alma de mis personajes, de modo que, por ejemplo, al ver Farruco las gallinas picoteando (y se verá que no son detalle inútil), deduce que hay en la casa gente a pesar del aspecto descalabrado, a pesar del silencio. Y entra, pues, en el zaguán; sube las escaleras... El sol que sale por una puerta desvencijada le conduce al salón de la chimenea. ¡Allí está aún su barco, en la repisa, aunque viejo, medio podridas las maderas y enteramente desmantelado: lo que se dice un casco para el desguace! Al acercarse a él, temblón el cuerpo; al acariciarlo, crujen bajo sus pies las carcomidas planchas del entarimado (¡y cómo conocía yo ese crujido!), y alguien que está detrás y a quien no ha visto pregunta: «¿Quién anda ahí?» Se vuelve. En un sofá yace un hombre medio tapado por una manta con remiendos. No le mira siquiera. Quizá se haya olvidado ya de que acaba de lanzar una pregunta al aire, a la casa vacía. «Soy yo, mi comandante, Farruco. Farruco Freire.» Está a punto de añadir: «su hijo, señor», pero no se atreve. Y el hombre de la manta, que esconde bajo aquellos remiendos la pata cercenada, le responde con voz agria: «¿Sales de los infiernos?» Y así empieza un diálogo en que el viejo capitán de navío, el héroe de batallas y de lances de amor, encastillado en su orgullo amargo, juega a despreciar a su hijo, sólo (quizá) porque lo ve bien portado; y en que Farruco recorre las etapas del trance, humillación, pena, rabia, y finalmente el orgullo también, acaso el odio. No hay gritos ni grandes voces; menos aún parrafadas de drama, sino frases cortadas, alusiones, invectivas, réplicas duras, preguntas que se burlan y respuestas que lastiman. Llega el momento en que Farruco está a punto de marcharse para no volver jamás, pero eso sería derrotarse a sí mismo, porque él ha vuelto para que su padre le reciba, para que le estime como a bueno el pueblo, y como en la pobreza que le rodea puede hallar una alianza, y como, finalmente, no desea volver al barco con la carga del cofre con que el criado negro le espera abajo, sentado, aprovecha la mención que hace su padre de Paquita, y se queda.

Diálogo difícil, al menos para mí; un diálogo que, con sus acotaciones, consumiría treinta buenos folios de texto. De no haber sido así, lo hubiera escrito alguna vez, lo hubiera al menos esbozado, y ya se sabe que un trabajo de esta naturaleza, un montón tal de páginas, atrae otras, y otras, de modo que la novela andaría ya conclusa, y seguramente publicada. ¡Lástima que sean tan pocas las cosas que sé hacer o que creo saber hacer! Pero aunque se quede en proyecto, lo juzgo, como tal, suficiente, y los datos que acabo de dar, los necesarios para hacerse una idea y decidir qué vale más, si aquel conjunto de disparates contados por Farruco, fueran verdad o no, que por sí solos, como dije, anulan el valor de una historia verdadera, o este momento espléndido en que el padre y el hijo se hacen frente como dos barcos en la mar, el legal y el pirata quizá, sin pelos en la lengua ninguno de ellos, pero declinante ya el uno, y sin ninguna esperanza, mientras el otro espera que la vida le pague una cuenta pendiente, esa que ahora empieza a pesarle. Estoy seguro de que era así el carácter de Farruco; lo estoy también de que el desaire reiterado de los viejos marinos hambrientos, si le hirió, le sirvió de acicate; pienso por último que su fracaso no lo hubiera sido del todo, que hubiera sabido aprovecharlo en su favor y salir por otro lado, airoso, qué sé yo, organizar el negocio de la pesca según los catalanes venían haciendo ya en Santa Uxía de Riveira, por ejemplo, de no haberse enamorado.

Sobre los trámites de semejante amor, mi información fue siempre escasa. Las cartas de Farruco a Clara lo dan por sentado, y que ella lo sabe, sin referencia a cómos ni a cuándos, menos aún el estatuto social que hubiera alcanzado Farruco de novio admitido, pretendiente o adorador lejano. Pues pasé mucho tiempo sin saberlo, y aun hoy lo ignoro, de modo que a este respecto mi imaginación tuvo campo y libertad. Recuerdo que, en un principio, a esta parte del relato la encaminé hacia planteamientos y desarrollos complejos, incluso hasta el retorcimiento. Era mi punto de partida el arribo de Farruco a casa de su madrina, acompañada siempre de Clara y de su hermana menor María del Carmen, y operaba con el supuesto de que a Paquita no se le había curado jamás la nostalgia de Farruquiño, en quien había empleado las exuberancias de una maternidad frustrada, y que siempre hablaba de él a las muchachas, poniéndolo así de guapo, así de inteligente y así de desgraciado, con dramáticas interrogaciones acerca de su destino, y de su vida o su muerte, de modo que este Farruco imaginario, amalgama de recuerdos y de suposiciones, vivía en los ánimos de aquellas jovencitas que si no eran románticas del todo (los correos andaban retrasados por entonces), se teñían, al menos, un poco de aquel color, y si no fuera así, a Paquita hubiera bastado, con sus cuentos, para lograrlo, y no faltaron ocasiones en que abrazó a Clarita y le dijo que cómo le gustaría que se casase con Farruco. «Pero ¿vive?» «¿Quién lo sabe? A lo mejor, cualquier día regresa. Yo tengo como un presentimiento de que lo hará, y no en fecha lejana, sino muy pronto, antes de cumplir cuarenta.» «Pero ¿es tan viejo?», preguntaba la más pequeña. «¿Viejo un hombre de cuarenta? ¿Qué soy yo, entonces, que tengo treinta más?» Bueno, con esta clase de diálogos se pasaban las tardes en el campo o en la ciudad, y si no era Farruco el tema de la conversación, lo serían las últimas hazañas de Sopiñas, o la desconfianza que sentían todos ante cada medida del coronel Zumalacárregui, a quien, como eran liberales, no estimaban. La más aficionada a suspiros y a dejar que su mirada se perdiese en la bruma, Clarita, solía pasarse horas en éxtasis ante la mar, y ella fue la que una tarde, o un atardecer más bien, desde el balcón del palacio, situado, como ya dije, cerca del puerto y lo que fue después el muelle de Curuxeiras, asistió al espectáculo inesperado y en absoluto frecuente de un barco entrando en la ría. Gritó para que acudieran Paquita y Carmen, y se pasaron las tres varias veces el catalejo hasta que el barco quedó fondeado. Paquita aclaró que venía abanderado en Inglaterra y tradujo el nombre que ostentaba la popa en grandes letras de bronce. A las niñas les hizo gracia lo de «Bésame, verde viuda», aunque lo del color no lo entendieron bien. Y ninguna sospechó, ni tuvo corazonada, de que viniese bajo el mando de Farruco. De modo que cuando éste apareció fue como la caída de un meteorito; a Paquita, sin la debida preparación, le dio un soponcio; Clarita quedó cortada y, luego, con arrebol, y María del Carmen, sacudida por la sorpresa, no pudo evitar una exclamación: «¡El bastardo de Frei...!» y se tapó la boca. Farruco le hizo una reverencia: «Sí, señorita, el bastardo de Freire, que queda desde ahora a los pies de su belleza.» A María del Carmen le vinieron las lágrimas avergonzada, y huyó, y Clara no tuvo más remedio que disculparla y que pedirle perdón a Farruco: quien había decidido ya en su corazón que aquella muchachita impertinente y un poco boba llegaría a pertenecerle, aunque la verdaderamente bonita, la seductora, la que desde aquel momento le tuvo pendiente de sus ojos, fuera Clara. No sé bien qué novelas andaría leyendo yo por aquel tiempo, que de ese modo me orientaron hacia la invención de esta trama de conquistar a una y amar a la otra, y de ser amado de la otra y temido de la una: sería inútil echarse a averiguar, pero si no me engaño debió de ser cuando leí a Jane Austen, a Emily Brontë y a Choderlos de Laclos, y un poco de cada uno se me había pegado. Por fortuna es muy difícil escribir a los veinte años una historia de amor tan complicada, y la mía se quedó en intención y en imágenes sin orden, siempre con un jardín de fondo, eso sí, o un salón con una gran araña, y muchos oros y muchos rojos suntuosos; pero, de haberla escrito, atendería más a lo sentimental que a lo político, y no digamos que a lo económico: como que toda esta parte referente a los astilleros y al fracaso de Farruco no constaba todavía, pues la cuestión no figuraba en mis datos y no había razón para que yo me la sacase del caletre. Grandes diálogos, pues; palabras que Farruco dirigía a María del Carmen, aunque destinadas a Clara, siempre presente, algo distánte y con el oído alerta, y respuestas de Clara reducidas por la obligada prudencia a proposiciones de carácter general y con frecuencia ambiguas, ¡que a tanta abstracción y sutileza obligaban el pudor y la respetabilidad! Había también una acción secundaria, diálogos también entre Paquita, que se da cuenta de la situación, y Clarita, que la padece. Bueno, la padecía también María del Carmen, a quien Farruco sometía a régimen de pequeñas crueldades, como la de darle la mano a su hermana al despedirse y a ella no, o saludar a Clara desde el caballo y olvidarse de que ella le contemplaba también acodada a la solana, aunque bastante distanciada, para que no pudieran confundirse los saludos.

Toda esta construcción, que me hubiera salido cálidamente romántica en un principio, aunque después fríamente objetiva (conforme iba de *Los miserables* a *Rojo y negro*), se me desmoronó al descubrir y leer las cartas que Farruco había escrito a su madrina desde Madrid, ya que en cada una de ellas, como dije, figuraba un pliego expresamente dedicado a Clara, no palabras de mensaje amoroso, sino información puntual de las modas, los teatros y la vida de Corte, páginas que hubiera escrito un revistero, jamás un enamorado: pero con algo en ellas, sin embargo, revelador del entusiasmo pudoroso de un amor que no se atreve a declararse: lo que me permitió inferir que Farruco se había limitado a dárselo a entender a Clara por estas y otra clase de muestras, y que probablemente era algo de lo que hablaba también la gente, como siempre en esos casos, con más conjeturas que certezas, y que el matiz que cada cual daría a su versión dependería de la hostilidad o del afecto con que mirase a Farruco, cuando no de la indiferencia o del odio: de modo que en esta etapa de mis imaginaciones, concedía más tiempo de intervención a los personajes secundarios, caso de brujas murmuradoras, que a los mismos protagonistas, para lo cual hube de recurrir a la invención de un conjunto que no me desagradaba y cuyo modelo tenía a la vista: la vida y la sociedad de mi pueblo, que no debía de ser muy distinta entonces de la que había Farruco padecido: por eso, y sin quererlo, me hubiera resultado mi narración como una comedia de los Quintero escrita con la morosidad y el método de Marcel Proust: pues no es tan arduo como parece a primera vista la mezcla de ambas maneras de entender las relaciones humanas. Pongamos que todo esto me sucedió por los años centrales de la Segunda República, después del treinta y cuatro, que fue cuando murió mi abuela y se llevó consigo lo que sabía. Yo le había contado mis últimos descubrimientos de las cosas de Farruco, y ella, preocupada siempre de la salvación ajena, y en grado no menos intenso, de una reputación en la que nadie pensaba ya más que ella a su manera y yo a la mía, me dijo cierta vez: «Mató a un hombre aquí, a la puerta de casa, uno que le venía a robar y que era gente de viso.» Le pregunté por el nombre, y me respondió que lo había olvidado. «¿No sería don Hermógenes de la Barrera, el padre de su novia?» «¡No sé, no sé! No me preguntes nada, que ya perdí la memoria!» ¡Pobre Francisca Freire, que quería llevarnos al cielo a todos con las almas repletas de perdones, de modo que no hubiera más que presentarlos a la entrada, y listos! La hubiera hecho feliz saber que su tocayo y tío tatarabuelo «por la mano izquierda», como ella había dicho alguna vez, estaba ya en la gloria, gracias precisamente a aquellas penitencias y sufragios que le había dedicado. Y no le hacía gracia que yo me entretuviese en hurgar los papeles del pasado para airearlo, pero menos aún para que mi imaginación lo rectificase.

Pues los datos que recuerdo de la segunda declaración de Farruco en el proceso de la Compañía de Sopiñas me permiten reconstruir la escena así: la noche estaba buena, con luna clara, aunque el espacio delantero al zaguán quedase sombreado por las ramas del nogal, ya entonces copudo y ancho. Farruco contó las onzas, de manera ostensible, a la puerta misma, y las metió en un puchero de barro, que dejó a la vera del portón, de modo que lo viese quien pudiera espiar escondido desde la umbría del jardín, pero también desde dentro quien vigilase desde lo alto de la escalera. Y allí se situó con su criado, cada uno de ellos con un trabuco cargado hasta la boca y otros dos preparados: y esperaron. Dieron las doce en el reloj de cuco, que se oyeron muy bien en aquel silencio, como yo lo oí muchas veces, con un roce como de papel gordo del de envolver. Dos bultos se destacaron de la oscuridad. Tenían que atravesar para llegar hasta el puchero, un espacio vacío y algo más clareado. Les apuntaron. Farruco dijo «¡Ahora!» por lo bajo. Dio en el blanco el disparo del criado; el suyo, si acertó, no derribó a la víctima, que se escondió en seguida. El silencio, así quebrado, renació después de una sucesión de ecos, oloroso a pólvora el zaguán. Ni Farruco ni el negro se movieron. Un buen rato había pasado cuando creyeron oír caballos que se alejaban. Volvieron a esperar. El bulto derribado no se había movido. Farruco se acercó con una linterna, le descubrió el rostro, se lo alumbró, pudo reconocer al muerto. «¡Adentro!» El muerto se quedó allí; ellos cerraron el zaguán y el postigo, echaron llaves y trancas. Pasaba Farruco para su cuarto cuando escuchó la voz de su padre, que le llamaba: no supo, al primer pronto, si llegada del cielo o del castillo de popa, si de Dios o de Nostramo y señor el comandante. Alzó un picaporte y entró: la voz venía sencillamente de la cama donde su padre yacía, y le preguntaba por la razón de aquellos tiros. «Ladrones, mi comandante», le respondió, y el padre pareció convencido. Ya en su cuarto, Farruco no intentó siquiera acostarse: se aflojó las ropas, y con las armas a su lado y la ventana entreabierta, acechó, horas seguidas, el lugar en que yacía el cuerpo de don Hermógenes. Ya había cantado el gallo cuando unas sombras, precavidas, se lo llevaron, y se oyó más tarde un coche hacia La Cabaña. Esperó un rato más, y rayaba el alba cuando cerró la ventana y se dejó transir en la butaca: no había en la casa otros ruidos que los habituales, aquellos que él conocía desde niño, algunos agrandados, pero sin novedades, si no era, quizá, la roldana del pozo, que él había mandado poner y que chirriaba con el viento, cuando lo había: pero esta madrugada estaban los cielos quietos. Despertó con el sol y se asomó: el criado negro echaba tierra a la sangre coagulada. Su padre le preguntó, cuando fue a saludarle: «Pero, esos dos tiros, ¿no fueron dentro de casa?» «Desde lo alto de la escalera, mi comandante, y con el enemigo a la vista.» Don Fernando comentó después de un breve silencio: «No deja de ser raro.» Pero no dijo más.

Farruco fue a El Ferrol hacia las diez y media, solo, con su mejor traje y su empaque más altivo: sin mirarse hacia dentro, como casi siempre, sino hacia fuera, a todo y a todos, desafiando en cierto modo. No había por las calles sino grupos de mendigos: a la puerta del Hospital, a la del Ayuntamiento, en las gradas de las Angustias. A éstos, que parecieron mirarle con rencor, que le volvieron la espalda, les arrojó un puñado de monedas, y ellos no se movieron, no las buscaron y se pelearon por cogerlas hasta que Farruco desapareció unas cuadras arriba, próximo ya a la arboleda del cuartel. Pidió ser recibido por Zumalacárregui; un ayudante que vino le preguntó qué quería; respondió que declarar, y fue conducido al juzgado: allí depuso largamente con todo detalle, callando el nombre del muerto, y luego escribió la firma al pie, la firma aquella a la que innecesariamente había agregado el «sin segundo» del desafío o de la venganza. O, ¿quién sabe?, de la última defensa. Le esperaba, al terminar, el ayudante. «El coronel quiere verle.» Zumalacárregui le recibió otra vez de pie, no le mandó sentar. «Ya sé que ha matado usted a un hombre.» «Sí, coronel. Me he defendido en uso de la autorización...» Zumalacárregui le interrumpió: «No se trata ahora de eso. ¿Sabe que el muerto es don Hermógenes de la Barrera?» Farruco, cogido de sorpresa, acertó, sin embargo, a no inmutarse. «No, coronel. No lo sabía.» «Es todo cuanto quería decirle. Retírese, y si hay novedad, vuelva a declararla.» Salía ya cuando el coronel le llamó. «¡Señor Freire!» Farruco quedó quieto en la puerta, vuelto hacia el jefe militar. «No me cogió de sorpresa, en absoluto, esa noticia. Mis informadores en el campo liberal funcionan perfectamente, y para tener la lista completa de los ladrones no me falta más que un nombre.» Con la mano hizo señal a Farruco de que se acercase, y cuando lo tuvo al otro lado de la mesa, casi le susurró: «¡Váyase! Le aconsejo que se vaya. Se quedará sin los pocos amigos que tenía, y no creo que la logia baste para protegerle ni que sea ésa su intención.» Hizo una pausa y añadió, más leve todavía: «Incluso yo he sentido su fracaso, señor Freire. Sin el hambre que hay, las cosas se arreglarían mejor en este pueblo.» Pero tampoco entonces le tendió la mano, y Farruco salió y cerró la puerta, y al quedar junto al ayudante que le acompañaría hasta el Campo de Batallones, sintió como una atmósfera fría.

«El señor comandante le dejó un papel en su mesa para que lo lea», le dijo el criado cuando llegó. Le explicaba su padre que había pasado Paquita Ozores a recogerle, de camino, para ir al velatorio de don Hermógenes de la Barrera, muerto aquella noche de repente, y que allí en La Graña, en la casa del muerto, le esperaban. Le dieron ganas de escribir otro papel de respuesta, y de marcharse: no dejar detrás de sí más que papeles, a su padre, a Paquita, a Clara, a sus amigos de la logia, papeles firmados también «Francisco Freire, sin segundo». Llegó a sentarse a la mesa, con recado de escribir delante y veinte mil ideas revueltas en la cabeza; pero se sobrepuso, y cuando subió al caballo y salió al camino, iba ya erguido, en apariencia seguro, aunque no tranquilo, sino con el hormiguillo de temor de quien va a comparecer ante el juez. En la casa de Clara habían entornado las maderas y cerrado las vidrieras. Ascendió por la escalera empinada, de castaño antiguo, hacía poco fregada y con arena crujiente en las gradas: la puerta abierta daba a una gran habitación en penumbra, con el muerto en el medio, y unas velas encendidas, y quizá un Cristo a su cabecera, y gente, claro; gente confusa, entre la que sólo distinguió, por el brillo apagado, los galones, en algún lugar deshilachados, del brigadier Bengoa, que había sido el héroe en alguna batalla remota, y que a pesar del olvido y del hambre en que le tenía, jamás hablaba mal del rey. Farruco, pegado a las paredes, disimulado en las oscuridades, fue hasta la sala vecina, donde esperaba hallar a Clara, y allí estaba, en un sofá, con Paquita y con su hermana, y algunas mujeres más, que suspendieron el rezo al entrar Farruco y que miraron estupefactas cómo saludaba y se condolía con las hijas del muerto: palabras de trámite nada más, palabras de prisa. Salió en seguida, con la mirada buscó a su padre, sin distinguirlo, entre los que escuchaban. Bengoa refería hazañas de don Hermógenes, o quizá solamente alguna picardía de cuando navegaban juntos siendo ambos guardias marina. A Farruco, quieto en el hueco de una ventana, aquel mundo que las palabras del brigadier levantaban, mero recuerdo para los demás, de barcos, de cruceros, de batallas, de órdenes, de jerarquías, le pareció una realidad que regresaba del pasado, una realidad que había querido suya, pero en la que no había alcanzado a entrar, deseo antaño, nostalgia y rabia ahora de lo que había sido imposible; por eso, por no ser suyo aquel mundo, la noche pasada había dado muerte a don Hermógenes de la Barrera, capitán de navío, expulsado de la Armada por el rey; pero ¿quién era el rey para expulsar a nadie? Era como querer quitarle a uno el color de los cabellos. Y por esa razón, los de la Armada se encontraban allí, también su padre, solidarios del muerto, de cuya desdicha última conocían, con toda certeza, las circunstancias. Y, a pesar de eso...

Los fue mirando, conforme sus ojos se acostumbraban a la penumbra, fue examinando una a una las faces vueltas hacia Bengoa, atentas: todas maduras o viejas, trabajadas por el aire del mar, por el sufrimiento, por el hambre, algunas desgañotadas que salían de una camisa zurcida, de una corbata anticuada, o, sencillamente, de unas solapas cerradas más arriba de lo usual. Su padre debía de ser alguno de los bultos que se agrupaban hacia el rincón más lejano, aquel al que veía apenas, quizá, pero que parecía haberle reconocido y le miraba con ojos inmutables. Así estuvo algún tiempo, no supo cuánto: de los recuerdos que la voz de Bengoa iba suscitando, toda la historia de España desde cuarenta años atrás, pasó insensiblemente a los suyos propios, y se dejó llevar por ellos, los de su infancia sobre todo, los años pasados allí, en Los Corrales, antes de huir, y también los inmediatos, y no se dio cuenta de que algo a su alrededor cambiaba, de que la voz de Bengoa ya no sacaba imágenes de la nada del tiempo ido y las traía al presente como último homenaje al muerto, sino que, con tono nuevo, no de amistad, con tono endurecido, hablaba de alguien a quien todos miraban, hablaba de él, de Farruco, repentinamente descubierto o adivinado en su escondrijo de la ventana, y su presencia, sabida, había sido como si la ceremonia del velorio y los recuerdos del muerto no pudieran continuar ya mientras él se hallase allí, como si fuese un insulto al difunto y a Dios. Se dio cuenta cuando vio que Bengoa se le acercaba, altivo en su miseria, sin perdón en la mirada, casi terrible, y le decía: «¡Váyase!» Y estuvo a punto de obedecerle, de escurrirse hacia la puerta abierta y desaparecer, pero fue como un giro de tornado en el corazón, como un no que le saliese de una parte que él conocía bien, aquella de su alma de donde le habían salido las rebeliones y las decisiones que le condujeran hasta allí mismo, hasta aquel instante: sólo veinticuatro horas antes, de aquel lugar le había salido también la determinación de hacer frente al Sopiñas y de no obedecerle.

—¡Espere, brigadier! —lo dijo con una voz aparentemente innecesaria y alta, con más voz de la debida, con más fuerza de la que autoriza la presencia de un muerto, y por eso el brigadier dio un paso atrás, y todos los susurros se suspendieron, como ese aleteo sin avanzar de algunos pájaros a veces, y los rezos de la sala donde estaban las mujeres quedaron pendientes de lo que fuera a decir. Farruco se dio cuenta de que en aquel momento se le temía, quizá sólo como a un asesino que, además, había abordado navíos indefensos y traficado en ébano. Empezó a hablar con voz cada vez más afirmada, también más orgullosa, hiriente, y era cosa del tono: contaba lo de su llegada a El Ferrol con las palabras más exactas y las menos posibles, a la manera inglesa, y explicó sus propósitos, pero sin que el relato despertase simpatía, ni siquiera interés, en aquellos rostros a los que sólo les quedaba la altivez, aunque quizá también el desprecio, contra el miedo: acaso porque ninguno de ellos comprendiese la razón de aquel discurso en aquel lugar. Y es posible que el propio Farruco, conforme avanzaba, tampoco lo comprendiese, o llegara a darse cuenta de que hablaba en el aire, sin justificación, sin necesidad, y que entre lo que él decía y sentía, y lo que sentían y entendían los demás, no había acercamiento, ni coincidencia, sino la distancia insalvable de entre dos columnas verticales; esto al menos deduje yo de la lectura repetida de aquella su última carta a Clara, en la que intenta Farruco en vano dar una razón coherente de su conducta, sin acertar: terminó, abreviando de pronto como con prisa súbita, con el relato de los sucesos de las últimas horas, hasta que dijo: «Vinieron dos hombres, me defendí y maté a uno.» Entonces, de la sala donde estaban las mujeres, donde las mujeres escuchaban también, llegó un grito roto y como de muerte, y la gente dijo «¡Clariña!», y dejaron de escucharle, y fueron todos hacia la puerta de la sala, y se agolparon allí. Farruco quedó solo frente al muerto, no se atrevió a mirarlo; caminó hacia la salida, y se le interpuso su padre, que venía del rincón, golpeando la tarima con la pierna de palo, y no le dijo nada, sino que se situó a su lado, como para acompañarle, pero Farruco extendió la mano y le detuvo. «No, mi comandante. Usted con ellos, no conmigo. Usted es capitán de navío.» Y corrió por la escalera abajo, hacia la calle iluminada del mediodía.

Aquí se agota mi documentación fidedigna sobre el caso de Farruco Freire. Si en algún momento exageré un detalle o fantaseé, no me faltaron nunca, en los recuerdos, puntos de apoyo y textos de justificación. Las cartas de Farruco a Clara fueron bastante prolijas, y mi memoria, a veces, de extraña precisión; pero me hubiera gustado conocer sin necesidad de inventarlos los términos de la primera entrevista de Farruco con Paquita Ozores, y también lo que habló con su padre, y cuanto en el pueblo se dijo, y hasta se hizo, y todo lo demás; pero como el resto de la historia, hasta la marcha de Farruco, llegó hasta mí, aunque por otros vericuetos, y puedo contarla, eso cuya ignorancia deploro queda como un hiato más en el conjunto, como una página perdida. Importa ahora el modo y el camino como averigué lo demás. Creo no haber hablado hasta aquí de mi prima Obdulia. Era la nieta mayor de Francisca, hermana de una caterva de críos y de crías casi todos malogrados, y, por razones que no son del caso, vivió con mi abuela desde su nacimiento: de aquel montón de primos que vivían en Neda, y a los que visitar fue para mí, las veces que lo hice, como una expedición Ganges arriba, sólo sobrevive Mario, que reside en Canarias y tiene un hijo con mando en barcos mercantes: de las manos de Mario recibí mi primer cigarrillo y seguramente también el fuego que me permitió fumarlo. Pues esta Obdulia, por estar siempre en casa de la abuela común, pertenece a mi historia más que a la de sus hermanos; adquirió por derecho la jerarquía y mando de tía carnal honoraria, y cuando se casó Isolina, y se marchó a Buenos Aires, Obdulia y Pura quedaron ya como la pareja de Fantasmas que ni la muerte rompió, pues siguen vivas en mi recuerdo: eran el que custodia el tesoro, que le correspondía a Pura, y el que guarda las tradiciones, de la incumbencia de Obdulia. Pura se mereció el remoquete a causa de cierta caja de concha y ébano, con llavecita de plata, que guardó hasta su muerte y en que encerraba, además del reloj de oro de la abuela (la saboneta, le llamaban), cierto número de pendientes descabalados, de sortijas rotas, de eslabones de pulsera o cadena, así como el testimonio de algunos recuerdos personales. El reloj de oro con esmalte y un ramillete de diamantes, de rubíes y de esmeraldas, se lo entregué yo mismo a mi sobrina Rosa, seleccionada por el amor del Fantasma para tan singular destino. La prima Obdulia, que la precedió en el último viaje, no guardaba buhonerías en el cajón de su cómoda, sino cuentos en su memoria: los de la familia, y los ajenos que había oído, y muchos de los que vienen en los libros, y cientos de su invención, también. Pero tenía la gracia de que, al contarlos, variaba siempre los detalles, tomando lo de un relato para meterlo en otro al que podía acomodarse mal o bien, que si alguna vez resultaba un conjunto extrañamente romántico, otras daba risa: y puedo asegurar que no le habían enseñado a despiezar los cuentos en segmentos y secuencias, según las conocidas técnicas de X y de Z, sino que lo hacía con su intuición y bajo su responsabilidad. Daba gusto escucharla, eso sí, pero a nadie aconsejaría fiarse de la veracidad de lo que nos decía. ¿Qué más daba? ¿Cómo no cogió una guitarra y se fue cantando por las ferias las cosas que sabía? Pues no le hubiera sido imposible ponerlas en romances, y se ganaría la vida honesta y holgadamente, más que como se la ganó, enseñando a leer a los niños de la aldea, en el local destartalado debajo de la sala, tan frío y tan siniestro. ¿Cuántas generaciones desasnó su paciencia? No ha muchos años, quizá sólo tres, se me acercó un compañero, en una reunión, uno que como yo enseña Lengua y Literatura, y me dijo que era de allí mismo, de mi aldea, al pie de casa, y que mi prima Obdulia le había enseñado a leer, y guardaba para ella un agradecimiento tierno. ¡Pues bien que me alegró el encuentro, y el recuerdo del Fantasma! A quien comuniqué una vez, casi en secreto, cuando ya la abuela había muerto, mi descubrimiento reciente de la declaración de Farruco ante el juez militar, por lo de la muerte de don Hermógenes, y ella, después de darle vueltas, y de hacer preguntas capciosas, y de sonsacarme, me dijo que sabía la historia entera desde muchos años antes y de muy buena tinta, nada menos que de labios de la abuela, quien se la había ido contando, a retazos, bajo caución de secreto, y que la abuela la sabía desde siempre, porque con aquellas cartas de Farruco que había hallado yo, y con otros papeles del caso que yo desconocía, y que quizá se hubieran perdido, había quedado un cuaderno de folios en que el propio Farruco dejaba a sus parientes, por si querían saber de él, lo principal de su historia. ¡Pues mira tú por dónde hubiera podido yo, sin pretenderlo, preparar una estupenda novela de las llamadas de «manuscrito encontrado», técnica que le iba muy bien a la época en que viviera Farruco, pero a la que los tratadistas no habían otorgado todavía la debida importancia, como es hoy el caso! Una novela que me hubiera traído en tiempo prematuro, con la fama, quién sabe si la ganancia. En aquellos folios se había informado la familia, al menos hasta mi abuela, y por algo que se contaba en ellos habían decretado que Farruco moraba en el infierno, con grave desprecio de la tradición familiar, y que no se volvería a hablar más del caso. No era la muerte de don Hermógenes el gran pecado, no, sino algo que yo no había sospechado nunca. Mi prima me lo hizo desear, me sacó el compromiso de apadrinarme el hijo que entonces yo esperaba, y que fue el segundo de los míos; y creo que también la promesa de que aquel mismo año terminaría la carrera (como así fue) que entonces estudiaba en la Universidad de Santiago : operación en cuyos aspectos financieros el Fantasma solía colaborar. En fin : lo que me refirió, después de dimes y diretes alargados varias semanas, no fue la escena entre Farruco y Paquita Ozores, que a mí me preocupaba, y saber si le había abandonado aquella amistad de toda la vida o le había ayudado, sino que, al día siguiente del entierro de don Hermógenes, Clarita desapareció de casa, y no fue hallada por mucho que se la buscó, y a pesar del empeño que puso en encontrarla la misma Compañía de Sopiñas, cuyos eran casi todos los ojos y los oídos de los contornos. Hasta un punto se les seguía la pista, a Clarita y al coche que la había llevado, y, desde allí, como si se la hubieran tragado los abismos o arrebatado un torbellino del cielo. Estaba ese punto en la carretera de La Coruña, entre Pontedeume y Betanzos, y aquella tierra con sus veredas se la tenían bien pateada los de la Compañía, y mucho más allá, hasta el mismo Monfero, donde los frailes solían esconderles. Pues ni siquiera a los frailes habían llegado noticias del coche fugitivo.

Farruco fue más allá, en su investigación : llegó a Betanzos, con buenas cartas de Paquita para las gentes de los Andrade, y buenas onzas y centenes. Se instaló en la mejor posada, y repartiendo aquí y allá, acabó convencido de que por las tales fechas ningún coche había pasado hacia La Coruña, menos aún hacia Madrid, que era entonces viaje peligroso y sólo se hacía con protección militar y en grupo. Organizó sus pesquisas en la otra dirección, el camino entre Betanzos y Pontedeume : visitaba a los abades de las parroquias, presentado por buenas letras, les daba abundante limosna, y todos le prometían averiguar lo averiguable, si lo había ; pero no pareció haber nada ; como que pensó entonces si volver a El Ferrol y encaminar sus averiguaciones hacia Mondoñedo y hacia Lugo, ciudades de abundantes escondrijos monacales ; o hacia Santiago, ¿quién lo podía saber? Una de aquellas tardes, desalentado, cuando, de regreso, atravesaba el puente sobre el Mandeo, se fijó en el monasterio cuyas murallas mojan las aguas de ese río. No lo había advertido por lo pobre de la traza de aquel paredón sin carácter, y porque la portada daba a una calleja por la que no solía pasar. Preguntó si era de monjas : le dijeron que sí. Habló, entonces, a sus valedores, importunó, pagó, trató, pretendió sobornar y sobornó a mandaderas y capellanes, y llegó hasta lo más alto, hasta enterarse al fin, bien pasado un mes, de que allí estaba, en efecto, Clara de la Barrera, o al menos alguien que respondía a las señas de su juventud y que había llegado en un coche como a cencerros tapados, por las fechas sabidas. No me satisfizo nada este lugar de refugio, que lo conozco bien, un caserón sin sol y sin otra delicia que las barcas engalanadas de la romería de los Caneiros, cuando regresan cantando: oídas, sí, y escuchadas, pero jamás vistas de las monjas. Y se me disparó el deseo hacia el convento de las Clarisas de Santiago como lugar más idóneo: ese de la portada barroca en que los elementos más pesados de la piedra se acumulan en lo alto y parece que van a caer encima de quien los mira. ¡Ése sí que era un gran lugar novelesco para esconderse, y mejor asimismo Santiago que Betanzos para pasar la larga espera de un Farruco desesperado! Pues allí, además del arzobispo a quien acudir, y un montón de canónigos y cardenales que se pondrían en seguida a su favor o en contra, según que su color político fuese negro o liberal, había también masones con sus logias, y probablemente conspiradores jóvenes, gentes de las cuales hubiese podido recibir ayuda. Mi prima me iba relatando la parte de la historia que corresponde a las cartas, escritas y enviadas por Farruco según se dijo, y devueltas inexorablemente por Clara, y así como Obdulia me describía trámites y paseos por los alrededores del Mandeo, yo los trasladaba a los del convento de Santiago; y, así, esta duplicidad de imágenes se prolongó al contarme cómo Farruco, recibida de vuelta la última de las misivas, y con ella la negativa final, se determinó a asaltar el monasterio y raptar a la ya novicia: Obdulia describía el barco de Farruco hecho a la mar y fondeado frente a Sada, y yo alargaba un poco más la singladura, hasta Villagarcía; continuaba ella relatando cómo, de noche, durante la pleamar, una canoa bien remada y dirigida ascendía ría arriba de Betanzos hasta llegar al pie mismo de las tapias monásticas; y al mismo tiempo veía yo a un grupo de extranjeros, negros algunos, organizar una posta, y correrla desde Villagarcía a Santiago, por la noche también; de una parte, los largos remos levantaban del agua ondas de luz verdosa, mientras Farruco, puesto al timón y encorvado hacia la proa, parecía querer entrar con el ímpetu en el cerco de la luna; de la otra parte, caballos que corrían, furiosos, en la noche oscura, atravesando los pueblos y las aldeas dormidas: corrían como demonios que fueran a aniquilar la Ciudad Santa. Y aquí se detenían ambas versiones, porque el cuento lo remató mi prima con estas solas palabras: «Que Farruco entró en el monasterio, está probado, y

97

excomulgado quedó por ello; que permaneció dentro más de una hora, también, aunque con quién habló se ignora, así como lo que dijo; que salió solo y alicaído, él mismo lo dejó escrito, pero ni una sola palabra de lo demás. Volvió a su barco con sus remeros...», y aquí otra vez las imágenes dobles, aunque de regreso, marineros y jinetes, hasta juntarse otra vez en una sola del barco que entra en la ría del Ferrol con el alba y tiene que esperar a que le abran la cadena que la cierra de castillo a castillo.

Farruco anunció a su padre, y a Paquita, que se marchaba, y antes de hacerlo, mandó un buen donativo al monasterio en que quedaba Clara. Por alguien venido dè Betanzos se empezaba a susurrar que había penetrado en el recinto sacro al frente de sus hombres y lo habían profanado, ateos, calvinistas y aun musulmanes que había en aquella tripulación, y que la madre abadesa, sin más armas que las del Espíritu, había logrado defenderse, y a sus monjas, y aunque Paquita se encargó de negar aquel infundio, y los enviados a Betanzos para cerciorarse volvieron sin certeza, se corrió que Farruco andaba endemoniado, y lo admitieron incluso aquellos mismos que no creían en el demonio. Pocas veces le vieron, en aquellos días, y, esas pocas, de noche y recatado: pero sólo vislumbrar su figura o presentirla los empavorecía y aconsejaba huir. A su padre rogó que admitiese una renta de por vida, que le dejaría arreglada en La Coruña, y de Paquita prefirió despedirse con una esquela sencilla. Cuando se marchó con el criado negro y sin el baúl que la primera vez habían traído, dijo a su padre que le quedaban también un retrato y unos papeles por si alguien quería recordarle, y fue hasta la ribera, donde le esperaban con el esquife. Su padre, desde el mirador, vio con el catalejo la maniobra del barco aparejado, y cómo le hinchaban las velas y levaba anclas: hasta que se perdió en la boca de la ría, donde había un poco de niebla gris. Aún se estuvo un pedazo don Fernando con el catalejo pegado entre las manos, mirando al cielo y quizás a sus recuerdos. Después, entró en la casa, y, al atravesar la sala, advirtió el retrato de Farruco encima de una consola: no lo había visto nunca, y le gustó: estaba elegante, el Farruco, aunque un poco triste. ¿Y qué era aquella cosa blanca que llevaba en la mano? Se aproximó y leyó la cartela casi recién pintada, casi fresca la pintura. Decía así: «El desventurado bastardo Farruco Freire.»

Salamanca, 15 de setiembre de 1978.

La historia que sigue —«Farruquiño»—, escrita y publicada hacia 1954, complementa y en cierto modo completa ésta que acabo de contar. Me parece oportuno traerla aquí a modo de apéndice.

FARRUQUIÑO

A los Núñez Iglesıas, de El Ferrol —a los que ya se fueron y a los que todavía están; a los ya viejos y a los nuevos—, dedico esta historia que solía gustarles, con amistad, como siempre.

I

Por sus labios delgados, por su mirar de través y por cierto aire maligno de su rostro, hemos llamado siempre «Viejo malvado» a don Fernando Freire, cuando propiamente deberíamos llamarle «Viejo cazurro», que es de lo que tiene cara; pero, cazurro o malvado, no se compagina bien con lo que sé de su vida, por lo que tengo dudas sobre la autenticidad de su retrato. Un hombre puede amargarse, siendo alegre; y aplebeyarse siendo noble; pero, si el gusto de su vida han sido las mujeres, no me parece que el tiempo borre del rostro las señas de la sensualidad. De joven, por una miniatura suya que he visto en el Museo Naval, tenía los labios gruesos, labios sedientos de otros labios. Me inclino a creer que el retrato sea de su abuelo por línea materna, un tal Saavedra, que también fue marino; aunque la casaca del retrato sea contemporánea de don Fernando VII.

La casa de los Saavedra la recuerdo: casi frontera de la mía, la carretera de por medio; hecha ya una ruina, caídas las paredes, y sólo en pie las del lagar, porque en otros tiempos plantaban viñas y hacían vino, que no pudo ser bueno, criado a aquella altura de Galicia. Tiene la casa una finca grande amurallada, que es ahora propiedad de una familia Fandiño, muy pegados de siempre a los Saavedra, y la recibieron en herencia de doña Manolita, más loca que una cabra, muerta hace bastantes años.

De doña Manolita, que mis parientes llegaron a conocer, se cuenta que encendía una vela a Dios y otra al diablo, pero literalmente, porque le habían salido mal las cosas de un noviazgo y acudió, para encauzarlas, a la protección del Patas. Por muy benévolos, e incluso inofensivos, que sean los demonios gallegos, a doña Manolita le atribuló aquel pacto la existencia, vivió solterona y encadenada a él, y se murió por fin de un brinco que pegó el coche en un viaje a La Coruña, hecho por tierra de miedo que le tenía a la muerte en la mar.

Los Fandiño se quedaron con todo. La verdad es que lo disfrutaban desde años inmemoriales, porque hacía más de un siglo que ningún Saavedra vivía de continuo en Los Corrales, sino en Madrid, y venían sólo cortas temporadas. Cuando yo era niño, llamaban a aquellas ruinas la Casa Grande, y no se podía pasar por ellas después de puesto el sol. Antes, sí. Los niños hacíamos guarida de bandidos de lo que había sido sucursal del infierno, pero con buen cuidado de abandonarlo a la hora del crepúsculo; sino, ya nos estaban gritando desde todas las casas del contorno para precavernos del trasno. «*¡Facervos unha crus, neniños!*»

Entre Freires y Saavedras hubo en tiempos enlaces matrimoniales. Los Freire vivían de sus campos; los Saavedra, de la mar. Había además muchas otras diferencias, porque los Freire eran simples hidalgos, y, los Saavedra, caballeros. Del matrimonio entre don Luis Freire y la señorita Balbina Saavedra y Montenegro sé pocas cosas. Tuvieron dos o tres hijos. El segundo, don Carlos, perteneció a la Magistratura, o como se llamase entonces la carrera judicial; el primogénito, Fernando, el guapo de ambos clanes, entró en la Real Compañía de Guardias Marinas, apoyado por su abuelo materno, persona de campanillas, aunque apagadas, y grandes influencias en la Corte.

Los Fandiño ya vivían entonces a la capa de los Saavedra. Fueron siempre de color rubia y tez rojiza con fama bien ganada de matones, salvo con los señores. José Fandiño entró en la marinería y ascendió a cabo de cañón. En alguna batalla hizo algo por el guardia marina Fernando Freire, y esto le permitió pegarse a él y explotar el favor, hasta que un azar los separó. Fandiño fue a dar con sus huesos a La Habana, se metió en líos de contrabando y le echaron de la Armada sin que le valieran recomendaciones de sus señores naturales. No escarmentó. Era buen artillero, camorrista y bebedor. Dejó el contrabando por la piratería. Se arrimó a una morena octorona, que llevó más tarde a Cuba, porque tenían una hija y José quería para ella cualquier lucido porvenir.

Fernando, por su parte, prefería los negocios de faldas y los lances de honor. Tenía buena reputación de marino y de hombre valeroso en la batalla. Era guapo, arrogante y generoso; probablemente no tenía nada en la cabeza. Por lo que fuera, una señorita gaditana se enamoró de él, y, por lo que fuera, Fernando se casó. Le vino el traslado a La Habana casi de recién casado, cuando su esposa iba a tener un hijo. No era prudente llevársela consigo. Ella quedó en casa de sus padres, dio a luz un varón y murió de sobreparto. El niño permaneció al cuidado de sus parientes, aprendió el castellano con acento de Cádiz y alguna que otra monería, como bailar sevillanas y acompañarse una canción con la guitarra. También las Matemáticas.

Cuando Fernando, ya capitán de fragata, se enteró de estos sucesos, pensó que la libertad es siempre buena, llegue por donde llegue, y procuró ahogar las pocas penas que la viudez pudiera haberle ocasionado metiéndose en nuevos líos.

Esto debió de suceder por el año ochenta y ocho. En la guerra con los ingleses, Fernando se había portado como un león que fuera al tiempo un delfín. Las muchachas de La Habana le adoraban. Era galanteador de rejas y salones, danzaba maravillosamente, pero, a la hora de comprometerse en matrimonio, se escurría.

El año ochenta y nueve fue funesto. En Francia se armó la gorda, y a José Fandiño le cogieron pirateando, le metieron en la cárcel cargado de cadenas, y, por aforado a la Marina, le juzgó un consejo de guerra.

Entonces, acudió a don Fernando. Le mandó recado de que viniese a verlo, con recordación de los pasados servicios y de todos los favores que los Saavedra le habían hecho siempre. Tuvieron una entrevista en la cárcel. No había nada que hacer, pero sin esperanzas, don Fernando se ofreció para defenderlo ante los jueces.

José Fandiño fue condenado a la horca. Lloró un poco, pero, al comprender que perdía el tiempo, cambió el llanto por una resignación cínica, y a una reconvención del capellán que le asistía, respondió:

—Que me quiten lo bailado.

—Resulta que bailarás hasta el final.

—Siempre tuve por seguro que acabaría así, y no me asusta, porque es muerte de hombres bragados.

No obstante se acordó de su morena y de la hija que tenían. Pidió a don Fernando que se cuidara de ellas, desamparadas de toda protección y con peligros para la virtud de la muchacha, que era bonita.

Lo dijo mirando de soslayo al capitán de fragata. «Bonita» y «joven» fueron palabras como tiros para el corazón de Fernando. Prometió protegerlas, y empezó a hacerlo una hora después de que Fandiño hubiese bailado su último baile en el pico de una verga, con música de cajas destempladas y voluntariamente inconfeso.

Tomó una carretela, don Fernando, y salió pitando para el barrio donde vivía la morena. Había puesto cara de circunstancias y halló a la medio viuda tan tranquila, como si la muerte de Fandiño le hubiera quitado un peso de encima.

Benedicta, la hija, ni chistó durante la entrevista. Estaba sentada en un rincón, hecha un ovillo sobre una estera, y Fernando apenas si podía verle la cara, no ya las formas corporales.

No hacía otra cosa que mirarla, pero, por cortesía, sus palabras no aludieron a su presencia. Hasta que la morena dio por terminado su coloquio sobre el muerto y, con sabia política, lo llevó al tema de los vivos.

—Benita, ven a que el señor te vea.

Aquel ovillo oscuro se movió con pereza, y Benita, erguida, salió de su rincón. Era de media talla, morenita dorada y de pelo claro, por el rubio del padre; ondulante, chatunga, casi lasciva, muy lenta de movimientos. Por el calor llevaba ropa fresca y ligera, de suerte que más que marcar las formas, las transparentaba. Quedó quietecita, bajos los ojos, la boca entreabierta, delante del capitán de fragata.

—Da media vuelta, niña —dispuso la morena.

Benedicta, dócil, se movió en redondo.

—Si le acomoda al señor, se la puede llevar. Yo quiero irme a la Martinica con mis ahorros, y dejar a mi hija bien colocada sería de gran tranquilidad. El señor comandante puede suponer que una niña así da muchos quebraderos de cabeza.

Por un principio de pudor, Fernando mandó a la chica que saliese y, hablando claro, cerró un trato con la madre: la cual consideraba que el ruego del difunto, aunque velado, se refería, sin duda, a aquellos términos.

—Porque yo, señor comandante, tengo bastante para mí con lo robado a José desde que fui su manceba, y como él sabía que le robaba, no hay por qué hablar más. En cuanto a la niña, ¿qué más puedo pedir, si al señor no le disgusta? El señor es caballero, y toda la bondad que su familia tuvo para el pobre José la tendrá con su hija. Aparte de que la niña bien lo vale, como el señor ha visto.

Dio a continuación garantías de que la chica era pura y virtuosa, y de que había sido educada en los mejores principios. «De tal suerte, señor, que si no fuese espúrea y un poquito mulata, no se la cedería a nadie si no es para casarse. Pero bien comprendo que el señor comandante no puede hacerlo. Y, después de todo, ¿para qué? Yo tampoco me casé nunca y me fue ricamente; y el casar no es más que pura formalidad para las gentes de posición, que los nacidos de esclavos podemos pasar sin eso.»

Fernando pagó las onzas pedidas por la mulata para ayuda de costas, y Benedicta cambió de casa y de barrio. Deseaba trajes, muy blancos y encajados, y los tuvo. Como su madre había asegurado, estaba formada en los mejores principios, y de tal manera aprisionó a Fernando al aplicarlos, que se pasaron tres años enmarañados antes de que el capitán de fragata se cansara de ella, si bien la vergüenza de aquella sumisión sobreviniera pronto. Al primero les nació un hijo.

II

Fernando había amado a Paquita Ozores. La había amado en su juventud, durante una recalada larga en La Coruña, siendo guardia marina, y el amor le duró todo el verano y algo del invierno que siguió, en que al barco le tocó navegar; pero en el primer puerto, descubrió que el amor de Paquita se parecía al de otra mujer cualquiera, y que lo importante era el amor, no la mujer amada. Paquita le amó también, quizás algún tiempo más, pero con más sosiego y con muchísima cautela. Cuando supo de Fernando su condición tarambana, hizo por olvidarle y después se casó con un oficial de artillería, Miguel Bermúdez, medio pariente de Fernando y, como él, ferrolano. Había nacido en el pazo de Leixa.

Bermúdez era guapo, vistoso y cabeza hueca. Paquita gobernaba diestramente el matrimonio, y no le fue mal, salvo que no tuvieron hijos. Fueron destinados a La Habana cuando Fernando llevaba poco tiempo de amores con Benita. Todo el mundo estaba al tanto del apocilgamiento, pero, si comentado, lo era más por los extremos apasionados del marino que por el negocio en sí, ya que los enredos con mulatitas andaban entre la gente gorda casi a la orden del día. Paquita gastó bromas a Fernando, sin pasar de ahí, hasta que nació el niño. Entonces le llamó un día a su casa y le preguntó si pensaba bautizarle.

—¿Para qué? Su madre es una bruja.

Por primera vez, Fernando expuso sus pesares. Benedicta, durante sus ausencias, se relacionaba con negros de mala condición, bailaba en sus fiestas y participaba en sus hechicerías. Le tiraba la sangre de color.

—¿Por qué no la mandas a paseo? No es manjar de caballeros.

—Ésa es otra cuestión. En cierto modo, tengo con ella obligaciones.

Paquita se encogió de hombros y habló de otra cosa; pero al día siguiente, hizo a la bruja su primera visita. La halló vestida de blanco, perezosa y dengosa, dale que tienes al pay-pay, y en conversación con una negra retinta de tú a tú. Se asustó un poco de la llegada de Paquita, pero la presencia de Bermúdez, que la acompañaba, le devolvió la tranquilidad, porque conocía los efectos de su voz caliente y de su escote sobre los hombres. Para refuerzo de su artillería, mostró el arranque de la pierna.

La autoridad de Paquita se sobrepuso. Mandó a Bermúdez que la esperase en el coche, y comunicó a Benedicta su propósito de bautizar al niño. Benita replicó, pero Paquita pudo más y se llevó la criatura. Fueron padrinos ella y su marido. Le pusieron Francisco, pero, por cierta gracia del crío, empezaron a llamarle Farruco.

«Hijo de la tierra. Fueron padrinos...»

Fernando se enteró en seguida, pero no rechistó.

Al año, la coima entretenía las ausencias con la guitarra de un barbero, bajo pretexto de adiestrarse en el canto de guajiras: Fernando armó la primera zapatiesta seria y acabó por zurrarla.

Al segundo año, le había zurrado ya bastantes veces, con la razón de su parte, porque Benita bailaba rumbas de lo más soez ante un auditorio de mucamas y pelafustanes de tez oscura. Al tercer año Benedicta Fandiño, con su cachondería, su ceceo, y con bastantes cosas fungibles que halló a la mano, se largó en un jabeque hacia la Martinica, al amparo de su madre y del comerciante francés que la había acogido. Farruco quedó desgañitándose de llorar al verse abandonado, porque la niñera negra también había huido.

Le socorrieron unas vecinas, y como el padre andaba navegando, se pensó en Paquita Ozores. Le llevaron recado, y ella acudió en seguida y se llevó el niño a su casa. Era hermoso, un poquito solemne en el andar, que daba gusto verle tan pequeño y mesurado, como si en su vida hubiese conocido otra cosa que negros. Era, además, rubio, y de la mixtura sólo conservaba un tinte pálido que le iba muy bien al porte.

Paquita le quiso desde el primer momento, y, contra toda conveniencia, le trató como si fuera hijo legal de un caballero, y no un mocoso sin padres conocidos.

—Ahora que la zorra esa se ha largado, obligaremos a Fernando a que lo reconozca.

Bermúdez susurró un conato de objeción que ni llegó a los oídos de Paquita. Esto sucedió por el 93. Había guerra en Francia y con las colonias francesas. El barco de Fernando se hallaba muy atareado en el Caribe, y tardó en regresar. Mientras tanto Paquita se entregó de lleno a la educación de Farruco, y lo tenía consigo a todas horas, incluso en el estrado cuando recibía. A una dama muy remilgada que hizo dengues del niño le armó la de no te menees, y por las cosas que le dijo sobre los bastardos y sus derechos, le cayó encima reputación de revolucionaria y afectada de las ideas francesas, de las que se hablaba entonces como propiamente diabólicas. La cosa trascendió de tal manera, que Paquita fue llamada por el señor obispo de La Habana y casi examinada de doctrina; pero estuvo tan ingeniosa en su defensa, y el prelado halló tan inteligente a Farruco, que Paquita había llevado consigo, que el escándalo no pasó de ahí.

Cuando Fernando regresó, los hechos consumados no le permitieron hacer nada, ni tenía ganas de hacerlo. La huida de Benedicta le hundió en melancolía poco duradera, gracias a Paquita, que le ayudó a sobreponerse. Reconoció a Farruco y dejó que Paquita se cuidara de él, entre otras razones porque él no podía hacerlo. Fernando permanecía poco tiempo en La Habana: la guerra le traía y le llevaba. Por estos años le llegó la patente de capitán de navío, y pasó a mandar un barco de tres puentes, de apostadero en La Habana; veía a Farruco con frecuencia, y, aunque no lo amaba, le entretenía.

El 97, Bermúdez fue trasladado a la Península. Paquita quería llevar consigo a Farruco, pero Fernando no se lo permitió.

—Ya no es un mamón, y no me estorbará como antes.

—Pero ¿qué vas a hacer de él?

—Tengo un barco.

También lo tuvo Farruco. Paquita, antes de marchar, hizo a Fernando toda clase de recomendaciones sobre la criatura; pidió otra vez que le dejase llevárselo consigo, le dio de besos hasta que no pudo más y lloró durante muchos días. Aquella tarde Farruco llegó a bordo en la falúa del comandante, y don Fernando lo entregó al contramaestre para que se cuidara de él.

Un barco era una cosa grande y complicada, llena de ruido y de gentes que pasaban por el lado de Farruco sin fijarse, y que a veces le atropellaban. No había criadas que le diesen de comer, sino que, a la hora del rancho, tenía que coger la escudilla y ponerse en la fila como cada quisque. Si resbalaba en cubierta y se lastimaba, le daban un trago de ron, y a dormir. Había un hombre lejano que a veces paseaba por la toldilla de popa, que era el comandante, y además su padre, cuya única diferencia con Dios es que a Dios no se le veía nunca; pero dentro del barco mandaba tanto como Dios en el resto del Universo. Los marineros cuando se referían a él, le llamaban *nostramo* y se quitaban el gorro. Todas las tardes, a la hora de ponerse el sol, la gente se reunía en cubierta y cantaba; y los domingos se decía la misa. Pero si andaban navegando y hacía mar gruesa, ni se cantaba, ni se decía misa en cubierta. Cuando estaban fondeados, Farruco podía salir de la camareta del contramaestre, donde tenía su coy, y recorrer el barco sin que nadie se lo impidiese; pero navegando le dolía la cabeza, vomitaba y no podía menearse. Hasta que empezó a acostumbrarse y salía también, aunque hubiese mar gruesa. «¡Mira ése, cómo empieza a espabilarse!», decían al verle asomar la jeta en medio de una maniobra; y le daban un coscorrón cariñoso, y hasta alguno le hablaba. De pronto, una mañana se armó más bullicio que de costumbre y los cañones empezaron a tronar. Farruco tuvo miedo y permaneció escondido todo el tiempo que duró el tomate. A la segunda vez sintió curiosidad, pero no se atrevió a salir, porque el contramaestre se lo había prohibido, y el contramaestre también mandaba mucho, y era el que estaba delante, contándolos, cada vez que se zurraba de latigazos a alguno de la chusma. Los cañonazos se hicieron frecuentes, y una tarde, después de cañonazos, hubo tiros, y Farruco pudo ver, desde su escondite, cómo se acercaba otro barco, y cómo la infantería de marina disparaba y se apercibía al abordaje; pero el otro barco se alejó, y unos soldados lo lamentaban. Poco después entró el contramaestre y le preguntó si estaba bien.

—Sí.

—Ya verás cómo serás buen marinero.

Se sintió animado. Ser marinero parecía lo natural, y Farruco se puso a serlo. Amplió el radio de sus expediciones, y poco a poco se le fueron revelando zonas aún misteriosas del navío: la santabárbara, la sentina, los sollados de la marinería. En los sollados olía mal, pero todo era acostumbrarse. La gente que andaba por allí no le hacía remilgos; si se sentaba a escuchar en un corrillo, no le echaban, y a veces le daban una manzana, o un poco de galleta mojada en ron. La chusma, cuando no había maniobra, cantaba o dormía, y le dejaban cantar con ellos, aunque él no entendía nada de las canciones. Únicamente cuando la gente corría por cubierta, o subían a lo mástiles para cargar el trapo y para aferrarlo, le apartaban a un lado, porque estorbaba; pero pasado el tiempo dejó de estorbar, y pudo echar una mano en faenas de poca monta. Entretanto había aprendido el lenguaje de a bordo, y sabía los nombres de las cosas desde la quilla a la perilla, y conocía las señales y los toques de corneta, y averiguaba lo que se iba a hacer por el silbato del contramaestre. Una vez que estaban fondeados, el comandante marchó a tierra en su falúa y Farruco se atrevió a entrar en el castillo de popa y curiosear un poco. Aquello era muy distinto, lleno de bronces y caobas, y en todo se veía el enorme poder del comandante: hasta en la cama.

Así pasaron unos años. Farruco crecía espigado y ágil, tostado de la mar. Le habían enseñado a trepar por las jarcias, y aunque no se atreviera a aferrar velas, sabía hacerlo. Vestía como un marinero y hablaba como ellos, que daba miedo oírle, soltando palabrotas por aquella boca inocente y tan bonita; pero al contramaestre y a los demás de su habitual cotarro les parecía la cosa más natural del mundo. Poco a poco se habían olvidado de que era el hijo del comandante, y le trataban como a un paje de escoba demasiado joven. En la holganza de las travesías, cuando soplaba buen viento, cada cual le enseñaba su especial habilidad; quién a tirar el cuchillo, quién a cargar y disparar la carabina, quién a apuntar con el cañón o a tallar figuras de madera con navaja, o a tatuar en el pecho que se prestase a ello el busto de una negra rumbeando; pero el contramaestre había prohibido que a él le tatuasen, y así salió del barco sin una mala sirena en la muñeca, pero con una gran habilidad como tirador de cuchillo.

Salió cuando ya había cumplido los diez años, porque a don Fernando le dieron mando en un navío de la Península; tuvo que volver a España, y antes de tomar el mando pasó por El Ferrol y dejó allí a Farruco.

No dio muchas explicaciones. En la casa de los Saavedra quedaba doña Javiera, su tía carnal. Fernando llegó una noche con el crío, lo entregó a los criados y se metió con su tía en el salón. Hablaron un rato. La tía Javiera no quería cuidarse del niño, que bastante tenía con su alma; y cuando Fernando le explicó que Farruco era bastardo, aunque reconocido, se santiguó con horror.

—¿Por qué no te lo llevas a tu casa? Yo no me sentiré muy cómoda en la mía con un hijo del pecado.

—En mi casa no hay más que criados, y Farruco necesita de alguien que le enseñe, por lo menos, lo indispensable para entrar en un seminario.

—No seré yo quien lo haga.

—De todas maneras lo dejo aquí. Háblale al cura y que lo tome a su cargo. Lo que no puedo es llevarlo conmigo, y menos a Cádiz, donde está Carlos.

—¡Ése sí que es una criatura hermosa y noble!

Había recibido una miniatura del otro sobrino, del legítimo, que buscó en seguida y cubrió de besos delante de Fernando. En ella Carlos aparecía ya vestido de guardia marina.

—¡Éste, en cambio, no lo he visto jamás y moriré sin verlo!

—Te prometo traerlo en cuanto pueda.

—¡Dios sabe cuándo volverás!

—Depende de la guerra; pero, entonces, Carlos vendrá conmigo. He conseguido que lo embarquen en mi barco.

Habló largamente de Carlos y de las esperanzas puestas en él. A la tía Javiera se le caía la baba.

Después llamaron a Farruco. Fernando le explicó que, a partir de aquel momento, el comandante sería «doña Javiera»; lo dijo de una manera seca, Farruco le respondió: «Sí, mi comandante», y se marchó.

—Los hijos del pecado llevan escrita su condición en el rostro. ¡Qué feo es! —dijo tía Javiera.

III

A Farruco se lo llevaron a la cocina, donde Bernarda la Fandiña mandaba en jefe. Bernarda era viuda del Fandiño de turno, y madre de un montón de críos, igualmente Fandiños, que pululaban por los rincones, más sucios que la sarna, pegándose y berreando. Cuando entró Farruco se callaron y le miraron. Farruco no les hizo caso. Tenía frío y miedo. La cocina, grande y negra, oliente a humo, le echó para atrás, pero el fuego del llar le atrajo. Se metió en un rincón, cerca de la hoguera donde se cocía la olla del caldo, y allí se estuvo quieto. Bernarda preguntó algo sobre él a otra criada, y acabó encogiéndose de hombros. Cuando el caldo hubo cocido, llenó unas tazas grandes, y al lado de cada plato puso un pedazo de pan amarillo y compacto. Cada crío cogió su ración y se fue a comérsela a donde pudo. Quedó la de Farruco sobre la mesa. Bernarda le indicó en gallego que viniese a buscarla. Pero Farruco no se movió ni dijo pío. Bernarda se desentendió de él. Cuando todos los críos estaban acostados, Farruco no se había movido de su rincón y miraba el fuego, casi extinguido. Su primera experiencia terrícola no era satisfactoria. Una casa era bastante más fea que un barco, y la criada, peor que un contramaestre: hablaba un lenguaje desconocido en tono grosero y displicente. Habría que aprender un nuevo idioma.

Cuando tuvo hambre, se acercó a la taza de caldo, tentó el pan de borona, le hizo ascos y acabó por comerlo. No le gustaba. Después dio unas vueltas por la cocina, hasta que alguien le mandó que fuera a acostarse. Le pusieron en la mano una palmatoria y le guiaron hasta un cuartito pequeño con una cama limpia. La cama le gustó: la halló más blanda que el coy, y se quedó dormido inmediatamente.

Al día siguiente le despertó Bernarda. Había recibido instrucciones de tía Javiera. Hizo que Farruco se lavase bien y se vistiese con lo más decente, le inspeccionó las orejas, el cuello y las uñas, le advirtió que cada mañana comprobaría si se había lavado, y lo llevó a la casa del cura con una carta de la tía. El cura leyó la carta, miró a Farruco, le echó una mano al hombro y le dijo:

—¿De modo que vas a ser cura?

—No, señor.

—Bueno, hombre, no te pongas así. Ya verás cómo te gusta.

De lo aprendido en casa de Paquita, Farruco recordaba muy pocas cosas, y si sabía leer era por haberse ejercitado en pliegos de cordel y otras lindezas de imprenta que corrían por el barco. Pero leía mal.

—¿Y de doctrina?

—¿Qué es eso?

—Un libro donde se aprende lo que hay que creer y lo que hay que hacer.

—¡Ah! Ya sé. Las Ordenanzas Navales.

Empezó a recitarlas. Había asistido durante tres años a las lecturas castrenses, formado sobre cubierta como un marinero más.

Al cura le hizo gracia, y aunque tía Javiera le recomendaba severidad, trató a Farruco humanamente. Quedaron en que vendría todas las mañanas a la sacristía a recibir lección.

De regreso, Bernarda le preguntó, en castellano duro, lleno de jotas, que dónde había vivido antes; Farruco le respondió que en un barco. Ella quiso saber quiénes eran sus padres; Farruco le respondió:

—Soy hijo del comandante.

De lo que coligió Bernarda algún gato encerrado; pero como le habían dicho que tratase a Farruco como a hijo de criados, no se excedió en amabilidades.

Farruco se levantaba temprano, desayunaba leche caliente con borona migada; y después de arreglado, Bernarda le pasaba la inspección: nunca tuvo que reñirle. Iba a la iglesia y, si era temprano, esperaba en el pórtico, silencioso. Daba la lección dos horas y, a veces, el cura se demoraba en conversación con él cosa de otra hora, escuchándole cuentos del barco y de la guerra. Le entretenían al cura aquellas versiones infantiles de hechos terribles, y le divertía el lenguaje de Farruco, cuyas expresiones groseras corregía. Por su parte, Farruco aprendía rápidamente la gramática y la aritmética, y pronto empezó el latín. Cuando, por casualidad, le repitió un día el cura que marcharía al seminario, Farruco respondió:

—No. Marcharé a la Real Compañía de Guardias Marinas. Yo quiero ser comandante de un barco como mi padre.

La tarde se la pasaba en casa o en la huerta, y, si hacía buen tiempo, bajaba a la playa, que era lo que más le divertía. Se había hecho amigo de los pescadores y a veces los ayudaba o, al menos, acompañaba. Sabía de vientos y de señales más que ellos, y en amarrar un cabo, en bogar y en guiar un barco, los ganaba.

De la tía Javiera conocía poco más que la existencia. Le estaba vedado entrar en las habitaciones de respeto, de donde ella no salía; y si alguna vez se la tropezaba en un pasillo, prefería meterse en un rincón a encararse con ella. Para tía Javiera, Farruco no existió sino como problema de conciencia. Desde su llegada, traía al cura frito de consultas: que si debía o no amarlo como a uno de su familia, que si era pecado amarlo, que si tal o que si cual. El cura la conocía bien y no la hacía caso.

—Usted cuídese de que el rapaz esté bien alimentado y de que reciba educación. De lo demás no se preocupe.

Una vez le advirtió que la ropa de Farruco, la que había traído consigo, estaba muy gastada; tía Javiera mandó que le comprasen otra, pero basta, como de criado, y pensó con satisfacción que así daría al niño una lección de humildad; pero a Farruco todavía no le importaban los vestidos.

En cierta ocasión, tía Javiera mandó enganchar el coche y se fue a la ciudad. Farruco la vio partir. Entonces, como antaño en el barco, se atrevió a penetrar en las habitaciones vedadas, las recorrió, escudriñó los rincones. Aquello no se parecía a la cámara de un navío, pero estaba bien. Había retratos de marinos y de bellas damas, muebles soiemnes ; y, en una habitación esquinada y lejana, libros y aparatos de náutica. Farruco los descubrió con júbilo, los acarició, le pareció por un momento que estaba otra vez en el puente de navegación de la *Invencible* con permiso del oficial de derrota.

La habitación, cubierta de hiedra por la pared exterior, caía sobre una parte alejada del jardín. Farruco pensó que podría llegar fácilmente a la ventana desde fuera, y, si la dejaba abierta, entrar por ella. Hizo un ensayo con éxito, y decidió faltar por aquella vez a la ordenanza. Desde entonces, todas las tardes de lluvia se las pasaba encima de los libros, y los de bonanza bajaba a la playa junto a los pescadores. De los libros poco entendía, salvo de los históricos, que fue leyendo tarde tras tarde. Como nadie se preocupaba de él, pasó los meses de invierno tranquilamente. Pero, al llegar la primavera, algo alteró su vida.

La casa de los Freire estaba un poco más abajo que la suya, y pasaba delante de ella cada vez que bajaba a la playa o regresaba. Xirome y Rafaela le descubrieron pronto y les llamó la atención el caminar gallardo y al mismo tiempo ensimismado que no desconocían del todo, por ser herencia de los Freire. Xirome y Rafaela eran criados, casi administradores de don Fernando. Habían perdido un hijo en la mar y vivían solitarios. Rafaela tuvo la comezón de saber quién era aquel rapaz, al que veía además en la iglesia cada domingo : primero, sentado a un lado del presbiterio, y, más tarde, ayudando a misa. Averiguó que vivía en la Casa Grande, hizo la rosca a Bernarda y la sonsacó.

—El niño me dijo que es hijo del comandante.

—¡Pobriño!

No había más que verlo. Llevaba en el rostro rubio el parecido con doña Rosa, que había muerto tal año, y con doña Eulalia, que estaba en Lugo al lado de su hermano el magistrado. Dijo también Bernarda la vida que hacía Farruco con doña Javiera ; y aunque le sorprendió, Rafaela se abstuvo, por precaución, de comentarios, pero en casa se desahogó con su marido. Era una judiada tener al niño así, fuese quien fuese la madre ; porque ya sospechaba la bastardía.

—Así que, cuando pase, te vas tras él hasta la playa y te haces amigo, y a ver qué sacas.

Xirome siguió una tarde a Farruco, entró en conversación con él sin dificultad, le preguntó, le escuchó y se hicieron amigos.

—Cuando quieras tomar algo de merienda, vienes a casa.

Pero no fue necesario, porque Rafaela esperó su paso y le invitó. No podía sosegar, pensando que un biznieto de doña Blanca, que tanto se le parecía, anduviese por allí como el hijo de cualquiera, sin miramientos en el trato. Recibió a Farruco, no en la cocina, sino en la salita, y desde el primer momento le trató de señorito, salvo las veces que se le escapaba llamarle Farruquiño.

Le hizo chocolate con picatostes, y cuando Farruco estuvo satisfecho, le mostró toda la casa. Había dejado el salón para el final. Cuando entraron en él, Farruco dio un grito de alegría.

—¡Un barco!

Había un barco en el salón, un navío en miniatura, con puentes, con velas, cabos y cañones; con la bandera de combate y el gallardete de mando en el mayor; con los botes, falúas, áncoras y lanchas salvavidas. No le faltaba un detalle.

Farruco se acercó a la chimenea y se enderezó sobre las puntas de los pies para alcanzar el casco y acariciarlo. A Rafaela se le caían las lágrimas. Acercó a Farruco una silla tapizada de damasco para que viese mejor, y Farruco holló el delicado asiento con sus zapatos embarrados.

Pero lo que Rafaela pretendía era mostrarle los retratos. Uno a uno, deteniéndose convenientemente para explicar:

—Ésta es tu bisabuela. Se llamaba doña Blanca Moscoso y fue de muy noble familia de Santiago. Te pareces a ella en el hoyito de la barba que le hacía mucha gracia en el rostro, como a ti. Y éste es don Carlos, tío carnal de tu padre, que fue coronel de artillería en Italia y murió en las Indias, y éste... y éste...

Así los diez o doce hombres y mujeres que pendían retratados, de las paredes.

—¿Ninguno fue marino?

—No, hijo mío, los Freire nunca fueron marinos. A tu padre le viene por los Saavedra.

—Yo quiero ser marino.

Para empezar, ya estaba bien. Recomendó a Farruco que ocultara a Bernarda la visita, pero que volviese todas las tardes, porque le haría chocolate y todo lo que él quisiera. Farruco volvió al día siguiente, atraído, más que por el chocolate, por el navío en miniatura que Xirome, en el colmo de la condescendencia, se atrevió a bajar de la repisa. Quedó el barco en medio del salón, sobre el soporte de caoba y metal, y Farruco no tenía más que sentarse en la alfombra y contemplarlo, hasta que el salón quedaba a oscuras. Al tercer día, Rafaela advirtió, sobre la alfombra, huellas de barro, y mandó a su marido que trajese de la ciudad zapatos finos para Farruco, que se había de poner cuando estuviese en la casa, «no porque la manchase con los otros, sino por la deshonra de aquella tosquedad aldeana, impropia de un caballero». Farruco se dejaba llevar. Si enfriaba la tarde, echaban unos leños a la chimenea para que no se acatarrase; si cambiaba muchas veces de postura en su asiento del suelo, Rafaela traía un cojín o un escabel, y llegó, a veces, a sentársele detrás y ofrecerle sus rodillas para descanso; y si Farruco, fatigado, dejaba caer la cabeza, y la reclinaba en el regazo, ella le acariciaba los cabellos, las mejillas, la barba, suavemente, hasta que el muchacho se dormía. Otras veces le preguntaba acerca de su vida en la Casa Grande y el trato que le daban, sobre todo en las comidas, y Farruco describía su monótono programa culinario: papas de *millo* con leche fría para el desayuno; un pedazo de borona con tocino para las once, que llevaba consigo y tomaba entre lección de aritmética y lección de humanidades; para el yantar, caldo con cerdo o pescado frito, y a la noche las *papas pegas* hechas con harina de maíz y las sobras del caldo meridiano.

—¿Comes en el comedor?

—En la cocina, como los otros. Me siento en un rincón, pongo el plato en las rodillas o en el taburete, y el vaso de vino junto a mí, en el suelo.

A Farruco, que había comido rancho en escudilla de peltre durante años sin que nadie gastase ceremonias a su alrededor, no le llamaba la atención que faltasen en la Casa Grande, y que los platos no fuesen de calidad; pero a Rafaela la escandalizaba la falta de consideración con el muchacho.

—¡Ni un huevo ni una mala gallina! ¿Para quién las guardará esa bruja de doña Javiera? ¡Ni unas magras de carne fresca, ni unas rajas de morcilla! ¿Y servilleta? ¿Te ponen servilleta?

Farruco ignoraba lo que fuera la servilleta, y no manejaba otros cubiertos que cuchara de boj y dedos. Volvió a escandalizarse Rafaela y le llevó al comedor. Abrió cajones y cajones, y mostró a Farruco la plata de mesa, reluciente y misteriosa, envuelta en franelas encarnadas. Había también loza fina, «traída de Francia por tu abuelo», le informó, y vasos de cristal sonoro.

—De todo esto guarda doña Javiera, y más que aquí. Y ¿para quién lo guarda? ¿Podrá saberse para quien guarda las cosas esa *meiga*? ¿O querrá que las entierren con ella cuando muera?

Poco a poco, creó en la conciencia de Farruco la convicción

de que en la Casa Grande eran injustos con él: le trataban como a un criado y no lo era; le obligaban a servirse y debía ser servido, le vestían de patán y era un caballero. De la mano de Rafaela, aprendió Farruco el valor de los tapices y damascos que decoraban la casa de su padre; acarició los viejos miriñaques guardados en los armarios, las casacas bordadas, las espadas de lujo, todo lo que había resistido al tiempo más que la vida de los usuarios, y quedaba allí, como ejemplo y recuerdo.

—En cambio, tú llevas camisa de lienzo y traje de paño basto. ¡Da ganas de llorar!

Una de esas tardes, irritada contra los de la Casa Grande, a Rafaela se le ocurrió buscar ropa blanca en los arcones y hacer camisas nuevas a Farruco. Las cortó y cosió en un periquete, y el primer día de sol, Farruco salió con una de ellas, vuelta por encima del cuello, mostrando al aire el escote robusto y dorado. No lo advirtió Bernarda aquella noche, pero sí al día siguiente, cuando entregaba al muchacho el pan y el tocino de las once y le inspeccionaba el cogote.

—¿Y esa camisa? ¿A quién se la has robado?

¿Robado? Farruco sintió remecérsele la sangre, y le salió al rostro una ira negra, furiosa y deslenguada, porque respondió a Bernarda con todas las procacidades aprendidas entre la chusma de a bordo y que, en todo aquel tiempo, se habían mantenido olvidadas. Algunos insultos, como «hija de la gran chingá», sólo podía identificarlos Bernarda por el tono, pero de otros improperios tenía conocimiento. La falta de respeto la sorprendió, y cuando pudo reaccionar, ya Farruco se había marchado y dado un portazo en tanto rezongaba los últimos denuestos. Bernarda subió al estrado, donde tía Javiera rezaba el segundo rosario matutino, interminables rosarios de quince misterios. No se hubiera atrevido Bernarda a interrumpirla, pero la cólera le daba arranque.

—¡A ese rapás do demo voulle romper unha costilla! —comenzó entre llorosa y airada, y después refirió el accidente, ante el asombro de tía Javiera, a cada nuevo matiz incrementado.

—¡Si ya me asombraba a mí que ese hijo de nadie no me diera que hacer en tanto tiempo!

Planearon entre las dos un castigo, pero no hubo ocasión, porque Farruco no apareció a la hora del yantar, ni tampoco más tarde, ni durmió en casa. Le había conocido el cura, por el aire, que algo pasaba, y Farruco lo refirió con todos los detalles; y, de añadidura, las razones que tenía de disgusto por el mal trato que, según él, le daban. Repitió, pe a pa, lo que había oído de Rafaela.

—Me visten como un aldeano, y yo soy un caballero; me hacen servirme, y tengo que ser servido; me tratan como a un criado y no lo soy.

Y añadió por su cuenta:

—Mi padre es don Fernando Freire Saavedra, capitán de navío de la Real Armada.

—¿Y ahora, qué vas a hacer?

—Me voy a casa de mi padre.

Al cura no le hacía gracia meterse en líos con doña Javiera, ni podía tampoco dar el parabién a Farruco por la sarta de insultos y groserías que había dicho a Bernarda; pero tampoco podía aprobar que la criada le hubiera llamado ladrón. Farruco, al defenderse, hacía hincapié en esta razón, y por el brío terco no era prudente llevarle la contraria. El cura echó mano de cuanto tópico moral halló, y se los endilgó a Farruco, pero con la sensación de que el muchacho no le hacía pizca de caso; y no porque no entendiera, sino porque se sabía apoyado por Rafaela y Xirome. El cura lo despachó con el encargo de que el matrimonio, o al menos Rafaela, vinieran a hablar con él, pero Farruco, en un principio, se olvidó. Marchó derecho a la casa de su padre, contó lo ocurrido, y a Rafaela le pareció harto mesurada la respuesta de Farruco a Bernarda.

—¡Si yo estuviera allí, le tiraría un rayo a la cabeza! ¡Condenada Fandiña, harta de papas!

No dejó de hablar sola todo el día, que si iba a hacer o decir, y que ya le diría a doña Javiera en cuanto le echase la vista encima. Servía a Farruco la cena, en el comedor grande y con la vajilla buena, cuando el muchacho recordó el encargo del cura.

—¡Rau de crego! ¡Non vou alá! ¡Que se meta nas causas da sacristía!

No hubo más que hablar. Preparó a Farruco la alcoba que había sido de doña Eulalia, con ventanas al jardín y una camita pintada de azul y blanco, con amorcitos en la cabecera y un gran dosel de terciopelo; le puso sábanas finas, le encendió la chimenea, y hasta que se durmió no se apartó de su lado; y después atrancó las puertas y ventanas y comprobó que estaban bien cerradas las que nunca se abrían, por si alguien venía a robar al niño. Finalmente tuvo con su marido un coloquio largo sobre el caso, antes de dormirse.

—Ao neno non o leva ninguén, inda que doña Xaviera traiga toda a mariñeiria, i-ao bispo de Mondoñedo a cabalo.

Eu non lle dou o neno senon a-o pai, que tardará en volver, según vai a guerra. E tí, xa sabes, non te metas en nada. Os homes non sabedes destas cousas. A horta pola mañán cedo, como si tal. Ao neno gardoo eu.

Se levantó de la cama dos o tres veces durante la noche a comprobar que Farruco dormía sin novedad.

También doña Javiera se levantó dos o tres veces; no para saber si Farruco había regresado, sino para rezar delante de la Virgen y pedirle inspiración: y si en su intimidad se alegraba de que Farruco se hubiera marchado, la alegría era tan fuerte que le hacía dudar de su legitimidad. Lo que se dice dormir, no lo consiguió en toda la noche. De mañana marchó a la iglesia y consultó al cura su torcedor. El cura, que la tarde anterior le había mandado aviso de la determinación de Farruco, procuró tranquilizarla, y por la simpatía sentida por el muchacho, culpó a Bernarda.

—¿Pero se pone usted de parte de ese bastardo?

—Me pongo de parte de la razón. Farruco cometió dos desafueros, pero Bernarda puso en duda su honradez.

—El caso es que Farruco llevaba una camisa fina cuyo origen desconozco.

—La camisa la arregló para él Rafaela, de ropas que hay en su casa.

Estaban en el confesonario, sacerdote y penitente, pero doña Javiera se olvidó del lugar y puso a Rafaela de vuelta y media, y por mucho que el cura pretendió frenarle los denuestos, no calló hasta que los echó fuera; después, aquietada, volvió a pedir consejo.

—Yo hablaré a Rafaela; pero de momento será mejor que Farruco no vuelva a la Casa Grande.

—Y yo quedaré burlada.

—Usted no tuvo que ver directamente con el suceso, y yo haré comprender a Rafaela que el niño queda en su casa con el permiso de usted, y no por la voluntad de ella. Lo único que importa del caso es salvar la autoridad.

Pero la autoridad quedó difícilmente salvada, y sólo en parte y aparentemente; porque Rafaela se creció al ver al cura apaciguador, y cuando le oyó decir que doña Javiera daba el consentimiento para que Farruco pasara una temporada en la casa de su padre, respondió puesta en jarras:

—*Para levalo neno, ten que facerme zorza, e, inda así, non sei si o levaría. De modo que se queda aquí porque lle da a gana de quedarse, e a min de abrirlle a porta e de servilo e gardalo como meu señor que é, mal que lle pesa a doña Xaviera,*

*que Deus confunda dunha vez, polo que fai na vida, que é
estorbar.*

El cura, para no verse en el trance de mentir, repitió los
términos del mensaje, pero de modo elevado y críptico, para
que Rafaela no lo entendiese y se abstuviese de replicar; y se
marchó tan campante a contar el resultado a la señorita de Saavedra; y a Farruco, entre lección y lección, le explicó la obediencia que debía a la tía de su padre, quien a partir de entonces, expresaría por su intermedio su voluntad; y que esta situación se mantendría todo el tiempo que tardase don Fernando en
disponer la fecha en que Farruco había de ingresar en el seminario.

—Eso no. Si quieren meterme cura, me escaparé de casa
para siempre.

IV

La segunda colisión con Bernarda acontenció hacia el final del
verano, inesperadamente.

Farruco gozaba en la casa de su padre de una vida de re-
galón, que Rafaela fomentaba por el amor creciente cada día
y por llevar la contraria a las de la Casa Grande y poderlo contar luego en los corrillos el domingo, a la salida de misa. Mandó que un sastre de El Ferrol que cosía para los almirantes, le
hiciera un traje; mataba para él gallinas y conejos; de la pesca, compraba lo mejor; y le aliñaba escogidas hortalizas y las
mejores frutas y pasteles de cocina para postre. Rezongaba cada
día al despertarle porque hallaba excesivo el madrugón, aunque los mirlos cantasen ya en las ramas desde algunas horas
antes; y la obligación que tenía Farruco de ayudar a misa de
nueve, le parecía una forma disimulada de esclavitud, cuya responsabilidad hacía recaer en la beata de doña Javiera.

—Porque, vamos a ver, ¿de dónde saca el cura que el señorito ha de ir diariamente a misa como si fuera ya seminarista,
y no los domingos y fiestas de guardar, como cualquier cristia-
no? ¿No es por perjudicar al inocente y hacerle andar de ma-
talote?

Rafaela centraba sus protestas en todo lo que le parecía
emanado de la Casa Grande; en lo demás, dejaba que Farruco hiciera su santa voluntad; porque Farruco madrugaba, y

como la iglesia distaba cosa de media milla, le hizo montar a caballo y le atribuyó el uso exclusivo de un penco no muy joven que antes había tirado de un carro, pero que ahora, limpio y bien nutrido, lucía un poco más; y así, cada mañana, Farruco salía caballero por el portalón, y el jaco le esperaba luego en el atrio de la iglesia, paciendo humildemente, mientras él traducía las fábulas de Fedro o resolvía problemas de aritmética.

Porque a Farruco le gustaba la mar y andar por la ría a remo o a vela, le compró de lance una barquita, y con regalos convenció a un marinero pobre de que acompañase al muchacho, no por desconfianza de su saber marinero, que era mucho y asombraba a todos los de la ribera, sino por miedo que le tenía a la mar, y por el recuerdo de su hijo, ahogado en ella.

La miniatura de barco, una vez estudiada y sabida, volvió a la repisa, y pocas veces Farruco se pasaba las horas como antes, comprobando la propiedad de cada pieza, sino que se contentaba con echarle un vistazo cariñoso y acariciar el casco panzudo. Además, Xirome le había llevado algunas veces a El Ferrol, y Farruco había visto otra vez los barcos de verdad; y muchas tardes llegaba con su gamela al centro de la ría, si algún navío había fondeado, y daba vueltas mirándolo, y hablaba con los marineros en su jerga especial, y hacía preguntas sobre algunas novedades visibles, o sobre las particularidades que el barco hubiese. Algunas veces le permitían subir por el portalón, o caminar por el tangón descalzo y ágil, como lo hiciera años atrás; y a un contramaestre que le preguntó su nombre respondió orgulloso:

—Yo soy Farruco Freire. Mi padre manda el *San Mateo*. Cuando tenga la edad, seré guardia marina.

Se encaramó en la amura y después de saludar se arrojó al agua y nadó un rato sumergido. Los marineros le aplaudieron, pero él no se enteró. De lo oído en el barco, antes de su proeza, algo le preocupaba. Había preguntado que de dónde venían, y un marinero le respondió: de Menorca. Y él no sabía dónde estaba Menorca, ni nunca la había oído nombrar. Recordaba perfectamente el Caribe y sus costas, y los nombres de los países ribereños, y los de algunas naciones europeas con las que había estado en guerra; pero nada de Menorca. Reconoció que su saber geográfico era menguado, y quiso remediarlo apresuradamente, sin esperar a la mañana siguiente y a la lección del cura, que, la verdad, nunca se había preocupado de la geografía. En la casa de su padre había libros; los repasó, pero ninguno era de geografía. Recordó entonces el cuarto olvidado de la Casa

Grande y el tesoro que guardaban sus anaqueles para un marino futuro. La ventana debía de estar entornada, como él la había dejado, porque nadie iba jamás por aquella parte de la casa, que era trasera, y desde sus ventanas se veía el cementerio.

Podía saltar la tapia y trepar por las hiedras, como había hecho tantas veces. Lo decidió mientras comía, y, a la hora de la siesta, sin dar explicaciones, marchó. Todo salió bien. Los perros le reconocieron y los dejó contentos con unas caricias. No había nadie en el jardín ni en la huerta. Se agarró fuertemente a la enredadera y comprobó que resistía. Pudo subir. La ventana estaba arrimada: la abrió y entró. Unos minutos después había averiguado cuánto necesitaba saber acerca de Menorca y de sus vicisitudes. Le pareció que podía repetir otros días la aventura y estudiar por su cuenta geografía, ya que libros y mapas no faltaban, y completar lo que había estudiado de historia, que empezaba a olvidar. No se le ocurrió pensar que cometía un delito, ni que nadie que le viera entrar o salir se lo atribuiría. Le preocupaba únicamente hacerlo con discreción, por asco que le tenía a Bernarda y recelo a doña Javiera. Si no le veían al bajar...

No le vieron. Repitió la visita al día siguiente, con todas las precauciones, entre ellas la de llevar en el bolsillo unas piltrafas para los perros. Se pasó las horas en el cuartito, encima de los libros, hasta que le faltó la luz y regresó sin tropiezos. Así otro día y otros muchos. Entraba y salía finalmente con tranquilidad, sin olvidar las cautelas. Pero los canes sirvieron para descubrirle. Los veía todas las tardes Bernarda corretear por la vereda junto a la tapia, como si esperasen a alguien, y esperaban el regalo de Farruco; harta de verlos, desconfió y un día se emboscó y vio cómo Farruco llegaba y les echaba algo y luego entraba en la casa como un ladrón. No dijo nada, sino que esperó a que saliese, y comprobó que lo hacía al ponerse el sol. De modo que al día siguiente lo dispuso todo de manera que a aquella hora no la retuviese nada de la cocina, y cuando vio que Farruco empezaba a descolgarse, le esperó abajo, y le trabó fuertemente, de suerte que por mucho que pataleó, chilló y mordió no pudo desasirse; y ella le llevó en volandas, llamándole ratero, y le metió en un chiscón de puerta resistente, que para aquel menester tenía apercibido. Farruco pateó la puerta, insultó a Bernarda, pero ella, tranquilamente, y muy llena de razón, se fue al sobrado e interrumpió a doña Javiera la novena de san Ramón Nonnato.

—*Collin roubando ao neno. Abaixo o teño trincado.*

Doña Javiera no entendió bien.

—¿Robando? ¿A qué niño?

—*¿A quén vai ser? Ao Farruco do demo. Pra que logo salga por él e me bote a min as culpas.*

Doña Javiera, amilagrada, se santiguó.

—¡Robando! ¡No es posible!

—*Así Deus me salve si non o collín cando baixaba pola fiestra do cementerio; e o que roubase, roubado está, e nos bolsillos, que tempo non lle din de tirálo, nin dónde o teño atopará buraco prao esconder.*

Mantenía la puerta abierta, en espera de que doña Javiera se decidiese a bajar.

·—¡Dios mío, Dios mío, qué disgusto!

Bajaron. Farruco golpeaba la puerta y repetía, con voz furiosa, su retahíla de imprecaciones marítimo-coloniales, reforzada esta vez con otras nuevas de origen marcadamente local. A doña Javiera le dio miedo el alboroto y le espantaron las palabras.

—¡Le tengo miedo! Vete a buscar al cura.

No fue Bernarda por si cedía la puerta y quedaba indefensa su señora, sino que envió a uno de sus hijos, sin más recado que la llamada urgente, inapelable.

El pobre cura se remangó la sotana para correr mejor, y llegó a la Casa Grande con la lengua de fuera; había traído, por precaución, los Santos Óleos.

—¿Quién se está muriendo?

Nadie moría, aunque a doña Javiera le faltaba poco, del susto y la vergüenza. Bernarda repitió el cuento, y la sospecha de que Farruco llevaba tanto tiempo robando, por el modo que tenía de entrar y salir, con precauciones y por la seguridad con que lo hacía, como quien recorre un camino conocido y seguro.

La puerta del chiscón daba a la cocina: y allí se habían congregado, con el cura, doña Javiera y Bernarda, los críos de la casa y un par de criadas. Mientras Bernarda repetía la historia y las conjeturas, Farruco parecía haberse sosegado.

—Abra la puerta, usted, por favor. Con su autoridad delante, Farruco no se atreverá a hacer nada.

—¡Farruco! ¡Pero, Farruco! ¿Es verdad que has robado?

Farruco adelantó un paso sin responder. Sus ojos buscaron algo que nadie sospechaba. Dio un salto hasta llegar junto a la artesa, sobre la que había un cuchillo; lo cogió y arrojó contra Bernarda: pasó rozándole la oreja y quedó clavado en el marco de la puerta. Gritó Bernarda; gritó doña Javiera sin comprender lo que había pasado, sólo porque los demás gritaban; alguien dijo: ¡Asesino!, y doña Javiera lo repitió también. El cura no se alborotó. Cogió a Farruco por el hombro y le sacudió media docena de sopapos, pero, inmediatamente, tuvo que protegerlo con su cuerpo, porque Bernarda se echaba encima armada de una tranca y quería golpearlo.

—¡O mato! ¡Lle digo que o mato! ¡Déixeme con él, que esta noite vai a dormir no inferno!

Para poder sujetarla, el cura soltó a Farruco: bien creyó que escaparía al amparo de la confusión; pero cuando Bernarda decidió resolver su cólera en patatús y lágrimas, Farruco permaneció arrimado a la artesa, pálido, sin llorar. Fue el primero que habló cuando en la cocina se hizo un poco de silencio.

—Yo no he robado.

—¿O negarás? ¿Non che vin eu baixar polas hedras? ¿Non te collín cos meus brazos? ¡Eres lladre, e sempre o fuches!

—No responderé si no hablas en español.

Se volvió al cura:

—Es mentira que haya robado. Míreme los bolsillos.

—¿Qué hacías, entonces, en la casa? ¿A qué has venido hoy y ayer y tantas veces?

—A estudiar geografía.

Fue como si hubiera hablado en chino, y sólo el cura y la tía Javiera entendieron al chico; porque Bernarda y los demás criados se miraron, como preguntando qué había dicho, y el cura y la dama respiraron visiblemente satisfechos. El cura, sin embargo, no renunció tan fácilmente a la severidad.

—Explícate.

—Arriba hay libros de geografía y de otras cosas. Yo los leía cuando vivía aquí, entrando y saliendo por la ventana como ahora, y si he vuelto es porque necesitaba aprender. Usted no me enseña historia ni geografía, y yo necesito saberlas para cuando ingrese en la Real Compañía de Guardia Marinas.

Se acercó, sereno, a tía Javiera.

—Cuente usted los libros. Verá que no he llevado ninguno, aunque pude llevarlos sin robar, porque de toda esta casa algo ha de ser para mí. Yo soy hijo de mi padre.

Doña Javiera repitió las exclamaciones de asombro:

—¡Jesús, qué orgullo tiene el mocoso! ¿Quién te ha dicho a ti que vas a heredar nada de esta casa?

—Rafaela.

—Pues para que lo sepas, lo que hay en esta casa es mío,

y yo lo dejaré todo a tu hermano Carlos, hasta el último alfiler.

—¿Mi hermano Carlos?

Farruco perdió pie. No había oído hablar jamás de Carlos, ni siquiera a Rafaela. Toda su altivez se vino abajo. Tendió las manos anhelantes.

—¿Mi hermano Carlos? ¿Quién es mi hermano Carlos?

El cura le echó un capote compasivo.

—Déjate ahora de preguntas, que el asunto aún queda en pie. Supongamos que, en efecto, subías a estudiar. Has hecho mal en subir como un ladrón sin permiso de la señora.

Farruco apenas si se enteró de las palabras del cura, seguía con las manos tendidas y la mirada implorante.

—¡Mi hermano Carlos! ¿Dónde está?

El cura le asió por un brazo y le zarandeó.

—Además, la agresión a Bernarda. ¿Por qué has querido asesinarla?

—¿Yo? ¿Asesinarla yo?

—Le has tirado el cuchillo y no la has matado por milagro.

—No la maté porque no quise.

—Es muy fácil decirlo ahora.

Farruco desprendió suavemente las manos que le sujetaban.

—Déjeme un momento.

Se acercó a la puerta donde permanecía el cuchillo y lo arrancó. Se repitieron los gritos. Bernarda se escabulló corriendo escaleras arriba.

—*¡Vaime matare! ¡Vaime matare!*

Pero Farruco no hacía caso de los gritos ni del nuevo alboroto. Desde la puerta increpó al cura:

—¿Dónde quiere que lo clave? ¡Dígamelo! ¿Dónde quiere que lo clave?

Corrió a la puerta del chiscón y la cerró de golpe; con la punta del cuchillo trazó una cruz profunda en la madera.

—Ahí. ¿Ve usted? Ahí voy a clavarlo.

Cesaban los gritos, se creaba una expectación circense que prendía también en el corazón del cura.

—¿Pero qué quiere hacer ese niño? —preguntó tía Javiera.

—Déjelo.

Farruco se había aproximado al llar. Las criadas y los niños se agolpaban, silenciosos, en un rincón. Casi no se veía la cruz trazada por Farruco, pero él la adivinaba. Agarró el cuchillo por la punta y lo lanzó con furia, con un grito de furia, con ademán de muerte, y el cuchillo se clavó a una pulgada de la cruz. Con una expresión de llanto, Farruco repitió:

—¡No la maté porque no quise!

Cayó sobre el llar acongojado. Las criadas permanecían en silencio, un poco enternecidas, pero sin acercarse. El cura sí se acercó, y le pasó la mano por la cabeza, y le dio alientos; pero Farruco hipaba, y la congoja le subía de las entrañas. Quizá alguna de las criadas dijese entonces: «*¡Pobriño!*», pero nadie lo oyó. El cura se acercó a doña Javiera.

—Mejor será acostarlo.

—¿En mi casa? ¡Dios me libre! Ese niño tiene el diablo dentro.

—Le hemos llamado asesino y ladrón.

—Yo no le llamé nada. Yo no tengo la culpa. Llévelo a casa de mi sobrino y que Rafaela se las arregle; mañana le mandaré los libros, si es eso lo que quiere, pero que no se acerque más a esta casa.

Marchó hacia la escalera.

—¡Tiene el demonio en el cuerpo! ¡Dios me tenga de su mano!

El cura había vuelto a acariciarlo, y pedía un sorbo de agua para darle. Pensaba, mientras tanto, que acaso doña Javiera tuviese razón.

V

Pasó unos días en la cama con fiebre. Rafaela, agotadas las recetas domésticas, se pasaba el día en vigilancia y rezo, y por las noches permanecía al lado de la cama, con una mano de Farruco entre las suyas, mientras no la vencía el sueño; después dormía un rato en el camastro que había instalado en un rincón, pero a cada suspiro del muchacho, o a cada vuelta en la cama, ya estaba otra vez a su lado, le inspeccionaba el sueño con la vela en alto, conjeturaba los males que le aquejaban, aunque ya había decidido, ante el fracaso de las tisanas, que Farruco andaba *ameigado* por obra de Bernarda, de quien se sabía bastantes cosas malas, pero ninguna en relación con brujerías. Para Rafaela no podía ser otra cosa que un *meigallo,* y se había ofrecido a peregrinar a San Andrés con tal de que Farruco recobrase la salud.

También venía el cura, a la caída de la tarde, y pasaba un rato junto a la cama. Contaba cosas de la sacristía, o hacía a Farruco preguntas sobre gramática, o pretendía espabilarlo con la recitación a dos voces de algún verbo irregular latino, para que no se le olvidasen. Una tarde, Farruco le respondió de mejor grado que otras veces, y como viera que el cura quedaba complacido, le espetó la pregunta:

—¿Dónde está mi hermano Carlos?

El cura titubeó el tiempo necesario para improvisar una respuesta sin compromiso, y la dio en el sentido de que Carlos vivía, seguramente, en Cádiz. Entonces Farruco le preguntó quién era Carlos y por qué era su hermano.

—Tu padre se casó dos veces, tú eres hijo de su segunda mujer.

Dio, más tarde, instrucciones a Rafaela en este sentido para que no le cogiesen en mentira, y Rafaela aprovechó la confianza para preguntar, a su vez, quién era la madre de Farruco.

—¡Y yo qué sé, mujer! Tanto como tú. A lo mejor fue, efectivamente, la segunda esposa de don Fernando.

—Si usted no lo sabe que es cura, ¿quién lo va a saber mejor?

A Rafaela le quedó la convicción de que Farruco era bastardo, como había sospechado, y le nació, con ella, una suerte de rencor contra don Fernando, al que hubiera perdonado cualquier cosa, menos las que pudieran causar a Farruco algún quebranto. Tuvo, al respecto, una conversación larga con Xirome: razonaba que el bastardo debía quedar siempre con la madre y ser de su condición; pero que si el padre se lo llevaba consigo, tenía el deber de levantarlo hasta la suya; y Xirome asentía al razonamiento.

Las fiebres de Farruco duraron cosa de dos semanas, al cabo de las cuales se levantó, paliducho y tristón. Los caldos de gallina, las tortillas y los asados de Rafaela le devolvieron la color, aunque no la alegría. Solía encerrarse en el salón, y permanecer allí sentado largamente, frente al navío; o, bien encapotado por Rafaela, porque ya estaban las tardes frías, marcharse en el caballo y meterse en el monte hacia arriba, hasta la cima, desde donde se veía el arsenal y los barcos que hubiera en él. Allí permanecía hasta que las sombras borraban el contorno de los barcos, y quedaban en el aire las luces rojas y azules de los faros de situación. Cuando estuvo repuesto, volvió a la sacristía, aunque no tan temprano como antes, porque Rafaela aprovechó la convalecencia para pedir rebaja de una hora en el madrugón, de modo que su labor de acólito quedase reducida a los domingos. Un día recordó al cura que doña Javiera le había prometido aquellos libros y aquellos cachivaches náuticos: y el cura se encargó de que se los enviasen. Con ellos a la mano, pareció recobrar el sosiego.

Había entre ellos tres o cuatro libros en lengua francesa, de Arte Naval, con mapas y planos de las más importantes batallas: Farruco los hojeaba y el sufrimiento de no saber la lengua le atormentaba. Probó alguna vez a entenderlos, y por el latín que sabía sacaba algunos conceptos, pero no lo bastante para enterarse. Concentraba entonces su atención en los planos, y después de estudiarlos en sus fases sucesivas, probaba a reproducir en un papel los movimientos de las escuadras. El cura no tenía del francés más que muy superficiales conocimientos; pero, por complacer a Farruco, pidió a un fraile franciscano de El Ferrol que pusiera con lápiz, bajo la letra impresa, el significado de algunas frases; y así Farruco pudo identificar el ala izquierda y la derecha, las líneas de combate y, sobre todo, los nombres de los barcos y de los almirantes. Pero también se cansó del entretenimiento, y volvió a cabalgar por los montes, a pesar del invierno, y no ya para mirar los barcos fondeados en la ría, sino para cansarse y hacer algo. Hacia la primavera abandonó la soledad y se hizo amigo de los muchachos del contorno, sólo porque advirtió en ellos respeto y algo de veneración. Dio en traerlos al zaguán y les hablaba de barcos, de guerras, y ellos le escuchaban embobados. Un día mandó a Xirome que bajase al zaguán el barco en miniatura y lo dejase allí, sobre una mesa que había; y empezó a enseñar a sus amigos los nombres de las cosas, y a explicarles lo que era una empopada, o quedarse al pairo; y cómo se cargaban las velas, y en qué casos de temporal convenía tanto trapo, y en cuáles tanto. De ahí pasó a proclamarse teniente general de una flota imaginaria, en la que cada uno de sus amigos era a la vez barco, comandante, contramaestre y grumete; les leía las ordenanzas y les enseñaba la instrucción, porque él mismo era a su vez comandante, contramaestre y oficial de derrota, cuando no cabo de mar.

Le había vuelto la salud, y aunque taciturno, salvo en los juegos con sus compañeros, cada día ganaba en atractivos. El cura se atrevió a decir un día a doña Javiera:

—Nos hemos equivocado con Farruco. Es muy inteligente y tiene un gran carácter.

—Pero no es bueno.

—Eso, señora, ¿quién lo sabe?

—Le hace mucha falta marchar al seminario. Allí le sentarán las costillas.

—Pero no con mi consejo. Farruco nunca será un buen

cura, ni creo que aguante el seminario arriba de una semana.

—Fue la orden terminante de su padre.

—¡Bah!

Por otra parte, todo el saber de humanidades que el cura poseía, lo había transmitido ya a Farruco; y cada semana se veía en la necesidad de acudir a sus amigos los franciscanos y pedir un nuevo libro latino que traducir con él, pero cuya prosa había de repasar de antemano para no quedar mal. Aconsejó a doña Javiera que le buscasen al niño otro profesor en El Ferrol, del que pudiera aprender matemáticas superiores y francés, cuyo saber Farruco apetecía, pero doña Javiera, en esto, se mantuvo irreductible.

—Cuando no sepa qué enseñarle, le larga y a otra cosa.

Para entretener a Farruco le prestó libros de teología, pero Farruco los devolvió sin leerlos; no sentía la menor curiosidad por aquellas materias; y cuando el cura intentaba hablarle de moral, se aburría.

—Lo que yo quiero es aprender álgebra y francés, ¿no lo comprende? El álgebra y el francés son necesarios a un marino. Cuando termine la guerra y venga mi padre, tengo que saber muchas cosas, para que él...

—¡Qué sabe nadie. cuándo terminará la guerra, ni cuando vendrá tu padre, ni si tendrás ocasión de ser marino!

Y añadió sin mucha convicción:

—¡En cambio, cura...!

VI

El teniente coronel de Artillería Bermúdez murió en Portugal, durante la «Guerra de las Naranjas», y no de un tiro, sino de fiebre. Paquita Ozores, que vivía en Madrid desde su regreso de Las Antillas, muy bien situada en la Corte e incluso metida de refilón en sus intrigas, recibió la noticia con serenidad, y llegó a hacer un chiste sobre la ocurrencia de su marido, de morirse en una guerra donde nadie había muerto; pero la frase quizá haya sido posterior. Andaba Paquita muy cerca de los cuarenta. Hubiera quedado en Madrid y volvería a casarse; era acaso su intención. Pero las cosas de palacio no andaban bien, ni menos las generales de la política, y a Paquita le convino ausentarse, con el pretexto del abandono en que permanecían sus propiedades gallegas. Había quedado usufructuaria de los bienes de su marido, que eran agrícolas y requerían su presencia, si algún provecho quería sacar de ellos. Se habían roto de nuevo las hostilidades entre Francia e Inglaterra, y Godoy se doblegaba a Napoleón en la firma de un tratado de neutralidad. Paquita era partidaria de Napoleón. Cerró la casa de Madrid y en aburridas jornadas llegó a Galicia. Pasó unos días en La Coruña, con su familia, y de allí marchó a El Ferrol. Los Bermúdez poseían, además del pazo de Leixa, un palacio en la ciudad. Paquita prefirió para los meses de luto el campesino. Distaba de la ciudad lo justo para aislarse si quería, o para hacer vida social si le venía en gana. Estaba guapa todavía; los trajes escuetos a la moda le sentaban al pelo; y el negro del luto iba a maravilla con su tez y su cabellos rubios. El primer domingo fue a misa en su carricoche. Ni doña Javiera, ni nadie del contorno, había jamás tenido vehículo tan lujoso, ni usado cochero y dos lacayos, y menos con tanto galón de oro y tanto empaque. Pasaba por el camino dando tumbos en los baches, y los aldeanos se hacían a un lado, embobados. «É a señora de Leixa.» Bueno. Los señores de Leixa habían sido siempre los más ricos, los más nobles: tenían derecho a todos los lacayos que quisieran. La entrada de Paquita en la iglesia levantó murmullos. Doña Javiera volvió la mirada atrás, y aunque no la reconoció, le hizo sitio apresuradamente en el banco delantero, donde las hidalgas tenían asiento. Paquita la saludó. «Soy la viuda de Bermúdez. ¿No me recuerda?» No, no la recordaba; habían pasado muchos años, y doña Javiera estaba vieja. «¿La viuda? ¿Viuda de quién?» «De Miguel Bermúdez. Murió en la guerra.» «¡Miguelito Bermúdez! ¡Ah, sí, Miguelito el de Leixa, ¿verdad?» «Sí.» «¡Ya recuerdo! ¡Era primo mío!»

Salió el cura a misar, y Farruco le ayudaba. Paquita no se fijó en él: daba a doña Javiera explicaciones complementarias en baja voz. Sólo cuando el cura se apoyó en un cuerno del altar y empezó la explicación del evangelio, Paquita pudo mirar a las personas y a las cosas. «¡Qué guapo es ese chico!» Más tarde volvió a mirarle, y el rostro de Farruco le recordó algo, no sabía qué. Farruco iba y venía, llevaba el misal, se arrodillaba, tocaba la campanilla. El aire de Farruco también le traía recuerdos que no lograba reconocer, y que no coincidían con los del rostro: como si pertenecieran a personas distintas. Se pasó la misa distraída, dando vueltas a la identificación del monaguillo. Estaba dispuesta a preguntar a doña Javiera quién era el muchacho, se lo preguntaría al terminar, pero no fue necesario, porque con el «*Ite, missa est*» se le presentó el rostro de Benedicta Fandiño. Casi dijo en voz alta: «¡Farruco!» Le revivió, de pronto el amor antiguo. Le dieron ganas de subir al altar y abrazarlo.

—¿Viene usted doña...? No recuerdo su nombre.

—Paquita. Paquita Ozores.

—¡Ah, sí! de los Ozores de Pontevedra, ¿verdad?

—De los Ozores de La Coruña.

—Sí; ya recuerdo. Mi sobrino Fernando...

Salieron al atrio. Los recuerdos de doña Javiera habían venido de golpe, y parecía empeñada en enumerar a Paquita toda la parentela. Si su madre, si su padre, si su tía Emilia...

—Ya vendrás a hacerme compañía —la tuteó de pronto—. ¡Estoy tan sola! Yo no salgo de casa. A la misa solamente, y un par de veces al año a El Ferrol, pero el coche me marea. En cambio tú...

Miraba la carroza y los lacayos.

—¿La llevo?

—¡Si estoy ahí a la vuelta! Ya sabes, la Casa Grande. Vivo en ella. Todo el mundo se fue o se murió, y quedo yo sola para rezar por todos.

Farruco, en su penco gordo, apacible, atravesó el atrio. No saludó, ni miró siquiera. Pasó tan metido en sí como durante la misa; se desvió por un camino entre huertas, hacia el monte, y se perdió detrás de la arboleda.

—Tengo que hablar al cura. Usted me perdonará. Ya iré a hacerle una visita. Quizá esta misma semana. Adiós, doña Javiera.

Doña Javiera se alejó, dando el brazo a Bernarda. Paquita entró en la sacristía. El cura la había visto; alguien le había dicho ya quién era. La saludó con respeto, le ofreció una silla, acercó el brasero, medio extinguido, y le dio unas vueltas.

—Dígame, ¿quién es el niño que ayudaba a misa?

El cura seguía inclinado sobre el brasero, dale que tienes a la badila. Levantó un poco la cabeza y miró a Paquita; la mirada quería decir, sin duda: «¡No me meta usted en líos!» Paquita lo entendió perfectamente: quizá secreto de confesión.

—Porque a mí me recuerda, por la cara, a un hijo de don Fernando Freire.

El cura se irguió calmosamente.

—Dicen que lo es.

—¿Usted no lo sabe?

—Yo no lo he bautizado.

—Eso lo sé, porque lo he bautizado yo.

Al cura se le cayeron las antiparras, de la sorpresa.

—Sí —añadió Paquita—. Si ese niño es Farruco Freire, yo soy su madrina.

—Farruco Freire lo es, claro. Al menos así le llamamos todos. Pero si usted quiere saber más, yo no puedo decírselo. A mí nadie me ha enterado, ni tenía por qué hacerlo. El niño viene aquí, yo le enseño un poco de latín, me ayuda a misa. Quieren hacerlo cura, ¿entiende?

—¿Cura?

Paquita rió.

—¿Le tira la sotana, o fue doña Javiera quien lo convenció?

Hizo una pequeña pausa.

—No soy capaz de imaginar a un hijo de Fernando metido a cura.

Al párroco le pareció buena ocasión para endilgar un tópico moral, que, además, le excusaba de respuesta concreta:

—Suele suceder que los hijos paguen los pecados de los padres, y a veces les toca hacer penitencia por ellos.

—¿Es lo que quiere doña Javiera?

El cura se encogió de hombros.

—Ya le dije que ignoro sus propósitos.

—Pues el mío ha sido, desde que nació Farruco, evitar que pagase ningún pecado ajeno.

—En eso yo no tengo por qué meterme.

—¿Dónde vive Farruco?

—En la casa de su padre.

—¿Sin que nadie se cuide de él?

—¡Rafaela basta y sobra!

Había que visitar a Rafaela. Había que interrogarla hábilmente, por si se mostraba escurridiza y con retranca, como el cura. Lo dejó para la tarde. Paquita poseía, en La Graña, bienes de su marido. El camino de La Graña pasaba por delante de la casa de Freire, y luego bordeaba la mar hacia La Cabana. Podía detenerse a la vuelta. Lo hizo así. Caía la tarde cuando el carricoche de Paquita se metió en el jardín de Farruco, con algarabía de los perros, alarmados por el armatoste. Farruco dirigía, en el zaguán una batalla naval. Sintió ruido, pero no hizo caso. Cuando Paquita entró, se limitó a ordenar a uno de sus comandantes:

—Deja paso, tú.

Contempló a Paquita, pero no la saludó. En realidad no sabía que su deber era saludar a los que llegaban. Ella le miró de pasada, y subió las escaleras. Farruco oyó el sonido de la campanilla.

—Rafaela no está en casa. Debe de estar en la huerta todavía.

Pero Rafaela había regresado ya, y acudió a la llamada. Se sorprendió al ver a Paquita; la mandó pasar al salón y quedó de pie, delante de ella.

—¿No me conoce? Soy la viuda de Bermúdez. Mi marido era primo de don Fernando.

No la conocía, pero sí a todos los de Leixa. A don Carlos, a don Fadrique, a doña María Manuela...

—Me entró curiosidad al pasar por aquí. Hace mucho tiempo que no sé nada del señor.

—Va para dos años que no viene. La guerra.

—¿Usted no sabe que fue mi novio? Cuando yo era soltera, claro. Ahora somos muy amigos.

Habló algo, vagamente, de la estancia de Fernando en La Habana. De pronto dijo:

—Ese niño que está abajo debe de ser el hijo que tuvo allá de una duquesa. ¿No es así?

Rafaela dio un brinco y se puso en guardia.

—Yo de eso no sé nada, señora. El niño está a mi cargo, y nadie más que su padre...

Paquita había entendido el repeluzno de Rafaela; había comprendido por el susto de sus ojos que amaba a Farruco.

—Mire usted, Rafaela: vamos a entendernos. Yo soy la madrina de Farruco. Soy su madrina y fui la primera persona que le quiso. En realidad fui su única madre. Desde los dos años hasta los siete vivió conmigo.

Pero Rafaela no se mostraba propicia. Paquita no hizo ninguna petición, ninguna proposición. Empezó a relatar la infancia de Farruco, falseándola en sus orígenes. No una mulata, sino una duquesa; no un amancebamiento, sino unos amores desgraciados. Para dar a la fábula más misterio, añadió que la madre era inglesa, y que la desgracia de los amores venía de la guerra. Después contó cómo se había hecho cargo de Farruco y cómo lo había criado hasta su marcha de La Habana. Rafaela lloraba de vez en cuando.

—Yo no tengo hijos, mi marido ha muerto, y Farruco es la única persona que quiero en el mundo. Todo lo que tengo será para él.

Esto pareció ablandar, finalmente, a Rafaela.

—Pero no querrá la señora llevármelo.

—¿Para qué? Está en la casa de su padre. Lo que quiero

es darle la educación de un caballero. El pobre no sabe saludar.

Rafaela, entonces, contó lo que había hecho por él.

—En la Casa Grande le trataban como a un criado; aquí es el señor.

—Pero el señor, si lo es de veras, debe levantarse cuando llega una señora.

—A mí esas cosas no se me alcanzan.

Agotó Paquita la información que podía recibir de Rafaela. Tuvo, la ocurrencia de mandarla sentar, y con esto le conmovió el corazón casi más que con la ternura por Farruco. Expuso, entonces un proyecto de estudios, de trajes, de convivencia con personas de otra cuna: era demasiado atractivo para que Rafaela no se dejase seducir. Acabó llamando a Farruco.

La batalla naval había terminado con el triunfo personal de Farruco como jefe de escuadra. Los chicos se habían marchado, y Farruco, sentado en un poyo junto a la puerta, examinaba el carruaje de Paquita y los estirados lacayos. Había preguntado quién era la señora, el nombre de los caballos, el precio de la carroza y si todo aquello tan brillante era oro de verdad. Le llamó Rafaela, le esperó en lo alto de la escalera y lo condujo frente a Paquita. Ella le vio acercarse complacida: había identificado el aire con el de Fernando. Farruco tenía prestancia y gallardía, pero carecía de modales. Se quedó parado delante de ella, parado y mudo, examinándola con mirada viva. Paquita le tendió la mano porque no deseaba hacer una escena sentimental, y él no supo qué hacer con la mano que se le tendía.

—Buenas tardes, Farruco. ¿No me conoces?

—No.

—Soy tu madrina. En La Habana vivías en mi casa.

—No me acuerdo.

Paquita le habló del pasado, le describió escenas y personas. Farruco recordaba, sí, pero muy vagamente. Su memoria se había aferrado a la vida en el barco.

—Ahora nos veremos mucho. Voy a encargarme de ti.

—¿Se lo ha encomendado mi padre?

—Tu padre me lo ha pedido.

—Entonces, le habrá dicho cuándo seré guardia marina.

—¿Es eso lo que quieres?

—Naturalmente.

Paquita vaciló antes de responderle.

—Hay guerra ahora. Habrá que esperar a que termine.

—Bien. Así podré estudiar.

—Y otras cosas. Un guardia marina tiene que saber conducirse, y tú no me has dado la mano.

Farruco respondió con sencillez.

—¿Tenía que darle la mano?

—Tenías que besármela. Es lo que hacen los caballeros a las damas.

—¡Ah!

Se inclinó, le cogió la mano y se la besó.

—¿Así?

—No tan fuerte.

Le mandó sentarse junto a ella en el sofá. Le preguntó qué quería estudiar. Francés, naturalmente, y geometría.

—Ya sé latín muy bien, pero no me sirve de nada. También he aprendido la geografía, pero no sé si bien o mal, porque el cura no me la ha enseñado. De marina sé algo.

Hablaba con sencillez espontánea. Paquita le examinaba el rostro. Los rasgos bellos, muy sensuales, de Benita, se habían dulcificado; la color era más clara, pero un matiz de la piel blanca revelaba el tatarabuelo de color. Tenía ojos azules y una hermosa boca casi femenina. Sin embargo, su expresión, sus ademanes, eran enérgicos.

Convinieron en que, al día siguiente, un criado vendría a buscar a Farruco para comer con ella en el pazo. Después, ya verían. Se despidió. Rafaela, con un candelabro, alumbró la escalera. Farruco la acompañó hasta el portal. Desde la carroza, Paquita le tendió la mano; él la miró como esperando instrucciones.

—La coges con tu mano y la besas con delicadeza. Haces también una pequeña reverencia con la cabeza.

—¿Así?

VII

Se dijo de Paquita que se aburría, y que había hecho de Farruco su entretenimiento. Ella no se preocupó de desmentirlo. Lo prefería a que le atribuyeran un enamoramiento vergonzoso. Dijo, sin embargo, a todo el que quiso saberlo, que quería a Farruco; se lo dijo incluso a Fernando Freire, en una carta llena de improperios y de novedades. «Has estado a punto de convertir en monstruo a un muchacho adorable. No sé qué hubiera sido de él si continúa en la Casa Grande, con esa vieja loca de tía Javiera; no sé tampoco en qué hubiera acabado si yo no vuelvo a El Ferrol y no lo tomo a mi cargo. A doña Javiera, por respeto, he dado cuenta de todos mis propósitos, amparándome en mi condición de madrina, que me obliga gravemente a ocuparme del muchacho bajo pena de pecado mortal. Puedo jurarte que Javiera me escuchó con terror, y tengo la seguridad de que, al marcharme, mandó que hicieran exorcismos. Ella no concibe que Farruco pueda ser más que un desgraciado cura de aldea; y si esto se le ocurrió, a ti te lo debe. Sin tu indicación, ella hubiera puesto a Farruco a cavar la tierra, a las órdenes de Bernarda. ¡Por cierto! De todo esto, sólo has hecho una cosa con juicio: ocultar, o callar, el parentesco de tu hijo con la tribu de los Fandiño. Se hubiera visto el pobre abrumado por unos seres repugnantes. Yo he mantenido el secreto, y en cuanto a la mulatita, la he convertido en una gran dama, con excelente resultado. Lo que se sabe en El Ferrol de tu aventura es poco y vago. Nadie me cree cuando digo que la madre de Farruco era una gran duquesa, pero no sospechan que lo haya sido Benedicta. He conseguido que la gente mire a Farruco con simpatía: nadie se la tendría si le supieran pariente de una criada y de media docena de golfos espantosos.

»Farruco, como te dije, tiene un carácter adorable. Se le da muy bien todo lo que es finolis. Le he mandado hacer cuatro trajes, le he regalado un caballo, el mejor de los míos. ¡Montaba, el pobre, un rocín tan basto! No tienes idea de la figura gallarda que hace cuando cabalga. Como sigue viviendo en tu casa, aunque pasa muchos días, y muchas horas al día, en el pazo conmigo, todas las mañanas, para ir a sus estudios, hace el camino a caballo. La primera vez que apareció por las calles de El Ferrol, tan bien vestido y tan majo, llamó la atención y empezaron las fantasías. Yo las favorezco. Cuando voy a mi casa de la ciudad, me acompaña Farruco, pero no en la carroza, sino a caballo al estribo, y te aseguro que el espectáculo parece de París o de Madrid en sus mejores días.

»Le he puesto un profesor de matemáticas y otro de francés: un fraile de San Francisco. Por cierto que con este buen señor he tenido que pelear lo mío, porque encuentra exagerado que se trate de esta manera a un muchacho bastardo. ¡Dios mío!, ¿qué pecado habrá cometido Farruco? Apelé al secreto de confesión, por si acaso, y las clases de francés transcurren sin novedad, y con aprovechamiento por parte de tu hijo. Todo lo que puede favorecer su ingreso en la Compañía de

Guardias Marinas le parece bueno, y no hay esfuerzo que no haga.

»Con esto he llegado al punto más delicado: Farruco quiere ser marino. Yo sé que no puede serlo a causa de su bastardía, y a veces intento disuadirlo, pero entonces se pone serio; se pone incluso feo. Es como si le saliera algo que lleva dentro, algo bravo y duro y rebelde. Él sabe que tu hijo Carlos pertenece ya a la Marina, y no se explica ser otra cosa. Tiene verdadera vocación, y me temo que el día que descubra la verdad haya una catástrofe. Del sacerdocio no quiere ni oír hablar.

»Todo lo referente a Farruco, a su educación, incluso a su dinero, corre de mi cuenta; pero ese punto delicado de la Armada te lo dejo a ti.»

Fernando tardó meses en recibir la carta. Respondió a Paquita con esta otra:

«Querida Paquita: Allá tú. Yo nunca hubiera hecho lo que estás haciendo, ni me atrevo a aprobarlo. Mi hijo sería cura y sería lo mejor que pudiera ocurrirle. Ahora te has metido en un berenjenal del que ya verás cómo sales. Será mucho más duro para Farruco conocer su bastardía si has hecho de él un caballero que si fuese un aldeano. Pero yo no tengo la culpa. Desde luego en la Armada no hay que pensar. No estoy tan bien visto en la Corte que pudieran concederme una real dispensa, ni, aunque me la concedieran, la pediría. Te confieso que no quiero a Farruco. Me recuerda los años y los episodios más vergonzosos de mi vida, y es, además, un lastre del que sólo puedo olvidarme olvidándolo. Pero no por esto le deseo el sufrimiento que tendrá cuando conozca la verdad. A ti te parece ahora que estás haciendo una obra humanitaria. No te lo reprocho, porque el afecto que le tienes se lo cobraste en La Habana, y de eso nadie es culpable sino yo. Jamás debí permitirte entonces que lo tomaras a tu cargo. Pero la cosa ya no tiene remedio.

»Mi hijo Carlos es otra cosa. Lo tengo conmigo y será un buen marino, si Dios nos deja salir con bien de la guerra, que, por cierto, no va como debía.

»En confianza te digo que nuestra alianza con los franceses no me da buena espina. Es la opinión general.

»En fin; te agradezco que pienses en mi hijo, aunque no sea más que por mi falta de tiempo y de voluntad para pensar en él. Esta noche salgo a la mar. No sé cuándo volveré, ni a qué puerto. Por la fecha en que te escribo podrás averiguar lo que tardó tu carta. Ya habrán pasado muchas cosas desde entonces. A lo mejor, Farruco ha dejado de ser ya una preocupación y una carga para ti.»

Si pensaba, al escribir esto, que Farruco hubiese muerto por las buenas, erraba, porque Farruco había crecido y era fuerte; también si pensaba que hubiese escapado por hastío de la vida que llevaba, porque Farruco se había aficionado a ella. Su persona se hiciera familiar y conocida en la ciudad y en el círculo de Paquita. En la calle, se mantenía distante, por consejo de la madrina, que procuraba evitar cualquier azar que le hiciera sabedor de su bastardía; y por eso mismo le ordenaba permanecer en la casa de su padre cuando las visitas anunciadas eran de cotorras, indiscretas o malévolas damas, por temor de que alguna de ellas se fuese, distraídamente, de la lengua; pero le tenía junto a sí cuando la tertulia era de su confianza, mujeres o caballeros. A Farruco le gustaba singularmente la compañía de los marinos y de los militares retirados, que, por darle gusto, congregaba Paquita en su casa de El Ferrol alrededor del chocolate y de los mojicones. Allí se hablaba de la guerra, de sus episodios, de su posible desenlace y de los jefes que la conducían. Allí escuchó Farruco, por primera vez, el nombre de lord Nelson, el de Collingwood y el de los jefes franceses de la escuadra combinada. Los viejos brigadieres, bien informados, deploraban las condiciones de Villeneuve, o alababan las de Magon y la valentía de Baudoin y de Camas. Los nombres de los jefes españoles, Churruca, Gravina, Valdés, Galiano y don Ignacio de Álava, se le hicieron familiares; y el de su padre salía también alguna vez, como maestro en la guerra de corso. Pero de Nelson y de Collingwood se hablaba con respeto.

—Lo que yo no me explico —solía decir el viejo jefe de escuadra Zubiaurre— es cómo un hombre de la talla de Nelson puede haber caído en las garras de una mujer de la manera que ha caído el almirante en las de esa señora.

El viejo Zubiaurre pertenecía a otro mundo, donde los amores, cuando existían, no llegaban jamás a la pasión. Paquita, que tenía la mitad de sus años, se atrevía a explicarlo. Conocía muchos ejemplos. Alguna vez mandó a Farruco que se retirase para contar la aventura de La Habana ligeramente falseada.

—¿Pero de veras la madre de este chico fue una gran dama inglesa? Nunca lo había tomado en serio.

—¿Dónde tiene usted los ojos, general? El buen porte del chico salta a la vista.

—Tuve a su padre a mis órdenes hace veinte años. Era un

pendón, pero de los que no se enredan con ninguna mujer definitivamente. Sabía capear el temporal cuando la cosa empezaba a comprometerle.

—Los hombres de esa clase acaban por encontrar la horma de su zapato.

—Usted, Paquita, de soltera...

—Sí, fui su novia, pero me di cuenta a tiempo del peje que era.

—De todos modos, esa clase de amores no me convence. Quizá un hombre civil pueda enredarse en ellos; pero un militar... Imagine la situación de Nelson.

—De ése estoy seguro de que fallará en el momento decisivo —afirmaba, dogmático, un coronel retirado.

—¡Es mucho el temple de milord! Y, además, es inglés; los ingleses son fríos.

—¡Hombre, según lo que se entienda por fríos! Conocí yo uno de ellos, mandando el campo de Gibraltar...!

Nadie, en cambio, discutía la moral militar de Collingwood, y, por esto, Farruco le admiraba más que a Nelson.

—Imagínese que lleva varios años de casado y no conoce a una de sus hijas, pero escribe todos los días una carta para educarlas a distancia.

Farruco comentó aquella noche con Paquita:

—Es lo que debiera haber hecho papá conmigo: escribirme todas las noches una carta y decirme lo que tenía que hacer, y cómo había de ser.

—Tu padre quizá no tenga tiempo.

—Collingwood es un jefe de escuadra, y papá sólo comandante de un navío.

—Aun así...

—De todos modos, una carta cada mes... Me hubiera gustado mucho.

Se quedó un momento pensativo.

—Mi hermano Carlos tiene más suerte. Puede quedarse con papá todas las noches, después del toque de silencio, y preguntarle.

—En cambio, tu hermano Carlos es un muchacho endeble, y quizá no sirva para la vida de la mar.

—¿Soy yo más fuerte que él?

—¡Ya lo creo! Y mucho más listo.

Con esto, Farruco se consolaba. Con esto y con los libros que Paquita le proporcionaba, pedidos a sus amigos o comprados, si había ocasión de hacerlo. No todos ellos de asunto naval, naturalmente, por entender que aquella afición de Farruco a la Marina convenía apaciguarla, y si no borrársela del todo, al menos ofrecerle distintos horizontes. Pero Farruco no quería saber nada del servicio real en la Corte, ni menos del comercio; por lo que Paquita acabó por hablarle de la diplomacia. Fue lo único que interesó un poco a Farruco. Pero volvía siempre a su propósito.

VIII

Las noticias de que Napoleón preparaba un golpe decisivo contra Inglaterra llegaron a la tertulia de Paquita, primero como rumor, y en seguida como seguridad. Todo el mundo sabía de las vituallas y armamentos que se acumulaban en los arsenales, y del ritmo vivaz con que se apresuraba la reparación de algunos barcos. Las precauciones de vigilancia en la costa se multiplicaban, y se llegó a temer un desembarco en las playas de Cobas o de Doniños. El temor no era nuevo, y, en la tertulia, algún viejo militar desempolvó su vieja idea estratégica de que aquellos lugares deberían fortificarse, y de que cogida la ciudad por la espalda no tenía defensa. Hubo varios sustos. La guarnición se reforzó, y en todas partes se hablaba de la invasión como de algo tan inminente como el encuentro entre las dos escuadras enemigas. Con el mapa extendido sobre la mesa, los retirados discutían azares.

—Y todo esto sucede por la manía de acumular en Cádiz el grueso de la flota. La flota debería de encontrarse aquí. El Ferrol es el mejor puerto de Europa.

—Estamos más cerca de Inglaterra.

—Pero más lejos de Gibraltar.

—Gibraltar no cuenta para esto. Lo que cuentan son los errores de Villeneuve. Ha pasado frente a Cartagena sin querer esperar los barcos de Salcedo. Ha pasado por Cádiz y su conducta con Gravina fue disparatada. Ahora, todos están tan lejos de Cádiz como de aquí.

—Pero ya verá usted cómo Villeneuve viene hacia Galicia.

—Otro error. Si lo que pretende Napoleón es que le dejen libre el paso en el Canal, lo razonable es atraer a la escuadra inglesa lo más al sur posible.

—Inglaterra dispone de barcos suficientes para no desamparar el Canal. Ya verá usted cómo Napoleón no consigue poner los pies en Dover.

Reprimiendo la emoción, Farruco escuchaba, y, cuando todos se habían marchado, cogía para él solo las cartas náuticas y estudiaba los desplazamientos de las flotas, medía distancias, calculaba el tiempo de las navegaciones. «¡Se van a encontrar aquí!» O aquí, o más abajo... Su saber no le permitía llegar a conclusiones razonables y se desesperaba. Quizá le faltaban datos. Al día siguiente llegaba el primero, al galope del caballo.

—¿Todavía estás sola, Paquita?

—¿De dónde vienes? No son las cinco.

—Es que quiero saber...

Los guardacostas habían visto una gran flota inglesa navegando hacia el Sur.

—Ese es Collingwood, que navega ahora por esta zona. Ese tiene que ser Calder.

¿Calder? ¿Otro más? Pasaba a ser el nombre de tantos barcos, que navegaban rumbo al Sur.

—Villeneuve tiene que estar muy cerca.

—Villeneuve no tiene nada que hacer por estas aguas. Usted comprenderá...

Hipótesis. Las noticias fidedignas eran escasas. En la Comandancia General no soltaban prenda. Se sabía de correos urgentes llegados de Madrid, de La Coruña. En el arsenal se trabajaba también durante la noche. Por tierra se despachaban convoyes de bastimentos con rumbo desconocido.

—¡Le digo a usted que nuestra escuadra no está lejos! Si consideramos que han salido de la Martinica hacia finales de junio...

¿Y su padre, dónde andaría? ¿Con la escuadra o haciendo guerra de corso? Si navegaba solo, por muy marinero que fuese su navío, podía sorprenderle la escuadra de Calder, o la de Collingwood, y entonces... Con su padre estaba Carlos. Carlos sería, quizá, alférez de fragata. Don Fernando le tendría siempre a su lado, en el puente, y le explicaría las maniobras. Carlos tenía mucha suerte, a pesar de su endeblez.

—No te atormentes pensando en tu padre. Hay que ser templados. Nosotros no somos como la gente cualquiera, que tienen a sus padres en casa y los ven morir en la cama. Ya ves. Mi marido también murió en la guerra.

—Pero tú me has contado alguna vez que le dieron unas fiebres.

—Sí, pero cogidas en el campo de batalla. Y yo, cuando supe que había muerto, no lloré. Hubiera estado feo.

—Es que yo... si papá muere, no podré ser marino.

—¿Quién sabe? A lo mejor, sólo así podrás serlo.

Farruco se quedó mirándola, inquisitivo.

—Paquita, ¿por qué has dicho eso?

—Se me ocurrió. ¡Vaya usted a saber por qué!

—¿Es que mi padre no quiere que sea marino?

—No creo que tu padre esté ahora para pensar en eso.

—El almirante Collingwood escribe cada noche a sus hijas, y no se olvida de ellas, aunque tenga que batirse con los nuestros.

—El almirante Collingwood... ¿Quién se acuerda de él? A lo mejor, todo eso es una patraña.

Aquella noche, Farruco regresó a su casa preocupado. Rafaela, medio adormilada, le esperaba para abrirle. Le vio tristón.

—¿Te pasa algo, *filliño*?

—Nada, es la guerra.

—¡Bah! Tú no vas a ir a ella.

—Está mi padre.

—Tu padre estuvo siempre y no te pusiste así. ¿O es que estás enfermo?

—No, no. Estoy bien. Déjame.

Se fue al salón y mandó que le encendiesen los candelabros y le dejasen solo. Se dejó caer en el sofá con la cabeza hundida entre las manos: su imaginación daba vueltas en el vacío, alrededor del vacío, hasta la angustia. Intentaba razonar y entender; quería esclarecer su oscura congoja con el razonamiento, como en la clase de álgebra, pero la cadena lógica se rompía por muchas partes, y lo que había alcanzado a saber de sí mismo, y a desear para sí, quedaba como aislado y en revoltijo vertiginoso. Así estuvo mucho rato. Después fue a la solana y miró a la mar. Por la boca de la ría, por los montes de la otra banda, caían, sobre las aguas, masas compactas de niebla, blancas a la luz de la luna. El aire venía húmedo. Poblaban el silencio cantos de rulas y de alacranes: resonaban en el silencio como redobles de un tambor agudo. Recayó en la angustia. ¡Oh, si su padre le hubiera escrito, si le hubieran guiado de lejos! Imaginó a Collingwood encerrándose en la cámara, cada noche, en un silencio rodeado de rumores marineros: pensaba en sus hijas y las guiaba desde su soledad. Su padre hubiera podido hacerlo. «¿Por qué te encierras, a quién escribes, papá?» «A tu hermano Farruco, que está en Galicia, y no puede, como tú, escucharme cada día.» Una carta cada semana, y él le hubiera escrito también: «Verás, papá, cómo me defiendo con el francés; creo que ya podría hablarlo. Pero lo que más sé son matemáticas: mi profesor me dice que pronto no tendrá qué enseñarme.» Su padre estimaría el esfuerzo. Pero, así, no tenía a quien hablar. A Paquita no le importaba su saber de trigonometría, sino sus modales o el corte de sus trajes.

Cuando marchó a dormir, casi de madrugada, la niebla había cubierto la ría y se acercaba a los árboles. Un pequeño resplandor, hacia Montecuruto, señalaba el lugar de la luna en el cielo, próxima a ponerse.

Se acostó pensando que si la escuadra de Villeneuve se tropezaba con la de Calder en aguas de Galicia, el conocimiento de la costa, en medio de la cerrazón, podía favorecer a los franceses y españoles, y apuntarse una victoria.

IX

Amaneció orballando. Farruco marchó a El Ferrol temprano. Rafaela le recomendó que llevase un capote, no fuera a mojarse; pero la mañana estaba caliente, pegajosa. Cabalgó a cuerpo limpio. Dio su clase de francés en el convento de San Francisco. Mientras el fraile llegaba, Farruco se asomó, y sus ojos quisieron traspasar la niebla, y averiguar qué pasaba en el arsenal. Llegaba rumor de tráfico, de martillazos, silbidos de contramaestre, ruido de cadenas, algunas voces, todo envuelto en el orballo azul y dulce. Preguntó al fraile:

—¿Se sabe algo de la guerra?

—¿Qué te importará la guerra a ti, hijo mío?

—Mi padre...

—¡Ah, sí, tu padre! El capitán de navío. No. No sé nada de la guerra, ni creo que nadie sepa nada.

Farruco dio, distraído, la lección, y el fraile le despachó en seguida.

—A ver si mañana vienes más espabilado.

—Es que esta noche dormí mal.

—A tu edad, se duerme todo el día si le dejan a uno. ¿Cuántos años tienes?

—Quince. Creo que quince.

—¿No lo sabes de fijo?

—Sí, sí. Quince. Nací en La Habana en el noventa.

—A los quince años no me desvelaba a mí ni el maestro de teología.

—Es que usted no tendría el padre en la guerra, ni...

—¿Ni qué?

—Nada. Buenos días, padre. Mañana procuraré venir más espabilado.

El profesor de álgebra fue más explícito. Dejó a un lado las ecuaciones y contó las últimas noticias.

—Anoche, a última hora, llegó un balandro de La Coruña, aprovechando la brisa. Trajo noticias frescas. Parece que hubo una batalla cerca de Finisterre.

—¿Quiénes ganaron?

—Eso es lo que no se sabe, pero a la costa no llegaron náufragos ni restos de ningún barco. Se oyó el cañoneo, y nada más.

—Pero, si han terminado, los barcos tendrán que venir aquí.

—¡Vaya usted a saber! El mando es del francés y él hará lo que le plazca. Quizá recalen en Vigo.

Farruco pidió permiso para no dar la clase y marchó a casa de Paquita. Bajó la calle de San Francisco sacando chispas a las losas del empedrado. Dejó el caballo suelto junto al zaguán. Subió de una alentada.

—¡Paquita! ¡Paquita! ¡Ha habido una batalla!

Se dejó caer a los pies de la cama, donde Paquita permanecía con la bandeja del desayuno en las rodillas.

—Bueno. ¿Y qué? ¿Han hundido a Nelson?

—No se sabe.

—Entonces, ¿por qué te pones así?

—Es que... ¿hago mal?

—No, pero no viene a cuento. Todos los días hay batallas. Estamos en guerra.

Farruco bajó la cabeza.

—Ven acá, criatura. Ven acá.

Farruco se arrastró por la alfombra, sin levantarse, sin mostrar el rostro. Paquita le acarició la cabeza.

—¿Qué te sucede?

—No lo sé.

—¿Es por tu padre?

—También es por mi padre, pero...

Se levantó con los puños crispados.

—¡No lo entiendo, Paquita! ¡Hay cosas que no entiendo! ¿Por qué?

Se dejó caer otra vez, pero mirando de frente a la dama.

—Pienso que tú... tú me quieres mucho. Pero, si tú quisieras...

—¿El qué? ¿Por qué no hablas claro?

—¿Cómo voy a hablar claro si no sé lo que me pasa ni lo que quiero saber de ti?

Ocultó el rostro entre las ropas de la cama.

—Estás llorando, y eso no está bien.

—No. No lloro.

—Sí, estás llorando, y me disgusta. ¿Por qué estás aquí a estas horas? ¿No fuiste a clase?

—Sí, pero pedí permiso. No me cabían las noticias en el cuerpo. Tenía que hablar contigo.

—Pues... ya has visto. Hablar conmigo no te sirve de nada. ¿Qué vas a hacer esta mañana?

—No sé. No he pensado nada. He venido junto a ti porque no puedo ir a otro sitio. De estas cosas no puedo hablar a Rafaela: ella se pone a llorar y a decirme: «¡*Pobriño!*» Y eso me humilla.

Se enderezó y se sentó en el borde de la cama.

—Claro que a ella no tengo que pedirle perdón, y a ti sí.

—¿Por qué no te vas a dar una vuelta? Quizá se sepan más noticias de la batalla. Hoy comerás conmigo. Por la tarde, cuando vengan los viejos y los escuches, se te pasará todo.

—Se me está ocurriendo...

De un salto se puso de pie.

—Conozco a un carpintero de los Corrales que trabaja en el arsenal. Su hijo jugaba conmigo y era un buen condestable. Es posible que sepa algo. Voy a buscarlo.

—¿Al arsenal?

—A la puerta. A las doce sale la maestranza. Después volveré.

Besó a Paquita y salió. Era temprano. Con el caballo de las riendas, fue bordeando el foso. La niebla se había levantado, pero seguía lloviendo. Detrás del foso y de la muralla sosegaba el rumor. Llegó a la puerta del arsenal cuando empezaba a salir la maestranza. Su conocido el carpintero venía de los últimos.

—¿Qué le sucede, señorito Farruco?

—No. Quería preguntarte... ¿Habéis sabido algo vosotros de la batalla?

—Como saber... se habla mucho. Que hubo una batalla, es

cierto. Parece que no ganó nadie. Nosotros perdimos dos barcos. Los españoles están que trinan contra el jefe francés. ¡Había usted de oír a los marineros del *San Mateo*!

—¿Del *San Mateo*? ¿Has dicho el *San Mateo*?

—Entró esta mañana en la bahía, no hace dos horas, y quedó fondeado frente a la cortina del parque. Estuvimos allí por
la mañana, porque viene averiado.

Farruco le agarró violentamente por las solapas.

—¿Y mi padre? ¿Has visto a mi padre?

—¿A su padre?

—¡Mi padre es el comandante del *San Mateo*!

—No. No lo vi. Nosotros no vemos nunca al comandante.

Farruco no esperó a que terminase. Montó a caballo y salió
pitando.

X

Nada más salir Farruco, llamó Paquita y mandó que la ayudasen a vestirse. Presentía que las noticias de la batalla alboro-
tarían al mozo más de lo conveniente, y decidió llevárselo al
campo antes del mediodía y retenerlo allí. Apenas se había vestido, y comenzaba a empolvarse, cuando le avisaron que un
marino quería ser recibido, y, sin saber por qué, le saltó el
corazón.

—Pásalo a la sala. Voy en seguida.

Se miró al espejo. Sin afeites, la cuarentena le ensombrecía
el rostro. Si el que venía a verle era de la ciudad, o de los amigos de ella, podía contar luego que Paquita, al natural, no era
tan joven como parecía acicalada. No le importó. Salió del tocador. El criado esperaba a la puerta de la sala y la abrió.

—El señor espera.

El señor había dejado el bicornio en la mesa y esperaba en
el hueco de una ventana, mirando a la mar. Al ruido de Paquita se volvió y fue hacia ella. Quedaron frente a frente. Él tendió las dos manos. Y ella las tendió también, con una sonrisa
amarga.

—Parece que te trae el diablo.

—Hace tiempo que me trae y me lleva. Estás muy guapa.

—¿Qué importa eso ahora?

La llevó hacia el sofá.

—Espera ; puede suceder una catástrofe.

Corrió a la puerta y advirtió al criado :

—Si llega el señorito Farruco, que no entre aquí bajo ningún pretexto. Díganle que ie mando esperar en el jardín.

Cerró la puerta con llave y atravesó el salón pausadamente, hasta sentarse.

—Ya ves. Tengo que evitar que tu hijo te vea.

—Eso es, justamente, lo que deseo.

—¿No te parece inhumano?

—Me parece, solamente, necesario. Y si las cosas han llegado a este punto, no me creo culpable.

Fernando hizo un gesto señalando a la puerta.

—¡El señorito Farruco!

—Es así como le llaman mis criados y los tuyos.

—No es eso lo que yo hubiera querido.

—Ya sé, ya. Tú le hubieras preferido ahora en Mondoñedo, con una sotanilla y engordándole el cuerpo con el caldo y las papas de maíz. ¿Para eso le has traído al mundo?

—Pero ¿qué sé yo para qué lo traje ni por qué? Han pasado muchos años, y ya no soy el mismo.

Paquita señaló los cabellos grises que asomaban debajo de la peluca.

—Eso salta a la vista, hijo. Pero no sé por qué me parece que no eres mejor.

—En cualquier caso, distinto.

—Bien. Y eso ¿en qué afecta a la criatura?

Fernando se levantó, dio unos pasos hacia el centro del salón y se volvió luego.

—Mi hijo Carlos está conmigo. Mañana, de madrugada, zarparemos, y deseo que conozca su casa.

—Farruco no tiene relaciones con tu tía, ni con nadie de la Casa Grande.

—No hablo de la casa de mi madre, sino de la mía. Carlos es Freire, como yo, no Saavedra.

—¿Y qué?

—Farruco no puede estar allí esta noche. Ni deseo verle, ni menos que le vea su hermano. Quiero que le retengas.

—¿Te parece muy fácil? A estas horas se habrá enterado de que está aquí tu barco. Quizá haya conseguido que le lleven a bordo.

—Eso es difícil.

—Bien. No podré evitar que me pregunte por ti. Ha pasado dos días angustiado. Aunque te parezca extraño, sólo piensa en ti, y su único dolor es el que tú le causas. Se pasará el día de hoy esperándote, y cuando vea que no llegas, me preguntará a mí, como me pregunta siempre.

—Estamos en guerra. Ésa es una buena explicación.

—Es posible que le convenza, pero también es posible que no. Farruco es inteligente y ya empieza a preguntarse por qué le has abandonado.

—¿Qué quieres que haga?

—Vete al barco y no salgas.

—En el barco, Carlos me preguntará por qué le oculto a la familia y por qué no le llevo a su casa.

—La situación de Carlos es distinta.

—Justamente por eso, porque es mi hijo legítimo, no puedo sacrificarlo.

—¿Te parece bonito?

—Me parece la única solución posible. Farruco me importa menos. Además te tiene a ti. Tú le quieres. Una mujer consuela mucho. Recuerda que Carlos no tuvo nunca madre.

—¡A buenas horas te acuerdas de echar de menos los consuelos de una mujer!

—¿Quién te dice que los eche de menos?

—No hay más que oír el tono con que hablas.

Paquita se levantó, fue hacia él, y le golpeó la espalda.

—Malos años empiezan, Fernando. Tienes cuarenta y cinco, si no me equivoco, y a esa edad se empieza a estar solo.

—Yo tengo a mi hijo.

—No basta. Más me acompaña a mí Farruco que a ti Carlos. Si he de decirte la verdad, con Farruco tengo de sobra para ser feliz.

Y añadió en seguida:

—Si consigo que él lo sea, naturalmente.

—Bien. En este caso, ayúdame. Él sufrirá si sabe que estoy aquí. Llévatelo y que lo ignore.

—¡Qué fáciles ves las cosas!

—Cuando me dan una orden, no suelo preocuparme de la facilidad. La cumplo y a otra cosa.

—Es que yo, querido, no soy capitán de navío, ni hay nadie que me dé órdenes.

—Pero quizás un ruego...

Se interrumpió.

—... un ruego mío sea lo mismo.

—Te equivocas. Voy a hacer lo que me pides, pero no porque te convenga, ni siquiera porque me lo ruegues. Lo haré por evitar que Farruco sufra el mayor dolor de su vida. Pero con una condición.

Fernando hizo un gesto que lo concedía todo.

—Dame toda la autoridad sobre tu hijo. Quiero llevarlo de aquí y apartarlo de la mar y de la idea de ser marino. Unos años en Madrid le harán olvidar. Y si Madrid no basta, me lo llevaré a París, o a Londres, o a donde sea necesario. Soy bastante rica y no me importa gastarlo todo en la felicidad de Farruco.

—¿Tanto le quieres?

—Eso no te importa a ti.

Fernando recogió el bicornio.

—Gracias. Te enviaré en seguida un documento. Podrás, incluso, darle tu nombre.

El rostro de Paquita se había endurecido, y sus ojos brillaban.

—Te pido, además, que me perdones. No deseaba disgustarte así.

—Eso no importa. Adiós.

Le tendió la mano. Fernando la besó, hizo una reverencia y salió del salón. Cuando hubo salido, Paquita corrió a la ventana y espió la calle hacia la de la Cárcel, por si Farruco venía y se tropezaba con su padre; pero vio el caballo de Farruco junto al zaguán. Corrió al jardín. Farruco, con la cabeza entre las manos, esperaba sentado en el borde del estanque. Fue hacia él; se sentó y le abrazó.

—¿Sabes ya que papá está en El Ferrol? —preguntó Farruco, anhelante.

—Acabo de hablar con alguien que puede permitirle bajar a tierra. Quizás esta tarde le veas.

Farruco saltó de júbilo.

—¿Esta tarde?

Pero se entristeció súbitamente.

—¿Y por qué esperar tanto? ¡Vamos al barco!

Ella le sosegó.

—Estamos en guerra y no es fácil ir al barco, ni tampoco lo será que tu padre venga a tierra. Vámonos al pazo y allí le esperaremos.

—Pero ¿por qué al pazo y no aquí? Le será más fácil.

—Vámonos al pazo.

—Pero ¿por qué?

Paquita se limitó a responderle:

—Es necesario.

XI

La esperanza de ver a su padre pudo más en el corazón de Farruco que la extrañeza de aquella marcha al pazo; de modo que cuando llegaron, ya sólo pensaba en el efecto que podría causar a don Fernando y en si le hallaría digno y bien educado. Después de comer se pasó un gran rato acicalándose, y preguntó a Paquita si su padre hallaría incorrecta la pelusilla que empezaba a salirle en el bigote y en la barba, y si sería mejor llamar a un barbero que le afeitase. Se ensayó frente al espejo con espadín y sin él: probó a dejarse el cabello caído sobre la frente, como era su hábito y la moda, o echárselo para atrás, porque así daba a su rostro un aire más inteligente y decidido. De todas maneras se hallaba bien, pero ninguna le parecía bastante digna, y, sobre todo, lo bastante reveladora de sí mismo.

—Porque lo que yo quiero es que papá, en el poco tiempo que esté conmigo, vea que ya puede llevarme de guardia marina, y me lleve.

—Para ser guardia marina necesitas el real despacho, no lo olvides.

—Bueno, pero puedo ir con él en el barco y esperar a que venga el despacho.

—Un barco de guerra no es como la casa de uno. En mi casa mando yo, pero en los barcos manda el rey.

—¡Bueno! No sabes tú lo que manda un comandante. Si él lo quiere, le puedo acompañar. Recuerda que, de niño, estuve tres años a bordo.

—Ahora estamos en guerra.

—¡Por eso quiero ir! Me moriría de pena si hubiese una gran batalla contra Nelson y no pudiese asistir.

—¿Y si te mueres?

—¿Qué importa eso?

—Es que... yo no quiero que te mueras.

—Pero tú quieres que sea guardia marina.

—Sí, claro... eso sí.

Farruco recordó luego su francés.

—Papá querrá oírme leer un poco. ¿No te parece que debía ensayarme? Tú puedes corregirme, ¿verdad?

Se trajo un libro y empezó a leer en voz alta.

—No está mal, ¿verdad?

—Está muy bien.

—El fraile dice que tengo buen acento. Para hablarlo no

me falta más que soltarme. Yo creo que si papá me embarcase en un barco de Villeneuve me entendería perfectamente con los oficiales. No con la chusma (1), que ésa habla mal en todas partes ; pero con los oficiales, sí. Los oficiales franceses hablan muy bien. Me lo dijo también el fraile.

Se dio un golpe en la frente.

—¡ Paquita !

—¿ Sucede algo ?

—¡ Mis ejercicios de matemáticas ! Son lo más importante, ¿no lo comprendes ? ¡ Y los tengo en Los Corrales !

Arrojó el mamotreto francés y corrió hacia la puerta.

—¿ Adónde vas ?

—A buscarlos. Vengo en seguida. Si papá llega entretanto, tú le explicas.

Paquita le sujetó con fuerza.

—No puedes ir.

—¿ Por qué ?

—Supón que tu padre llega.

—Pero ¿no comprendes que estaré de vuelta en un periquete ? ¡ Si sólo son diez minutos a caballo ! Y papá tiene que ver mis ejercicios. Son lo más importante. Si no se los enseño, pensará que no sé álgebra. De modo que...

Intentó apartarle suavemente.

—No irás, Farruco.

Él se echó atrás con el rostro ensombrecido ; como si su escasa sangre negra se le hubiera juntado en el rostro y lo afease.

—Paquita, tú no quieres...

La agarró por los brazos con fuerza.

—... ¡ tú no quieres que papá me lleve !

—Yo sé que tu padre no puede llevarte.

—¡ No, no es eso ! ¡ Tú no quieres que yo sea marino ! ¡ Lo sé muy bien ! Pero no me importa. Iré a mi casa aunque no me dejes.

La apartó con violencia y abrió la puerta.

—No volveré. Dile a mi padre que le espero.

Echó a andar por el pasillo con paso seguro. Paquita le alcanzó antes de que llegase a la escalera. Se plantó delante y le abofeteó. Le abofeteó con rabia, mientras lloraba. Y cuando se cansó de golpear el rostro asombrado de Farruco, le increpó con voz áspera :

—¡ Imbécil !

(1) No se interprete mal lo que dice Farruco: en aquel tiempo la palabra «chusma», designó, pero no juzgó. Las connotaciones peyorativas son posteriores.

Le empujó por el pasillo, hacia la sala donde habían estado. Farruco se dejó llevar. La miraba sin entenderla, sin atreverse a replicarle, con los ojos muy abiertos que todavía no lloraban. Paquita cerró la puerta con llave y se la guardó.

—Ahora, escúchame. Voy a decirte lo que te he ocultado mucho tiempo. No lo hubiera hecho hasta que fueses lo bastante hombre como para entenderlo, pero tú me obligas.

Farruco balbució que ya era hombre.

—Eso lo veremos ahora.

Le hizo sentar en el sofá, y ella permaneció en pie' delante de él, bastante lejos. Empezó a hablar. «¿Sabes lo que es un bastardo?» La rabia le desaparecía y, poco a poco, su voz se transió de ternura, se quebrantó en sollozos reprimidos, conforme Farruco se compungía, conforme lloraba al saber su condición y la negativa de su padre a verle. Había oscurecido. Paquita apenas si veía el cuerpo de Farruco, derribado en el sofá, sacudido por el llanto. Se acercó, se arrodilló sobre la alfombra, y le acarició el cabello largamente, en silencio.

XII

Fue fácil llevarlo a la cama y acostarlo. Mandó Paquita que le trajesen café y aguardiente, y ella misma le ayudó a beberlo. Farruco, sentado en la cama, hipaba. No había dicho una sola palabra. No había hecho sino llorar y esconderse el rostro. El aguardiente le templó un poco. Paquita, sentada junto a él, intentaba consolarle.

—Ya verás. Nos iremos a Madrid. Y tú serás mi hijo, llevarás mi nombre, me heredarás. Yo tengo muchos amigos en la Corte. Puedo hacer que entres en palacio, o en el Ejército si prefieres. Haremos lo que te guste, y si Madrid no te gusta nos marcharemos a donde quieras. Pero ya verás cómo te gusta Madrid.

Para Paquita, Madrid era vida social e intrigas de palacio. Habló deliberadamente de personas ignoradas de Farruco, de hechos que Farruco no entendía, con ánimo de embarullarle y hacerle olvidar y dormir siquiera por aquella noche. Llegó a referirse a lindas muchachas de las que podría ser amigo y entre las que acaso hallaría novia: todo le resbalaba al muchacho en el corazón. Seguía llorando, pero en su mente empezaba a hacerse un poco la claridad, sus pensamientos daban vueltas a la misma idea y sus sentimientos a la misma pena, y todo se mezclaba y ardía en su interior.

No podía ser marino. Esto es lo que repetía su corazón, las palabras que escuchaba en su interior, las claras palabras ardientes. Asistía a la ruina de sí mismo, encerrada en aquellas palabras. Todo lo que durante años había imaginado se desmoronaba, y, de aquellos sueños, le quedaban en las manos, como remos inútiles de un bote zozobrado, el latín, el francés y el álgebra aprendidos. Los hubiera borrado de su memoria, lo borraría todo si pudiera; olvidaría hasta el nombre de las letras y todo lo que alrededor había ido acumulando en aquellos años porque le había parecido necesario para llevar noblemente el uniforme: las buenas palabras corteses y los buenos modales: todo lo que había amado porque le habían dicho que era conveniente, y aun necesario, a un guardia marina.

Estaba como náufrago, y los remos inútiles flotaban a su lado. No pensó que pudieran servirle, todavía, de sostén; no podía pensarlo. Permanecían a su lado —palabras latinas, verbos franceses, teoremas, modales— como cosa que ya no le pertenecía; no como robados, sino como lo que nunca había sido suyo, como no eran suyos la casa donde había vivido, ni los criados que le sirvieran, ni el padre que había esperado, ni aun los amores que le habían acogido. Nada era suyo. Y cuanto había pensado de sí mismo, cuanto había esperado, tampoco podía pensarlo ni esperarlo, porque tampoco le pertenecía. Estaba como náufrago desnudo, y le acometía la angustia del náufrago.

—¡Paquita! ¿Qué va a ser de mí?

—¿Pero no me estás oyendo? Nos iremos, te olvidarás de todo. Ya verás cómo dentro de poco eres otro hombre. Yo haré lo que tú quieras.

Le estorbaban la voz, el calor, las caricias de Paquita. Le estorbaban y le humillaban, porque le hablaban y acariciaban como a un niño. Quería estar solo, necesitaba quedarse a solas, en silencio, sin luz, para escucharse sin embarazo. Y si decía algo, que nadie le respondiese. Mintió.

—Quiero dormir.

—Duérmete. Apagaré la vela y me quedaré cuidándote.

—No, no, vete.

—Tendrás que cenar algo.

—No quiero nada. Vete. Déjame.

Todavía Paquita le dio un beso y le dijo palabras de consuelo; después, apagó la luz y se fue. Oyó Farruco el ruido de la llave que le cerraba por fuera, y se sintió prisionero de su propia desesperación. Se había acostado para mejor engañо de Paquita, pero, en cuanto sus pasos se alejaron, volvió a sentarse en la cama y a hundir la cabeza entre las manos. Le subía a la boca, en vaharadas ácidas, el aguardiente, y, en el alma, también como alentadas irreprimibles, la rabia por la amabilidad de Paquita, por todo lo que le había hecho y por sus promesas. Ella sabía que él no podría ser feliz, y quería engañarle. Hubiera preferido que se mantuviese dura, que volviera a pegarle, que le llamase «bastardo» y le despreciase; así podría volverse contra ella, desahogar en alguien su furor. Quedaría más tranquilo y quizá pudiese dormir. Paquita le había acostado como a un niño enfurruñado por un capricho incumplido; no había tenido escrúpulos en desnudarle. Le había acostado con la misma camisa que llevaba, porque su ropa de dormir la tenía en Los Corrales. A lo mejor se la pondría su hermano para dormir en la cama que, hasta entonces, había creído suya.

Su hermano. No lo había recordado en medio de la congoja, y ahora, sólo de mentarlo con el pensamiento, se le representó con fuerza. Lo vio vestido de alférez, pero de cabeza borrosa, sin ojos y sin cara, como si la escondiera en la oscuridad; pero de ella salía una risa monótona y ofensiva, una risa que iba derechamente a su corazón. La acompañaba con movimientos de manos, con dedos que se adelantaban y engrandecían hasta ser gigantescos, y que le apuntaban. Pero a él no le importaban las risas ni los insultos, sino el uniforme azul, galoneado de oro; el espadín que colgaba al lado izquierdo, el bicornio que cubría el rostro oscuro. No los llevaba puestos, sino como si le salieran de la carne, como si hubieran nacido en ella, como si fueran tan de Carlos como su piel. Sintió un odio atroz. Y el odio ahuyentó todos sus pensamientos, hasta quedar sólo en el corazón, y moverle, y arrancarle de la cama.

Se vistió frenéticamente, a tientas, sin hacer ruido. Tentó la puerta cerrada y luego abrió la ventana. Podía descender: lo había hecho otras veces, jugando, y podía hacerlo ahora, porque la rabia aseguraría sus pies y sus manos en el descenso. Ató los zapatos y se los echó al hombro, buscó el retenedor colgante y húmedo de la lluvia, y se agarró a él hasta que los pies tropezaron con el reborde de la ventana inferior. Calculó en la oscuridad la distancia que le separaba del seto, y se dejó caer. Quedó enredado en los mirtos, se desembarazó de ellos, calzó los zapatos, y con sigilo fue hacia las cuadras. Dio un silbido y algo se movió dentro.

—¡*Canelo!* ¡Eh, *Canelo*!

Relinchó el caballo, pero no se acercó. Fue hacia él, le desató las riendas y salió al jardín.

Llovía mansamente. Había luz en el comedor. Paquita tocaba en el piano un aire triste. Farruco cabalgó y salió al galope. Los cascos del caballo resonaron en medio de la lluvia. Se abrió una ventana y alguien se asomó, pero Farruco no escuchaba ni miraba hacia atrás. Corría por la vereda del bosque. Salió al camino, pero no lo siguió, sino los atajos que conocía bien, entre sembrados que golpeaba la lluvia. Así llegó a Los Corrales. Puso el caballo al paso y se aproximó calladamente. Por encima de la tapia, sin afrontar la puerta, miró hacia la casa. Parecía de fiesta. Las tres ventanas del comedor estaban iluminadas, y las otras, las del salón, y también el zaguán, con dos faroles encendidos. Frente a la puerta había un coche de caballos.

Dejó a *Canelo* amarrado a un árbol del camino, saltó la cerca y se acercó a la casa pisando macizos de flores, envuelto en húmeda fragancia. Trepó a las ramas altas del nogal frontero a la puerta y, desde ellas, miró al interior. Veía la mesa alumbrada con los candelabros de plata; tres personas sentadas, y la sombra vencida de Xirome, que pasaba y repasaba con bandejas en la mano. Las ramas del nogal caían sobre la balconada, pero no se atrevió a saltar por miedo al ruido. Descendió y subió por las enredaderas. Amparado en las sombras miró al interior.

Aquel hombre serio, de casaca brillante, tenía que ser su padre; y el mozo, su hermano Carlos. Tía Javiera estaba junto a él, le hablaba sonriente, le acariciaba la mano. Carlos estaba de espaldas a la ventana y no podía verle la cara. Tenía enfrente, en cambio, la de su padre. Pegó al cristal de la vidriera la cara, mojada de la lluvia y las lágrimas, y contempló a su padre largamente. Parecía preocupado y ausente de la conversación entre Carlos y doña Javiera. Detrás, con la librea puesta, Xirome aguardaba. También estaba triste. Tía Javiera le dijo algo y Xirome corrió a servir vino al alférez de fragata. Tía Javiera levantó su copa para brindar, y Carlos también, pero el padre tuvo que ser avisado. Antes de alzar la suya, sonrió y dijo algo. Tía Javiera pronunció el brindis y bebieron. Después ella se levantó y besó a Carlos. Parecía muy animada.

El agua del alero caía sobre la espalda de Farruco y le empapaba la ropa. Subía del jardín el rumor de la lluvia. Alguien salió del zaguán, chapoteando, y se acercó al coche; Farruco se metió en la sombra para no ser visto. Una voz desconocida gritó abajo:

—¡Hay que traer los caballos! Van a marcharse.

Y dos hombres, con un farol, se alejaron hacia las cuadras. Farruco volvió a mirar. Ahora hablaba don Fernando. Movía las manos pausadamente y señalaba algo que había sobre el mantel. Farruco se empinó y pudo ver trozos de pan dispuestos en orden de batalla. Tía Javiera escuchaba con asombro, y, alguna vez, Carlos intervenía y señalaba también, como si remachase lo dicho por su padre.

Pero del exterior, por el camino, llegó un tintineo de cascabeles, que Farruco conocía muy bien. Volvió a esconderse y vio el coche de Paquita entrar en el jardín, y la vio a ella apearse sin esperar a que el lacayo la abriese, y entrar en el zaguán apresuradamente. Llegó en seguida al comedor. Don Fernando, tía Javiera, Carlos, se pusieron de pie. Paquita dijo algo y don Fernando se dirigió a Carlos como ordenándole salir. Xirome, torpón, abrió la puerta del salón.

Farruco recordó su barco, el navío en miniatura que adornaba la chimenea. Iba Carlos a verlo, quizá a tocarlo. Se deslizó por la cornisa hasta la ventana del salón. No se le ocurrió que pudiera resbalar, ni, al poner los pies, tentaba la firmeza del apoyo. Alcanzó la ventana, y vio a Carlos parado frente a la chimenea y al navío: alzó una mano y tocó las velas. Farruco empujó la vidriera con estrépito, saltó al interior y se interpuso entre el barco y su hermano.

—¡Quieto! ¡No lo toques!

De un manotazo derribó el navío. Saltaron los cañoncitos, estallaron las jarcias, se quebraron los mástiles, se rompieron las amuras y el fanal de popa quedó chafado. Alguien gritó en el comedor. Carlos, asombrado, no decía palabra; pero retrocedió ante la mirada furiosa, cargada de odio, de Farruco. Se abría la puerta del comedor. Farruco corrió a la ventana y se arrojó contra el nogal: las ramas le arañaron la cara, le desgarraron la ropa, pero pudo agarrarse y descender suavemente. De las cuadras regresaban los hombres del farol, chapoteando en el barro de la vereda. Vieron correr a Farruco hacia la puerta. Desde la ventana, la voz de Paquita le llamaba, angustiada. Farruco cabalgó endemoniado, en medio de la lluvia, y se hundió en las sombras. Paquita seguía llamándole, pero su voz se perdía en la distancia.

Madrid, 1953, algún día de otoño.

Segunda parte

Historias de humor para eruditos

MI REINO POR UN CABALLO
(falsa novela inglesa)

A Sally y Jerry.
A Maquita y Lleve.

No parece ser verdad que una invención literaria, de la especie llamada narrativa, resulte de un gran esfuerzo de la imaginación, ni que se vaya construyendo piedra a piedra —es decir, imagen tras imagen, palabra tras palabra— conforme al modelo que se acostumbra a tomar de la arquitectura. Yo creo que la cosa es bastante más sencilla y que si se mira bien carece de cualquier mérito, como no sea el de la habilidad para escuchar y copiar. Lo que sirve de ejemplo aclaratorio es el ave con los huevos dentro: ábrase por el vientre una gallina galleada, y se descubrirá un buen número de gérmenes, de mayor a menor tamaño, que se van desarrollando, y que cuando han alcanzado la madurez, sin saber por qué impulso desconocido, seguramente un empujón o un dolor, la gallina los pone, y ya está el huevo en la calle. El escritor pone también sus invenciones (que quiere decir «descubrimientos», en modo alguno «creaciones»), aunque por lo general el impulso le venga de fuera, y no como empujoncito, sino más bien como tirón: porque al revés de esa unidad compacta que es el huevo de ave, la invención del escritor se asemeja a una pieza de punto, y no tanto a las que tejen pacientemente las mujeres y algunos hombres (tarea muy recomendable para evitar el suicidio), cuanto a las que se fabrican con máquinas tejedoras, las cuales tienen la virtud de que si se les descubre ese hilo que yo llamaría «maestro» porque no sé el nombre que le dan los profesionales, con tirar de su extremo y no perder la paciencia, ya está también el huevo. Claro que existe una notable diferencia entre el compacto que antes dije, con su forma definida y su materia conocida, y ese montón de hilo en espiral que sale del tironcito mencionado; pero hay que ver lo dispares que son los materiales y en algo precisamente formal habrían de diferenciarse también. Lo que no está muy claro es el modo de formarse, en el interior del escritor, esa pieza: de irse criando, y por mucho que se haya escrito sobre el caso, nadie ha llegado aún a conclusiones impepinables y aceptables por todos. Yo estoy personalmente persuadido de que la cosa no carece de busilis, y por mucho que me esfuerce en razonarla, y hasta en raciocinarla, llega un momento en que tropiezo con la pared impenetrable del misterio: lo cual es irritante, por desproporcionado, ya que sacar a la luz una pieza de punto miserable no debería ser objeto de tantos requilorios; aunque el misterio, ¿dónde está? ¿En la mente que actúa de matriz o en la materia de que se forma la camiseta? ¿En el yin o en el yan? Mi experiencia, que no es que sea excepcional, aunque sí bastante larga, me conduce a pensar que todo está en los materiales, una especie de virtud como aquella que orienta a la punta imantada hacia el norte magnético (o hacia el sur magnético si la sitúan en el otro hemisferio), que obliga a los distintos datos de la experiencia, cualesquiera que sean, a juntarse o a repelerse, según, y si se juntan, a componer una mejor o peor arquitectura; pero si se repelen, a permanecer vagando en la memoria oscura hasta que una nueva y eléctrica moción los atrae o repele nuevamente. Hay quien piensa que semejantes imprescindibles afinidades les vienen a los materiales de su propia naturaleza; pero yo, por bastantes razones, me inclino a creer que no, que en eso está el misterio, y que ahí va la prueba, en las páginas que siguen. Un día se reunieron, en un pedazo alumbrado de la conciencia. Napoleón y lord Jim, Sherlock Holmes y el doctor Watson, el castillo de Macbeth y la impensada Carabina de Ambrosio. ¿Se podría esperar de antemano que de alguna manera concordasen y llegasen a componer una historia? Pues al final salió que sí, que todos ellos hallaron su lugar y su función en un objeto verbal de esa especie narrativa que hace unas cuantas líneas nombré: todos, menos el último, o al menos así lo interpreté cuando, mi montoncito de hilo retorcido delante de mis ojos, no descubría la Carabina de Ambrosio por ningún lado, hasta que, al final, y después de mucho meditarlo y de aplicar al objeto todo cuanto subsistía de mis antiguos saberes analíticos, adquirí la convicción de que la Carabina de Ambrosio era el objeto mismo, el hilo retorcido, la narración. Y fue muy grande mi alegría, pues esa certeza me permitió concluir que en el menester poético nada se pierde ni nada se crea, sino que todo se transforma, y que donde menos se piensa, salta la liebre. Era evidente, pues, que unas cuantas nociones sin relación alguna (al doctor Watson y a Sherlock Holmes los considero como una noción única, como un solo personaje desdoblado), sin el menor esfuerzo por mi parte, lo que vale tanto como decir que por su propia virtud, se habían organizado ellas solitas, hasta formar la camiseta, y cuando estuvo hecha me dieron el aviso de que iniciase el tirón, lo que constituyó la tarea específica de escribirla —esfuerzo meramente físico al alcance de cualquier fortuna intelectual, y que cuanto mayor sea la pobreza de la mente, mejor sale—. No dejó de sorprenderme, una vez examinada, pues mayores disparates se pudieran esperar de tan heterogéneas materias; aunque me haya sentido al mismo tiempo bastante melancólico, pues si en lugar de lord Jim, de Napoleón y de todo lo demás hubieran coincidido en el pedazo de conciencia alumbrada, como quien coincide en la plaza Mayor, una inglesita repipí, el gato de Cheshire y unos reyes de baraja, a lo mejor me hubiera salido *Alicia en el país de las maravillas,* que me gusta bastante más.

Creo que, como explicación necesaria, sólo falta un detalle: si en el principio fue la palabra, en mi caso el principio fue el sintagma, ése que puso Shakespeare en boca del rey Ricardo cuando, en medio de la batalla, se encuentra descabalgado: «¡Mi reino por un caballo!», y no en inglés, sino así, en castellano. Como la fuente (o la estatua del prócer) en medio de la plaza, así se colocó en el medio de mi conciencia lúcida, cargada (la frase shakespeariana) de potencial magnético. Cualquier mente razonable puede aceptar la entrada inmediata de lord Jim en el recinto, aunque no tan fácilmente la de Napoleón, asociable a la idea de Imperio, no a la de Reino. ¿Qué más hubiera querido Napoleón que ser rey por derecho divino? Lo hubiera trocado por todas sus conquistas. Pero, en fin, admitámoslo, por cuanto el reino y el imperio fueron meras designaciones territoriales. Pero ¿y la pareja de detectives? O, mejor, ¿y el detective y su pareja? No hay más remedio que concluir que la fuerza magnética de la materia literaria actúa generalmente, o, al menos, excepcionalmente, contra toda razón. De ahí, el escaso papel, la menguada función que a los dos habitantes de Baker Street les ha cabido. De veras que lo lamento, pero, como vengo insinuando, en la confección de la presente camiseta no tuve arte ni parte.

Convendría, para agotar las precisiones previas, alertar acerca del carácter paródico de la pieza, aunque con una particularidad: toda parodia se refiere a un modelo, que, como tal, rige desde el exterior un proceso genético. En el caso presente, el objeto parodiado no existe, aunque debiera existir sin duda: el por qué los ingleses no llegaron a escribir narraciones (al menos una) que a la presente sirvieran de modelo parodiable, no está debidamente dilucidado y quizá no llegue a estarlo nunca —cuestión, como otras muchas, que la ciencia abandona por imposibles—, pero es el caso que nos hallamos ante una narración paródica a la que falta el modelo (o al menos eso cree quien se entretuvo en tirar del cabo del hilo. Otros más informados que él, acaso lo descubran).

Finalmente, esta novela estaría mejor escrita en lengua inglesa. Pero yo, lamentablemente, lo ignoro todo de ella. Es la única culpa que me cabe.

Amén.

Por lo que a lord Jim respecta, la declaración prestada por Mr. Horn, de profesión policía, se limitaba a relatar el encuentro recíproco, la mañana del día de autos, apenas iniciada por aquél la ronda acostumbrada, apenas salido éste de casa de Mrs. Toynbee, o, mejor dicho, de su caballeriza: que si se habían visto de lejos y se habían sonreído; que si al hallarse más cerca, el uno había dicho: «¡Buenos días!», y el otro había respondido: «¡Verdaderamente buenos, sí, señor, ya lo creo!»; que un par de varas más adelante, uno a la altura del otro, el primero había añadido: «¡Con un poco de suerte, hoy nos lucirá el sol!», y el segundo le había replicado: «¡Y con alguna suerte más nos calentará las costillas!», y ambos se rieran, aunque dentro de los límites del decoro. «¡Pues a mi ronda!», dijera el uno. «¡Y yo a mi pradera!», le respondiera el otro, ni más ni menos que cualquier día, sin otras variantes que las meramente meteorológicas. Y habían vuelto a sonreírse, y nada más. Entonces, el doctor Watson preguntó a Mr. Horn si no había advertido nada extraño en aquel diálogo, si no le parecía que el diálogo en sí era verdaderamente extraordinario. «No. Más o menos, nos encontramos cada día, y, más o menos, nos decimos lo mismo. Con tiempo de ventisca no solemos coincidir.» Al verle quedar callado, sugirió sir Stanley que se le preguntase por su encuentro posterior con Crosby, la doncella de Mrs. Toynbee, e iba a hacerlo el doctor cuando Mr. Horn, sin que se lo preguntase nadie, añadió que, al dar con su bicicleta una vuelta en el camino, que le situaba un poco en alto sobre el nivel de la pradera, pudo ver cómo lord Jim se aproximaba a Rosalinda, que parecía esperarle arrimada a la cerca, y se dijeron algo, y después él, de un salto, salvó el seto, y ambos, es decir lord Jim y Rosalinda, cuchichearon durante un rato, tras de lo cual se pusieron al galope en dirección al castillo, que, sin embargo, queda algo lejos: y Mr. Horn, antes de que desapareciesen de su vista, tuvo ocasión de verlos emparejados saltando vallas y charcas, y de alegrarse por la gracia y seguridad con que lo hacían. «¡No hay duda de que el premio del concurso será este año para uno de los dos!»

Fue entonces cuando Mr. Blake, que estaba sentado frente a él, le rogó que contase también lo sucedido con Crosby, relato del que bien pudiera deducirse alguna conclusión importante. «¡Oh, sí, señor, lo recuerdo perfectamente! —le respondió Mr. Horn—. Iba terminando mi ronda y me acercaba al jardín de Mrs. Toynbee, cuando vi a Crosby venir en dirección contraria, como cosa natural, diríamos que hacia mí, aunque en realidad no hacía más que regresar a su casa, después de diligenciar algún encargo de su señora, y como ella distase de la casa más que yo, cuando nos cruzamos, la casa quedaba a mis espaldas. Entonces ella me dijo: "Buenos días Mrs. Horn. ¿Cómo está la señora Horn?" "Muy bien —le respondí—, mi mujer está perfectamente." "Y ese tunante de Charles, ¿sigue bien, Mr. Horn?", me preguntó; y yo le respondí: "Hecho un tunante, gracias, aunque un poco más tunante.» "¡Ah, qué bien, cuánto me alegro! —dijo ella—, porque Charles tiene una gran figura de tunante", y yo le retruqué: "Sí, evidentemente, el tunante de Charles tiene una gran figura de tunante." "Luego, ¿no cree usted que tenga una figura de muchacho de gran figura?", inquirió, entonces, ella, dando pruebas de que las mujeres empiezan a ser curiosas desde muy temprano; y yo le respondí, dispuesto a que no me sacase una palabra sobre el tema: "Eso es lo que discutimos siempre mi mujer y yo. Ella sostiene que el tunante tiene una gran figura de tunante, y yo que tiene una figura de muchacho de gran figura, pero no logramos ponernos de acuerdo." "¡No irán ustedes a divorciarse por una bagatela como ésta! —dijo entonces Crosby, toda alarmada—, porque sería cosa de llamar la atención de Charles y de hacerle ver los peligros que corren quienes conviven con tunantes de gran figura, sean o no sean muchachos." "Pues tienes mucha razón, querida Crosby —le dije, dispuesto ya a terminar—, pero no te creo la más indicada para llevar a cabo esa comisión, dados los buenos ojos con que miras a Charlie." "¡Ah! —dijo entonces ella— No sé qué me sucede esta mañana, que a todos les resultan sospechosas las buenas intenciones de mis miradas." "¿Sí? ¿Y cómo ha sido?" "Pues que no hace más de una hora, todo lo más hora y media, el *groom* de la duquesa, ese pillastre de Raymond, que es galés para ser bueno, le trajo a mi señora, de parte de la suya, un ramo de rosas que a mí me pareció estupendo y digno de figurar en cualquier salón, aunque no pretenda imponer a nadie mi opinión en cuestiones como ésta; y mi señora que lo recibe y no sabe qué hacer con él, porque el ramo de rosas no le encaja en ningún sitio, dice; y que me llama y me consulta, como si yo fuera un oráculo de esos de las revistas; de manera que acudo a su llamada y le digo, desde la puerta, que estoy allí, y ella, razonablemente temblorosa como es la obligación de una viuda que sepa lo que se juega cuando le envían rosas, me espeta: '¿Qué sucede? ¡No me lo digas! ¡No me importa en absoluto! ¡Pobre de mí, estas flores! Son las de lady Adelina y no sé dónde ponerlas. ¿Puedes aconsejarme, Crosby?', termina, entre implorante y sollozante, con el ramo en la mano y la mirada ida. Entonces, yo me atrevo a responderle: 'Si la señora me lo permite, son muy bonitas para mi ventana.' '¡Para tu ventana! —casi me grita—. ¿No comprendes que son de lady Adelina, y que cuando lady Adelina llegue le gustará contemplarlas en un lugar distinguido?' 'Lo comprendo, señora', le respondo. Ella, entonces, se me va acercando como una gata a su presa, y me confiesa dulcemente, pero hablando para sí, ¿entiende?, como si yo no estuviera delante: '¡Hoy tengo especial interés en causarle buena impresión!' ¡Como si a mí me importasen los sentimientos particulares de una viuda de la clase burguesa acomodada hacia un miembro más o menos decaído de la antigua aristocracia! De manera que me limito a decirle: 'Sí, señora.' '¿Me sugieres algo?', vuelve a suplicar, ahora con las flores entre las manos, y tendidas hacia mí, como si me las ofreciese. 'No, señora', murmuro implacable, con la intención de crear entre ella y yo una muralla de orgullo e indiferencia; pero ella, o no se da cuenta de mi intención, o lo finge, porque vuelve a implorarme, con las rosas casi debajo ya de mi barbilla: '¡Por piedad! ¡Necesito colocar en su sitio las flores y causar buena impresión a la duquesa!' Reconozco que aquí no estuve prudente, que me pasé en mi papel, pero quisiera yo ver a otra en mi lugar; de modo que le dije: 'Si la señora me lo permite, me gustaría gritar en medio de la calle que milady es una vieja insoportable y que no me explico cómo nadie quiere causarle buena impresión, ea. ¡Por no aguantarla, hasta los fantasmas escapan de su castillo!' Se quedó como atontada, y yo no sé si me miraba o miraba al cielorraso. 'Pero no irás, a decirlo, ¿verdad?' '¡Por respeto a la señora, sólo por respeto a la señora!' Pareció respirar. Se me acercó. 'Crosby —me susurró, aunque silabeando—, reconocerás, sin embargo, que lord Edward es adorable.' Y aquí cometí el otro error, el que lo echó todo a perder, el que me apeó del pedestal de soberbia al que ya me había encaramado; porque, ¿qué necesidad tenía yo de suspirar profundamente? Y, sin embargo, lo hice, lo hice así, ¿me comprende, Mr. Horn?, con uno de esos suspiros que le salen a una de más abajo de la cintura. Y añadí inmediatamente: '¡Adorable!' Entonces, Mrs. Toynbee se recobró, volvió a ser la señora impertinente y mandona, aunque, eso sí, sin perder la crianza: '¿Lo sabes por experiencia?', me preguntó, y yo, lanzada ya, le respondí: 'Sólo de verle pasar, cuando viene, y de verle pasar, cuando va. Y las veces que le he servido el té.' Pareció tranquilizarse, la muy... ¡iba a decir bruja, y no quiero, por si es injusto! '¡Ah —continuó—, eso es otra cosa!' Pero había comprendido ya mis extralimitaciones anteriores, y consideré prudente responderle: 'Sí, señora!' 'Es siempre muy peligroso que una sirvienta encuentre adorable a un lord, sobre todo si la sirvienta es guapa y él un poco maduro. El mundo anda revuelto por cosas como ésa.' ¿No se asombra, Mr. Horn? ¡Por cosas como ésa! ¡Mi señora no se ha enterado todavía de que en la Gran Bretaña gobernamos los laboristas y de que las clases sociales están llamadas a desaparecer en un plazo, digamos, de tres o cuatro siglos!"» Y fue aquí cuando Mr. Horn dejó de lado el relato para hablar por su cuenta; o, mejor dicho, dejó de referir el monólogo de Crosby para contar lo que él le había respondido, unas palabras carentes del menor relieve y sin relación alguna con los hechos, salvo cuando aclaró que Crosby, sin que se lo preguntase y en el mismo momento en que se separaban, había concluido: «Pues no le dije que vengo de avisar a Mr. Bloom, porque mi señora quiere consultar con él el sitio en el que debe poner las rosas.»

Sir Stanley movió, entonces, la cabeza hacia la izquierda, primero, y después hacia la derecha; y Mr. Blake, por su parte, preguntó a Mr. Horn si tenía algo más que declarar, y el policía le respondió que no, salvo lo oído en las últimas horas relacionado con Napoleón y con lord Jim; pero de oídas, insistió, sólo de oídas, como tantísima gente, como todos los del pueblo. «Pues le agradezco mucho su colaboración —le dijo Mr. Blake—, y le ruego que regrese cuanto antes, se mantenga ojo avizor, y lleve buena nota de lo que pase, siempre dispuesto a ayudarme si necesario fuera. Le conducirá el helicóptero que le trajo.» Tras lo cual, Mr. Horn saludó y se marchó. El doctor Watson había aprovechado aquella pausa para encender un cigarrillo, para el que sir Stanley le dio lumbre; Mr. Holmes, irreconocible tras su disfraz de Phileas Fogg, se mantenía en silencio, y sólo de vez en cuando arrancaba al violín dos o tres notas caprichosas, lo cual bastaba para que sir Stanley o Mr. Blake, y a veces ambos, le detuvieran el brazo y le recordaran su promesa de no volver a tocar durante aquella mañana, o, al menos, en su presencia, lo cual sumió a Mr. Holmes en un mutismo enfurruñado que arrancó al doctor Watson una sonrisa. «¡El pobre...!», murmuró; y se dispuso a presenciar el interrogatorio de Mr. Cammember, M. P., que acababa de ser introducido en el gabinete y presentado cortésmente por sir Stanley. Mr. Cammember era un hombre alto y vestido como cualquier *gentleman,* la cara un poco caballuna, las manos grandes. Llevaba en una de ellas el sombrero hongo y los guantes, así como el paraguas, y lo dejó todo encima de una silla para saludar, libre ya de su embarazo, pero que recobró inmediatamente después. El doctor Watson tomaba algunas notas en el cuadernito de tapas relucientes, y miraba de reojo y con cierta inquietud a Holmes, quien parecía repentinamente inmerso en un proceso místico. «Quizá acabe por hacer algunas revelaciones, pero no sería oportuno aquí y en estas circunstancias», explicó. «Hay una habitación vacía, aunque bastante incómoda, tras esa puerta», le indicó Mr. Blake, y el doctor Watson meneó la cabeza antes de responderle. «No, no, dejémosle ahí, y yo procuraré contenerlo. En caso de emergencia, ya veríamos...» A lo cual asintió Mr. Blake. Entonces, sir Stanley rogó al miembro del Parlamento que contase cuanto sabía de lo ocurrido en casa de la viuda Toynbee el día anterior. «¿Lo de la mañana, o lo de la tarde?», preguntó un poco inquieto, Mr. Cammember. «¡Oh, lo de la mañana y lo de la tarde, por supuesto! ¡Primero lo de la mañana y después lo de la tarde! Salvo si cree usted que haciéndolo al revés quedará todo más claro.» Mr. Cammember encendió un cigarrillo.

«Pues sucedió que a las diez y treinta y cinco vino a mi estudio Crosby, la doncella de la señora Toynbee, con el recado de si podría asistir a una reunión imprevista a las once en punto de la mañana, o sea, veinticinco minutos más tarde, a la que me convenía no faltar. Le pregunté a la doncella si la invitación a tomar el té aquella tarde, y de asistir a cierta operación de las llamadas metapsíquicas programada para la continuación se había sustituido por la reunión matutina, y ella me respondió que no, que no sólo no la sustituía, sino que en cierto modo la completaba, puesto que iba a celebrarse un a modo de ensayo general, para lo cual había pasado ya por los domicilios del reverendo Palham del Contentin, el capellán de la duquesa, y de Mr. Weeson, y que al salir de mi casa iría corriendo a la de miss Agathy Christie, mi prometida, y a la de Mrs. Smith, la directora de la biblioteca. Yo le dije que bueno, que me daría prisa para llegar en punto, y que no la retenía más con el fin de que llevase a tiempo los mensajes que faltaban, pero ella, el pomo de la puerta todavía en la mano, se entretuvo unos minutos más, lo que duró un monólogo incoherente en el que mezclaba a Mr. Bloom, a la duquesa, a lord Jim, a lord Edward y al Imperio británico.» Aquí, el doctor Watson, que no había dejado de tomar notas, le interrumpió: «¿Querría usted explicarnos quién es y cómo es ese tal Mr. Bloom?», dijo, disculpándose con una sonrisa. «¡Oh, sí, por supuesto, con mucho gusto! —le respondió Mr. Cammember—. Mr. Bloom es una especie de parásito intelectual de la duquesa, y podríamos definirlo como un superviviente del estilo de su homónimo y maestro Wilde, aunque ligeramente evolucionado y sin muestras, al menos públicas, de gran perversidad moral. A veces es pintor, a veces escribe versos, a veces dirige la restauración del castillo, que, como saben ustedes, es el auténtico de lady Macbeth, donde aquella mujer mató y murió, y ya se lo quisieron llevar los americanos con el pretexto de su estado ruinoso. ¡Qué más quisieran ellos! He oído decir que lo está repoblando de fantasmas, pero acaso sea una calumnia.» «Suficiente —dijo el doctor Watson—. Puede usted continuar su interesante relato.» Mr. Cammember le dio las gracias. «Pues a las once menos cinco en punto cogí la bicicleta y me dirigí al *cottage* de Mrs. Toynbee. Se había levantado un poquito de viento y de vez en cuando caía una gota de agua. Coincidimos, a la puerta de la casa, miss Christie, Mr. Weeson y yo. Nos demoramos cosa de un minuto, no más, en los saludos, y como se escucharan dentro las voces de la señora Smith y del reverendo Palham, decidimos entrar. Crosby nos condujo hasta el salón, donde ya estaba Mr. Bloom, instalado en el centro mismo del espacio, justo debajo de la lámpara, como los actores malos. Mrs. Toynbee nos presentó y añadió: "¡Ya estamos todos!" Debo advertir que, con la invitación de Mrs. Toynbee, cursada y recibida con tiempo suficiente, nos habían llegado unas discretas instrucciones acerca de cómo deberíamos ir vestidos, y toda vez que se nos convocaba para una especie de ensayo general, cada cual se había puesto las ropas indicadas, que, según pude advertir, Mrs. Toynbee inspeccionó. "Como saben —nos dijo cuando ya todos habíamos sido presentados—, Mr. Bloom es el pintor de cámara de la duquesa, de manera que sigan sus indicaciones sin discutirlas. Mr. Bloom es un genio especializado en varias cosas admirables, entre ellas la composición." Creo que todos abrimos la boca, pues, por lo general, la gente se especializa en una cosa sola y los genios en ninguna, pero no nos dio tiempo a que durase la sorpresa, al menos por aquella causa, ya que Bloom nos dirigía la palabra desde el lugar central en que se había instalado, y con amplios ademanes de orador latino. "Formaré con ustedes —nos decía—, algo intermedio entre una naturaleza muerta a la francesa y un cuadro familiar a la inglesa, algo entre Hoggart y Bracque. ¡Lástima que sea una composición efímera! Aunque si bien se considera, la más durable de las pinturas, ante la inmensidad del tiempo, es poco más durable que un suspiro. De manera que vamos a ensayar." Se dirigió a mi novia, que era, de todos, la más cercana a él. Debo decirles que miss Christie es una adorable criatura que aún no ha alcanzado los treinta años; que su figura es delgada y muy esbelta; que sus facciones son correctas y muy inglesas, y que su cabello es como una delicada mezcla de oro y ceniza: lo que se dice una estampa prerrafaelista. Pues Mr. Bloom se dirigió a ella sin grandes miramientos. "¡Por favor, señorita...!" "Miss Agatha Christie", le aclaró ella. "Miss Christie... No suena mal, aunque lo encuentro un poco repetido. ¿Cómo llama usted a su traje?" "Sueño de amor en malva y rosa." Mr. Bloom retrocedió unos pasos para mejorar la perspectiva. "Acerca de los sueños amorosos todos tenemos ideas propias, o, por lo menos, imágenes; pero del malva y el rosa la suya está completamente equivocada. A ver. Siéntese ahí, en una silla. ¡No cruce las piernas! Alce la cabeza. La mano sobre el pecho. Sonría. ¡Ajajá! No se mueva. ¡Delicadísimo!" Y sin más explicaciones se dirigió al doctor Palham, y cometió la grosería de apuntarle con un dedo: "A ver usted, reverendo...»" "Palham del Contentin." Y aquí Mrs. Toynbee acudió en socorro del eclesiástico, que parecía algo embarazado, como si en vez de un dedo fuese una ametralladora: "Es el capellán de su excelencia la duquesa." ¿Qué le importaba eso a Mr. Bloom? Se colocó unas gafas, contempló al clérigo... "Supongo —dijo— que a su traje lo podremos catalogar como 'de cuervo en uniforme de pase'." El reverendo retrocedió, algo asustado. "Es el hábito talar, señor, el que usamos todos los miembros de la Iglesia Escocesa Reformada." Mr. Bloom hizo un movimiento con la mano... ¿qué querría significar con aquel movimiento? ¿Asco, quizá, o repugnancia? El pobre reverendo no hacía más que retroceder, y hasta creo recordar que echó unas miradas a la puerta. Pero la voz enérgica y al mismo tiempo acariciante de Mr. Bloom le detuvo. "Han perdido el gusto hace un montón de siglos. ¿No quiere reconocerlo? Antes, vestían de rojo, de púrpura, de blanco, ropones de grandes pliegues que caían como si fueran de piedra y viento; llevaban capas de armiño, sedas y oros, y elegantes sombreros con borlones. ¿Y los guantes carmesíes? ¿Y las medias? ¡Ah, mi querido reverendo, no puede imaginar lo que han perdido! Sin embargo, no pienso desaprovecharlo. Haré de usted un punto de partida neutro de una serie graduada de contrastes. ¡Siéntese ahí! La mirada en el infinito como quien busca a Dios." El reverendo le había obedecido, se había sentado, y miraba al fuego de la chimenea. Mr. Bloom le increpó: "Pero, hombre, ¿dónde busca el infinito?" El reverendo Palham alzó la vista, le miró... "Partimos de supuestos distintos, mi querido señor. Usted, que sin duda no cree en Dios, tiene sin embargo mentalidad católica; pero yo, que soy protestante y le puedo recitar la Biblia de memoria, acudo a ella en estos casos, y ella me enseña que la llama es también un símbolo de la Divinidad. Jehová se le apareció a Moisés bajo la forma de una llama que salía de una zarza sin quemarla. Pues bien: yo, al contemplar el fuego, veo en él al Señor." Y se quedó como desafiándole con la barbilla demasiado levantada, aunque cortés. Mr. Bloom parecía perplejo. "Sin embargo —respondió pasados unos instantes en que todos creíamos que se declararía vencido—, sin embargo, el fuego de la chimenea no es infinito. En todo caso mire hacia el espejo. El misterio de los espejos no está debidamente dilucidado, a pesar de las modernas matemáticas, y... ¿quién sabe?" Pareció perderse en su propia interrogación, o quizá en su propio ensueño incalculable, al tiempo que se desentendía del reverendo. De pronto, se me encaró. "A ver usted, caballero..." "Mr. Cammember —le respondí—, miembro del Parlamento", y le hice una breve reverencia. Él seguía mirándome, aunque diese la impresión de que pensaba en otra cosa. De pronto, y como para sí, murmuró: "Tiene nombre de queso, y eso es grave, aunque es de esperar que la duquesa, que es una atolondrada, no se entere en el primer momento. Y pasado éste, de lo que venga después no soy el responsable." Levantó un poco la cabeza y señaló un mueble no sé si con la nariz o con la barbilla. "Usted, ahí, Mr. Cammember, junto a la consola, en actitud muy lánguida. Ese color de traje y ese armatoste de caoba exigen una actitud estudiada, un

174

sí es no es impertinente, a lo Chateaubriand." Les confieso que me alarmé, y llegué a temer que me obligase a ponerme un frac de mis tatarabuelos, pero Mr. Bloom se limitó a colocarme en una postura algo forzada, sin otra compensación que la orden de que mirase con amor a mi propia prometida, que me quedaba muy cerca, aunque con la limitación de que a ella le recomendó que afectase indiferencia, lo que levantó suaves, pero insistentes protestas de su parte.» «¿De la parte de Mr. Bloom?», le interrumpió el doctor Watson. «No. De la parte de mi novia.» «¡Ah, comprendo!», y el doctor Watson siguió añadiendo anotaciones a las que ya figuraban en su cuaderno; pero cuando el miembro del Parlamento se disponía a continuar declarando, sir Stanley alargó la mano y con una sonrisa quizá un punto demasiado cortés, y por ello completamente fuera de la realidad, sugirió a Mr. Cammember que, puesto que en el relato no había llegado aún al clímax, y puesto que entre los trámites que faltaban posiblemente alguno se caracterizase por su trivialidad, más o menos como una pequeña parte de los anteriores, le sugería una sustitución del estilo directo por el indirecto, e incluso por el indirecto libre si le parecía más idóneo, si bien no lo dijo con estas palabras profesionales, sino con otras menos técnicas que tuvieron, sin embargo, la virtud de persuadir al declarante, que en lo sucesivo ahorró textualidades y utilizó todas las síntesis posibles. Quiérese decir con esto que se limitó a señalar los lugares en que Mr. Bloom había colocado a Mrs. Smith y a Mr. Weeson, aunque se demoró algo más de lo necesario cuando llegó el momento en que el parásito de la duquesa comprendió aparatosamente la necesidad de un detalle impensado y probablemente incalculable que compensase con una nota de color violento el negro charolado de la casi túnica de la señora Smith, que era de *crèpe satin* o de algo parecido, y después de algunas dudas, un instante de aparente desesperación, y la aparatosa repulsa de un chal verde que le ofrecía la dueña de la casa, arrancó sin que nadie lo esperase, sin que nadie pudiera evitarlo, un visillo de los de las ventanas, y envolvió en él el torso de la bibliotecaria local. Tras de lo que se proclamó sencillamente un genio con palabras cargadas de admiración hacia sí mismo, y acaso de entusiasmo, pero volvió inmediatamente sobre ellas, rectificó su anterior opinión sobre la jerarquía intelectual de su persona, y declaró que le faltaba algo, no sabía qué, para que la composición sorprendiese por su originalidad y llegase a ser considerada como el punto de partida, si no el germen, de un concepto revolucionario de la plástica. Quedaron todos profundamente apenados al ver aquellos abismos de humildad en que se había sumido Mr. Bloom, cuando, de pronto, asistieron al milagro de la revelación resucitante, al momento indescriptible de la intuición inesperada del que podría derivarse la apetecida perfección de aquel conjunto y el autoconvencimiento de que su autor permanecía por derecho propio en los ámbitos de la genialidad: porque dijo, levantando los brazos y tapándose con ellos los ojos ofuscados por la luz divina: «¡Un caballito *beige* con flores estampadas! ¿No tiene usted en sus cuadras nada que se le parezca?», preguntó a la señora Toynbee; y ésta le respondió, un poco amedrentada, pero también deslumbrada y poseída de la esperanza, que tenía un percherón canela con manchas blancas en la grupa. «Con un caballo así ni yo mismo soy capaz de hacer nada importante. Además no me gustan los modales de los caballos percherones», e hizo el último ademán de desaliento. Mrs. Toynbee, agarrándose al imaginario salvavidas que flotaba en un piélago no menos imaginario, apenas musitó: «Me queda mi caballo de carreras...» y esto pareció levantar el derrumbado ánimo de Mr. Bloom, en cuyos ojos volvió a resplandecer la luz divina. «¿*Lord Jim?* ¿Se refiere usted a *Lord Jim,* aquel que tan valerosamente se portó el año pasado, a pesar de ser tan joven?» «¡Tercer puesto por medio cuerpo!» «¡Ordene que lo traigan!» Aquí, otra vez interrumpió el doctor Watson, aunque pidiendo, como siempre, perdón con la mirada. «¿Debo entender que el lord Jim a que se refirió en su declaración el encantador Mr. Horn, y éste que usted acaba de mencionar, ese caballo de carreras, ¿son una misma cosa?» «Sí, señor, aunque no una y la misma cosa, sino la misma persona.» «¿Y no encuentra usted nada raro en el relato de Mr. Horn...? Claro que usted no tuvo ocasión de escucharlo, pero vino a decir, en síntesis, que la mañana de autos, cuando hacía su ronda, se encontró a *Lord Jim* en el camino y hablaron del tiempo.» Mr. Cammember contempló con estupor al detective. «Yo mismo he hablado alguna vez del tiempo con *Lord Jim,* señor. En Forres todos los ciudadanos, cuando nos encontramos por la mañana, hablamos del tiempo, que es lo correcto entre gentes de buenas costumbres.» El doctor Watson sonrió mucho más ostensiblemente que de costumbre. «No dudo que lo sean ustedes, incluso ejemplares, pero tengo interés en preguntarle si consideran a los caballos como ciudadanos.» «A su modo, ¿por qué no? En cualquier caso, las diferencias más visibles no autorizan a negarles la palabra, como no se la negamos a los latinos, a los pakistaníes y a los negros, si son bien educados.» «Yo me refería más bien —aclaró por fin el detective— a ese hábito de hablar que parece natural o quizá consustancial con la naturaleza de *Lord Jim*.» «No sólo de él, señor, sino también de los demás caballos del condado. En la circunscripción de Forres, todos los caballos hablan, quizás unos más que otros, ésa es la única diferencia.» «¿Y no lo encuentra raro?», insistió el detective, que había vuelto a tomar notas, mientras Holmes, silenciosamente, se aplicaba una inyección de morfina y caía en un sospechoso trance. «No. Será porque estoy acostumbrado a escucharlos desde que era niño.» Un ademán de Mr. Blake indicó que se preparaba a echar un capote dialéctico al miembro del Parlamento: «Estoy por asegurar —dijo— que el doctor Watson no está al tanto de algunas circunstancias relativas a los nobles brutos en particular, pero yo, que tengo cierta experiencia al respecto, puedo decirles que entre mis últimas investigaciones genéticas se cuenta el cruce de un asno persa con una mariposa azul, del que he logrado obtener libélulas cuadrúpedas, de un colorido muy atractivo, que pronto lanzaremos a la publicidad.» Reforzado por las palabras del jefe de todas las policías, y por la sonrisa de asentimiento del ministro-adjunto, Mr. Cammember miró al doctor Watson como diciéndole: «Ya ve usted», y el doctor Watson le hizo una señal con la mano que parecía decir: «Continúe», cosa que hizo Mr. Cammember insistiendo en el estilo indirecto, al menos hasta narrar la llegada de *Lord Jim,* que se demoró algunos minutos a causa de la cortés trifulca organizada entre los presentes nada más proferida la orden de que el caballo compareciese en el salón, pues, como insistía en declarar el reverendo Palham, que parecía el más afectado, un caballo en visita no era cosa frecuente, a lo que Mr. Bloom le había respondido con la pregunta de si él, Mr. Bloom, era frecuente, y de si lo eran lady Adelina, Napoleón y el castillo de Forres, para rematar con la afirmación de que si el reverendo Palham quedaba satisfecho con las meras emociones triviales, que se diese una vuelta por el campo o que escuchase la *Sexta sinfonía de Beethoven.* Mr. Weeson trató de atacar la respuesta del maestro de estética con el aserto, bastante enérgico, de que si bien todos los presentes sabían cómo tratar a un caballo de carreras en la campiña, en los establos o en el turf, nadie sabía cómo portarse con él en el salón de una dama. La respuesta de Mr. Bloom fue la de que bastaría con que lo supiese lady Adelina, que era a quien se intentaba satisfacer con aquella sorpresa. El reverendo Palham, terco, aunque suave, buscó otro lugar de ataque, y advirtió que no existían precedentes, lo cual reforzó el propio Mr. Cammember al recordar que Inglaterra era un país tradicional, y que los mismos laboristas, entre los que tenía el orgullo de contarse, procuraban modernizarlo sin que por eso dejase de estar anticuado. La respuesta de Mr. Bloom fue contundente: Inglaterra, a pesar de los laboristas, era un país equilibrado, y si el reverendo Palham y Mr. Cammember representaban lo habitual, a *Lord Jim* le cabía la función de lo inesperado, lo cual equivalía a compensar a Picasso con Gainsborough. «¡Picasso no es un inglés!», gritaron, a un tiempo, los tres varones presentes. «¡Tampoco lo es el oporto!», fue la respuesta de Bloom, y era tan evidente la verdad proferida, resplandecía de tal manera casi ruidosa, que los otros se callaron, inclinaron las cabezas y asintieron. A todo esto, llegaba *Lord Jim*, lo traía por el cuello Mrs. Toynbee, llamada en la intimidad Sybila. Mr. Bloom se le quedó mirando, probablemente enternecido. «¡Estupendo!», exclamó, y se puso a acariciarlo y hasta buscó en el fondo de sus bolsillos un terrón de azúcar, que le introdujo al caballo entre los dientes. Los demás habían vuelto a sus sitios y a las posturas indicadas: el reverendo Palham con verdadera repugnancia, a pesar de que, a su entrada, *Lord Jim* había saludado cortésmente a la voz y al cañón, como en los barcos de guerra. Mr. Bloom, no se sabe si envanecido o desvanecido, pero, en cualquier caso, entusiasmado, buscaba un lugar idóneo para situar al caballo, y se expresaba en un monólogo entrecortado compuesto de afirmaciones y rectificaciones: «*Lord Jim,* querido amigo, ¿quieres colocarte encima de esa consola?... ¡Ah, lo comprendo, te viene un poco escasa!... ¿Y encima de ese velador? ¡Demasiado frágil para tu robustez! Supongamos que sentado en una silla, frente a la puerta de entrada... Pero aparte de que no sé si Mrs. Toynbee posee una silla suficientemente recia, eso te colocaría entre miss Christie y miss Smith, lo que valdría tanto como romper innecesariamente una armonía que me ha costado mucho trabajo lograr. Además ese tipo de contraste está muy visto... ¡El sillón de orejas! ¿Quieres sentarte en el sillón de orejas?, pero situado aquí y no ahí... Es una prueba nada más... ¡Estupendo! Estupendo principio o remate de una emoción, siempre que al otro extremo situemos un principio o un remate equivalente o complementario... Unas flores, un hermoso ramo de flores amarillas... Creo haber visto esta mañana un ramo de rosas amarillas, pero no recuerdo dónde... ¿Lo recuerda usted, Mrs. Toynbee?» Sybila le respondió rápidamente: «¡Claro que lo recuerdo! Lo tenía en las manos cuando usted llegó. No sabía dónde colocarlas. Usted me dijo que las tirase al rincón más oscuro de la casa.» «¿Y lo hizo? —le preguntó Mr. Bloom tartamudeante—. ¿Ha menospreciado usted el presente de la duquesa? ¡No puedo imaginar qué pasará esta tarde si lady Adelina no encuentra aquí sus flores! Búsquelas, búsquelas en seguida.» Pero Sybila ya se había acercado a un rincón y recogido el manojo de rosas. Preguntó si hacía falta un florero, y Mr. Bloom respondió que sí, y, cuando lo tuvo en las manos, colocó en él las flores y lo depositó encima del velador, justo al lado del reverendo Palham del Contentin, donde empezaba la cadena. Mr. Bloom se aproximó a la puerta y ocupó el lugar ideal de lady Adelina a su llegada, aquella tarde, a la hora del té. «¡Estupendo! Si lady Adelina dirige la mirada de izquierda a derecha, como si mira de derecha a izquierda, la emoción ascenderá graduada, de lo dulce a lo brusco, o descenderá, igualmente graduada de lo violento a lo suave. En cualquier caso, perfecto.»

Había terminado la primera parte de la declaración, o, al menos, así lo dio a entender el diputado Mr. Cammember con un ademán resolutorio que desencadenó en los presentes varias series de menudos actos, una al menos por cabeza, consistentes en limpiarse suavemente las narices, encender un cigarrillo, pulsar un timbre, o prestar atención a ciertos sonidos guturales, aunque no articulados, que empezaba a emitir Mr. Holmes, acompañándolos de manoteo y del vehemente deseo de levantarse, a lo que acudió en seguida el doctor Watson, quien, hablándole al oído, consiguió sosegarle. Se abrió una puertecilla y entró una secretaria, respuesta, seguramente, al supradicho timbrazo, y, tras acercarse a Mr. Blake, le dijo discretamente, aunque de modo que todos pudieran escucharla, que faltaban pocos minutos para que comenzase el noticiario de las horas, y que probablemente el que correspondía a aquella de la mañana podría traer informaciones de interés, tras lo cual, a una indicación del jefe, encendió el televisor portátil y lo situó de manera que todos los presentes pudieran ver las imágenes, no sólo escuchar las voces. Fue un momento inesperadamente difícil, aunque importante, porque Mr. Holmes, al contemplarlo, al ver y escuchar a una estrella de cine americana que anunciaba una pasta para los dientes, para lo cual mostraba los suyos, empezó a decir que no, que no, y a blandir el bastón, como si sus intenciones fueran las de romper en

mil pedazos la pequeña pantalla, y su exasperación alcanzó
de repente o más bien en tiempo escaso un punto tal de lucidez que hablò con cierta coherencia y llegó a decir con toda
claridad, con el más acendrado acento oxoniense, que aquel
objeto le sacaba de quicio y que, sobre todo, no le permitía
meditar, de donde dedujo el doctor Watson, y así lo dijo en
voz baja a su vecino sir Stanley, que acaso el camino de la
curación de Mr. Holmes no radicase tanto en rebajarle la cifra
del colesterol en la sangre como en exasperarlo sistemáticamente con la televisión a ver si alguno de los momentos de lucidez
así logrados se prolongaba lo suficiente hasta conseguir un estado normal constante; pero esta idea, más bien terapéutica
y, desde luego, concerniente sólo a las necesidades privadas
del antiguo detective, se interrumpió y fue muy pronto olvidada al desaparecer de la pantalla la figura rubia y despam-
panante, aunque bastante sofisticada, de la estrella de cine, y
ser sustituida por la menos inquietante, pero más sólida, del
locutor de la BBC, quien, a lo largo de una exposición de diez
minutos, vino a decir lo que bien pudiera resumirse en muy
pocas y breves proposiciones: que Napoleón había sido visto
aquella misma mañana, en compañía de *Lord Jim,* de paseo
por las praderas de Forres, por la parte que se acerca a las
canchas de tenis; que de la duquesa de Forres y de su segundón lord. Edward, desaparecidos en el minuto H de la tarde
anterior, se seguía sin noticias, y que por mucha que hubiera
sido la prudencia de los *mass media* ingleses al ocultar la noticia, ésta había trascendido, se había propagado a todo el
mundo, y llegaban referencias de las emisiones especiales que
en la mayor parte de los países se le estaban dedicando. Y lo
curioso era que, aparte cierta unanimidad de base, las diver-
gencias de los tonos y de los textos llegaban a causar extrañeza. Así, por ejemplo, Radio París había transmitido una entrevista de urgencia con el señor Jean-Paul Sartre, quien, a la
pregunta de que qué le parecía eso de que un caballo inglés
hablase a la perfección el lenguaje de Shakespeare, había respondido que bueno, que allá él, y que como todo el mundo
sabía, uno de los síntomas de la lucha de clases en Inglaterra
era la diversidad y aun la contraposición de acentos; y como
el entrevistador insistiera en el hecho concreto de que un caballo hablase (con independencia de su nacionalidad y de su
lengua), monsieur Sartre le había respondido que todo hacía
pensar en una extensión al mundo equino de los predicados
aplicables al humano, y que quizá se viese obligado a terminar
su próximo mamotreto con la afirmación complementaria de

que también el caballo era una pasión inútil. En otra emisora de la misma ciudad, sin embargo, se concedía más importancia a la presencia de Napoleón, con la que nadie contaba y a la que jamás se había tenido en cuenta en las leyes de la República y en los términos de sus protocolos, y que *monsieur le Président* había convocado al gobierno para acordar la conducta oportuna. En Nueva York, los comentarios, aunque variados, coincidían en dos o tres puntos esenciales, como eran, ante todo, el tomar la noticia a broma, y, después, interpretarla como un rasgo de humor de los ingleses en que se disimulaba la oculta, aunque siempre viva, es decir, latente, pretensión europea de recobrar la dirección del mundo. Un conocido profesor del MIT había tomado a su cargo el estudio semiológico, e incluso semiótico, de la noticia, y aunque el resultado fuese más bien un análisis de urgencia, despachado con varios ostentosos lugares comunes, expresados, eso sí, en la jerga más preciosista, no dudaba en afirmar que tanto *Lord Jim* como Napoleón constituían dos símbolos de algo que todavía no estaba bien dilucidado, pero que, desde luego, sería un disparate tomarlo al pie de la letra y creer que el verdadero *Lord Jim* hablaba y que el verdadero Napoleón se paseaba por las praderas de Forres, después de haber pasado la noche (honestamente, se supone) en casa de la viuda de Toynbee. Por lo que a Moscú respecta, convenía tener en cuenta el claro escalonamiento y la creciente complejidad con que se había dado la noticia: primero (emisión de madrugada), de la manera más escueta y sin comentarios; luego (emisión de las diez de la mañana), ampliada en sus términos y con una coda jocosa relativa a la menguada originalidad de los occidentales, que, incapaces ya de creación, echaban mano de sus viejos mitos para apartar las mentes ciudadanas de la contemplación, cada día más inevitable, de las contradicciones que la sociedad capitalista incluía, y soportaba, a trancas y barrancas, en su seno; pero, en la emisión de las once, el tono había cambiado, el texto que se leyó barajaba varios nombres heroicos y al mismo tiempo literarios, y acababa recomendando a los oyentes una nueva lectura de *Guerra y paz*: a Napoleón lo habían citado un par de veces y siempre como vencido por el valor y la estrategia rusas, lo cual por otra parte —comentaba el locutor de BBC— no deja de ser cierto. Los japoneses se habían referido al caso como si se tratara de un acontecimiento llevado a cabo en el planeta Marte por los nativos de aquellos andurriales: tales y tan minuciosas eran las precisiones con que lo habían ornamentado, y tal el tono de lejanía que se les dio. En cuanto a la China continental, había permanecido en silencio, de donde deducía el locutor que, al menos en sus comienzos, los efectos de la situación creada por los sucesos de la aldea de Forres, en Escocia, no iban más allá de los límites espirituales de Occidente. «Evidentemente —había concluido el locutor—, Napoleón no es un mito universal.»

Iba por estas palabras cuando sonaron a un tiempo los timbres de dos teléfonos. Sir Stanley cogió uno, escuchó, y dijo: «Sí, sí, voy en seguida», y, tras haber colgado, aclaró que se le requería urgentemente en el 10 de Downing St. Por su parte, Mr. Blake había acudido a la otra llamada, había escuchado y había respondido: «No, no, por supuesto: no me moveré en toda la mañana»; y, después de colgar se dirigió a los presentes y les dijo: «Tomaremos el *lunch* aquí: el restaurante de Scotland Yard sirve un rosbif excelente y un aromático café de Puerto Rico, cuyos efectos podemos reforzar, si les parece, con un buen brandy. Después, escucharemos a Mr. Cammember la última parte de su declaración.»

> Esta narración es un sistema de causas y de efectos. Hasta aquí, se han ofrecido al lector algunos de los segundos: pues no estaría de más que se le informase también de las primeras, aunque con parsimonia y cierta elemental cautela.

En un principio fueron Adán y Eva, nuestros primeros padres, ¡alabado sea Dios!: causa remota, esta pareja, de todas nuestras desdichas, aunque también de las venturas, y, por supuesto, de la inquietud que a aquella hora trastornaba a las cancillerías más o menos implicadas, por cuestiones de antaño, en la historia de Napoleón, que ahora surgía del pasado como un bicho prehistórico enterrado en el desierto que levantara la cabeza y dijera: «Estoy aquí.» La cadena entre nuestros primeros padres y la señora Toynbee, si larga, era completa, y en alguno de sus tramos, fascinante, aunque con el inconveniente de que determinadas series de eslabones y algunos de sus sistemas laterales nos son prácticamente desconocidos, y no parece que los últimos estudios de paleontología vayan a autorizar siquiera el menudeo de una enumeración genealógica. Tampoco lo que se sabe del Neolítico, no ya en general, sino en lo respectivo a los escasos yacimientos escoceses, aclara en gran medida la cuestión, ya que todo lo que podemos saber son generalidades sociológicas, cuando lo que se requiere son particularidades biográficas. Por otra parte, y a modo de compensación, son tan amplios y detallados los informes que poseemos acerca de los períodos históricos, y son tantas las personas que figuran en ellos con nombre propio y por derecho, que ponernos a averiguar la prosapia de Mrs. Toynbee sería como buscar una aguja en un pajar. De modo que lo más cómodo y, sobre todo, lo metodológicamente pertinente y oportuno sería retrotraerse en el tiempo tan sólo unos pocos días, hasta la tarde soleada, aunque fría, en que Sybila Toynbee montó en su carretela, y llevando a *Lord Jim* al trote, no detrás, sino a su lado, concurrió al festejo que, con motivo de la presentación de los caballos, la sociedad local de carreras ofrecía a sus socios. El campo en que se habían instalado las tómbolas y los puestos de bebidas (refrescos, por supuesto, y aguardiente escocés, aunque sólo tras la puesta del sol; también alguna que otra golosina, y menudencias saladas para los bebedores); ese campo, decimos, presentaba un aspecto satisfactorio y gratificante, sobre todo para los que lo habían adornado, a quienes todo el mundo felicitaba, pero también a causa de la gente y de lo bien que iban vestidos todos, los varones con sus *kilts,* las damas con su trocito de tartán en cualquier lugar visible, aunque fuera solamente una cintita en el pelo. Conviene recordar que, al fondo y no muy lejos, se erguía, misteriosa, la vieja, la caduca fortaleza en que lady Macbeth había recitado sus tiradas, de las cuales, sin embargo, nadie hablaba, acaso por respeto a la duquesa, descendiente directa de la reina asesina y, según ciertas murmuraciones bastante antiguas, parecida a ella en el perfil y en la figura: a la duquesa no le agradaba la mención de su tatarabuela, para bien o para mal, más que en las ocasiones señaladas y discretas, es decir, en las conmemoraciones shakespearianas y cuando a ella se le ocurría hacerlo; y precisamente a causa de esto había tenido últimamente sus menos y sus más con Mr. Bloom, quien consideraba que, si el castillo había de recobrar su esplendor antiguo, como quería la duquesa, era imprescindible restituir a lady Macbeth a sus estancias y devolverle la voz, aunque ésta fuese estridente y en cierto modo retórica: por lo cual solían discutir hasta altas horas de la noche, dando con ello lugar a que el fantasma de lady Macbeth saliese de su escondrijo y les recitase en algún corredor y, a veces, en el gran vestíbulo, algún pasaje del quinto acto, escena primera: «...Pero ¿quién había de pensar que aquel viejo tenía tanta sangre en las venas?», y lo que sigue, así como lo que antecede. Conviene, sin embargo, considerar que estas cuestiones relativas al pasado y a algunas muertes acontecidas *en aquel tiempo,* no figuran en la lista de causas, sino, todo lo más, en la de sucesos concomitantes, por lo cual conviene volver al punto de partida y seguir a Mrs. Toynbee en su vehículo, vigilar asimismo a *Lord Jim,* y fijarse precisamente en lord Edward, el segundón de la trágica estirpe, quien, con los prismáticos, y poniendo más cara de bobo guapo de la ˙que era en él costumbre, oteaba el camino con la esperanza de descubrir en él al caballo y a la dama, quizá también al carricoche, aunque no necesariamente. De modo que, cuando los vio, empezó a dar muestras de alegría, así. como algún que otro salto, lo que su madre halló bastante inconveniente, hasta el punto de reconvenirle delante de todo el mundo, pero lord Edward no experimentó vergüenza, puesto que su madre era su madre, él era él, y, los presentes, gente notoriamente inferior, por mucho que presumieran de proceder de los clanes antiguos y ostentasen sus colores. Tenía su madre, la duquesa, a *Rosalinda* por las riendas, pero como no le prestaba la menor atención, no pudo descubrir, primero, que la yegua oteaba también, y, segundo, que al columbrar a *Lord Jim* se había puesto a piafar de una manera ostensible y quizá inconveniente por tratarse de una yegua muy joven acerca de cuyo porvenir sexual no se habían pronunciado los veterinarios; todo lo cual dio lugar a que lord Edward arrebatase a su madre las riendas que distraídamente sostenía, montase a *Rosalinda* y partiesen veloces al encuentro, oficialmente, de la amistad, pero también probablemente del amor. Lady Adelina, que ponía en aquel momento como hoja de perejil a la propietaria del castillo de Dunsinane, quien se vanagloriaba de poseer el verdadero fantasma de lady Macbeth, lo cual hubiera sido tolerable, ya que la gente presume de lo que quiere, con fundamento o sin él, pero que, además, aseguraba que el poseído por lady Adelina era una mala imitación, y que sabía de buena tinta que estaba aleccionando secretamente el cuerpo astral de su esposo, el difunto duque, para que, disfrazado, actuara de rey Macbeth; lady Adelina, decimos, estaba tan atareada que no se dio cuenta de que su mano había quedado vacante, y de que el hijo y la yegua se alejaban sin que ella pudiera remediarlo, y sólo cuando los vio de regreso en compañía de la viuda comprendió que había sido burlada; pero como la cosa ya no tenía remedio, optó por el disimulo y la más almibarada amabilidad, que le llevó a besar en las mejillas a *Lord Jim* y a acariciarle la grupa a Mrs. Toynbee, al tiempo que pronunciaba frases de elogio para las unas y para la otra. Acontecía, además, que lady Adelina se había enterado por su hijo, de que Mrs. Toynbee poseía la habilidad de traer del otro mundo a los muertos, fueran éstos quienes hubieran sido, y a devolverlos a su lugar de origen con toda facilidad, y no por medio de veladores y engaños de éstos, sino sencillamente abriendo la puerta de los espejos (para lo cual poseía también un secreto, heredado de su familia y transmitido por rigurosa línea de mayorazgas) y mandándolos entrar; y no se sabe por qué, la duquesa había manifestado un interés enorme y repentino por presenciar uno de aquellos experimentos, con la condición de que fuese evocado el espíritu del mismo Napoleón, personaje de quien había oído hablar con bastante insistencia, aunque no con suficiente precisión, y de lo que se trataba aquella tarde era precisamente de ponerse de acuerdo acerca de las personas que compartirían con la duquesa el placer de estar presentes; indispensables además, toda vez que el fantasma evocado, al corporeizarse, tomaba de cada uno cierta proporción carnal, y no había que esperar de la duquesa préstamo alguno, ya que su figura de vieja lady era esquelética, aunque elegante, por supuesto arrogante, notablemente *racée* y por ende caballuna. Y ya tenía pensado quiénes habían de ser los invitados, o tres de ellos al menos, especialmente detestados por ella, como eran el diputado laborista Mr. Cammember, con su petulancia; la directora de la biblioteca local Mrs. Smith, con su cursilería, y aquel impertinente y antipático reverendo Palham del Contentin, que no hacía más que recordarle sus deberes religiosos y morales, como si una duquesa hija de duques y descendiente de reyes estuviese obligada a ciertas menudencias, amar al prójimo o no desearle mal alguno. ¡Pues no faltaba más! ¿Qué iba a hacer ella en las tardes largas de verano, en las tardes inacabables de niebla y luz, sino conjuros y brujerías contra las señoras del condado, contra sus cosechas de aguardiente y contra sus caballos? ¡Bastante desgracia era la suya, que ni uno solo le salía, de aquellos conjuros, a causa de su torpeza natural, o de que no había recibido las enseñanzas requeridas, o ¡vaya usted a saber!, porque el diablo no le era propicio, a pesar de que según ciertas tradiciones secretas de su familia, además de descendiente de Macbeth, lo era también de la Bruja Segunda! De ahí precisamente su deseo de contemplar de cerca a una persona con poderes sobrenaturales, como según los indicios parecía ser la viuda Toynbee —dama por otra parte modesta, que frecuentaba a los muertos como la cosa más natural del mundo y sin envanecerse de ello, y a causa de esa naturalidad, de esa elegancia, el bobalicón de su hijo, sensible sin embargo a determinadas gracias y seducciones, no hacía más que hablarle de ella—. «¡Aquí la tienes, mamá!», le gritaba ahora desde su alto y movedizo asiento, y señaló a Mrs. Toynbee, quien, sin esperar ayuda, saltó del carricoche y se acercó a la duquesa, a la que saludó con una irreprochable reverencia. «Esta señora se ha educado en un colegio francés —pensó lady Adelina—. Pues mejor que así sea, ya que se entenderá fácilmente con ese señor Napoleón», y recibió a la viuda con la sonrisa y la dulzura indicadas. El segundón ya estaba junto a ella, ya intervenía en la conversación, ya ponderaba sus cualidades comprobables y supuestas, de modo que Lord Jim, viendo a Rosalinda descabalgada, se aproximó a ella y le susurró algo al oído, y ya se dirigían juntos hacia donde estaban los restantes caballos, cuando lady Adelina manifestó en voz alta su deseo de que Lord Jim le fuese presentado, voz que fue para el caballo como un tirón de las riendas, y para la linda yegua como un espolonazo que le hizo brincar y salir casi al galope. Sybila se acercaba al caballo y le atraía; Lord Jim la siguió, entristecido, pero dócil, y fue entonces cuando la duquesa acarició a ambos como más arriba queda ya consignado, y cuando le dijo: «Te estoy muy agradecida, Jim. El año pasado aposté por ti a colocado y me hiciste ganar trescientas guineas», así como cuando le respondió Lord Jim con voz bastante grave, ni que se tratase de la de un caballo de más edad: «Señora, en aquella ocasión lo hice todo por ganar, y deploro no haberlo conseguido, pero la derrota me sirvió para comprender que mi destino no está en la pista, aunque aún no sepa exactamente en dónde está. Seguiré corriendo mientras no lo sepa, hasta morir o hasta que la vejez me enganche a una carreta.» «¿A una carreta? —lady Adelina casi gritó, casi se descompuso—. ¿Un caballo de raza enganchado a una carreta? ¡Las leyes de este país no lo permiten, Jim! Puedes envejecer tranquilo.» «¿Y qué más da, una carreta o la pista? Corriendo o tirando, estoy igualmente fuera de mi lugar, o, si su excelencia lo prefiere, fuera de mí. El mundo en que me ha tocado nacer no me favorece. Hubiera querido ser un caballo de guerra. A veces siento cómo se encabrita en mí la vieja sangre normanda de mis antepasados, a cuyos lomos fue conquistada Inglaterra, y entonces me gustaría llevar encima a un teniente de caballería; pero ya no existen caballos de guerra, y los tenientes de caballería montan en jeeps. Mi deseo, como ve, es irrealizable.» La duquesa le había escuchado con atención y creciente entusiasmo. «¡Es interesantísimo, Sybila, y de una perfecta honestidad!», y, volviéndose a *Lord Jim,* le interrogó: «¿Has ido alguna vez a mi castillo? Tengo una yegua que quizá te guste: su *pedigree* es irreprochable.» *Lord Jim* le envió una mirada lenta, que podía interpretarse lo mismo como melancólica que como esperanzada. «¿Se refiere milady a *Rosalinda?*» «Naturalmente. Me gustaría arreglar las cosas para que tú y ella...», le respondió la duquesa, y se dirigió inmediatamente a Sybila con el tono más amable posible, pero con la evidente intención de estorbar, o al menos de interrumpir, el coloquio en voz baja que se traía con lord Edward: «¿No le parece, Sybila? Un matrimonio entre *Jim* y *Rosalinda,* aunque fuera transitorio, uniría mucho nuestras familias.» Se le derramó a Sybila por el rostro una sonrisa de caramelo. «¡Es mi mayor ilusión, que nuestras familias se aproximen por el matrimonio!» «¡Y la mía, mamá!», añadió lord Edward. Pero su madre lo rechazó de un empujón suave reforzado con un tono de voz francamente despectivo. «¿Qué sabrá de matrimonios un solterón empedernido que no piensa casarse? Será mejor que te calles. Me importa más la opinión de *Jim*»; y acarició a éste, como manifestándole el deseo de escuchar su opinión. Al mismo tiempo, una sonrisa de Sybila le alentaba, una sonrisa que parecía decir: «¡Ánimo, *Jim*! ¡Allana los obstáculos de tu destino al mismo tiempo que allanas los del mío!» *Lord Jim* cabeceó, suspendió en el aire la mano izquierda, sacudió con energía la cola... «Mi amistad con *Rosalinda* es todo lo antigua que nos permite nuestra edad. Mi respeto por ella es parejo. Busco su compañía, no puedo vivir sin ella, pero ni una sola palabra de amor, ni una sola insinuación le he dirigido. Miradas, sí; miradas elocuentes.» La duquesa parecía intrigada como por el desarrollo de una historia melodramática. «¿Y ella?» «Me ha mirado también, aunque con amargura. Sabe, lo mismo que lo sé yo, que para un matrimonio, aunque sea transitorio, existen impedimentos...» La duquesa, con un comienzo de furia, le interrumpió: «¡Yo no pongo ninguno!» «Pero los veterinarios, sí.» «¿Sin mi permiso?» «Ellos obedecen a su ciencia de genealogías, y saben que la mía es impecable, al menos desde el siglo XVII; pero también que en la de *Rosalinda* hay un punto dudoso.» A la duquesa pareció caérsele el mundo encima. «¡Yo desciendo de Macbeth y de Duncan, el asesino y la víctima, y mi genealogía está clara! ¿Qué le sucede a la de *Rosalinda?*» «Una tatarabuela suya por línea madre-padre-madre-padre tuvo un desliz con un desconocido una noche de estío. Quizá haya sido con un jaco bohemio, uno de esos trashumantes de los que a veces se enamoran las hembras.»

La ira anterior de la duquesa se trasmudó en súbito estremecimiento de placer, como si el melodrama hubiera llegado al
clímax. «¡Un jaco bohemio! —musitó—. ¡Un gitano trashu-
mante, buen tocador de guitarra, buen bebedor! ¿Cómo no
iba a enamorarse de él, si su marido era un bobalicón que no
pensaba más que en su prosapia? —Se corrigió en seguida—:
Quiero decir, perdón, su *pedigree*. Pero eso no importa nada,
puedes creerme. Una tatarabuela de mi difunto esposo también
tuvo un desliz así, aunque no con un bohemio, sino con un
ministro de la Corona, y gracias a eso no se extinguió la sangre
de los Forres: estaba muy gastada.» «¡Si su excelencia pudiera convencer, con el ejemplo de su marido, a los veterinarios...!
Prefiero mil veces el matrimonio con *Rosalinda* que la inseminación artificial.» La duquesa gritó: «¡Qué horror!»; Sybila
y lord Edward se miraron y un resplandor de espanto atravesó
sus ojos; *Lord Jim* hacía simplemente una mueca de repugnancia, aunque discreta. Recobrada, la duquesa habló sin dirigirse a nadie en particular, con un tono de voz abstracto: «La
inseminación artificial vulnera los derechos que concede la Naturaleza a las hembras. Esto aparte, la historia de *Rosalinda*
puede dar mucho juego social, sobre todo si se administra
bien... Ya lo creo que puede darlo. Habrá que enviar la noticia
a los periódicos...» Pero, si es cierto que *Lord Jim* la escuchaba atentamente, e incluso con esperanza, lord Edward acapa-
raba otra vez a Sybila con un cuchicheo con el que probablemente trataba de convencerla de que su punto de vista sobre
la inseminación artificial era enteramente negativo, es decir,
positivo, y que jamás pensaba ponerlo en práctica, teniendo
en cuenta sobre todo los derechos de las hembras a que su madre se había referido, si bien él los redujera a los derechos de
una hembra concreta cuyo nombre discurría por debajo de la
conversación como un valor convenido. De modo que la duquesa se creyó sin más auditorio que el del caballo, y aunque
a quien sacudió por el brazo fue a su hijo, se dirigió a Sybila:
«¡Mi querida Sybila! ¿Por qué no deja usted de flirtear con
mi hijo y escucha a su caballo? Mi hijo es completamente
tonto.» «¡Oh, no diga usted eso!», le respondió Sybila, incré-
dula; y para reforzar sus dudas se cogió del brazo del segundón. «¡Lo sabe todo el mundo! Pregunte usted, si no, en su
club de Londres. Aunque, la verdad, no creo haber venido
aquí a tratar de la inteligencia de mi hijo, sino de Napoleón.
Es un señor que me apasiona. ¿Tardará mucho?» Sybila,
arrancada por la fuerza del verbo al clima sentimental en que
se había metido con tanto cuchicheo, dijo dificultosamente:

«Vendrá cuando se le llame.» «¿Tendremos que mover el velador? Me pone muy nerviosa.» «Mi sistema es mucho más moderno, por ser precisamente más antiguo —le respondió Sybila—. Consiste en utilizar como puertas de salida las que se usan normalmente como de entrada del otro mundo, es decir, los espejos. Como quien dice abrir para allá lo que se abre para acá.» «¿Abrir espejos, dice usted, Sybila? Es un procedimiento peligroso, como abrir la puerta de la casa de uno sin saber a quién se abre. ¡Imagínese que espera, tras el espejo, un tropel de caballos! ¡Cómo iban a dejar las alfombras!» Interpuso Lord Jim su mano diestra, y los otros lo interpretaron como que quería hablar. Lo autorizó la duquesa de una manera explícita, aunque muda. «El otro mundo de los caballos —dijo entonces Lord Jim— es otro mundo distinto, y no se entra a él por los espejos, sino precisamente por las lagunas perdidas de las praderas, y no en cualquier momento, sino en las noches de plenilunio. Para un caballo, marchar por un espejo y a cualquier hora, es como para ustedes ir al... ejem, ejem...» Miró angustiosamente a la duquesa, se le acercó y le habló al oído: «Tengo que decir infierno.» «¡Pues dilo, hijo mío (perdona, Edward), dilo sin embarazo! Estoy harta de que no pueda mencionarse el infierno. Cuando tengo que explicarle a la gente que la vida con mi marido fue un verdadero infierno, todos acaban creyendo que fui feliz, y esto me ha dado una reputación incómoda. Por cierto que... ¿no estará mi marido tras ese espejo, señora Toynbee?» Sybila le respondió que no, que sólo vendría Napoleón, aunque con la condición previa que se le llamase, lo cual pareció tranquilizar bastante a la duquesa, que, desentendiéndose momentáneamente y quizá definitivamente de Lord Jim, comenzó a planear los trámites de la sesión, a escoger entre los habitantes de la aldea a las demás personas que habían de concurrir, y a remitirse al talento de Mr. Bloom para que, aplicado a semejante materia plástica, diese a la reunión la forma apetecida, o, al menos, la que más había de complacerle. «Porque yo —explicó— no puedo permanecer ni un minuto en un lugar donde la gente está amontonada o colocada sin gracia. Mis exigencias estéticas son casi tan grandes como mis exigencias morales. ¿No lo aprueba usted, señora Toynbee?» «¡Oh, sí, por supuesto! Lo apruebo entusiasmada.» Y luego, poco a poco, se fue cambiando de conversación, vinieron otras personas, y este eslabón de la cadena concluyó allí mismo.

Pero la reunión de unos cuantos sujetos en un despacho importante de Scotland Yard, no procede sólo de esta cadena de causas; o, más exactamente, aunque proceda de ella, conviene tener en cuenta una desviación posterior que, si bien no afectó gran cosa, como se ha de ver, a la historia en su totalidad, influyó en alguno de sus episodios, concretamente en la reunión misma y en el número y calidad de sus extraños componentes, como va a verse. Todo lo cual, dicho de una manera menos enrevesada, no es más que la respuesta a esta pregunta: ¿Qué pito tocaban en un despacho secreto de Scotland Yard el señor Sherlock Holmes y su amigo y ayudante Mr. Watson?

La entrevista de aquella mañana primaveral entre sir Stanley Bruce (que actuaba de secretario del Foreign Office por enfermedad del titular) y Mr. Reginald Blake (que no figuraba en ninguna parte con ninguna clase de título, pero que dirigía de hecho los servicios más secretos y las actividades más delicadas de Scotland Yard), si se puede considerar en cierto modo como encuentro casual seguido de conversación, tampoco estaría mal definida como intercambio de discursos secretamente programado y llevado a cabo sin ninguna clase de testigos en el interior de un coche negro cuyo conductor se había marchado aparentemente a tomarse unas cervezas al *pub* más próximo, pero que en realidad, como agente de algún sistema internacional de espionaje que era, seguía atentamente las palabras del secretario suplente y del director misterioso que la emisora clandestina instalada en algún rincón del coche transmitía, y que a él le llegaba a través de un receptor igualmente clandestino, además de miniaturizado, que le habían colocado hábilmente detrás de la badana del sombrero. Y lo que oyó el espía, de los buenos del oficio, y no consideró indispensable recordar, menos aún transmitir con la debida precisión a causa de su incongruencia, fue la exposición verbal de una determinada problemática napoleónica a la que se respondió con la no menos minuciosa de una determinada problemática ecuestre. Sir Stanley Bruce, que antes de trabajar en el Foreing Office había sido profesor de universidad, y se había especializado en el tema de Napoleón, vino a decir, en resumen, que nada referente al Corso podía ya sorprenderle, puesto que lo sabía todo, y que incluso el libro de Alain Sidney, Ph. D., profesor distinguido de Duketown, en que se niega la existencia del emperador y del Imperio mismo, y, por extensión, de las guerras imperiales propiamente dichas, y se sostiene y demuestra que a Napoleón lo inventaron los europeos para cubrir y explicar coherentemente ciertas lagunas o agujeros, y ciertos disparates de su historia; incluso este famoso libro de Sidney, decimos, era esperable y hasta cierto punto inevitable, ya que no rigurosamente necesario (1); pero que todo ese saber de sir Stanley, y la información exhaustiva en que hallaba sostén y que él repartía convenientemente almacenada entre su cabeza y su fichero, carecía de sentido en el momento en que se le convenciese, como se le había convencido aquella misma mañana, de que Napoleón andaba en aquellos instantes por las calles o los alrededores de una aldeíta escocesa conocida de los lectores de Shakespeare y de pocas personas más por haber situado en su castillo algunas de las escenas de Macbeth; y que lo más probable era que, a causa del mismo acontecimiento, perdiesen su razón de ser, y quizá también de existir, la Monarquía inglesa, el Parlamento, Inglaterra y sus islas, aquel coche, su interlocutor y él mismo por supuesto; y añadió sir Stanley, casi patético, que la conclusión mínima a que había que llegar era a lo menos la de cierta incongruencia y vaguedad de los datos que lo real enviaba a los sentidos y a la inteligencia y que hacía dudar de la realidad misma. Mr. Blake le había escuchado con aparente indiferencia, aunque sin perder una sola palabra, un solo matiz de aquel razonamiento, y le respondió cuando le llegó el turno que él, además de aquel cargo secreto que le convertía en el ángel guardián de la Gran Bretaña y de sus habitantes, era un experto en la cría de caballos, afición heredada de su padre, y éste del suyo, y así sucesivamente, aunque hacia atrás, hasta llegar al primer Blake nombrado, el que había recibido de Enrique VII el título de caballerizo mayor y mamporrero de las reales remontas. Quería esto decir que así como sir Stanley lo sabía todo de Napoleón, él lo sabía todo de los caballos, al menos de los insulares, y que la famosa y acreditada *Lista seriada de los* pedigrees *ecuestres de la Gran Bretaña e islas adyacentes* había salido de su pluma, aunque publicada con seudónimo; pues bien, ninguno de estos acontecimientos, ni los históricos, ni los biológicos, ni los meramente técnicos, le permitían admitir como evidente el hecho de que un caballo bastante joven y cuyo nombre de *Lord Jim,* empezaba a sonar entre la gente del *turf,* hablase el inglés con la misma soltura, es decir, el mismo tartamudeo, que un *bachelor* de Oxford. Y toda vez que esta

(1) Véase al respecto cuando se publique, si se publica, mi libro en preparación *La Isla de los Jacintos cortados.*

noticia le había llegado al mismo tiempo que la de que Napoleón paseaba por tierras escocesas en relativa libertad, y en algún sentido relacionada con ella, proclamaba las mismas dudas de sir Stanley acerca de la realidad y sus aledaños, y confesaba su sospecha de que algo, no ya inesperado, sino incalculado, y de incalculables resultados, había sucedido, estaba sucediendo, o acaso sólo a punto de suceder. El espía que le escuchaba se echó al coleto el resto de su tibia cerveza, y caminó tranquilamente hacia el parado automóvil, convencido de que sus dos ocupantes se habían emborrachado antes de la hora acostumbrada por personas de su categoría, y como si dijéramos en plena calle, y no en un rincón del club o de un salón particular: lo cual, como buen inglés, no dejó de avergonzarle: ignoraba que en aquellos momentos, más o menos, un miembro del Parlamento no demasiado notable por su oratoria y que figuraba entre los independientes, interpelaba al gobierno acerca de la conducta previsible de los caballos en su conjunto, es decir, como grupo definido, a la vista de lo que uno de ellos había hecho en una aldea de Escocia, y del peligro que amenazaba a los ciudadanos normales, desprovistos, de momento, de atributos de cuadrúpedo; ignoraba también que en la Cámara Alta, un duque joven, heredero de un nombre, sino famoso, a lo menos glorioso, del cual por otra parte hacía poco caso, solicitaba del gobierno una explicación de por qué se le había permitido la entrada en la Gran Bretaña a cierto soldado de fortuna llamado por su apellido Bonaparte, que, además, según los libros por él consultados, había muerto como prisionero de Inglaterra hacía más de un siglo en una isla perdida en un océano que ya no era inglés. Finalmente, el editorial segundo de *The Times* de aquella mañana mezclaba inexplicablemente el tema de los caballos parlantes al de Napoleón invasor, y con tan enrevesado estilo, o, al menos, con tan escasos elementos para que la intención editorial fuese enteramente comprendida, que mucha gente pensó que, por distracción del ajustador, el acostumbrado editorial humorístico del diario se había desplazado de su sólito lugar y ocupaba, contra toda previsión, el segundo.

Cuando sir Stanley y Mr. Blake llegaron al despacho de este último, instalado en un aparente edificio para oficinas que, en realidad, ocultaba un poderoso bunker (cuyos secretos, por otra parte, conocía el espía), la secretaria le tenía preparada una copia de ambas interpelaciones y el correspondiente recorte de *The Times*. Los leyó Mr. Blake, se los pasó a sir Stanley, quien sonrió un par de veces y los dejó después encima de la mesa. «¿Se le ocurre algo?», preguntó Mr. Blake. «Llamar a Sherlock Holmes», le respondió sir Stanley. «Si no recuerdo mal —insinuó Mr. Blake—, ese caballero murió hace bastante tiempo, aunque no tanto como Napoleón.» «Sí, en efecto, pero recordará también que alguien se vio en la ineludible necesidad de resucitarle.» «¿Y no piensa que haya muerto otra vez, al cumplir los ochenta, por ejemplo, o acaso al cumplir los cien? Y en el caso de que viva, ¿no estará en cierto modo inútil, o, dicho de otra manera, aniquilada su mente por efecto de una arterioesclerosis avanzada? Vamos, es lo que se me ocurre.» Sir Stanley pidió permiso para encender una pipa que, hasta aquel momento, había permanecido dentro de su bolsillo, pero que ahora, casi milagrosamente, o al menos repentinamente, había aparecido en sus manos. «Todo eso es inteligente y estaría muy puesto en su lugar en un mundo inteligible, pero parece que hemos acordado, no hace muchos minutos, que un lugar en que Napoleón revive y *Lord Jim* parlotea, no lo es en modo alguno, sino... ¿Cómo dijo usted antes? ¿Disparatado, incongruente? ¿O fui yo quien lo dijo? Para el caso es igual. Dentro de ese mundo, rogar a Mr. Holmes que se acerque a este despacho, que asista a las declaraciones de un policía rural y de un miembro del Parlamento, y que discurra después con entera libertad mental, lo tengo por razonable, aunque de una razonabilidad desconocida, claro.» «¿Y piensa que tendrá teléfono Mr. Holmes?» «Evidentemente, no. Mr. Holmes permanece en el siglo XIX, no lo olvide, sin teléfono y sin automóvil. Puede usted enviar al chófer a su casa, el 221 de Baker St., si bien en un *cab* de alquiler, con el recado de que venga a visitarnos, si le es posible atravesar la barrera del tiempo y las del tránsito de Londres a estas horas.»

Habrá a quien le parezca extraño, acaso increíble e incluso ofensivo para su dignidad intelectual, pero cuando las cosas acontecen, o sea, se convierten en hechos, lo más aconsejable es aceptarlas, no sólo como reales, sino como normales e incluso como triviales, en el caso de que determinadas circunstancias imprevistas no obliguen a recibirlas como sólitas, es decir, con naturalidad e indiferencia. El hecho es que Sherlock Holmes y Mr. Watson habían atravesado la barrera del tiempo por el agujero que el tiempo mismo había horadado, y lo que es menos verosímil todavía, la del tránsito, y estaban ya a la puerta del despacho secreto y acorazado, guiados por una secretaria y en cierto modo sonrientes, al menos en la medida que exige la cortesía, sin otra particularidad que la de que el señor Holmes había elegido para aquel desplazamiento la figura de Mr. Phileas Fogg, con la que se presentó tan campechano y como la cosa, más natural del mundo, aunque llevando en una mano su acostumbrado bastón y en la otra la consabida caja del violín; en cuanto al maletín o cabás donde escondía sus mejunjes misteriosos, corría de la cuenta de Mr. Watson. El ministro suplente y el director secreto de las más secretas policías (tan secretas que no se conocían a sí mismas) acudieron a recibirlos y a saludarlos, con la esperanza bailando en las pajaritas de recibir de ellos, pasado un tiempo prudencial, las apetecidas aclaraciones al caso de Napoleón y del caballo, y, al hacerlo, advirtieron cierto embarazo, o, al menos, extrañeza, en la conducta y en los movimientos de Mr. Holmes, quien no emitía más que sonidos inarticulados y tartajeantes y que sin más explicación se sentó y quedó quieto y mudo, con la mirada en éxtasis puesta en un grabado de caza que Mr. Blake tenía en particular estima. Y allí quedó, como asumido por el más deleitoso de los cielos, mientras Mr. Watson apartaba a los otros dos y con voz cautelosa y algún que otro manoteo discreto les informaba de algunos acontecimientos del pasado que explicaban las rarezas del presente —¡siempre los sistemas de causas y de efectos!—, como el hecho de que el famoso detective, a lo largo de los últimos cincuenta años, hubiera dado muestras graduales de que su incomparable inteligencia deductiva, tan admirada como clarividente, se hubiera trasmudado en la más tradicional y casi estúpida intuición, hasta el punto de haberse visto obligado el doctor Watson, para remediar el desperfecto, a asumir las funciones antes encomendadas a Mr. Holmes y relegar a éste a la meramente resolutoria, puesto que leyéndole al oído los datos obtenidos por la investigación preparatoria, daba al instante la respuesta, acompañada generalmente de una crispación o de un temblequeo que hacían pensar, si no en un ataque de epilepsia, al menos en un trance místico. «De modo que el resultado es el mismo que antes, pero no las etapas, y menos los personajes. Antaño yo era el tonto del cuento y el pretexto, con mis preguntas un tanto bobas, para que Holmes se luciese. Ahora se acabó el lucimiento y se acabó la tontería, espabilarse un poco y ponerse en situación.» «Sin embargo —le respondió sir Stanley— acaba usted de decir que a él le corresponde, igual que antes, la solución del enigma.» «En efecto, señor. Pero ¿de qué manera? ¿Habrá algo más humillante para un intelectual que una adivinación? De lo que el matemático está orgulloso no es del resultado, sino de las etapas que conducen a él. El señor Holmes no necesita de ellas: va directamente al

grano, hace un milagro, que es lo más anticientífico que hay.»
«Pues tiene razón el hombre —comentó Mr. Blake—; pero en
el caso presente lo que nos interesa es llegar cuanto antes al
esclarecimiento del enigma; el cual, doctor, le vamos a explicar sir Stanley y yo algo de prisa porque en una habitación
vecina esperan un *policeman* y un miembro del Parlamento,
cuyas declaraciones tenemos que escuchar.» Y comenzó su es-
cueto informe, en tanto que Mr. Holmes, salido de su éxtasis,
tomaba el violín y ejecutaba el *Zapateado* de Sarasate con tal
pericia y virtud que Mr. Blake no pudo menos que interrum-
pirse y comentar lo maravillosamente que tocaba. «Según tengo leído —añadió—, antes no lo hacía tan bien, ¿verdad?»
«No —le respondió el doctor Watson—, y es en lo que ha salido ganando.»

Una vez explicada con razones de peso (las razones
de más peso son los hechos) la presencia de Sherlock
Holmes y del doctor Watson en aquel interrogatorio
y su participación en él, se puede permitir a Mr. Cammember que continúe con su relato de lo acontecido
en casa de Mrs. Toynbee, bien entendido que hubieran podido también aducirse razones del orden meta-
físico que justificasen la presencia del detective obnu-
bilado y de su espabilado amigo y, sobre todo, su increíble longevidad, pero eso requeriría un crecido número de páginas secundarias de las que no se dispone
actualmente. Quizá otro día...

Mr. Blake no había exagerado la calidad de aquel rosbif servido por el restaurante de Scotland Yard, ni tampoco la del
café; menos aún la del brandy con que terminaron la comida, a la europea: la botella pasó de mano en mano, fue debidamente encomiada, e incluso Mr. Cammember tomó nota
de la marca y la cosecha para regalar a su novia con una
muestra como aquella de la química francesa, tan excitante.
Y cuando sus efectos habían alcanzado ese punto en que
ciertos sectores del cerebro funcionan como un motor recientemente engrasado, es decir, rápidos y lúcidos, el mismo
Mr. Cammember relató lo que faltaba de los famosos acontecimientos, es decir, el momento en que Napoleón fue llamado y acudió; fue invitado a penetrar y entró; le hablaron
y respondió, pero, en contra de lo esperado, en lugar de marcharse como había venido (y eso era lo acordado), las cosas
se habían complicado de manera que Napoleón quedaba de
la parte de acá, y la duquesa de Forres y su hijo lord Ed-

ward, de la de allá; con evidente consternación de alguno de los presentes, como la señora Toynbee, y la sorpresa de otros, como el propio Mr. Cammember, a quien el resultado no le iba ni le venía, aunque no dejase de hallarlo extraño y como poco acostumbrado. El comienzo de sus palabras fue una descripción minuciosa del salón de Sybila, mueble por mueble y ventana por ventana, con especial detenimiento y casi morosidad; y la del gran espejo que lo preside, un espejo de gran cuerpo y grueso marco de oro, de la Era Victoriana por supuesto, alto casi hasta el techo y como apoyado en una especie de delantera de mármol y caoba semejante a un escalón. Ese espejo, aclaró, centraba la composición imaginada y dispuesta por el esteta de la duquesa, por el impepinable Mr. Bloom, que había acudido y dado a su obra los últimos toques, que la había vuelto a contemplar, que se felicitara de aquel acierto de incluir a Lord Jim entre los invitados, «tan elegante y tan racé», decía, y que finalmente había prorrumpido en elogios a su talento y en ruidosas muestras de autoadmiración, hasta el punto de hacer comentar a la señora Smith, la bibliotecaria, que algunos ingleses, cuando pasaban por París, se hacían intratables y, sobre todo, insufribles; y esto fue en el momento de confusión y apresuramiento provocados por el ruido del Rolls de la duquesa y el apuro visible de Mrs. Toynbee, que había estado a punto de perder la serenidad, pero todo se había arreglado.

La duquesa quedó en la mitad de la puerta, un escalón más alta que el salón, y su hijo detrás, asomando la cabeza, tan semejante a la de Lord Jim que parecían hermanos, por encima del hombro izquierdo de su madre. Todo el mundo estaba quieto y en silencio. Se hubiera asegurado que nadie respiraba y que el propio caballo contenía el aliento. La duquesa echó un largo vistazo desde la izquierda a la derecha, y un segundo vistazo, igualmente largo, desde la derecha hacia la izquierda; siguió un suspiro y, según Mr. Cammember, una lágrima (que los demás, sin embargo, no habían advertido), y la duquesa de Forres dijo con voz de orgasmo audible: «Maravilloso», a lo que siguió una advertencia de Mr. Bloom: «Ya pueden moverse, pero háganlo con cuidado.» Sybila no pudo disimular su emoción, y le temblaba la mano cuando se la' tendió a la duquesa, pero ésta le abrió los brazos y Sybila cayó en ellos, transida. Lord Edward, todavía a la zaga de su madre, comentaba aplaudiendo: «¡Uy, qué bueno, qué bueno, qué bueno!» «¿Lo crees de verdad?», le preguntó Sybila desde el cobijo en que se hallaba. «¿Pues no lo ve? —le respondió la madre en vez del hijo—. Mr. Bloom tiene un talento extraño, y usted una gran suerte, querida mía. Lo del caballo, muy espectacular y muy original. Gracias. Pero deje ya de llorar y presénteme a sus invitados.» Lo hizo la dueña de la casa, tras un suspiro prolongado y una mirada a lord Edward más prolongada todavía, y la duquesa tuvo para cada uno de ellos un comentario por lo general lo bastante displicente como para no contribuir a la seguridad personal de cada uno. Pero por fin se agotaron los trámites, quedaron en silencio, se recurrió al tema de las carreras, y cuando alguien pronunció la palabra «pasión», que en labios de un escocés no se sabe nunca bien lo que significa, sobre todo tras la muerte de Shakespeare, la duquesa le interrumpió para decir que, de momento, lo que a ella le apasionaba era lo de Napoleón; que este señor era la causa de que se hallasen reunidos, y que si iba a tardar mucho. «Lo que se tarde en llamarlo», le respondió, solícita y amable, Mrs. Toynbee. «¡Pues en seguida, entonces!» Todavía se demoraron un poco al cogerse de las manos para formar la cadena, ya que alguien preguntó si *Lord Jim* ocuparía un lugar en ella, y la duquesa le respondió que por supuesto, que no prescindía de tomarlo de una mano y esperar así al emperador, y que le divertiría mucho que se pudiera trasfundir al visitante algo de la materia caballar allí presente, a fin de que le proporcionase, por ejemplo, unas buenas patas equinas, lo que le convertiría en un emperador inquietante y mixto, como aquellos faraones que tenían la cabeza de búho. Hubo también algunos dimes y diretes al pretender los señores Cammember y Weeson dar la mano a sus respectivos tormentos, la señorita Christie y la señora Smith; y cuando todos se hubieron acomodado, mostraban su contento, y cada uno tenía enlazada su mano con la de la persona amada (Sybila la de lord Edward, por supuesto), Crosby recibió la orden de abrir la puerta del otro mundo, quiérese decir el gran espejo, y anunciar a Napoleón. El espejo se abrió con escalofriante rechinar de goznes. Un espacio infinito quedó enmarcado por aquella especie de puerta insospechada, aunque lógica. Cruzó el vacío algo así como un viento furioso. «¡El frío viento del misterio!», susurró alguien; y otro susurro corroboró: «¡El salvaje viento del Oeste!» La duquesa se aproximó al caballo y le comunicó casi en secreto, aunque con cierto temor en el tono, que su marido acostumbraba a pasearse por el parque en las tardes de ventarrón como aquél, y *Lord Jim* le respondió que no se preocupase, porque su marido no solía salir del jardín francés, que caía precisamente de la otra parte de la colina. «Pero, *Lord Jim,* ¿es que sabes algo de los muertos?» «Señora, los caballos los vemos naturalmente y por derecho propio, y esto es conocido desde que hay muertos y caballos, aunque la gente suela olvidarlo. Los muertos de estos contornos son bastante tratables, si no es alguno de los antiguos, que anda por ahí con la cabeza bajo el brazo y escupe por aquella boca toda clase de denuestos. El difunto duque, particularmente, es de una gran amabilidad.» «¡Oh, *Lord Jim,* tenemos que hablar, y pronto! Necesito estar bien informada de lo que hace mi marido incluso después de muerto!» *Lord Jim* no le pudo responder porque, en aquel momento, anunciaba Crosby a su majestad imperial Napoleón Primero, Bonaparte, y el emperador aparecía en el hueco del espejo: con su uniforme acostumbrado de coronel de granaderos, y la mano conteniendo el corazón ambicioso. Habían sonado, a lo lejos, unos compases de *La Marsellesa,* lo que pusiera la carne de gallina a más de uno de los presentes, temerosos por herencia secular de que la Revolución pudiera contaminar las Islas. Napoleón se detuvo y miró. Fue, al mismo tiempo, mirado: la duquesa, con una mueca de extrañeza sorprendida. «¡Soldados —dijo el emperador—, desde lo alto de esas pirámides cuarenta siglos os contemplan!» «Su sombrero, majestad», le suplicó Crosby, muy coquetuela; el emperador se lo entregó y ella le dio las gracias. El emperador le preguntó que cómo se llamaba, y ella le respondió que Crosby. «Pues no sería raro que llevases una corona de duquesa en el bolsillo del delantal»: blasfemia que, proferida de aquel modo, sin anunciada preparación ni precaución alguna, sacó inopinadamente de sus casillas a lady Adelina, que se sintió comparada a la doncella de una viuda burguesa, guapas ambas, además. «¡Eso será en Francia! —dijo desde su asiento y con bastante desdén—. ¡En Inglaterra escogemos a las duquesas con más cuidado!»; y, no se sabe por qué, miró a Sybila, la cual se hubiera desvanecido allí mismo a causa del mensaje que con la mirada enviaba, si no fuera porque Napoleón tronó desde su altura: «Señora, por esa causa ha sido siempre Inglaterra un país cruel y falsamente democrático.» «¿Es que venís a la Gran Bretaña para insultar a Inglaterra?», preguntó la duquesa, puesta ya en pie. Napoleón esbozó una de las reverencias que había aprendido de monseñor Talleyrand. «No, señora. Vengo a deleitarme con el paisaje.» «El paisaje inglés es el más bello del mundo, majestad», le indicó, ingenuamente, y con cierta oficiosidad, lord Edward, y no lo

hubiera dicho nunca, porque su madre le gritó: «¡Eduardo!»
Él se volvió hacia ella, tembloroso. «¿He dicho alguna tontería?» «¡Has llamado majestad a un emperador de pega que
fue destituido por la Cámara de los Lores a su debido tiempo
y, que yo sepa, no se ha votado aún ningún *bill* de reposi-
ción! Alguno de tus antepasados anduvo metido en el asunto
y no muy brillantemente, por supuesto: como que se le ocurrió que enviasen a este hombre a una isla apartada de las
rutas humanas, y no a la horca, como hubiera sido lo justo.»
Lord Edward había pasado a segundo término, fulminado,
y Sybila se le acercaba, consoladora. Napoleón descendió de
su altura, y quedó a la misma que la duquesa, enfrentado a
ella. «Señora —le dijo muy sereno, con aquella serenidad que
le había llevado a la victoria en Austerlitz y a la derrota en
Rusia—, las decisiones del Parlamento británico carecen de
fuerza legal en Francia. Cuando se trasladaron mis cenizas a
París, donde reposan bajo cientos de estandartes gloriosos, se
me otorgaron honores imperiales.» Sybila, con la mano diestra
oprimiendo el brazo de lord Edward, adelantó la cabeza por
el hueco que dejaban la de miss Christie, indignada, y la de
Mr. Cammember, seriamente expectante. «Me atrevo a sugerir —dijo con voz de clavicémbalo— que no hemos venido
aquí a solventar cuestiones de protocolo.» «¿A qué hemos venido, pues?», preguntó la duquesa, un poco en retirada. «No
lo sé —respondió Napoleón—. Me han llamado y acudí.»
Y fue entonces cuando *Lord Jim,* que se había mantenido
en la penumbra y, por supuesto, en silencio, introdujo su delgado, su esbelto cuerpo de caballo de raza, e intervino; y sus
palabras tuvieron la virtud de implantar un silencio que duró,
por lo menos, lo que duraron ellas, de modo que fueron oídas
con precisión y calma. Las palabras fueron éstas, y no otras
que quizá se le atribuyan: «Majestad, ninguno de los presentes sabe bien para qué habéis venido. Los hombres son
así de irresponsables: hacen las cosas sin ton ni son, y se
molestan luego de que existan emperadores como vos o caballos como yo, que nos diferenciamos de los otros en saber de
antemano por qué y para qué nacemos. Ruego a vuestra majestad, en el nombre de todos los sensatos, si los hay todavía,
y en el de los insensatos que quieran adherirse, que nos per-
done.» Napoleón le había escuchado, primero, con sorpresa;
luego con muestras muy visibles de la más alta complacencia
intelectual. «¿Quién es el dueño de este caballo?», preguntó.
«Yo, majestad —le respondió Sybila—. Le llamamos *Lord
Jim* y esperamos que gane el Derby algún día.» «Pues las

únicas palabras sensatas que se han pronunciado aquí, las dijo este cuadrúpedo, digno de ser persona.» Lady Adelina levantó, horrorizada, los brazos, más o menos como su antepasada lady Macbeth ante unos cuerpos asesinados y unas sábanas sangrientas. «¡Qué atrevimiento!» Pero Lord Jim, indiferente al ademán patético, encaraba directamente a Napoleón. «No, majestad. No aspiro a ser persona, sino caballo, nada más que caballo y enteramente caballo: la plenitud, como si dijéramos, de ser caballo, lo cual, en el orden de los ecuestres, equivale más o menos a lo que vos sois en el orden de los pedestres: cima de la humanidad, Napoleón. Por eso encuentro frívolo que se hable de bagatelas.» Y aseguró, acto seguido, con la seriedad ecuestre que le correspondía, que a Napoleón había que hablarle de alta política o de estrategia militar, lo que mereció del corso, no sólo una sonrisa, sino una amable respuesta en la que el siquiera temporalmente redivivo le aseguró que había habido momentos, aunque los menos, en que también él había tratado de bagatelas, pues no sólo resultaba imposible a un personaje de gran envergadura, como lo fuera él, mantener eternamente el tono altisonante de la tragedia, sino que el mismo curso de la vida exigía de vez en cuando el descalzar de los coturnos y el ponerse zapatillas. Aceptó sin embargo la sugerencia de Lord Jim, quien, así favorecido, no sintió el menor embarazo al suplicar una explicación suficientemente válida al hecho de que los caballos de guerra hubieran sido sustituidos por los llamados carros de combate, y como Napoleón afirmase que aún no estaba al tanto de los últimos inventos y que los desconocía, Mr. Cammember le declaró con cierta complacencia demasiado visible que él los fabricaba en una factoría no muy lejos de aquel lugar, y que si Napoleón lo deseaba, podía llevarlo en su automóvil y mostrarle unos cuantos ejemplares destinados a dos repúblicas africanas, furiosamente rivales y dispuestas a merendarse la una a la otra cuanto antes. «Acepto a condición de que Lord Jim nos acompañe», respondió Napoleón a la propuesta; y hubiera salido en aquel mismo instante, si no fuera porque Sybila, con un punto de disgusto en el tono de su voz hermosa, dijo que aquella deserción no era compatible con la etiqueta británica, y que si habían venido a tomar el té a su casa, había que tomar el té, y que cualquier sustitución de la consabida ceremonia debía de considerarse como una flagrante incorrección: palabras que lády Adelina tomó como punto de partida de las suyas, ya manifiestamente irritadas: «Y yo encuentro más irregular todavía, es decir, lo encuentro totalmente intolerable, que este señor Napoleón, a quien hemos ofrecido la ocasión de codearse con la sangre más vieja de Inglaterra, representada en este caso por mi hijo, que es un Forres, y por mí, que soy una Coburn por línea ininterrumpida desde lo inmemorial, se entretenga en charlar de estupideces con un caballo, y acepte la invitación de un vulgar fabricante de quesos sin ennoblecer. ¿Usted lo encuentra correcto, Mrs. Toynbee?»

Para entender el cabal desarrollo de esta situación histórica, desde este momento mismo hasta su clímax, y hasta la posterior disolución de tan simpático grupo de amigos y convecinos, conviene recordar que durante los minutos, quizá eternos (porque nunca se sabe lo que pasa con el tiempo), consumidos en tantos dimes y diretes, el gran espejo de la señora Toynbee, la entrada fascinante, aunque funesta, al Otro Espacio, había permanecido abierta, si bien ninguno de los presentes hubiera prestado la debida atención a tan extraña circunstancia, aunque convenga advertir, como suficiente explicación, que no se había cerrado porque por ella tenía que regresar Napoleón a las veredas que habitualmente transitaba. Mientras había permanecido abierta, habían pasado por los alrededores ululantes cabalgatas de búfalos blancos, grupos inofensivos de fantasmas de vacaciones y algún que otro curioso que había asomado por el quicio su jeta transparente; que había escuchado y que, tras un gesto de desdén trascendental, había continuado su camino hacia el No. Pero esto lo sabe sólo el inventor de esta increíble, aunque ejemplar historia: lo sabe porque él mismo lo ha inventado, pero también porque, en la intimidad recóndita de su inconsciente, la puerta abierta compareció como la entrada de un horno ardiente, de una espelunca oscura, de la boca de un lobo, de las aéreas alcantarillas del Allende y del Todo-es-posible. De ese lugar de su alma no la pudo expulsar, y es lo que comunica, para su buen gobierno, a cualquiera que haya seguido con mediana atención este relato; con el ruego, además, de no perderla de vista, sino, antes bien, de tenerla muy en cuenta, no sea el diablo que vaya a salir también por ella.

«Yo, milady...», le respondió Sybila; y quedó cortada ante el modo tajante con que la barbilla de lady Adelina la reprobaba. «No me dé explicaciones. ¿Para qué? Estas cosas suceden por la estúpida manía moderna de aceptar invitaciones en casas de la clase media, por muy alta que sea. Mrs. Toynbee, hágase a la idea de que no nos conocemos.» Lord Edward, tembloroso, apabullado, pudo agarrarla del brazo, pudo apenas mascullar: «¡Pero, mamá...!» La duquesa lo apartó de un empellón, que fue a dejarlo arrimado al cuerpo de *Lord Jim,* tan juntas las cabezas, y tan semejantes, que el recuerdo de una Pasifae caballófila se superpuso a la presencia de la duquesa y por unos instantes dulcificó su figura. «¡Llevo toda la tarde diciéndote que calles, y lo repito!», y lord Edward sintió en su mejilla la lengua consoladora de *Lord Jim,* su aliento amigo. La duquesa encaró, una vez más, al emperador. «Señor Napoleón, el mayor de mis hijos pertenece a la Cámara Alta. Mañana interpelará a quien sea acerca del disparate cometido no sé por quién autorizándoos a salir de Santa Elena, donde creo que estabais prisionero.» «Señora, el gobierno de su majestad británica no me ha puesto en libertad, sino la muerte. Y, desde luego, prefiero charlar con *Lord Jim* de táctica y estrategia que tomar el té con vos y vuestro hijo.» «¡Majestad, no digáis eso! —intervino Sybila—. Eduardo es un muchacho encantador: vamos a casarnos en seguida.» Y a partir de aquella frase, los presentes hubieran iniciado la serie de besuqueos y felicitaciones de que el anuncio hacía merecedora a Sybila, si el trueno shakespeariano de la duquesa de Forres no hubiera descargado, potente, sobre las intenciones del grupo. «¿Casado?», preguntó. Miró a Sybila. Miró a su hijo. «¿Es eso cierto, imbécil?» «Sí, mamá.» «¡Tal matrimonio no se celebrará mientras yo viva!» «¡Mamá!», imploró, acaso recriminó, su hijo, arrimándose cada vez más al vientre del caballo. Pero la mano de la duquesa había caído sobre una de sus muñecas y le aferraba duramente: «¡Vámonos ahora mismo! ¡No puedo permanecer un solo instante en una casa en donde se me preparaba semejante felonía!» Los presentes, salvo Napoleón, habían entrado en situación, e incluso habían formado un breve semicírculo en cuyo centro la duquesa actuaba. Sybila ocupaba, en un extremo, la posición del coreuta, por mucho que no lo fuese su papel. «¡Milady, aquí no hay felonía alguna! ¡Su hijo y yo nos adoramos honradamente!» «¡Honradamente! ¡Qué asco! ¡Ni siquiera tiene usted el valor de hacerle su amante! ¡Eduardo!» «¿Qué, mamá?» «¡En marcha!» Le dio un tirón, lo condujo hasta el espejo, ascendió el escalón con él a rastras... Sybila le gritó: «¡Por ahí, no, milady!» Pero ella, medio volviéndose, le respondió: «¡Salgo por donde me acomoda!», y entró, con su hijo de la mano, por la abertura del espejo, por la boca del horno, hacia la oscura espelunca, y cerró con estrépito. Sybila clamó: «¡Eduardo, amor mío!», y, al desmayarse, añadió algo como un «¡Pobre de mí!» La socorrieron las mujeres. El reverendo Palham, que no había pronunciado palabra hasta aquel mismo momento, le prometió su intercesión cerca de la duquesa, de cuya bondad natural (estropeada por la buena educación) esperaba generosidad e incluso entendimiento; y Sybila, desmayada como estaba, o como parecía, tuvo aliento para responderle que no volverían a ver a la duquesa y a su hijo. Alguien había traído whisky, y con un trago devolvía las fuerzas a la señora Toynbee, quien, recobrada, explicó que la duquesa y su hijo habían traspasado los umbrales del Misterio, y que sólo volverían a la vida si el emperador se dignaba sustituirlos inmediatamente en las sombras, para lo cual bastaba que ella abriese otra vez la puerta (o Crosby por su delegación), que saliese Napoleón por ella, y que se anunciase la entrada de la duquesa y de su hijo; y, mientras duraba la explicación, enviaba a Napoleón las más enternecedoras miradas de sus bellísimos ojos verdes, aunque a veces un poco grises. Pero Napoleón le respondió que no, que se encontraba muy bien en la vida, y que por supuesto él era más importante en el mundo que una duquesa loca y que un señorito imbécil. Agatha Christie, también muda hasta entonces, o quizá no tan muda si bien pronunciadora de palabras al margen de la acción, de las que no es costumbre registrar por razones de economía narrativa, dijo entonces con bastante claridad: «¡No es usted un caballero!» Y Napoleón le respondió que no, afortunadamente, que era Napoleón Bonaparte y que estaba por encima de sus clasificaciones y de sus categorías. Hubo cierta unanimidad en calificarlo de ordinario, con la excepción de *Lord Jim*, quien, situándose a su lado, habló otra vez, y por su boca la discreción y la oportunidad: «Quiero mucho a Mrs. Toynbee y me gustaría verla feliz; pero ¿no comprenden ustedes que un hombre como Napoleón está haciendo mucha falta en el mundo? ¿No se quejan ustedes de que anda todo desencajado? Napoleón puede encajarlo. ¿No se quejan del desorden? Napoleón viene a ordenar. ¿No se quejan de la incertidumbre? Napoleón es el dueño seguro del mañana. Mi querida señora, mi triste y solitaria señora, debe sacrificar su felicidad por la felicidad de todos.» «Luego ¿tengo que resignarme a que Napoleón vuelva a la vida mientras mi novio desaparece para siempre?» «Tengo cáncer de estómago, señora», intervino Napoleón. «La felicidad no admite treguas, sobre todo si se considera que lord Edward ha cumplido los cuarenta y que yo empiezo a alejarme de los treinta, de modo que haré todo lo posible para recobrarlo aunque se hunda el Universo.» Al llegar a este punto de la narración, el señor Cammember, que se había mantenido delicadamente en la objetividad del pretérito imperfecto en su tercera persona, recobró la primera y habló así a los presentes: «Comprendí en aquel momento que la situación era anómala, y que siendo previsible que el llamado Napoleón insistiera en mantenerse del lado de acá de la vida, la cuestión personal de la señora Toynbee, hacia la que se inclinaba mi simpatía, tenía que pasar a un segundo término, y que lo que verdaderamente requería de una intervención urgente era el hecho indudable de que el ex emperador de los franceses, el llamado general Bonaparte, siendo prisionero de Inglaterra, se hallase en la situación jurídica de evadido. Advirtió mi novia que aquel señor no podía andar por la calle así vestido, y yo le respondí que lo más probable era que no pudiese andar por la calle de ninguna manera. Me despedí, pues, de los presentes, deseé la mejor suerte a la señora Toynbee, y corrí a telefonear a Downing Street. El reverendo Palham del Contentin salió también conmigo y en los contados pasos que caminamos juntos, me confió que también la Iglesia Reformada tenía que pronunciarse ante aquella situación, que las mentes más sencillas interpretarían como milagro y que probablemente podría explicarse de otra manera.» Aquí calló la voz de Mr. Cammember, aquella voz tan conocida en el Parlamento, y que el auditorio habitual de la BBC identificaba a la primera inflexión y a la primera aspiración: voz escocesa con caracteres propios entre las uniformes y rebuscadas de los ex alumnos de Oxford; entre otros de le la de Sherlock Holmes, que en aquellos momentos recorría la estrecha vía hacia la identificación con la luz suprema. Se despidió Mr. Cammember después de ser felicitado por sus virtudes cívicas y por la precisión de su relato, y una vez fuera, Mr. Blake interrogó a Mr. Watson con la mirada. «Todavía no hay conclusiones —le respondió el doctor—. Ahora es preciso suministrar al señor Holmes los datos esenciales, y él nos dará inmediatamente la respuesta.» «¿Como una computadora?» «Es más que posible.» Mr. Watson se había aproximado al detective, y empezaba a susurrarle al oído, meneando al mismo tiempo la cabeza, de arriba abajo, como un asno, mientras indicaba al señor Blake que permaneciera quieto. Holmes comenzó a salir del éxtasis y a prestar atención a lo que se le decía, y fue de veras fascinante contemplar cómo abría los ojos, cómo los concentraba en un lugar inexistente del espacio (¿y por qué no en el Punto Omega?) y al concluir Mr. Watson su bisbiseo, cómo parpadeaba. «El caballo es un robot. Napoleón es el agente de una potencia extranjera»: *dixit*, y se sumió, sin transición, en el místico sopor. El doctor y el policía se miraron. «¿Rusia, quizá?» «¡O los Estados Unidos, vaya usted a saber!» «En cualquier caso...» «En cualquier caso se impone la operación sobre el terreno.» El señor Blake cogió al mismo tiempo dos teléfonos y de su mente pragmática, a través de sus labios, salieron órdenes.

Todo lo que se supo en Inglaterra y en el mundo acerca de las andanzas de Napoleón y del caballo fue simplemente que habían paseado juntos sin dejar de charlar y que habían dormido un rato en casa de la señora Toynbee, Napoleón en un sofá y *Lord Jim* en la caballeriza. De lo que hablaron, ni una palabra. ¡Cómo iban a saberlo, si nadie los escuchó, nadie los acompañó, nadie pudo después atestiguar los términos de aquel coloquio! Es indudable que si el gobierno o la policía, o por lo menos la prensa, hubieran dispuesto de un autor omnisciente, la deficiencia se hubiera remediado; pero el autor omnisciente, por el tiempo en que acontecieron estos sospechosos sucesos, atravesaba un penoso período de descrédito y nadie se hubiera atrevido a utilizarlo. ¿Qué palabras no se habrán perdido a causa de semejante escrúpulo? A juzgar por otros diálogos posteriores algo mejor conocidos, un verdadero tesoro de sabiduría humana y caballar. Mr. Blake y sir Stanley lo reconocieron así en una entrevista tan improvisada como rápida que mantuvieron en el *hall* del Parlamento, donde el uno entraba y de donde salía el otro, y acordaron prescindir en lo sucesivo de ciertos escrúpulos o prejuicios originados por su formación estética y sus lecturas de Henry James. Pero de lo que ni el político ni el policía se cuidaron fue de la duquesa y de su hijo. El duque de Forres preguntó, en la Cámara Alta, que por dónde andaban su hermano y su madre, y en el editorial del *Times* se les dedicó una mención pasajera, aunque respetuosa (a la duquesa la trataba de «Su Gracia»), pero nada más, lo cual no deja de ser una injusticia y una consecuencia secundaria de la lucha de clases, ya que si en vez de haber desaparecido una duquesa y un segundón, la puerta del otro mundo se hubiera tragado a la señorita Crosby, doncella de Mrs. Toynbee, ¡hubiera habido que ver, y, sobre todo, que leer, a la prensa laborista y sindical, de la que la mentada era asidua lectora y suscriptora! El entuerto sólo de una manera alcanza a remediarse, y es acudiendo al autor omnisciente, el único enterado, después de Dios, de lo que les aconteció a lady Adelina y a su hijo lord Edward luego que la puerta del gran espejo se cerró, con estrépito, tras ellos.

Y fue que caminaron en silencio, ella un poco adelantada, el hijo bien agarrado por la muñeca, aunque mostrando en aquella distancia remolona su voluntad negativa, si bien fuera en el fondo incapaz de una actitud rebelde, sobre todo si no estaba delante su adorada Sybila para ayudarle. «¿No crees que es un poco temprano para que haya anochecido?», dijo, como no esperando respuesta, la duquesa; y, en vista de ello, su hijo no le respondió. «Debe de haber, además, avería en la red del alumbrado, pues no se ve encendida ni una sola bombilla. Mañana le enviaré al alcalde una carta de reconvención, que tú llevarás personalmente.» «Sí, mamá», le respondió lord Edward, que vislumbraba la oportunidad de alargarse hasta la casa de Sybila y mantener con ella una entrevista clandestina y breve, aunque apasionada. «Yo te acompañaré en el coche y vigilaré tu entrada y tu salida, no vaya a ser que te pierdas —continuó la madre—; pero lo que no puedo es darle a ese borrico del alcalde el gusto de pedirle permiso para entrar en su despacho.» «¿Debo entender, mamá, que me llevarás hasta la puerta y que me esperarás?» «Sí, hijo mío, has entendido bien, como le corresponde a un Forres con sangre de los Coburn en las venas. Los Forres nunca fueron inteligentes, pero los Coburn, sí, y por eso mi sangre espabilada actúa de contrapeso de la tardona y pastosa de tu padre. A causa de ese equilibrio, tu hermano suele portarse normalmente; pero, en tu caso, la organización de la mezcla no debió de ser tan perfecta, porque unas veces actúas con rapidez, como Coburn, y otras torpemente, como un Forres, y te sucede lo mismo que a las gallinas, que deshacen con los pies lo que hacen con el pico. ¿Por qué te enamoraste de esa burguesa?», le espetó, de pronto. «No lo sé, mamá. Esas cosas no pueden explicarse, ni siquiera a posteriori; pero si no tuviera más remedio que hacerlo delante de un tribunal, aunque fuese el de la Divina Providencia, confesaría que desde que la conozco siento la irrefrenable necesidad de meterle la mano por el escote y dejarla que duerma dulcemente.» La duquesa se volvió hacia él con tanta brusquedad que le soltó la muñeca. «¿Y lo has hecho alguna vez?» «No, mamá. No me lo permitió ella, pero me lo tiene prometido para el día que nos casemos, lo primero que haré cuando nos dejen solos.» «Ese deseo, hijo mío, es escandalosamente obsceno, pero ella es una bruja. ¡Ya sospechaba yo que una persona que sostiene ciertos tratos con el otro mundo no puede ser cosa de fiar! Hablaré mañana mismo al reverendo para que no le permita en lo sucesivo presentarse en la iglesia. En cuanto a ti... me temo que sea tarde para curarte. ¡Y yo que pensaba que, enviándote a una escuela pública, además de aprender el inglés y el latín, te iniciarías en la pederastia! No sabes bien, hijo mío, lo tranquila que queda una madre cuando ve alejado para siempre, de la vida de sus hijos, el peligro de una nuera. Que se case el primogénito, ya que no hay otro remedio, y que tenga un par de hijos: es una obligación para con la sociedad y la familia. Como hizo tu padre, que en eso fue irreprochable. Pero, los otros, ¿para qué? Un amiguito de la misma clase, compañero de club o de colegio, es el amor ideal para un hombre como tú, pues no creo que se te ocurriera jamás lo que al hijo del viejo Londonderry, que se enredó con un plebeyo gordo que escribía comedias. Pero ¡enamorarse de una mujer, y, lo que es peor, de una viuda! No sé dónde tuviste la cabeza, Eduardo. ¿No te das cuenta de que en brazos de una mujer experimentada como ésa, serás un mero juguete?» «¡No, mamá, es al revés! Es ella la que me ha prometido permitirme jugar después del matrimonio.» «Jugar, ¿a qué?» «Ya te lo dije.» La duquesa, dejando que la respuesta se perdiera en el silencio, se paró de repente. «Eduardo.» «Sí, mamá.» «¿Dónde estamos? Porque llevamos un rato caminando y no veo nuestro coche por ninguna parte.» «Quizá lo hayamos pasado ya. ¡Ibas tan entretenida y parecías tan feliz riñéndome...! Aunque también es posible que lo hayamos dejado en mal lugar y que Mr. Horn lo haya colocado en mejor sitio.» «Yo nunca dejo mal el coche, y Mr. Horn no se atrevería a tocarlo sin mi permiso. Pero te digo que no reconozco esta vereda.» «Es que no vamos por ningún camino, mamá. Parece como si marchásemos a campo traviesa, y vengo pensando, desde que me di cuenta, si no andaremos por el páramo donde las brujas se aparecen.» «Ese páramo a que te refieres, Eduardo, está algo lejos de aquí, y en cuanto a esas brujas, hace aproximadamente mil años que no han enviado noticias, en prosa al menos. Lo que te sucede es que no quieres admitir que nos hayamos extraviado, porque empezarías a sentir miedo, como cuando eras pequeño, y yo tendría que llevarte de la mano y darte ánimos, lo cual te obligaría a admitir que sigues necesitándome. Sin embargo, el hecho es que vamos solos por un lugar desconocido.» «Solos, no, mamá. Desde que hemos salido de casa de Sybila, se han cruzado con nosotros grupos de sombras, sombras solitarias, y un rebaño de cabras enfurecidas. Lo que pasa es que tú ibas distraída.» La duquesa le sacudió por un hombro. «¿Dónde está nuestro castillo, Eduardo?» «Ahí, mamá, ¿no lo ves? Frente mismo a nosotros. Unos pasos que des, y ya estás en la puerta.» «Entonces, Eduardo, lo han cambiado de sitio, porque nos queda demasiado cerca y porque yo no recuerdo haber subido la cuesta del camino de ronda.» «También pudiera ser que el castillo fuese otro», dijo lord Edward. Pero, en aquel momento, de la puerta que tenían delante, y que no era en realidad una puerta, sino más bien una sombra algo más clara entre sombras oscuras, empezó a salir una como procesión también de sombras, sino que llevaban en lo que podían ser las manos algo que también pudiera ser un resplandor movedizo y sutilmente verdoso, como los fuegos fatuos. «Pués ya me gustaría saber qué es lo que hacía esta gente en nuestra casa —dijo, entonces, la duquesa—, y creo que lo mejor será que lo preguntes a alguno de ellos. No está bien que sea yo quien lo haga, ni tampoco quiero hacerlo, pues acabaría barriéndolos a todos, y si se trata, como me temo, de un sindicato que ha venido a nuestro patio de armas a discutir de sus cosas, harían lo que todos en su caso: protestar ante la Cámara Baja de la existencia de la Cámara Alta.» «Pues si es un sindicato, no me explico para qué se han vestido como si fuesen a un baile de disfraces.» La procesión había llegado hasta ellos, y se deslizaba sin rozarlos, aunque lo suficientemente próxima como para que, a la ligera luz de aquellos mentidos cirios, o lo que fuesen, se pudiera advertir que marchaban en dos filas, que la de aquí era de hombres, y la de allá de mujeres, y que lo mismo ellos que ellas se vestían de trajes de épocas distintas, aunque todos los varones llevasen *kilts* y escarcelas con siete colas de armiño. Llamaban la atención, por lo pomposos, algunos miriñaques, y, por lo puntiagudos, algunos de los tocados femeninos, y lord Edward, al contemplarlos, manifestó su asombro modificando un poco, en el sentido estético, su habitual cara de bobo; pero su madre le sacó del arrebato sacudiéndole de un brazo. «Oye, hijo, mira qué maravilla de vestidos. ¿De dónde los habrán sacado?» Le sorprendían a la duquesa, la fascinaban, aquellos correspondientes a los años de la reina Victoria, de tan bella caída; trajes traídos indudablemente de París, con terciopelos, moarés y tules, con sedas y satenes, abullonados, fruncidos, suavizados por encajes y cintas, con aquel *chic*, que sólo sabían lograr las costureras tísicas del Sena. En cuanto a los caballeros, se asemejaban, en su conjunto, a una de esas ilustraciones, tan francamente educativas, de los libros de divulgación antropológica, en que se ve el camino recorrido desde el antropopíteco al *homo sapiens*: pues los primeros eran toscos, tripudos y brutales, y en los rasgos de los últimos se mostraban las leyes de la herencia entendidas como debilitación y refinamiento. «Lo ignoro, mamá, pero diría que son copiados de nuestra galería de retratos, e incluso que son los mismos duques y duquesas de Forres los que tenemos delante. Fíjate en aquella que pasa ahora, la de la falda colorada. ¿No es la reproducción de lady Carolina, tu suegra?» La duquesa dio un respingo violento y un paso atrás. «¡No me lo digas ni en broma! Si ésa es lady Carolina, no tardará en venir detrás su hijo, que no hizo otra cosa en su vida que seguir a su madre, y en ese caso...» «No creo que haya remedio ya», dijo lord Edward, melancólicamente, y señaló con el índice temblón la figura estirada y tristona del viejo duque difunto, su padre, que se acercaba con el puñado de luz en la mano, último de la fila. Parecía distraído o, por lo menos, metido en sí, y no daba señales de haberlos distinguido. Lady Adelina intentó esconderse detrás de su hijo. «¡Que no me vea, por todos los dioses del Olimpo!» «Empiezo a tener la convicción, mamá, fruto de la experiencia inmediata, de que todos estos señores y señoras son transparentes, y, lo que es peor, de que lo somos también nosotros. De modo que es inútil que te escondas.» «¿Cómo se te ocurren semejantes tonterías en una situación tan grave, hijo mío? ¡Tú no sabes lo que es tu padre hablando, y, sobre todo, callado! En fin, hable o se calle, no quiero verle delante.» «¿Y no te has preguntado, mamá, cómo es que lo estás viendo a los diecinueve años de su muerte?» «¿Para qué voy a preguntármelo si llevo diecinueve años temiéndolo?» «Pues tus temores se han cumplido. Ahí lo tienes.» El duque difunto de Forres, Algernon para su familia y para algunos amigos, se venía acercando, y empezaba a dar muestras de haber visto y de haberse dejado atraer por los manotazos y las carantoñas que le hacía su hijo: como que se apartó de la fila, aunque sin dejar la lámpara, y se acercó a la pareja, y no se diría caminando, sino volando suavemente: «Bien venido, Eduardo —dijo—. No te esperaba tan pronto. ¿Sufriste algún accidente?» «No estoy seguro, papá, aunque algo ha sucedido, desde luego. ¿Recuerdas a tu esposa?» «¿Te refieres a esa dama que intenta disimularse tras tu sombra? Claro que la recuerdo. ¿Cómo estás, Adelina?» «Muy fastidiada, Algy, como siempre que no entiendo lo que pasa. ¿Podrías explicármelo?» «Yo no, por supuesto. Yo no estaba allí, no sé siquiera dónde es ese allí, y no puedo dar testimonio, sino sólo limitarme a que seas bien venida, y, si lo consideras indispensable, a aconsejarte acerca de tu nueva situación, que, por lo que veo, todavía no aceptas de buen grado.» La duquesa no parecía cuidarse de esconder o, al menos, de disfrazar, el desdén que sentía hacia su marido, el cual, por su parte, tampoco daba muestras de tomarlo demasiado en cuenta, aunque los matices de su cortesía fuesen más extremados y constantes que los de su esposa, lo cual, según la crónica secreta, tenía su origen en que las duquesas de Forres habían escogido siempre a sus amantes entre la aristocracia, en tanto que algunas de las abuelas de Adelina habían transigido ante la democracia, aunque sólo fuera como accidente. Por esa razón, quizá, la respuesta de la duquesa fue desabrida: «Si es lo que supongo, si es lo que me han sugerido las palabras de nuestro hijo y tu propia presencia, ¿cómo quieres que lo acepte? ¡Con todo preparado para la *season*! ¡Un guardarropa precioso, aunque carísimo, que no sé cómo podré pagarlo! ¡Y un montón de citas concertadas que no puedo cancelar! ¿Piensas que puede renunciarse a todo eso por una quisicosa?» El duque esbozó una sonrisa encantadora, la misma con la que el sexto duque de Curlandia solía responder a las impertinencias de sus acreedores: «Advierto, querida, que sigues sin adquirir el más indispensable sentido de las proporciones y menos aún el de la realidad. ¿A la muerte llamas quisicosa?» La duquesa envaró su cuerpo transparente. «¡No seas ordinario! Hay palabras que no deben pronunciarse ¡nunca! aunque sobren los pretextos.» «Aquí puede hablarse de todo porque en realidad nadie te escucha. De modo que debes irte acostumbrando.» «No me acostumbraré jamás a lo que es absurdo, y, sobre todo, a las situaciones creadas sin mi permiso y contra mi deseo. Cabalmente venía explicándoselo a tu hijo a propósito de una boda inconveniente. De modo que ya puedes indicarme cómo se vuelve a la vida.» El duque suspiró: «A la vida ya no se vuelve. Lo más que nos es dado es contemplarla como a través de un espejo.» «¡No podrás convencerme de que esto no es el mundo!» «¡Llámale, si lo prefieres, los vedados de caza del Gran Manitú!» Lord Edward, sin gran entusiasmo, pero con cierto candor, intervino: «¡Qué bonito es eso, papá! ¡Los vedados de caza del Gran Manitú! ¡Cómo me gustaría pasar en ellos con Sybila nuestra luna de miel!» «Sólo que no hay caza, ni luna, ni Gran Manitú», le respondió sombríamente el viejo duque. «¡Qué pena! ¿Qué es lo que hay aquí, entonces?» «Pues, ya lo ves: gente que pasa, que va y viene. Estar, pasar: es lo que haremos por los siglos de los siglos.» A lord Edward le sobrevino, sin esperarla, una rabieta. «¡Yo estoy enamorado de Sybila! ¡Quiero casarme con ella!» Poseída de una repentina dignidad, de una majestad ducal en cuyos ingredientes figuraban las maneras que todos aquellos pasantes de la luz en la mano, duques y duquesas de Forres muertos en los últimos mil años, habían aquilatado, lady Adelina le increpó: «¡Insensato! ¡Después de lo que nos ha sucedido por su culpa!» «La amaré eternamente, mamá», le respondió el segundón, igualmente digno, aunque no tan entonado de voz, y miró a la comitiva de los antepasados, que se alejaba. «¿Tenemos que ir con ellos?», le preguntó a su padre. «No es obligatorio, aunque sí aconsejable, pero sólo después de haberse acostumbrado a la nueva situación. Me quedaré con vosotros para iros informando.» «¡Y pensar que a estas horas estará frío el salón! Si yo no mando encender, nadie se acuerda...», murmuró, tristemente, la duquesa; y fue la primera en dirigirse hacia el interior del castillo, pero nada más penetrar, lo encontró un poco cambiado: con largos corredores, escaleras interminables, salones repetidos, galerías, caminos de ronda, plazas de armas, puertas, almenas, ventanales, y en todas partes columnas de las que arrancaban bóvedas y arcos, y, como un aire que lo llenase todo, un murmullo como el de un bosque sacudido por el viento del otoño. Iba delante la duquesa, y escuchaba la explicación de Algernon a Eduardo: que se fundía en aquel rumor el de las palabras dichas en el castillo desde su fundación, así como de los ayes doloridos y de los sollozos placenteros y todo cuanto sonido y ruido se hubiera producido, y que una vez acostumbrados a escucharlos, se podían seleccionar, como las voces de una radio, por tiempos y por personas, y enterarse, por ejemplo, de lo que se habían dicho en sus deliquios de amor nocturno Hepburn y la reina María las veces que en el castillo habían pernoctado; o el texto entero de *Macbeth* sin interpolaciones vulgares ni palabras corruptas. Se estremeció al oírlo lady Adelina, aunque decidió inmediatamente que averiguar lo que los muertos se habían dicho en sus momentos de pasión le importaba un comino.

Hasta llegar aquí, desde que Sherlock Holmes aclaró con su revelación la que pudiera bien llamarse clave y base del misterio, ha transcurrido un tiempo narrativo considerable, si bien los hechos que acaban de relatarse hayan acontecido con unas doce horas de antelación, pero esto no obsta para que las cosas hayan seguido su curso natural. ¿Qué sucedió en ese tiempo? ¿Por qué razón, aún ignorada, sir Stanley fue llamado al 12 de Downing Street, centro, en mejores tiempos, de la escena del mundo? Pues lo que sucedió, aunque pertenezca al secreto del sumario, afecta del mismo modo a esta historia, y no puede dejarse de lado si se nos ocurre atender a lo que hablen entre sí Napoleón y *Lord Jim*, y a lo que llore, clame y proteste la deliciosa viuda del señor Toynbee, de quien por cierto lo ignoramos todo, pero que acaso, si investigásemos en esa dirección, nos veríamos obligados al abandono del tema principal y de sus personajes, atraídos por lo insólito y por lo extraordinario. Resístase, sin embargo, a la tentación, y quédese Mr. Toynbee en su ignorado lugar, quién sabe si en la misma inexistencia. Lo que ahora nos solicita es la profunda conmoción que acaba de sacudir a todas las cancillerías del mundo, la vaticana incluida: como que Rusia ha movilizado sus tropas a las doce menos cuarto, con el pretexto (o con la adivinación, ¿quién sabe?) de que alguien ha traído a Napoleón del otro mundo para encomendarle la invasión del ámbito soviético, en la confianza, se supone, de que no incurrirá en los errores de la primera vez; con la agravante de que en Praga, en Varsovia y en Berlín hayan aparecido octavillas, pintadas y pasquines en que se anuncia la próxima liberación nacional, y con sincronía tal, con tal identidad en los conceptos, en los mueras y en los vivas, que el editorialista de *Pravda* no duda en denunciar las coincidencias como reveladoras de un origen común. Pero a las doce y veinticinco, los teletipos se atropellan, las cintas se sobreponen, se enredan y se hacen un verdadero lío, porque las últimas noticias aclaran que la movilización rusa no ha afectado a la frontera del Oeste, sino a la de Siberia; que la gente está tranquila en Praga, en Varsovia y en Budapest, pero que el alboroto discurre por las recién fundadas capitales de los estados africanos, y, lo que es realmente asombroso, se han podido escuchar gritos de libertad y vivas a Napoleón en Cardiff, en Belfast y en Edimburgo. No ha dado aún la una menos cuarto, cuando un despacho urgente de la Casa Blanca plantea a Downing Street, como a más ducho y avezado en tales menesteres, la

pregunta cabal: «¿Qué sucede en el mundo?» Y añade ciertos informes referentes a frases subversivas y
movimientos de masas en los bajos fondos de Nueva
York, a manifestaciones birraciales en Puerto Rico y
a que en las islas Hawai han desfilado los nativos contando *aloas* y enarbolando un gran retrato de Bonaparte semidesnudo, y ornado de collares florales, aunque con su sombrero puesto, a efectos quizá de su
identificación; finalmente el director de la CIA, en
una posdata, inquiere por su cuenta si el vencido
en Waterloo ha tenido alguna relación anterior con
los isleños de Polinesia. Antes de responder, se reúnen
unos cuantos capitostes de la política y de la banca,
y tras una discusión que apenas se oye, pero en la
que cada uno de ellos pone de manifiesto su agudeza
mental al mismo tiempo que su exhaustiva información, concluyen que ellos tampoco entienden nada,
ya que, mirándolo bien, ni la presencia de Napoleón
en una aldea escocesa es para tanto, ni por el hecho
de que un caballo de carreras hable el inglés con mejor o peor acento no va a trastornarse el mundo. Y
cuando se entregan a la difícil redacción de la respuesta a la Casa Blanca, que desean breve, amistosa
y ambigua, les llega un despacho de Moscú concebido
en estos escuetos términos: «¿Han pensado ustedes en
la China?», y lo firma el embajador inglés. ¿La China? ¡Claro! Sólo ella dispone de una organización
que alcance al mismo tiempo a los nuevos Estados
africanos, a las regiones irredentas de la Inglaterra
medieval y a los atolones de Polinesia. Y es precisamente sir Stanley quien propone al *premier* que sea
el texto que acaban de leer el que se comunique a la
Casa Blanca, aunque ofrecido como respuesta original. «¿Han pensado ustedes en la China?» Como es
natural nadie había pensado, y, como también es natural, ahora empiezan todos a pensar, y, después de
varios telegramas de ida y vuelta, queda concertada
una urgente reunión: los Estados Unidos, por supuesto; Inglaterra, a causa de su entrenamiento secular
y muy especialmente de su acreditada práctica en la
política napoleónica; Rusia, sí, pero más tarde, cuando todo se haya concertado. ¿Y Francia? Hay alguien que recuerda que Napoleón, aunque mal, habla
francés. La reunión secreta previa a la reunión archi-
secreta y decisoria se celebra con tres asistentes principales, secundados por equipos de secretarios y ase-
sores. Un gran mapa del mundo los preside. Y el
tema que, con la habitual arrogancia británica, arroja
sobre la amplia mesa el jefe del Estado Mayor inglés,

es ni más ni menos que éste: «Señores, tenemos un general. ¿Qué haremos con él?» E inmediatamente se miran y a las miradas encomiendan las respuestas, que ninguno, al menos de momento, se atreve a traducir en palabras. Sin embargo, hay que decirlo, y es el mismo militar inglés el que lo hace, y no porque su autoridad sea mayor, o porque lo sea la fuerza que representa, sino a causa del uso especial que saben hacer del lenguaje los ingleses, de esa posesión de fórmulas verbales que les permite quitar hierro a las afirmaciones más duras. Incluso el francés, habituado por educación al frívolo manejo de las palabras, se hubiera puesto dramático al responder: «*La guerre!*» Pero el inglés, sin el menor cambio de tono, se limitó a decir: «La guerra, caballeros, por supuesto.» Y a partir de tal momento se encauzaron las conversaciones, el mapa se cubrió de flechas rojas y azules, y dos hipotéticos bandos, «nosotros» y «ellos», amenazaron con saltar de aquel salón a la Historia. El francés llevaba la voz cantante y estaba a punto de imponer su criterio, que era el de la guerra clásica. La previsible ruta de los invasores quedó trazada en el mapa, y coincidía con el camino de las grandes migraciones de los pueblos, y, por supuesto, engendraba a partir de Oriente Medio las dos ramas de la temida tenaza, que se cerraba allá lejos, en las míticas colinas de Calpe y Abydos. «¡Alguna vez tendrá que ser, alguna vez será vencido Carlos Martel!», llegó a decir el francés. Y, con el puntero en la mano, señaló los desiertos de la Arabia, las llanuras otro tiempo feraces de Mesopotamia. «Hago notar a los presentes que la misión histórica de Rusia, Imperio de los Zares o Unión de Repúblicas Socialistas Soviéticas, es la de cortar aquí o aquí el camino de los invasores. Si no lo hace, ellos serán los dueños del mundo antiguo.» Y, con un elegante movimiento del puntero, abarcó a las tres partes del mundo amenazadas. «En ese caso —respondió el americano—, convendría que estuviera presente el agregado militar de la Embajada rusa.» «Sí, pero ¿a qué apresurarse? Más tarde se le enviará recado.» Eso decidió el anfitrión, que lo era el inglés, y estaba autorizado a actuar con bastante autonomía. Pero el *premier,* a quien aquella misma tarde acosaría la oposición en la Cámara Baja como lo había acosado aquella mañana en la Cámara Alta, decidió hacer algo que pudiera salir en los periódicos, ser juzgado por ellos y discutido por los ciudadanos, y por esa razón había despachado a Forres à sir Ives Thomson, V. C., del Foreign Office, en compañía de los agregados mi-

litares norteamericano, ruso y francés, con instrucciones muy vagas, casi a una visita de cumplido, si no
fuera realmente de inspección. Esto nos aconseja abandonar a su secreto la reunión secreta, justo en el
momento en que el representante de Norteamérica in-
sinúa que las nociones estratégicas del francés pudieran haberse anticuado y que acaso conviniera tener
en cuenta alguna noción novísima que alterase las viejas respuestas a la hipotética expansión de la raza
amarilla. En cualquier caso, los militares que acompa-
ñaban a sir Ives Thomson, V. C., permanecían al
margen de ciertas interioridades, y estaban convencidos, aunque por razones diferentes y, sobre todo, por
muy distintos intereses, de que si algún papel podía
corresponder a Napoleón en el mundo moderno era,
desde luego, el de salir en las revistas ilustradas y
muy espectacularmente en los noticieros cinematográ-
ficos.

...había algunos puntos en que la información de *Lord Jim*
sólo era completa desde el punto de vista de un lector del
Times, no para las exigencias de un profesional avezado. Por ejemplo *Lord Jim* ignoraba toda clase de núme-
ros redondos y los sustituía por conceptos abstractos y
aproximantes, como «muchos» o «pocos», aunque algunas
veces en singular, y al definir, llegado el caso, prefería la
imagen a la idea: «¿Que qué es un carro de combate? Pues
una especie de caballo de hierro, sólo que más feo»; y un
avión, por supuesto, un vencejo de aluminio, con lo que el
general se veía obligado a esforzarse más de lo que tenía por
costumbre, ya que los datos profesionales que había manejado
durante su carrera le solían llegar convenientemente digeridos
por el Estado Mayor. No obstante, después de casi toda una
noche y toda una mañana de preguntas y respuestas, de conjeturas y certezas, había llegado a hacerse una idea general bastante aproximada de la situación del mundo, la cual, cosa con
la que no contaba, coincidía en las líneas maestras con la de
su tiempo, si bien algunas de las funciones principales las tuvieran encomendadas a otros protagonistas, y que los personajes más representativos fueran peor educados: de todo lo cual
dedujo, y así se lo comunicó a *Lord Jim,* que una gran guerra amenazaba, que una batalla definitiva se hacía necesaria,
y que, posiblemente, el mundo superviviente tendría que organizarse de tal manera que no volviese a haber guerras hasta
pasadas unas decenas de años: tiempo largo de paz del que se

carecía de experiencia, al menos desde la más remota antigüedad, y que requería un legislador dotado de una visión del futuro que fuese al mismo tiempo una visión del universo. «¿Luego —preguntó *Lord Jim*—, necesitamos un político que dirija la guerra, un general que gane la batalla y un legislador que organice el porvenir? ¿Y dónde vamos a encontrar esos tres hombres?» Napoleón, como sin darle importancia, le respondió: «¿Y no se te ha ocurrido que por alguna razón providencial, si existe la Providencia, o porque así lo quiere el Destino, que es lo más probable, Napoleón Bonaparte se encuentra otra vez aquí?» «¿Un hombre en vez de tres?», inquirió, en un comienzo de excitación entusiasta, *Lord Jim*. «Un hombre, no. Napoleón», le respondió su compañero. Y en aquel mismo momento penetró en el salón la viuda de Toynbee, con mala cara y huellas muy visibles de haber llorado mucho, y con palabra desabrida, inusitadamente imperiosa, se dirigió al caballo: «Necesito que me dejen vacío el salón. Van a llegar visitas.» *Lord Jim* y Napoleón se levantaron; el caballo adelantó tímidamente la lengua en dirección a su ama, una lengua con intención de caricia, pero la retiró rápido ante la mala disposición de la viuda. Napoleón había traspasado ya la puerta; el caballo le siguió de un trotecito amortiguado por la alfombra.

Abandonar a su suerte, dentro del inmenso, destartalado castillo, a la duquesa de Forres, no sólo es incorrecto sino además escasamente caritativo. De acuerdo en que es una dama antipática y fea, y, en general, molesta para con sus semejantes, arbitraria e imperiosa; pero ¿vamos por eso a dejar que se la lleve el viento por aquellas crujías? Porque ésta fue la primera sorpresa de su experiencia astral y nocturna: que se llevaba el viento. No hay que hacerse ilusiones y, sobre todo, no conviene imaginarse los lugares históricos de acuerdo con las instrucciones de los folletos turísticos, porque los disponibles sobre el castillo de Forres aseguran que es un conjunto fascinante aunque algo tétrico en algunos rincones, pero se callan los efectos del viento y ocultan al lector que, en las tardes de invierno, los *pipers* más distinguidos del contorno se congregan en algunos de sus patios para escuchar las melodías que el viento arranca a los innumerables agujeros y cavidades, y ejecutarlos después con las gaitas, lo que sólo consiguen aproximadamente: todo lo cual lo sabía lady Adelina desde antes de casarse, como otras particularidades más o menos extrañas de los Forres, pero nunca les había dado importancia, y, en cuanto al viento y a sus innumerables melodías, una vez acostumbrada, dormía tranquilamente y aun se acogía al arrullo, pero eso era así porque sólo la alcanzaba el rumor y porque aquella partecilla de la inmensa fortaleza habilitada para vivir, tenía tapados los agujeros y las cavidades, aunque no a causa de las músicas sino de los bichos. La noche aquella, sin embargo, su destino a la mala intención de su marido la había llevado a la puerta principal, la había invitado a entrar por ella, la había sumido en el laberinto arquitectónico del interior, que era como haberla introducido por uno de los orificios de una flauta gigantesca cuyo viento interior los cogió, los trajo, los llevó, los zarandeó durante toda la noche, les hizo trazar en el aire elegantes espirales, ascender hasta las torres más altas y correlativamente sumirse en los fosos más profundos. Pasearon elevadas cornisas, rozaron claves de bóveda ornamentadas de escudos, intentaron asirse a inaccesibles ojivas; jugaron en remolino a la rueda, rueda, alrededor de las columnas, y de no carecer de cuerpo, se hubieran estrellado una y mil veces contra espantosas, desoladas paredes de piedra milenaria: hasta que, al fin, un repentino éxtasis del aire, que fue también un silencio repentino, les permitió esconderse y acurrucarse bajo un banco de piedra y, desde allí, contemplar el paso del vendaval, nuevamente furioso, nuevamente ruidoso y musical, que parecía buscarlos, que a veces los lamía y agitaba, pero que al fin pasaba de largo y les dejó dormir un poco, o, dicho más exactamente, sumirse en ese estado de quietud que en la vida de los fantasmas sustituye con notoria imperfección al sueño. Así llegó la claridad del alba, que no era clara, sino ese gris oscuro que se difunde a través de la niebla. El viento huyó por el valle, hacia las tierras llanas. Se callaron las gaitas de piedra, y todo fue renacer del sosiego, si no era el de la mar, que, allá, a lo lejos, salpicaba de blanco una superficie gris. La duquesa sintió que su pecho se henchía de los antiguos huelgos.

«¡Hay que buscar a *Lord Jim*! —dijo, estirándose y rechinando como si se le hubieran enmohecido las bisagras—. ¡Esto es insoportable, y sólo él puede ayudarnos.» «Pero, querida —le dijo el duque—, ¿qué puedes esperar de un caballo, por inteligente que sea?» Lady Adelina le miró con aquel su desdén enteramente ducal que la había hecho famosa y detestada en los salones. «¡Qué sabrás tú! ¿Ignoras que los caballos ven por su naturaleza a los que andamos por este mundo?» «En ese caso, nos servirá cualquiera. Si descendemos a las caballerizas, allí podremos encontrar antiguos y acreditados fantasmas de caballos, alguno de ellos muerto con todos los honores, en el campo de la gloria. Sin ir más lejos, el de mi abuelo, muerto heroicamente en Balaclava, suele andar por ahí abajo. Ya ves: les tiene querencia a los establos a pesar de ser casi un héroe nacional.» Lord Edward, que hasta entonces, acaso entontecido por el sueño, se había columpiado al son de una marcha mágica, preguntó: «¿Quién murió en Balaclava, tu abuelo o su caballo?» «Murieron ambos, hijo mío, y me asombra que no lo recuerdes: es lo primero que se le enseña a un Forres.» «Yo creía que lo primero que aprendíamos los Forres es que tu trasbisabuelo había muerto en Waterloo, pero no su caballo, puesto que fue condecorado públicamente por el rey, según muestra un cuadro bastante estropeado por la humedad, pero no por eso menos respetuoso con la monarquía, que hay en mi cuarto.» La duquesa le envió, sesgada y por todo lo alto, una mirada que le hizo enmudecer. «¿Hasta qué punto, hijo mío, las hazañas de los Forres han llegado a entontecerte? ¿No te ha contado nadie que los héroes verdaderos de la familia han sido siempre sus caballos?» «Sería mejor —intervino el duque— que dejásemos esa cuestión en el estado en que quedó hace justo diecinueve años, el día mismo de mi muerte. ¿No crees que es más importante hallar a ese caballo *Lord Jim*?» «Pero —le respondió la duquesa— ¿no acabas de decirnos que en las caballerizas encontraremos a quien pueda sustituirlo?» «Eso llegué a creer, pero había olvidado tu incompatibilidad con los héroes de la familia.» «¡Menos mal que te oigo decir algo sensato!» Por un pasillo lateral se deslizaba una brisa suave: se subieron a ella, y pronto fueron depositados dulcemente en el césped del jardín, desde donde, media milla hacia el Sur, se columbraba el pueblo. «Un poco más abajo encontraremos vientos favorables», dijo el duque, buen conocedor del régimen meteorológico de aquellos andurriales y de su utilización para el transporte, y, en efecto, aunque les costó un gran esfuerzo llegar hasta unas tapias próximas, el aire que por allí resbalaba los dejó en las primeras casas del pueblo y se alejó cantando. La de Sybila quedaba cerca, pero no fue necesario llegar hasta ella, porque, no lejos de donde estaban, Napoleón y *Lord Jim* se habían detenido, y *Lord Jim* escuchaba atentamente y examinaba el croquis que hacía Napoleón del planteamiento de una posible batalla en las grandes llanuras del Este: para lo cual, con una varita arrancada de un seto, trazaba rayas en la arena del suelo. «Hay que llevar al enemigo hasta situarse aquí, engañado por la protección del río a retaguardia, mientras que mis ejércitos se instalan aquí y aquí, ésta el ala derecha y esta otra la izquierda. Detrás de este bosquecillo esconderemos la artillería...» Pero *Lord Jim*, de repente, dejó de prestarle atención, porque había descubierto que los cuerpos astrales de los tres Forres se acercaban flotando, si bien con grandes dificultades, pues aunque el lugar aquel parecía tranquilo, volaban contra la corriente de una brisa imperceptible que los zarandeaba. «¡Esperen, que los ayudo!», clamó *Lord Jim*, y trotó hacia ellos, con gran sorpresa de Napoleón, que no veía a nadie y le creía hablando solo. «¡Vamos a casa de tu ama, *Jim*, y que nos abra la puerta de ese condenado espejo!», le dijo la duquesa. «¿Para qué?», le preguntó *Lord Jim*. «Para volver a la vida y poder ajustarles las cuentas a un buen puñado de personas y también a algún animal.» «Pues no creo que se consiga nada si Napoleón no vuelve previamente al mundo de donde vino.» «¡Ordénale, de mi parte, que lo haga!» «Pero, señora duquesa, ¿no comprende su gracia que en este mismo momento está esbozando el planteamiento táctico de la futura gran batalla?» «¿Y qué me importan a mí las batallas ni las tácticas? Lo que quiero es regresar al mundo, y si es indispensable que me cambie por ese imbécil...» «Me permito interrumpir a su gracia para recordarle que Napoleón es un genio y que conviene tratarle con algo más de miramientos. Por otra parte, estoy seguro de que no accederá al cambalache. ¿Su gracia no ha escuchado la radio ni ha leído la prensa? Al mundo entero le asusta y a la vez le fascina el regreso de Napoleón, y no sólo Mr. Horn, sino también el diputado Cammember, han sido llamados a Londres a declarar sobre el caso. Deben de estar para llegar de un momento a otro. Mucho me temo, señora, que no haya nadie dispuesto a prestar a su gracia la menor atención, si no es la señora Toynbee, que está tristísima, pero que sería capaz de cualquier cosa por recobrar a lord Edward.» «¡No es lord Edward lo que me preocupa, *Jim*! ¿No lo comprendes? Mi hijo no pasa de personaje privado, y, por lo que a mí respecta, de accidente irreparable, en tanto que yo tengo que cumplir un montón de compromisos sociales que me reclaman desde Londres, desde París y desde la Rivière, y no considero correcto, ni mucho menos divertido, presentarme en esos sitios como fantasma.» «Correcto, desde luego, no parece que sea —le replicó *Lord Jim* como pensándolo para sí—; pero, divertido, ¿quién sabe?» «¡Aunque lo fuera, *Jim*! Yo quiero lucir mis trajes y que me escuchen las cotorras de esos sitios. Vete en busca de tu ama y procura llegar a un acuerdo con ella.» «¡Vamos también nosotros, mamá!», dijo, casi gimió, lord Edward. «Pero, ¿cómo vamos a ir, si no podemos movernos?», preguntó, angustiada de súbito, la dama. «Yo les soplaré, señora, si me lo permite; es decir, si no se siente humillada porque lo haga.» «¡Sopla, *Jim*! ¡Lo que yo ordeno, no me humilla jamás!» *Lord Jim* hinchó los pulmones, y Napoleón oyó algo así como un relincho tras el que *Lord Jim* salió trotando, y vio también cómo entraba en la casa de la viuda, aunque con cierto ceremonial de ingreso cuya oportunidad no se le alcanzaba al emperador, ni aun como rito iniciático: lo componían reverencias y zalemas. Se encogió de hombros y continuó absorto ante el plano de la gran batalla, la cual, cuanto más se perfilaba, le causaba más problemas. ¿Qué eran, por ejemplo, los proyectiles atómicos de cabezas múltiples? *Lord Jim* le había informado muy someramente: ignoraba su alcance y su manipulación. Sin embargo y por si acaso, decidió contar con ellos y situarlos en masa al socaire de unas alquerías abandonadas.

La corriente establecida al abrir la puerta metió al trío ducal en el salón de Sybila, quien, sentada en un sillón, casi hundida, sollozaba con la cabeza entre las manos. Lord Edward le gritó, se le acercó, la acarició, pero Sybila no podía escucharle, ni sentir en su piel el roce de sus dedos, como tampoco podía oír las palabras de la duquesa ordenando a su hijo que se reportase y que tuviese al menos el decoro de no manifestar en público un sentimiento tan vulgar como aquel de que daba tan reiteradas, aunque ordinarias, pruebas. *Lord Jim* entró detrás, y procuró hacer ruido. Sybila levantó la cabeza. Clavó en *Lord Jim* una mirada dura y desesperada. «¡*Jim*! ¿Qué fue de ti, *Jim*?» «Me he puesto al servicio de las grandes esperanzas humanas.» «¡Tu obligación era ganar el Derby dentro de un par de años!» «Pues, ahora, ¿quién sabe?, quizá sea morir en la última batalla.» «¿De qué batalla hablas, *Jim*?, lo que tienes que hacer inmediatamente es ayudarme a recobrar a mi novio. ¿No ves que, sin él, voy a morirme?» (Lord Edward, repentinamente orgulloso por aquella muestra de amor, no fue capaz de refrenar el deseo de esponjarse, y dejó que se le escapase la satisfacción, si bien al escuchar el «¡Imbécil!» que profirió su madre volviera a acoquinarse. El duque, en cambio, se sintió conmovido y envió a su hijo el socorro de una mirada alentadora que acaso quisiera decir: «Eres el primer miembro de la familia que despertó el amor de una mujer bonita. Enhorabuena.») «Me gustaría hacerlo, señora. Daría, incluso, mi vida. Pero ¿quién convence a Napoleón? Ha cogido ya la historia por los cuernos y no creo que la suelte.» «¿Y qué me importa a mí la historia? Yo no tengo vida pública, sino sólo privada, y mi novio pertenece a ella.» «Mi querida señora, la historia se mete en casa de cada cual sin darle explicaciones y cuando menos lo espera. ¿No se metió así en la mía? Le agarra a uno, le arrastra y le zambulle en el maremágnum glorioso de los formidables acontecimientos. Es muy posible, señora, que a usted le exija el sacrificio de su amor.» «¡No quiero!» «¿Qué vale decir no?» «¡Lo diré hasta el final, y hasta el final te odiaré por no ayudarme!» Lord Jim agachó la cabeza un poco avergonzado: «Pues he venido a hacerlo. ¿Sabe la señora que lord Edward está aquí?» Sybila saltó del sillón y con la fuerza que hizo se le soltó la cabellera, y quedó con las guedejas colgando por la espalda, trigueñas y sedosas, como melena de novia que se despeina para el amor. Lord Edward gritó: «¿Verdad que es guapa, papá?» Pero con los gritos que daba, llamándole, Sybila, su exclamación no alcanzó los oídos del duque. «¡Eduardo, amor mío, ¿dónde estás? ¡Déjame que te abrace! ¡Déjame, al menos, que te coja las manos! ¡Ven a mi lado, siéntate junto a mí, que te oiga respirar!» Y así, y con otras tonterías semejantes, Sybila desmelenada recorría el salón y manoteaba en el aire. ¿Cuántas veces sus dedos le arañaron el fantasma a Eduardo?, ¿y cuántas incidieron en el cuerpo astral de la duquesa, asténico y distinguido a pesar de la muerte? Lord Jim, que veía el espectáculo entero desde un rincón, dejó a Sybila clamar y manotear, hasta que, fatigada, volvió al sillón y lloró. Se acercó, entonces, a ella.

«No puede verle, señora, pero sí hablar con él.» Ella levantó al cielo el rostro acongojado. «¡Vienes a burlarte, Jim! ¡Déjame con mi dolor y vete!» «Señora, no sólo está junto a usted lord Edward, que en este momento le acaricia la nuca (Sybila se estremeció), sino que también lady Adelina y su difunto esposo asisten a la escena. Lady Adelina pretende que usted le abra el espejo, a ver si pasando por él desde allí para acá logra volver a la vida.» «Pero ¡eso es imposible si no contamos con Napoleón!» «Ya se lo dije, pero ella insiste.» Sybila se levantó del sofá con un esfuerzo visible y la previa convicción de que su determinación resultaría inútil. «¡Como ella quiera! ¡Que no diga después que le puse dificultades!» Y yendo decidida al espejo, abrió su puerta, y un lejano rumor de ayes como de aves nocturnas conmovió el aire del sálón. También pasaron máscaras en tropel, de esas feas callejeras, armando un batifondo regular. «Puede pasar cuando quiera», y mantuvo el cristal del espejo sujeto con su mano, no lo fuera a cerrar un viento impertinente. Ella no lo podía ver, pero Lord Jim, sí, como es sabido: la duquesa, con la misma calma, con la misma naturalidad que si entrara en la cámara secreta de la reina, pisó aquellos umbrales —es un decir— y descendió el escalón. La miraban también su hijo y su marido, éste con un relumbre esperanzado en los ojos; pero de quien ella buscaba la confirmación o el desencanto era de la viuda: quien no pestañeó. Lady Adelina se dirigió a ella: «¿Me ve? ¿Me oye?» Sybila no respondió: permanecía inmóvil, como esperando. Lady Adelina dejó caer los brazos, desalentada, y pareció, de repente, la proclamación de su propia derrota. El duque y su hijo se retiraron a un rincón, Lord Jim miraba hacia otra parte: sólo Sybila aguardaba o parecía aguardar. Y así pasaron unos segundos, ¿quién sabe?, o un buen montón de siglos, y a la duquesa le sacudió de súbito algo así como un susto o un remordimiento, aunque no fuese más que una idea. «¡Lord Jim!», gritó, y el caballo dirigió a ella sus grandes ojos soñadores, los ojos que presentían ya una gran batalla sin saber a ciencia cierta lo que es una batalla. «Lord Jim, acércate», pero fue ella la que voló hacia el lugar en que el caballo soñaba. «Escúchame, Lord Jim. La viuda de Toynbee dice amar a mi hijo, y mi hijo, al parecer, la ama a ella. ¿No crees que estaría bien que se juntasen?» Oyéndola, lord Edward sintió que le nacía en el alma una rosa encarnada; pero Lord Jim no se dejó llevar por conclusiones precipitadas. «¿Cómo, señora? Si su gracia no ha sacado nada en limpio atravesando el espejo...» «Porque me falta cuerpo, eso está claro. Napoleón se apoderó de mi materia y también de la de mi hijo. Me pregunto para qué querrá tanta materia y dónde la habrá metido un hombre tan escaso, pero eso es cuestión ahora secundaria. Lo que yo entiendo es que, con cualquier otra materia, aunque fuera plebeya, yo recobraría mi ser porque, por lo que se ve, con materia o sin ella, sigo siendo la duquesa. Y se me ocurre si la viuda no querría, puesto que tanto ama a Eduardo, puesto que tanto anhela reunirse con él, cederme un poco de la suya, en fin, la que sea necesaria para llenar de carne este fantasma. ¿Por qué no se lo preguntas?» Desde su rincón, ante el duque estupefacto, lord Edward increpaba a su madre. «Pero ¿cómo se te ocurre...? ¿No comprendes que Sybila...?» Pero no terminaba ninguna frase porque, en el fondo, la idea no le parecía mala, sino estupenda y era justamente el contenido de aquella rosa roja de su esperanza. Y, mientras tanto, *Lord Jim* susurraba la proposición al oído de su ama. Sybila de momento quedó perpleja. Después, su primera reacción fue la de exclamar «¡Que se vaya al diablo la vieja! ¡Pues no faltaba más, que yo fuera a morirme para que ella volviese al mundo!», pero no llegó a hacerlo, ni siquiera a pensar con qué palabras lo diría, porque inmediatamente se superpuso a su intención el recuerdo de que durante muchas horas de aquella noche, y también de la mañana, había deseado la muerte con la esperanza precisamente de unirse, mediante ella, a su Eduardito, y ahora se le ofrecía la ocasión de hacerlo de una manera generosa, al menos en apariencia, o, en cualquier caso, sostenida en su respetabilidad por algo tan serio como un contrato, aunque fuese sólo verbal y por caballo interpuesto. Experimentó en el fondo una sensación de alivio y de alegría que era casi un sentimiento, pero se cuidó mucho de mostrarlo; por el contrario, con la suficiente circunspección, respondió a *Lord Jim*: «Antes tendré que discutirlo con Eduardo.» A éste, a juzgar por sus manoteos y balbuceos, debió de parecerle de perlas, y, en cuanto a la duquesa, sólo se le ocurrió preguntar que cómo iban a hacerlo, y de si necesitarían un velador, como era acostumbrado. «Que su gracia no se preocupe, que de eso me encargo yo.» Un escrúpulo puritano ensombreció aquella frente, merecedora de una corona real, en que tantas genealogías habían dejado señal en sus arrugas. «¡*Lord Jim!* ¡No irás a favorecer otra clase de relaciones! ¡Que mi hijo es inexperto, y, ella, una viuda!» «Me permito recordar a su gracia que su hijo tampoco tiene cuerpo.» Con esto, la dama pareció sosegarse, y accedió a la propuesta subsiguiente de *Lord Jim*, es a saber, que saliesen del salón, ella y el duque, sin rechistar, para lo cual los empujó de unos soplidos. Y cuando quedaron solos, él y Sybila visibles, lord Edward columpiando en el aire el contorno gaseoso de su cuerpo, *Lord Jim* les dijo: «Ahora tienen que portarse con comedimiento y discreción, y, sobre todo, hacer lo que les mande. Por lo tanto, señora, refrénese, y deje de clamar y de llorar, y usted, señor, piense que ella no le oye, por mucho que suspire y le jure amor. Podrán hablarse, pero a través de mí. Será menester, señora, que me permita sentarme en el sofá, y usted a un lado, y el señor al otro. ¿Quieren hacerlo ya? Así, muy bien. ¡No se preocupe, señora, del cojincito que tanto le gusta al señor, y piense que sus caderas ni siquiera son de aire! Y en cuanto a acariciarse, pueden hacerlo, pero sin esperanza de sentir el uno cómo la sangre del otro le calienta la piel. El señor verá su mano en la mano de la señora; usted, señora, ni eso: usted habrá de creer bajo palabra. Y, ahora, escúchenme: tienen que hablarse a través de mis orejas, pero por turno, como si fueran los agujeros de una caña. Primero, hablar; luego, escuchar. Y así sucesivamente.» Sybila se había sosegado y aplicaba la boca al oído de Lord Jim. «¿Quién empieza, él o yo?» «¡Como usted quiera!» «¡Ah, entonces, que empiece él!» Y se puso rápidamente a escuchar como un sordo que se arrima la trompetilla. Lord Edward, al otro lado del misterio, decía: «¡Sybila, amor mío!» Un viento de alegría refrenada conmovió el rostro de Sybila como la brisa suave menea la superficie de un olmo: con ese ruidito tan musical. «¡Mi Eduardo! ¿Estás contento?» «Estoy bastante triste.» «¿Es que no existen canciones en ese mundo?» «A veces hace viento y se oye: eso es todo.» «Podría ponerte el tocadiscos con las baladas que te gustan; eso, durante el día. Por la noche podría cantarlas yo.» «No creo que mi madre lo tolerase. Ya la conoces.» «¡Siempre ese estorbo! ¿No eres muy hombrecito ya para tener tanta madre?» «Ya sabes que es muy terca y extravagante.» «Bueno, pues dejémosla en paz. ¿Cómo vas del catarro, mi vida? ¿Llevas puesto el suéter?» «Aquí no debe de haber catarros, porque nadie estornuda.» «Y, hambre, ¿no tienes?» «De besarte, nada más, pero con los labios del alma.» «¿Y por qué con esos labios tan raros, mi vida? Los tuyos de antes eran asaz sabrosos (1).» «Sí, pero ahora no los siento.» «¡Qué contrariedad! Entonces, ¿cómo me quieres?» «¡Con toda el alma, de eso puedes estar segura! No dispongo de otra cosa.» «¡Dios mío, qué insuficiencia! Y, ¿con qué fumas? ¿Con el alma también?» «¡Es que no fumo...!», y el segundón dejó que traspasase un sollozo la trompetilla de Lord Jim. A Sybila empezaban a salírsele otra vez las lágrimas. «Pero, vamos a ver —dijo, al llegarle el turno, con voz a veces también interrumpida—, ¿qué es lo que haces ahí?» «Nada.» «¿Absolutamente nada?» «Lo que se dice nada, mi vida. Nada, nada, nada.» «¡Es espantoso!» «Ni siquiera espantoso. No es nada.» «¿Y si yo estuviera contigo?» «¡Oh, si estuvieras conmigo! Podríamos dejar que el viento nos llevase a cualquier cielo lejano, o por encima del mar, y buscaríamos un sitio en una estrella muerta para quedarnos eternamente.» «Pero con toda el alma, claro.» «Eso, por supuesto.» «De hijos, nada.» «Ya te lo di a enten-

(1) No se olvide que, al menos teóricamente, estas prosas son una traducción. Me sirvo del arcaísmo «asaz» como el mejor equivalente del inglés *enough*; si la versión fuese en gallego, hubiera puesto *abondo*.

der.» «Entonces, ¿en qué podemos entretenernos eternamente?» «Fuera de esos viajes en el viento, hay también las reuniones de familia, según tengo entendido, aunque me temo que los prejuicios de clase estorben tu concurrencia. En fin, por lo que llevo visto ya, una vida algo monótona.» A Sybila le agarró una ola de vehemencia. «¡Pero siempre mejor que esto de ahora! Te deseo, y no puedes desearme. Ofreces darme un beso con los labios del alma, y yo no los siento con los míos. ¡Esto es atroz, Eduardito! Voy a tener que morirme.» «¿Serías capaz, sólo por mí?» «Si tuviera que tomar un veneno, o levantarme la tapa de los sesos, o arrojarme a la mar por los acantilados, quizá no: son unas maneras de morir demasiado aparatosas. Pero ¡pasar una puerta que yo misma abriré! Puedo llevar, además, el traje rosa que te gusta tanto, y eternizarme con él...» «Te advierto que los colores tampoco se notan mucho.» «Pero, entonces, ¿qué es lo que diablos se ve en ese mundo en que andas?» «Todo y nada, mi vida, como si dijéramos; pero, en general, llanuras interminables al atardecer y columnas rotas aquí y allá, columnas que dejan caer unas sombras inmensas.» Sybila inició un encogimiento de hombros completamente desalentado. «¡Pues no deja de ser interesante...» Y enclavijó las manos. Lord Edward, al parecer, carecía de respuesta, al menos inmediata, puesto que no habló, y, después de una pausa, el cuerpo de Sybila se asemejó al de una sierpe abandonada al relajo de una tarde calurosa que, de repente, se siente pisada en la cola. «Eduardito, soy una mujer seria. No puedo morirme ahora mismo porque no debo dejar mis cosas en manos de la criada, tengo que hablar con el notario, y me gustaría además decirle unas palabritas a cierta figura histórica responsable de lo que nos sucede; pero te juro que, mañana a más tardar, traspasaré esa puerta.» «¡Y te estarán esperando los brazos de mi alma!» «Por si acaso no han perdido el sabor del todo, que me esperen también tus labios.» «¡Ah, mis labios...!» Y lord Edward intentó en vano mordisquearse el de arriba, que era el más sensible al roce de los dientes de Sybila; o más exactamente, que había sido...

«Pues ahora hay que explicarle a mi madre que mañana...» *Lord Jim* se había levantado del sofá, Sybila y su Eduardito quedaban inútilmente hablándose, inútilmente buscándose. El duque y la duquesa esperaban arrinconados en el vestíbulo, allí donde el aire permanecía quieto. «La ceremonia se aplaza para mañana», dijo el caballo a la duquesa. «¿Cómo para mañana? ¿Es que no comprende esa señora

225

que me corre verdadera prisa?» «Es probable que sí, que lo comprenda, pero su gracia debe comprender también que ella no puede marcharse de este mundo sin dejar sus cosas arregladas.» «¡Sus cosas arregladas! ¿Las deja, acaso, el náufrago al que sorprende una tempestad? ¿Las deja el que perece bajo las ruedas de un coche? ¡Dile a tu ama que, aquí, lo único que tiene verdadera prisa, es que se reúna con mi hijo, y que yo asista esta tarde a una cita que tengo con la modista!» El duque, aun sin haberse movido, empezaba a divertirse, y la sonrisa que le salía en el rostro afeitado comunicaba un suavísimo meneo al resto de su ectoplasma. «¿Será quizá la misma cita que te impidió asistir a mi velorio, Adelina?» «¡No me recuerdes antiguallas, Algy, *please*! Y, en cuanto a ti, *Jim*, dile a tu ama...» «Sí, señora duquesa: que ponga inmediatamente un telegrama a la modista de su gracia en Londres... ¿o es por casualidad la de París?, aplazando esa cita hasta mañana a la misma hora.» Lady Adelina levantó una mano. ¿Para golpear quizá? Fuera cual fuese su intención, se arrepintió de ella a tiempo, se arrepintió antes de que un gesto de ira hubiera desbaratado aquel orden, tan morosamente logrado, tan arquetípico, de las arrugas de su rostro y lo hubiera transformado en una mueca. La mano se le quedó a medias en su camino, e hizo al aire una especie de quiebro, elegante y raudo. «Me parece muy bien, *Jim*. Estás en todo. La dirección de la modista es el treinta y cinco de Knithbridge Road...»

«Dile a mi novio, *Jim*, que ahora se marche. Tengo mucho que hacer, y no sabría empezar sabiéndole detrás de mí. En cuanto a la duquesa, sería también mejor que se ausentara hasta mañana al mediodía, la hora en punto en que... (hipó un sollozo, rápidamente reprimido), en que se llevara a cabo la ceremonia, seria y solemne como la de un samurai, aunque en seco. Tú, por tu parte, conviene que acompañes a Napoleón, y si conservas un resto del cariño que has sentido por mí, no le pierdas de vista e impídele que cometa cualquier barrabasada heroica. ¡Y, sobre todo, *Jim*, nada de pensar en batallas! Si ese hombre llega a aburrirse y decide volver al otro mundo, todavía nos queda una esperanza.» Lord *Jim* se atrevió, esta vez, a lamerle la mano. «Lo haré, señora. Pero en cuanto a esperanza... ¿a quién hastía la gloria, quién se aburre del poder? Al menos en un principio y durante algún tiempo...» Pero Sybila se había marchado ya, y telefoneaba al notario del pueblo para que le trajese el testamento.

Lord *Jim* salió al camino. Un vientecillo zigzagueante llevaba por los aires, como a globos de feria, a los duques y a su hijo, pero, en el suelo, muy cerca de la casa, un grupo se había juntado alrededor de Napoleón, gente que *Lord Jim* desconocía: eran cuatro varones, tres de ellos de uniforme, y, el cuarto, de acicalado *gentleman*. Y Napoleón les hablaba y explicaba la batalla cuyas sucesivas fases había ya dibujado en la tierra. *Lord Jim* se acomodó en silencio junto al tronco de un árbol, y escuchó. Para Napoleón, toda batalla terrestre se podía equiparar a la de Austerlitz, como todas las navales a la de Salamina: batallas arquetípicas e infinitamente repetidas: como que, por haberlo ignorado, le habían zurrado los ingleses a Villeneuve en Trafalgar. «El espacio que cubre mi diseño abarca muchos miles de millas cuadradas. El de Austerlitz no alcanzaba el tamaño, por supuesto, pero los tiros de entonces tampoco acertaban más que a corta distancia, y las órdenes que ahora se transmiten por radio, tenía entonces que llevarlas un jinete. De modo que se guardan las proporciones.» «Pudiera ser —le interrumpió uno de los presentes— que el campo de batalla fuese ahora el mundo entero.» «¿Y por qué no? —le respondió Napoleón—. El planteamiento sigue siendo el mismo. Lo único que se requiere es que el general en jefe mantenga, grande o pequeño el campo, la visión del conjunto.» Aquel de los cuatro visitantes que vestía de paisano, le dijo entonces: «¿Y dónde se hallará una cabeza lo suficientemente grande para que quepa el mundo entero en ella?» Napoleón se quitó el sombrero y se lo ofreció al *gentleman*. «¿Quiere probarse mi sombrero, *s'il vous plaît?*» Los otros se echaron a reír, y el *gentleman* rió también. El que llevaba quepis adelantó un paso y se cuadró. «Considero, Sire, que ya va siendo hora de que nos presentemos. Coronel François Dubonet, del Regimiento de Cazadores de Lorena.» Napoleón le tendió la mano y retuvo la del coronel entre las suyas. «Me acuerdo de tu tatarabuelo, François. Fue un excelente sargento de granaderos, y hubiera llegado a mariscal, pero quedó en el Beressina.» Dubonet intentó esconder tras la rigidez castrense la súbita emoción de aquel recuerdo: «Gracias, Sire», murmuró, y se retiró un poco, como dejando espacio a su vecino de la derecha: quien se cuadró también, y dijo: «Coronel Karl Schmidt, del Quinto Cuerpo del Ejército.» Napoleón le dio la mano. «¿Alemán?», le preguntó. «Norteamericano, general.» «Tiene usted nombre alemán.» «Pero he nacido en Oklahoma.» «De su tierra, coronel, y de su ejército, estoy muy mal informado. Como que cuando morí, acababan de entrar en la Historia...» El tercer militar se había adelantado ya. Parecía, de los tres, el más disciplinado y rígido. «Coronel Sergio Todorow Padkoliosin, de los Cosacos del Don.» Napoleón, no satisfecho, al parecer, con estrecharle la mano, le golpeó afablemente un brazo, y vuelto a *Lord Jim*, que metía la cabeza en el cotarro, aunque seguramente para escuchar mejor, exclamó: «¡Brava caballería esta del Don, *Lord Jim*, y en buenos aprietos que me tiene metido!»; y, vuelto al ruso, le preguntó cómo se llamaba el zar de ahora. El ruso quedó como embarazado, los otros sonrieron y escondieron la risa con tosecillas, y *Lord Jim* susurró algo al oído de Napoleón. «¡Ah, sí! Lo había olvidado. Tuve que aprender tantas cosas en una sola noche, que algunas se me escapan. Pero, en todo caso, Rusia permanece en su sitio.» El ruso, con un resplandor de astucia en el rubio rostro rígido, le preguntó, señalando el plano de la batalla: «¿Y en ese mapa, general, hacia dónde queda? Quiero decir si la han dejado atrás, si está delante del vencedor, o si ambos bandos se han encontrado en ella.» «Todo depende —le respondió Napoleón— de quienes sean los malos, pero barrunto que sus tierras del Sur, bien protegidas por el Cáucaso, ofrecerán una base excelente a nuestras tropas, en cuyo Estado Mayor creo adivinarle a usted.» El ruso le hizo una reverencia. «Le deseo mucha suerte, general, y espero que el Ejército al que pertenezco se sienta muy honrado con su colaboración» y, dicho esto, se retiró un poco. Fue entonces el *gentleman* el que se presentó: «Sir Ives Thompson, V. C., del Foreign Office.» Napoleón se cuadró: «Napoleón Bonaparte, teniente de artillería.» «Mi gobierno, señor Bonaparte, me encarga de comunicarle que todos los *bills* votados contra usted han sido retirados y que goza de entera libertad en estas islas. La policía local se encargará de proveerle de documentación.» «¡Oh, qué generoso es el gobierno inglés! Confío en que tendrá usted pronto ocasión de darle las gracias en mi nombre.» «Así lo espero, señor. Y estoy seguro de que las Cámaras se sienten ya felices de saberle entre nosotros, y casi puedo añadir que se aprovechará esta inesperada circunstancia para invitarle a algunas reuniones. Cabalmente los estados mayores coligados esperan de usted determinadas respuestas que las computadoras, hasta ahora, les niegan.»

Era media mañana, y la reunión, para celebrarse en descampado, se prolongaba. Una llovizna súbita dio ocasión a *Lord Jim* de proponer a los presentes un lugar menos inhóspito para seguir charlando, y todos estuvieron conformes menos el coronel Schmidt, quien confesó sus dificultades mentales y morales para encajar, en su esquema del Universo, aquella figura, enteramente inusitada y por supuesto absurda, del caballo parlante, sociable y meticón, y que cualquier participación que se esperase de él, o se deseare, quedaba condicionada a la explicación previa de la presencia y compañía (de lo más campechana, eso sí) de tan insólito cuadrúpedo; a lo que, Napoleón, con una de aquellas determinaciones rápidas que le habían caracterizado en la guerra y en la paz (aunque no tanto en el amor), se arrancó del pecho la Legión de Honor y se la colgó a *Lord Jim* en la pelambre del pecho, con estas palabras: «Te nombro gran oficial de la Legión de Honor por los servicios prestados al Emperador de los Franceses. Eres en consecuencia tanto como cualquiera y más que nadie, confío en que el digno representante de la gran democracia americana no sienta escrúpulo de sentarse a tu lado.» La educación del coronel Schmidt pudo menos que su sangre, y aceptó la situación. «Después de todo —dijo—, no es el primer caballo a quien se condecora.» Y se fueron todos tras *Lord Jim,* que los llevó a su caballeriza y les rogó que esperasen a cubierto mientras él hablaba con su ama. La viuda de Toynbee, al verle llegar, le preguntó qué sucedía. «Pues que empieza a gestarse la gran batalla de la Historia, y hacen falta, por lo pronto, una mesa y unas sillas.»

Es más que probable que *Lord Jim* se equivocase y que quienes planeasen la gran batalla no fuesen los agregados militares que sir Ives Thompson había llevado a la aldeíta de Forres, sino los congregados en un lugar secreto y bastante cómodo de la ciudad de Londres, reunión de la que, a pesar de las cautelas con que se convocó y se inició, fuimos cumplidamente informados a su debido tiempo: lo cual sin duda nos ofrecería muy razonable ocasión de echar un cuarto a espadas en pro del autor omnisciente y la conveniencia de su recuperación si no fuera porque la misma necesidad de informarnos nos obliga a renunciar, al menos de momento, a semejantes cuestiones aledañas y a prestar nueva atención al conciliábulo mismo, en el que el representante de los Estados Unidos —un hombre por supuesto algo más enterado que el coronel Karl Schmidt, aunque no tan marcial— acaba de recibir un papelito urgente y críptico que le envía a toda prisa su embajador. El espabiladísimo representante de los Estados Unidos gasta un par de minutos en traducir el mensaje y otro más en meditar su contenido (al menos eso parece a sus colegas), para decir finalmente: «Caballeros, hemos estado perdiendo el tiempo.» «¿Sucede algo?», preguntó el inglés. «¿Ha vuelto a morir Napoleón?», interrogó, angustiado el gabacho. «No, por fortuna, al menos que yo sepa. Lo que sucede, sencillamente, es que acaban de invertirse nuestros supuestos estratégicos.» Los europeos de uno y otro lado del Canal coincidieron esta vez en la misma pregunta: «¿Cómo?», que según conjeturas verosímiles traducía sorpresa y al mismo tiempo desazón, quizá sólo por haberse habituado a una postura y porque les diese pereza un cambio tan inesperado. ¡Cuando todo marchaba sobre ruedas! El norteamericano arrojó el papelito sobre la mesa. «Lo que ahí se dice es ni más ni menos que esto: El *pool* de fabricantes de *chewing gum* acaba de conseguir de la China Continental un amplísimo permiso de importación para sus manufacturas, en las mejores condiciones aduaneras y sin contrapartida. Parece ser que los dirigentes chinos proyectan grandes cambios políticos con la ayuda del *chewing gum,* al que seguirán, sin duda, nuestras bebidas refrescantes y probablemente también los chupachús. Ahora bien: ¿Imaginan ustedes las ganancias que garantizan a un país novecientos millones de chinos mascando chicle? Mi país no puede renunciar a ellas, sobre todo si tenemos en cuenta el que esa puerta que acaba de entreabrirse terminará por franquearse de par en par. Por lo tanto, caballeros, me permito sugerirles que la batalla planeada se lleve a cabo en la Mesopotamia, lugar donde lógicamente intentarían los soviets interceptar el paso de los chinos. Esto altera, no sólo la composición de las tropas coligadas, sino también su posición. Antes proyectábamos atacar a la China en todas sus fronteras; ahora todo será más sencillo: situados aquí los rusos, los cogeremos entre dos fuegos.» «Y, este nuevo planteamiento, ¿elimina a Napoleón?», preguntó el francés, un poco tembloroso. «¿Por qué, si pretendemos dar la batalla precisamente porque contamos con él?» «Sin embargo, pudiera ser que él prefiriese pelear al lado de los rusos y no frente a ellos. No conviene olvidar los precedentes, sobre todo cuando fueron funestos.» «¿Cree usted que Napoleón será supersticioso?» «Por lo menos es italiano.» «En cualquier caso, a él le venció el General Invierno porque se le había ocurrido invadir Rusia. Pero ahora nadie invadirá a nadie, sino que China moverá sus tropas hacia Occidente, a través del Irán; los soviets intentarán cortarle el paso, y nosotros aprovecharemos el momento para atacarles partiendo de nuestras bases en el Oriente Medio...» Se dirigió, diligente, al mapamundi, y con nuevos colores trazó nuevos itinerarios por las llanuras asiáticas. El representante francés cuchicheaba, mientras, con el británico. «Insisto en que Napoleón puede tener sus preferencias y sus escrúpulos.» «No lo crea, colega. Lo que a Napoleón le gusta es dirigir y ganar una batalla. Quien sea el enemigo es lo de menos.» El francés, sin embargo, no se tranquilizaba. «No olvide usted que, en este mismo momento, tres agregados militares dialogan con Napoleón acerca de esa batalla y uno de ellos es ruso.» «Pues no se preocupe, porque mañana ocupará su puesto el chino, que, por cierto, es un hombre muy amable, siempre sonriente. ¿No lo conoce usted?»

De modo que *Lord Jim* entró en la casa y buscó a su ama, como se ha dicho, y a la pregunta de ésta respondió con palabras que parecían trascendentales y que a la viuda Toynbee hacían maldita la gracia, y así le dijo, o le repitió acaso, que la estaba traicionando, a lo que *Lord Jim* se opuso con palabra muy firme, asegurando en serio que se había puesto al servicio de las grandes esperanzas humanas y, ¿por qué no?, de las que alentaban también, sin atreverse a proclamarlas, a los mamíferos superiores. «¡Tu obligación —dijo entonces Sybila— era la de ganar el Derby!» «Ahora es la de morir en Siberia durante la gran batalla, o, ¿quién sabe?, después de ella, pero, en todo caso morir, y ya ve usted, mi querida señora, que, aun sabiéndolo, preparo o ayudo a preparar la ocasión de mi muerte. Para eso le he pedido una mesa y unas sillas.» Sybila no sabía si mirarle con desprecio o con pena, aunque en el fondo de su corazón conservase como una brizna de certeza irracional de que *Lord Jim* se había de arrepentir y cambiaría de bando. Quizá fuera por esto por lo que abandonó el tono acre y le dijo que lo más apropiado para ocasión tan solemne sería el comedor, donde había mesa para todos los codos y sillones para todas las posaderas. «Incluso para la tuyas, *Jim,* si también forma parte de ese Estado Mayor.» *Lord Jim* adelantó el pecho para que su ama le viese la Legión de Honor. «Por derecho propio, señora. Me lo dijo el mismo Napoleón.» Pero Sybila no le escuchaba ya: se estaba yendo al jardín por una puerta chiquita.

El comedor era capaz, aunque gracioso, y si bien los agregados militares hallaron en sus asientos confortable acomodo, sus uniformes desentonaban un poco en aquel conjunto de cretonas tan femeninamente organizado por la dueña de la casa: como que todo era suave, los colores, las líneas y las superficies; nada brillaba más de lo debido, menos aún rutilaba, y aquellas condecoraciones tan ostentosas sonaban como chillidos en un atardecer violeta y rosa (1). Cómo serían, que el propio *Lord Jim,* repantigado en uno de los sillones, y no en el último, chocaba menos. Su presencia, sin embargo, se atuvo a lo decorativo, aunque siempre sin salirse de lo extraordinario, en tanto que los profesionales discutían los detalles concretos de la próxima contienda, siempre apoyándose en la hipótesis de que sería China la atacada y de que las tropas y las armas de la Gran Coalición partirían de los países limítrofes, y así hubieran continuado indefinidamente, ya que los detalles discutibles eran muy numerosos, cuando en cualquier momento halló *Lord Jim* ocasión para meter su baza e introducir su voz en el concurso de las presentes, y dijo algo muy obvio, aunque no tenido hasta entonces en cuenta, como que los chinos eran muchos, o cosa así, lo cual motivó el que Napoleón, que ya había perdido los estribos y se encontraba como en su puesto de mando de la campaña de Italia, respondiese que hacía suya la idea de *Lord Jim,* a quien nombraba desde aquel momento su caballo favorito. *Jim* dio señales de emoción. «¿Seré vuestro caballo, majestad, en la gran batalla?» «Sí, y hasta es probable que en ella mueras.» Aquella corroboración tan autorizada de lo que *Lord Jim* venía pensando, y aun comunicando, aunque en secreto (sólo a su ama se lo había dicho), obró como una confirmación oficial y pública, algo así como si en el Boletín Imperial de Guerra se le hubiera nombrado para un puesto en las filas de la muerte: de modo que su emoción creció, y respondió de momento: «¿Qué importa eso, majestad?», y en seguida se irguió y quedó como transfigurado. «¡La gran batalla de Siberia! —exclamó—. La gran batalla de la paz y de la libertad, la última de todas! Una vez más los hombres dejarán sus amores y sus tierras y marcharán a la muerte alegremente, congregados por las trompetas de un himno...» Aquí le interrumpió Dubonet, metido en situación, y contagiado: «De *La Marsellesa.*» «¿Y por qué no de *La Internacional*?», le atajó el ruso, un poco mosca por aquel desplazamiento súbito de que se le hacía objeto. «*La Marsellesa* es el himno de la libertad, y después de esta batalla, todos los hombres serán libres —y puesto inmediatamente en pie, y en una actitud que recordaba la de Rouget de Lisle en un cuadro bastante malo, aunque famo-

(1) No hay más remedio que recurrir a los colores de J. R. J. para dejar la cosa clara, puesto que el español carece del verbo *shidere.*

so, Dubonet cantó—: *Liberté, liberté chérie...*!» Y se quedó
mirando al ruso, quien no parecía conmovido ni arrebatado,
sino en su sitio: el cual coronel ruso, más que decir, rezó esta
sentencia obvia: «El nuestro es el himno de la solidaridad, y
después de esa batalla, los hombres serán siempre solidarios.»
«¿Y por qué no *Barras y Estrellas*?», terció el norteamericano; y ante el silencio de los demás, *Lord Jim* le explicó: «Es
que no sabemos la letra —e inmediatamente, pisando con ce-
leridad su respuesta como con el temor de que le cogiesen la
vez, continuó—: Basta con unos trompetazos, los que sean.
Marcharemos tras ellos, y yo esperaré mi muerte en medio
de la gran muerte, y mi gloria también, cargado gloriosamen-
te del cuerpo del emperador. ¡Será inmensa la llanura, majestad, inmensa y fría! —añadió, cambiando de tono y mirando a Napoleón—. Inmensos los ejércitos, inmensos los corazones, inmenso el cielo, y, en medio de esa inmensidad, se
cerrarán mis ojos cuando el clamor del triunfo se alce hasta
las estrellas. ¡La paz, Napoleón, la libertad para todos!»
¿Quién fue el que gritó ¡hurra!? Es una cuestión no debidamente dilucidada por indudable carencia de documentación
idónea, como serían cuadernos de memorias íntimas o de recuerdos políticos, aunque parece que el señor Padkoliosin,
finalmente contagiado, gritó ¡hurra! también; y que inclusive, invitado por *Lord Jim,* que evidentemente estaba inca-
pacitado para hacerlo, cogió del aparador una botella y copas
y fue el primero en brindar; y todo fueron después abrazos
y esperanzas y, por supuesto, promesas, como la que Napoleón hizo al que ya era su caballo, de autorizarle a reposar a
su lado bajo la cúpula majestuosa de los Inválidos: dando, al
hacerlo, por supuesto que el gobierno francés no se opondría.
Hasta que sir Ives Thompson, V. C., del Foreign Office, echó
un jarro de agua fría sobre la alegría general al recordarles
que los gobiernos respectivos no habían dicho aún la última
palabra, y que convendría regresar a Londres a informar
cuanto antes a quienes debían ser informados: con lo que se
deshizo la reunión, Napoleón y *Lord Jim* agitaron los brazos en señal de despedida hasta que el coche de los visitantes
se perdió en una vuelta del cerro, y, entonces, regresaron al
cottage de Sybila con todo el aire de sentirse satisfechos y contentos. Napoleón particularmente aparecía locuaz, y no me-
ditativo como era sólito en él, al menos según su iconografía,
que cuando no lo presenta mandando una batalla lo muestra
meditando una ley, y, así, *Lord Jim* se aprovechó de la bonanza para preguntarle algo acerca del futuro del mundo, y

quizá del universo, de cómo pensaba organizarlos después de la gran batalla. «Pues la verdad es, *Jim*, que me pasé toda la noche pensando en eso, y que no logré poner en orden y ver con claridad suficiente unas cuantas ideas que tenía bien maduras, ya que en el otro mundo no hay mejor cosa que hacer que pensar en política, y que creía listas para llevar a la práctica, pero que no sé por qué, ahora que empezaban a ser posibles, de repente se oscurecieron, y lo que yo veía preciso como un dibujo a tinta china, se me desorganizó y mezcló. Pero pienso que ahora, gracias a la oportunidad de tu pregunta, parece que se me vuelven a ordenar, y voy a exponerlas para que las recuerdes y pueda echar mano de tu recuerdo si a confundirse vuelven. Todo el mal de la Historia obedece a que unos países son más fuertes que otros, y siempre hay uno que aspira a ser más fuerte que los demás, a lo que se oponen, naturalmente, los restantes. Todavía no sabemos cómo sería el mundo bajo una sola mano, y yo mismo no sé qué hubiera hecho entonces, de no haberme vencido aquel borracho de Wellington en Waterloo; pero hoy sí sé lo que haría, que será lo que haga después de esa batalla a que nos disponemos, y en la que, según has visto claramente, se juega de una vez para siempre el porvenir de todo lo creado.» *Lord Jim*, ante esta prosa de preámbulo, empezaba a impacientarse, pero no se atrevió a interrumpir al emperador y rogarle que fuese al grano; de suerte que Napoleón se extendió todavía unos minutos más en consideraciones generales del mismo orden, con brillantes digresiones que mostraban su honda preocupación por el futuro del hombre y, sobre todo, por el suyo propio; hasta que, por fin, trazó con bien elegidas palabras las líneas generales de su Remedio-para-siempre, aunque inmediatamente antes, y agarrándose a una ocasión y a un silencio, *Lord Jim* le hubiera preguntado: «¿Lo que pudiéramos llamar "Plan para la liberación de los hombres y de las especies superiores"?» «Yo lo llamaría más bien "Plan del equilibrio universal convenientemente regulado por la concentración del poder en una sola mano y por la parcelación del mundo en países contradictorios y al mismo tiempo complementarios". Verás: después de la victoria, y aprovechando, de una parte, la euforia, y, de la otra, la depresión de la derrota, dividiré las zonas habitables del planeta en parcelas de la misma extensión, igualmente pobladas y ricas, la mitad de ellas democráticas, la otra mitad totalitarias, y su distribución geográfica será alternada y debidamente compensada: cada país totalitario limitará con dos democracias, y cada democracia se verá escoltada por dos sólidas dictaduras. Con el mismo criterio se distribuirán lo países marítimos y los continentales, armada e infantería alternando. Pero habrá una zona impar, la mía, ni democrática ni totalitaria, pero marítima y continental al mismo tiempo, y de tal manera situada que, con inclinarse a un lado o al otro, pueda restablecer el equilibrio alterado por cualquier veleidad de dominio universal. De esta manera, el volante regulador, el verdadero y único poder, estará en mis manos, ¿me comprendes?» En la mirada de *Lord Jim* relampagueaba el asombro y estallaba la satisfacción ante la obra de ingeniería que funciona. Apenas si pudo balbucir un «Sí, majestad» que parecía también querer decir «Continúe». Pero el estado espiritual de Bonaparte le situaba precisamente en la posición teórica, no ya del que admira, sino del que requiere la admiración, y no por vanidad más o menos habitual, sino como consecuencia o conclusión lógica del que expone una obra admirable y solicita la corroboración del que contempla; así que dijo —advirtiendo solamente, de la mirada de *Lord Jim,* no el ruego, sino el temblor—: «¿No lo encuentras admirable?» «Lo admiro desde ahora mismo —le respondió el caballo—. Pero ¿y qué papel juega la libertad en ese maravilloso artilugio?» Napoleón sonrió a *Lord Jim* desde la altura de una experiencia que había recorrido el camino iniciado en la Revolución y acabado en el Imperio, y en cuyas etapas había resonado la palabra «libertad» con variadas músicas: la sonrisa, tan conocida y estudiada, del sabio ante la ingenuidad del catecúmeno. «En los países democráticos, serán libres al modo democrático, y, en los totalitarios, al modo totalitario; es decir, en cada país serán libres a su modo.» *Lord Jim,* un poco estupefacto, antes de preguntar, abrió la boca y la mantuvo abierta y en silencio, quizá como señal de más asombro todavía. «Pero ¿eso es ser libres de verdad?» «Lo importante, querido *Jim* —y Napoleón le acarició condescendientemente el cuello—, no es tanto la posesión efectiva de la libertad, por otra parte utópica, como la convicción de que de veras se posee. No has de perder de vista que la libertad no es más que una palabra vacua que cada cual rellena a su manera y según sus apetencias. Lo importante de mi sistema es que, dentro de él, atrapados por él, todos los hombres poseerán la libertad de esa manera, quiero decir, en forma de convicción.» *Lord Jim* abrió de nuevo la boca, aunque esta vez dejó escapar el ¡ah! resolutorio en que se resumía, no sólo el suyo, sino el ¡ah! del asombro universal; y de pronto dio un elegante salto, rematado en una corveta impensable, aunque de la más pura escuela española de Viena, y dijo: «Majestad,˙ necesito correr un poco. Un caballo importante, como yo, no puede ejercitar dignamente su cometido sin el indispensable entrenamiento diario»; y salió pitando hacia el horizonte, en que una nube alargada se oscurecía.

Napoleón quedó solo, pero como si nada, porque ya contemplaba a su alrededor, ordenadas y dispuestas, las tropas innumerables que iban a obedecerle. ¡Cuántos ilustres militares se habían congregado bajo aquellas banderas de la Gran Coalición! Igual que en los ejércitos del Atrida, allí estaban... (Pero no los enumeraremos. Se estima que esas páginas enumerativas son de las más pesadas de la *Ilíada,* sin otra importancia que la de dejar nombrados a unos cabezas de estirpe para que sus descendientes pudieran, siglos más tarde, presumir de abolengo. «Vengo del coronel Dubonet, que estuvo en la Gran Batalla», lo mismo que otros afirmaban hace miles de años, que descendían de Ayante o de Aquileo) (1). Se extendían por la llanura, cubrían las colinas, se adelgazaban en los valles, y, envueltos en neblina gris azul, cerraban el horizonte, y él los evaluaba con su mirada experta. Mientras tanto, regresaba al *cottage* de la señora Toynbee, pues le apetecía un poco de silencio que le ayudase a resolver algunas dificultades de aparición reciente; pero, al entrar en el salón, la encontró allí, a la viuda, y no le pareció discreto solicitar que le dejara solo, ya que pensándolo bien él era el intruso. La saludó, escuchó la respuesta, e hizo ademán de pasar y de dejarla, pero ella se le interpuso y le cerró el camino hacia la puerta del jardín. Napoleón se detuvo. Ella, entonces, le dijo: «Ayer tenía un novio, majestad», y lo que pudiera haber en sus palabras de patético, lo refrenaba y lo disimulaba su sosiego aparente. Cualquier inglés hubiera comprendido que hablaba muy en serio, y que una viuda burguesa que se estimase no podía levantar más la voz ni permitirse otros trémolos que aquellos que apenas se esbozaban en el remoto límite de las últimas resonancias. Pero Napoleón, como latino habituado a la gran retórica de la palabra y del movimiento, sólo por medio de ella accedía a la comprensión de la realidad; así que, al escuchar lo que a él le pareció una frase tranquila, mera asceveración que no iba ni venía, respondió con cierto desabrimiento: «Lo recuerdo: aquel lord a quien su madre no permitía abrir la boca. ¿Y qué?» «Se ha

(1) El texto entre paréntesis es evidentemente una interpolación.

marchado al otro mundo», continuó ella, como completando lo aseverado. Napoleón abrió los brazos y los dejó caer, alas de un águila abatidas. «¡Fue un accidente, señora, aunque de alcance estrictamente privado! Por lo que a su novio se refiere, quiero decir, ya que su muerte no afecta a nadie más que a él, aunque considerado desde otro punto de vista y sin pasión, ese accidente me permitirá cambiar el curso de la Historia.» Sybila, que afectaba arreglar las flores de un jarrón y casi le daba la espalda, se volvió rápidamente, aunque no del todo. «¿Otra vez?» «¡Y un ciento de ellas! —le respondió Napoleón, y, como si remachase la conclusión de un teorema no entendido e insistentemente discutido, agregó—: Es a lo que me dedico.» Ella entonces, con algo más de energía, aunque marcada sólo por un leve movimiento de las manos, le hizo frente con osadía. «Pues cuando usted se haya marchado a cambiar el curso de la Historia, yo me iré de la Historia para no verlo.» «¿Voluntariamente?», le preguntó, como sin darle importancia, Napoleón; y ella, entonces, no es posible saber si vencida o adiestrada, dejó escapar un sollozo: «¡No puedo vivir sin Eduardo!» Lo interpretó Bonaparte como fracaso de la educación británica y también como que la vaquilla que había de lidiar abandonaba el terreno propio y se venía al del lidiador. ¡Pues no entendía él poco de mujeres llorosas! La reina de Prusia sin ir más allá... Alargó el brazo y golpeó el de Sybila cariñosamente. «¡Señora, por Dios! No es para tomarlo tan a pecho. Si su novio marchó, sustitúyalo.» «Es insustituible», afirmó ella, firme. «Señora Toynbee, no quiero parecer pesado, pero su lord es completamente tonto.» «Lo sé, y por eso lo quiero tanto.» El emperador le dio la espalda de repente, movimiento que bien pudiera interpretarse como respuesta espontánea e irritada a la evidencia de que el método usado con la reina de Prusia no le había servido con la señora Toynbee; caminó unos pasos completamente inútiles, salvo desde el punto de vista del movimiento escénico, hasta que se detuvo bruscamente y giró sobre sí mismo. El dedo que había ordenado movimientos de escuadrones, el que había apuntado en el destierro velas que hendían el horizonte hacia el Allende, paralizó a Sybila. «¡No alcanza a conmoverme ese afán de que la raza de los tontos se perpetúe, pero menos aún puedo sacrificarle los próximos veinte siglos de la Historia!» «Por el contrario, majestad —dijo ella, con cierta vehemencia, aunque no con demasiada, al menos al principio, ya que luego fue creciendo—, si quisiera de veras que el mundo marchase en paz, procuraría que todos los hombres fuesen tontos. ¿Hay algo más pacífico que un tonto como el mío? Las mujeres lo sabemos y por eso los preferimos a los inteligentes. El tonto se enamora de una sola mujer, la quiere, la obedece, vive para ella y hasta es capaz de morir por ella. Adora a sus hijos porque nunca llega a entender del todo cómo pudo tenerlos, y los considera como regalo milagroso que el cielo le ha enviado por intermedio de su mujer. Los tontos siguen carreras sólidas, y no esas profesiones inquietantes en que nunca se sabe lo que se va a ganar ni si el marido dormirá en casa o no. El mundo está construido para los tontos, y sería precioso si ustedes, los inteligentes, no se empeñasen en destruirlo con los pretextos más aparatosos. ¿Por qué se mete usted ahora, majestad, a cambiar el curso de la Historia? ¡Déjela como está, abra esa puerta y márchese al otro mundo! Podría entonces casarme con mi tonto querido, tendría de él un par de hijos guapísimos y tontos, y al más guapo de todos, al más tonto también, en agradecimiento a usted, le pondríamos Napoleón.»

¿Habrá en la historia de los hombres algo más inútil y más bello que el discurso de Antígona ante Creón? Pues no existen indicios de que el de Sybila delante de Bonaparte haya corrido mejor suerte. No es imposible que el Corso se hubiera conmovido un instante, o complacido en escucharla, sensible como era al arte de la oratoria, aunque se ignore si alguna vez al placer experimentado siguió la acción convincente. No. Napoleón, en todo caso, aplaudiría a la señora Toynbee y la propondría para el ingreso en la Academia Francesa, supuesto que tan venerable institución admitiese en su seno a las mujeres. Pero, de ahí, a cambiar de propósito... De manera que lo mejor será dar la escena por conclusa en el mismo momento en que la hemos concluido, y adelante. Como Napoleón dedicó aquella tarde a la meditación estratégica; como la forma que adoptaron sus pensamientos fue la de una corriente de conciencia o monólogo interior, procedimiento narrativo otrora en gran predicamento, aunque hoy ya descartado, y como, por su contenido, importaría más a los Estados Mayores que a los posibles lectores de este relato, prescindimos de registrarlos (para lo cual, por otra parte, carecemos de espacio), convencidos de que los supera en interés lo que durante aquellas horas pasaba por el mundo, es a saber, los dimes y diretes que a través de las ondas y los editoriales se lanzaban, por no decir arrojaban, las diversas potencias: unas, por creerse amenazadas; otras por sentirse menospreciadas, y otras simplemente por estorbar. Algunas, sin embargo, y en el secreto de las grandes decisiones diplomáticas, tomaban sus medidas, como era el caso de Francia, que, con independencia de lo que pudiera acordarse para el caso de guerra, gestionó y consiguió de Gran Bretaña la promesa de que al día siguiente Napoleón le sería solemnemente entregado, con honores imperiales, y que un reactor de las Fuerzas Aéreas francesas lo trasladaría al aeropuerto de Orly, donde sería recibido por el presidente de la República, el Gobierno y el Cuerpo Diplomático presidido por el nuncio de Su Santidad. Se daban al mismo tiempo órdenes de tenerle dispuesta la Malmaison para su alojamiento, y se le organizaba a toda prisa una secretaría, un cuarto militar, y un equipo burocrático formados exclusivamente de policías. No deja de ser curioso, y en cierto modo chocante, que mientras tales preparativos se llevaban a cabo, un conocido profesor de filosofía de L'École Normale, en un café de Saint-Germain-des-Prés, despotricase alegremente, aunque con evidente rigor dialéctico y fuerza de persuasión, convenciendo a su auditorio de que la gente se había vuelto loca, de que ni un caballo podía hablar ni un muerto resucitar, y de que evidentemente un suceso como aquél, de alcance internacional tan indudable, resultaba difícilmente explicable a la luz del materialismo histórico y dialéctico, por lo cual lo declaraba inexistente; y no se refería, al decir esto, al emperador o al caballo, sino a la intensidad y a la extensión de aquella histeria colectiva. Y aunque algunos oyentes le mostraron un par de fotografías publicadas en la prensa del día y que algún atrevido había logrado clandestinamente obtener, el profesor reclamó los fueros de la inteligencia aun ante lo evidente, y continuó negando: por lo cual fue aplaudido. Es necesario añadir cómo, insensiblemente, el interés general, que se había dirigido por igual a Napoleón y al caballo, se incrementaba ahora de la parte del emperador, mientras *Lord Jim* quedaba en un último término tan penumbroso que casi no se le mencionaba. Y, sin embargo, la intervención de *Lord Jim* no había terminado todavía.

Había corrido horas làrgas por las praderas y los cerros, había saltado riachuelos y apagado la sed en lagunas como espejos, había alcanzado las playas del mar oscuro, y en su orilla se había detenido, mientras las olas mansas le bañaban los pies. Detrás de una niebla leve como un cendal, un sol rojizo se encaminaba al ocaso, y los albatros extendían las alas de gran envergadura y planeaban por encima de la arena y de las olas, alrededor del caballo, como si no se atrevieran a acariciarle y lo quisieran. *Lord Jim*, con la cabeza erguida y la mirada puesta en el horizonte, permanecía, sin embargo, insensible a la mar y al crepúsculo, ya que de pronto, y al detenerse, había sentido cómo el alma le pesaba —¡a él, ligero siempre de espíritu y de cuerpo, espuma de los órdenes ecuestres!—, sólo por haberse dado cuenta, en soledad y sin comunicación posible, de su compromiso con los hombres y con las especies superiores. ¡Nada menos que llevar a lomos a Napoleón, nada menos que llevarlo durante la gran batalla! Si hasta aquel mismo instante lo había considerado sólo como una ocasión de gloria, a partir del momento en que se había detenido junto a la mar y contemplado en sus aguas, no como venía, desnudo de atalajes y perifollos, sino con toda la pompa encima del general en jefe, un estremecimiento de angustia le había sacudido y una pregunta emergiera de lo más retirado de su conciencia: «¿Estaré a la altura de las circunstancias?» Y ya no era él, ni su reputación personal, sino que se sentía representante de los caballos habidos y por haber y era la buena reputación de la especie lo que se iba a jugar. Le pareció que aquella pesadumbre inesperada le hacía, de repente, envejecer, e incluso que el cuidado le embarazaba los miembros y le restaba elegancia al juego poderoso de sus remos. Erguía e inclinaba la cabeza alternativamente, contemplando su imagen o descansando de ella al dejar que se perdiese la mirada en el camino del sol. Y fue allí, precisamente, de aquellas nubes alargadas que embadurnaban el horizonte, de donde le salió el recuerdo de *Rosalinda*. Fue como si un estilete se le hundiese en el corazón, un estilete de arrepentimiento y de vergüenza, ya que durante aquellas horas largas de ajetreo y diálogo no la había recordado. ¡Él, que le había dedicado siempre las más exquisitas de su soledad, que pensaba en ella al dormir y al despertar, y que soñaba con ella todas las noches los sueños más satisfactorios! La conciencia de aquella infidelidad flagrante, si bien transitoria; de aquellas horas largas y tumultuosas en que lo mejor de su vida lo había sacrificado a la esperanza y al azar, desplazó inmediatamente cualquier otro cuidado, y se mantuvo en su alma solamente la seguridad de que *Rosalinda* quedaría abandonada para siempre, juguete de los veterinarios, destinada a la fecundación artificial y finalmente a la esterilización. Y entonces se dio cuenta de que, desde que la conocía y la amaba, su propósito no había sido otro que el de librarla de aquel oprobio y rescatarla de la ciencia fría e implacable de *pedigrees* y jeringas para la alegre fecundación amorosa, para la comunión de amor con los prados y los bosques y las flores testigos. Y él lo había demorado nada más que por seguir el ejemplo de los hombres, la dialéctica de las circunstancias y de las conveniencias en una larga compañía que había sido noviazgo y en un noviazgo que había sido suave pelea entre el sí y el no de la que ambos, *Rosalinda* y *Jim,* sabían que saldrían una noche cualquiera en que con la colaboración del aire, de la lluvia o de las estrellas se acabasen allí mismo los noes, y los síes, y el mundo, a la mañana siguiente, sería otro. *Lord Jim* torció el cuello esbelto, de hermosas crines, y lo orientó hacia allende las dunas, hacia el lugar donde el perfil de las colinas lo interrumpía la silueta rota y patética del castillo de Forres, a cuyo cobijo, en una caballeriza confortable, *Rosalinda* esperaba. ¿O desesperaba ya? Se borró de los cielos la estampa imaginada, se metió el sol en las nubes oscuras, y *Lord Jim* brincó sobre su propia sombra y partió, galopando, hacia el lugar aquel donde se suspiraba por él o donde acaso no se suspirase ya. Atravesó otra vez médanos y lagunas, páramos y sembrados, saltó las vallas, los muros y los arroyos, indiferente a ladridos y a piedras lanzadas contra su grupa, envuelto ya en la penumbra en que el atardecer se resolvía. Se detuvo al pie de la colina y contempló las almenas rotas, las torres desmochadas, y aquella parte del sur en que habitaba la duquesa y en la que ahora no lucían las ventanas. Un rodeo le llevó hasta las caballerizas. Conocía el lugar de la tapia por el que había de saltar, y la puerta trasera que se abriría sólo con un empujoncito. Hicieron las bisagras un ruido suave. *Lord Jim* introdujo la cabeza y escuchó: conocía por la respiración a sus colegas: *Zumbón* allí cerca, a la derecha; *Malaquita* un poco más allá, frente a la misma pared, y a la parte derecha, el *Sultán de Estambul,* el más viejo y glorioso de los tres, varios derbys a su cuenta, triunfos transatlánticos, y cierta reputación donjuanesca a cuyo ejercicio se debía la extensa descendencia que repetía sus triunfos (y aun los mejoraba, pero él no solía reconocerlo) por todos los hipódromos del mundo. Cuando alguien se alababa en su presencia, solía rezongar: «Tengo yo un hijo en Melburne...», y cuando una yegua joven coqueteaba, le decía con descaro que si a él no le hubieran castrado y reducido a aquella placidez de jubilado, ya vería de qué le iban a servir los coqueteos. *Lord Jim* no le estimaba a causa de su petulancia, y también porque se refería a *Rosalinda* sin el menor respeto para sus sentimientos particulares, como si teóricamente fuese ya pan comido. Escuchó su respiración fatigosa, ya con algo de asmática, y esperó hasta percibir, en medio de otros susurros habituales, el suspiro profundo que solía espirar *Rosalinda* después de cada cuantas inspiraciones: costumbre heredada de su madre, la yegua más respetable por su moralidad de las que habían habitado en los contornos. Y cuando, al fin, lo escuchó distintamente, dio contra la pared las tres coces convenidas y se retiró al prado delantero. Allí había un grupo de coníferas tristes, plantadas contra los embates del viento marinero. A su cobijo se tendió *Lord Jim,* las patas delanteras extendidas y la cabeza entre ellas. Todavía en el horizonte, encima de la mar, quedaba una raya de luz rojiza. Asomaban por las esquinas del castillo, o emergían de la tierra, los primeros fantasmas: cuando se hiciera la oscuridad, el aire y las praderas se habrían poblado de muertos deambulantes, inútiles espectros vacuos; o de espíritus furiosos como ménades, de los que van en pelotón, vociferando, o de aquellos otros solitarios y quejumbrosos como mendigos, verdaderos harapos de fantasmas. Se asomarían a las almenas, caerían desde las altas ojivas resbalando por los muros, o asomarían sus jetas verdosas por las ventanas enrejadas de los sótanos o por las grietas de los muros a la altura del foso. *Lord Jim* estaba acostumbrado a ellos, a pasar y pasear entre ellos y a no tenerlos en cuenta, pero en aquel momento el presentimiento de que pronto le rodearían no dejó de estremecerle por la seguridad de que muy pronto se contaría entre ellos, uno más en medio del gran tumulto o de la gran procesión silenciosa, según cuadrase: y se dio cuenta del valor de la vida.

Rosalinda acudía ya con su menudo paso que hacía crujir la arena de la vereda. *Lord Jim* sintió como también se acostaba, y estiraba las patas delanteras, y ponía la cabeza pareja con la suya. No dijo nada; ella, sin embargo, alargó el cuello y le restregó la oreja con el hocico. «¿Por qué no has venido ayer?», le preguntó después; y él estuvo a punto de responder: «Porque me agarró la Historia de los hombres y ya no me soltará jamás», pero lo halló un poco pedante y prefirió decir que luego lo explicaría, y que siguiera pasándole la lengua alrededor de la oreja, y en silencio: hasta que empezó a hablar e inició un discurso largo, una larga narración de lo que le había sucedido a partir de la media mañana del día anterior hasta la hora en que, aquella tarde, los acontecimientos le habían concedido un espacio de libertad. «Y mañana probablemente nos marcharemos a la guerra, y esta noche he venido a despedirme.» «¿A la guerra? —le preguntó *Rosalinda*—. ¿Y qué es eso? Escuché la palabra alguna vez de labios de mi abuela, pero nunca llegué a entenderla ni nadie me la explicó jamás.» «Pues yo también carezco de experiencia personal, pero puedo decirte que es un lugar donde todo el mundo muere.» «¿Los caballos?» «Y los hombres, mezclándose las sangres en una especie de confraternidad póstuma.» «Supongo que podrás escaparte, ¿verdad? Conoces en los contornos lugares en los que no te hallaría nadie. Las cuevas de McHull, después de la tercera sala. ¿Recuerdas aquella tarde que nos atrevimos a explorarlas? Yo iría a verte alguna madrugada.» *Lord Jim* dejó caer su pata diestra encima de la siniestra de *Rosalinda,* y a ella le sacudió un calambre que se perdió en la hierba, pero no le llamó la atención ni dijo nada. Le causaba, no obstante, una sensación que era más bien, o casi, un sentimiento turbador, y se abandonó a él, aunque hubiera preferido hacerlo en silencio. «No puedo huir, y es de esas cosas que no entenderás aún, y si la entendieras, jamás la aprobarías. Las hembras amáis la vida y aprobáis lo que se encamina a exaltarla, a conservarla al menos. Pero los machos de mi sangre fueron también a la guerra y recibo de ellos un mandato de honor al que no puedo ser infiel si no quiero que me tengan por cobarde. Y, ya ves qué curiosas contradicciones: vosotras, que amáis la vida, despreciáis a los cobardes incapaces de afrontar la muerte, sea cual sea. ¿Verdad que si supieras que todo el mundo me tenía por gallina, si el *Sultán de Estambul,* pongo por caso, te lo dijera de mí, dejarías de ir a verme a la cueva en los amaneceres?» *Rosalinda* permaneció, de momento, en silencio, y luego resopló. «Entiendo muy poco de lo que dices. Debe de ser mi inexperiencia...» «Pero quizá comprendas, puesto que voy a morir, la necesidad de que saltemos juntamente y en esta misma noche esa barrera de noes y de pretextos que hasta ahora nos mantuvo separados.» *Rosalinda* se irguió de un salto. «¿Te refieres a...?» *Lord Jim* se levantó también, aunque pausadamente. «Sí, me refiero a eso, aunque dicho y visto de una manera nueva. Lo que antes era sólo una urgencia de amor, se añade hoy a la necesidad angustiosa de perpetuarme porque voy a morir, y no en cualquier yegua, sino precisamente en ti, a quien amo y he guardado fidelidad y respeto todos estos años de nuestra vida.» Acaso *Rosalinda* comprendiera entonces que, ante aquella declaración, debería emocionarse y decir algo que estuviera a la altura de las circunstancias, y si bien emoción no le faltaba, pues no otra cosa debía de ser el hormiguillo placentero que le recorría el cuerpo, en materia de respuestas importantes y, sobre todo, adecuadas al momento, no había sido suficientemente informada. Le vino a la memoria, sin embargo un recuerdo, y lo creyó oportuno para salir del trance y al mismo tiempo para decir que sí a *Lord Jim* sin que la palabra afirmativa se pronunciase, pues a este respecto sí que gozaba de información. «Mira, *Jim*: cuando yo era una yegüecita menuda, de las que no se apartan del costado de su madre, oí una vez que a la mía le decía la suya que no fuera a olvidarse de hacerme comer la genciana cuando me llegase la hora que sabía ella, y yo creo, no sé por qué, que esa hora a que mi abuela se refería acaba justamente de llegar.» «¿Y la genciana? —le preguntó *Lord Jim*—, ¿dónde la encontraremos?» «Crece en el prado que está a la vera de la cascada, al otro lado de la colina, conforme se va hacia el lago, un lugar solitario.» *Lord Jim* tosió: «Un lugar al que jamás acuden estas turbas de muertos impertinentes, porque le tienen miedo al ruido del agua», y señaló con un gesto a los que iban y venían, cabalgando en la brisa o la brisa en ellos, monótonos y oscuros, pero fisgones. *Lord Jim* levantó al cielo la cabeza y escrutó el paso de las nubes blancuzcas. «Esta noche, además, tendremos luna.» *Rosalinda* le preguntó: «¿Será mejor o peor?» «Eso no lo sabremos hasta después. Vamos.» Y, emparejados, galoparon hacia el camino del lago, que caía un poco lejos: iban más cerca el uno de la otra que de costumbre, y a veces se aproximaban más y caminaban rozándose los flancos.

INTERMEDIO BREVE

La cascada a la que se dirigen *Rosalinda* y *Lord Jim*, a cuyo lado crece la genciana, queda regularmente cerca de una carretera que antes va de una aldea a la otra, en un rodeo que alarga la distancia. En línea recta y a campo través como ellos van, son cuatro o cinco millas, acaso seis, pero con mucho estorbo de charcas, de vallados, de muros y de terraplenes, y aunque ambos sean expertos en el salto, algo les pasa esta noche que ha puesto freno a su brío habitual, porque a veces marchan al trote, y otras al paso, y no para decirse nada, sino sencillamente para sentirse: de modo que en el viaje van a tardar más de lo deseable. El inventor de esta historia tiene el propósito de sorprenderlos en el momento mismo en que coma la genciana *Rosalinda,* o unos minutos antes, o unos minutos después, aunque siempre con el tiempo suficiente para presenciar y describir la escena *à la grande D'Aumond* que se prepara. ¡Pues casi nada! Entusiasmo y torpeza para empezar, inmanencia y trascendencia para el remate, erotismo punzante en todo caso, entreverado de dolor, pues aunque ellos, en el deliquio, lo olviden, nosotros siempre tendremos presente que *Lord Jim* se va a marchar a la guerra y que lo más probable es que, como él sospecha, se muera en ella. Es indudable que, antes que él, muchos reclutas llamados a la guerra hicieron otro tanto con sus novias sin que lo haya registrado la poesía, pero ninguno de ellos esperaba servir a Napoleón de cabalgadura. Pero, en fin: si calculamos en media hora el tiempo que tardarán en llegar a la cascada y comerse *Rosalinda* la genciana (acto al que, por otra parte, no es imprescindible asistir), tenemos tiempo de sobra para solventar una cuestión adventicia y meramente teórica en que el lector quizá haya caído, en que cayó desde luego el inventor, y que le trae acongojado. ¿No existe una desproporción descomunal entre las razones aducidas por Napoleón para insistir en sus propósitos y provocar la desventura de una pareja de amantes, y las que a éstos sirven (hablando propiamente, sólo a Sybila) de fundamento a sus clamores? De una parte, el porvenir de la humanidad; de la otra, la perpetuación oscura de una raza de tontos. No hay duda de que cualquiera elegiría sin vacilar, y los lectores, lo mismo que el inventor, han escogido ya, pues aunque la decisión implique una guerra más —¡y a saber adónde alcanzaría en su desarrollo geográfico la gran batalla!—, las tres posibilidades que de ella se derivan encontrarán en cualquier caso partidarios y razones. Porque una de tres: o pierde Napoleón, y en ese caso triunfa y se extenderá por el universo mundo la revolución soviética, o gana la coalición, y, entonces, lo mismo puede imponerse el criterio de las potencias burguesas, con la implantación del neocapitalismo, que el de los chinos, y, en ese caso, el maoísmo, más o menos mitigado por los tratados diplomáticos, abarcará el mundo entero con su *Libro rojo.* Ante semejantes magnitudes ¿qué fuerza puede contener, qué emoción despertará el caso de estos amantes sin relieve y que, además, pertenecen a unas clases sociales detestadas con idéntica saña por los unos y los otros? Eduardito, un aristócrata superviviente; Sybila, una pequeñoburguesa sin más importancia que la de cualquier otra consumidora potencial. Y no se puede aducir (como se ha hecho ya, aunque por mero ejemplo) el modelo de Antígona, porque en aquellos tiempos los efectos de la razón de Estado no excedían las murallas de la polis, y ahora colman y hasta rebasan la redondez de la tierra. De modo que el inventor de esta historia reconoce haberse equivocado en la dosificación del dramatismo indispensable para que la historia importe, para que la pareja de enamorados cuente con partidarios, media docena por lo menos; pero piensa, y de ahí este intermedio, que a lo mejor es posible todavía restablecer el equilibrio o crear una tensión dramática mínima, si se descubre que los interesados, Sybila y Eduardito, son algo más de lo que vienen aparentando. Porque ¡vaya usted a saber!, la gente da muchos chascos. El inventor de esta historia reconoce y confiesa no haberles prestado suficiente atención, no haber investigado en su vida privada, menos aún en la intimidad de su conciencia, caminos reales por los que pudieran rescatarse de la vulgaridad, aunque sólo fuera zambullirla en los ámbitos de la teratología; y no lo hizo porque, entre sus propósitos iniciales al comenzar la historia, figuraba en muy primer lugar el de no recurrir en ningún caso al autor omnisciente. ¿Fue enteramente fiel a su intención? Sospechamos que no. En ese caso, ¿qué nos importa echar mano del último recurso, siendo así que el autor omnisciente lo sabe todo, y de lo mucho que sabe, algo podría servir? No sería lo mismo oponer al Napoleón ambicioso de dominar el mundo la recia personalidad de una mujer y un hombre excepcionales, o tan simpáticos al menos, que despertasen piedad.

Ésta es la razón por la que, a partir de este momento, se transcribirá aquí lo sustancial del diálogo que el Autor Omnisciente mantuvo con el Inventor (que es, al mismo tiempo, el narrador: cuestión de economía). No es necesario describir escenarios ni movimientos, porque el uno y el otro no pasan de entidades abstractas, sin peso ni contornos, sin voz apenas, meras palabras nominativas.

INVENTOR. *(Justificándose.)*—Pensemos, por ejemplo, en Sybila. Es una mujer como otra cualquiera. ¿No existirá en su pasado algo por lo que se distinga? Una gran desventura, por ejemplo, la haría en justicia acreedora a la felicidad y le daría cierto peso.

AUTOR OMNISC.—Y bastantes arrugas a sus ojos, que la afearían. Pero no hay más que fijarse en ellos para descubrir que son bellísimos y jóvenes. No. Su primer matrimonio no fue desventurado ni feliz: fue un matrimonio como cualquiera, y lo tiene olvidado.

INVENTOR.—Por lo tanto, su derecho a la felicidad se mantiene.

AUTOR OMNISC.—A Sybila no se le ocurrió pensar en ser feliz hasta que conoció a Eduardito. Antes, aspiraba a ser rica, y lo consiguió. Y conviene no olvidar que si, por fin, traspasa la puerta del espejo y se une a él en el Allende, será feliz de otra manera, aunque fuera ya de nuestro alcance.

INVENTOR.—¿No existe, pues, salvación literaria para ella?

AUTOR OMNISC.—Si basta, para hacerla interesante, esa facultad que posee de abrir la puerta de los espejos y convocar a los muertos... Es una facultad extraordinaria. En este momento no hay otra persona en el mundo que la disfrute, aunque es posible que mañana hayamos de tener en cuenta a Crosby. Lo está dudando mucho, Sybila, si trasmitirle el secreto de su habilidad, pero quizá acabe decidiéndose.

INVENTOR.—Eso, ya ves, no se me había ocurrido.

AUTOR OMNISC.—Es que Sybila no se lo ha dicho a nadie; no ha hecho todavía más que pensarlo.

INVENTOR.—Bien. En todo caso, lo que acabas de descubrirme me confirma en la idea de que una facultad extraordinaria, sea la de Sybila o la de Aladino, no confiere interés dramático a una personalidad, y menos ahora, esa de Sybila, en un momento en que nadie cree en el otro mundo.

AUTOR OMNISC.—Sin embargo, el otro mundo está ahí.

INVENTOR.—También estaba la penicilina antes del señor Penn...

AUTOR OMNISC.—Sybila, entonces, queda descartada.

INVENTOR.—Pero ¿no te das cuenta de que Sybila, de los dos, es el verdadero personaje? De lord Edward, o Eduardito, como le llamas tú, lo mejor que puede decirse es que no existe. Su participación, o, mejor, su presencia, dura pocos minutos. Después, no pasa de fantasma, y, como tal, inoperante. Quien lleva el peso de la acción, quien hace frente a Napoleón, es Sybila.

AUTOR OMNISC.—¿Le has concedido, a Eduardito, atención suficiente?

INVENTOR.—La que merece, pienso yo. Tengo de él una opinión coincidente con la de Sybila: no pasa de tonto aristocrático.

AUTOR OMNISC.—Ni Sybila ni tú sabéis nada de Eduardito. Cuando se casen, si llegan a casarse, o cuando se junten en el espacio infinito, si es ése su Destino, Sybila habrá de ignorar mucha cosas, y cerrar los ojos a otras, para mantener la idea que ahora tiene de su novio.

INVENTOR.—¿No irás a decirme que persigue a las doncellas de su madre?

AUTOR OMNISC.—Eso no lo hace desde que cumplió los veinte años, más o menos.

INVENTOR.—¿Entonces? ¿Es un perverso que se disimula en la ingenuidad, un vampiro, un Landrú o el jefe misterioso de una banda de ladrones?

AUTOR OMNISC.—No voy a decirte lo que es, sino invitarte a que te des una vuelta por sus habitaciones. El desprecio que sientes hacia él te ha impedido llevar a cabo este acto de elemental curiosidad.

INVENTOR.—Pero sabes que no me está permitido lo que a ti...

AUTOR OMNISC.—¿Lo que yo puedo hacer? ¿Por qué no? Prueba y verás. Las habitaciones particulares de Eduardito las tenemos a mano. Ahí mismo, en tu imaginación. No tienes más que inventarlas.

INVENTOR.—Por lo pronto, están muy a trasmano. ¡Pues no hay pocos pasillos, y escaleras, y crujías, hasta llegar a ellas!

AUTOR OMNISC.—Lo que te pasa es que, desde que te has metido en esta narración, andas buscando el modo de describir un castillo de verdadera novela gótica, y como nunca has leído una de esas novelas, ni visto uno de esos castillos, pues no te sale, y por eso lo despachas con una enumeración escueta.

INVENTOR.—No me digas que voy a gastar ahora media docena de páginas en decirte cómo es el castillo de Otranto. Con esas pocas palabras basta. Ya he subido la última escalera, ya he cruzado la última galería. Y, ahora, ¿qué?

AUTOR OMNISC.—Por lo pronto, has olvidado el detalle de la puertecilla escondida tras un tapiz. Para llegar a donde estás, para poder atravesar el laberinto de inútiles espacios arquitectónicos que acabas de nombrar, has tenido que abrir una puertecilla disimulada que hay en el cuarto de estar de la duquesa. Esa puerta por la que no pasa nadie, ni la duquesa misma, ya que ella respeta la intimidad de su hijo, aunque a condición de tenerla un poco a mano, y, como si dijéramos, bajo su vigilancia.

INVENTOR.—¿La intimidad de Eduardito consiste en recorrer diariamente esos espacios a que acabas de referirte? Si no recuerdo mal, los he utilizado como una de las etapas por las que el trío ducal, en su condición de fantasmas, transitó la primera noche.

AUTOR OMNISC.—Ésos eran otros. No conducían a ninguna parte. Estos de ahora te llevarán a otra puertecilla...

INVENTOR.—¿A ésta?

AUTOR OMNISC.—Sí. Ábrela. Y entra. No temas. ¿Qué ves?

INVENTOR.—Un cuarto de trabajo bastante confortable. ¡Ya me gustaría para mí!

AUTOR OMNISC.—¿Y encima de la mesa?

INVENTOR.—Un cartapacio rotulado... Espera... Está en francés.

AUTOR OMNISC.—Ya lo has leído, aunque para ti. Hazlo ahora en voz alta.

INVENTOR.—*Morphologie du con, avec un essai de classification et nouvelle iconographice.* ¿Tengo que tragarme el texto?

AUTOR OMNISC.—No es indispensable.

INVENTOR.—Te lo agradezco: no siento el menor interés por enterarme a través de un libro de lo que puedo aprender directamente. Y, ahora ¿qué?

AUTOR OMNISC.—Las ilustraciones del tratado las tienes ahí, ante tus ojos, colgadas en la pared. ¿Qué te parecen?

INVENTOR.—Confío en que serán variadas e ilustrativas, e incluso que habrán sido escogidas y ordenadas con todo el rigor científico que la materia requiere, pero, insisto, como actividad personal prefiero la investigación propia.

AUTOR OMNISC.—Es algo que no viene al caso, ¿no lo comprendes? Lo que te estoy mostrando, lo que estás viendo, revela parte de las aficiones secretas de Eduardito, verdadero perito en sexología, como deducirá cualquiera que lea, o vea. ¡Y qué práctica revela!

INVENTOR.—¿Parte, dices? ¿Es que hay más?

AUTOR OMNISC.—Si piensas que como información acerca de la primera basta con lo ya dicho, podemos seguir investigando.

INVENTOR.—¿Cómo?

AUTOR OMNISC.—Habrá que abrir una segunda puerta, ésta secreta. No tienes más que empujar esa moldura triangular... hacia abajo, no; hacia la derecha... ¡zas! ¿Entramos?

INVENTOR.—Reconozco que este castillo encierra lugares encantadores. Esta pequeña biblioteca me gusta casi más que el estudio anterior. ¡Y qué comodidad la de lo muebles! ¿Qué hace aquí Eduardito? ¿Dormitar? ¿O soñar despierto?

AUTOR OMNISC.—Trabajar. Es un trabajador infatigable. ¿Quieres fisgar un poco en los anaqueles?

INVENTOR.—Todos son libros de política... En inglés, en francés, en alemán, ¡incluso en griego! Pero ¿sabe tantos idiomas el lechuguino ese?

AUTOR OMNISC.—¡Uf! Sabe lo que queramos que sepa. Por lo pronto, sus conocimientos en materia política sólo son comparables a su saber sexológico. Pero no se limita a saber. También inventa. ¿Ves ese montón de carpetas? ¿Y esa copia tan buena de Holbein? ¿La reconoces?

INVENTOR.—Es el retrato de santo Tomás Moro.

AUTOR OMNISC.—Cuando aún no era santo, sino autor de la *Utopía* y canciller de Inglaterra. ¿Nadie te dijo que Eduardito lo cuenta entre sus antepasados? Y lo tiene a gran gala. Por eso se dedica a estudiar el texto de la *Utopía*. Prepara una nueva edición, pero con un montón de notas curiosísimas, siete volúmenes de notas, crítica de sistemas comunistas existentes y propuesta de uno nuevo. Eduardito es comunista.

INVENTOR.—¿Quién lo diría? ¿Y lo sabe Sybila?

AUTOR OMNISC.—Lo sabemos nosotros, el lector incluido, y basta. Si sus estudios de sexología le hacen simpático a cierta gente, esto de que haya inventado un nuevo comunismo deslumbrará a los disidentes y a los desencantados del marxismo.

INVENTOR.—No cabe duda de que el personaje, de este modo enriquecido, resulta más importante, pero no sé si lo suficiente como para inclinar a su favor la balanza sentimental de los lectores. Fíjate que es mucho el peso de Napoleón, y fíjate también que Napoleón ignora estas buenas cualidades de Eduardito. No es verosímil que, de pronto, renuncie a dirigir la gran batalla y desaparezca por la abertura del espejo.

AUTOR OMNISC.—Puede no ser Bonaparte quien tome la decisión.

INVENTOR.—En cualquier caso, la desproporción se mantiene. Lord Edward Forres, político y sexólogo. No me parece suficiente. Ha habido lores más importantes que él. Sin ir más allá, Russell.

Autor Omnisc.—Quedan aún muchas puertas por abrir.

Inventor.—¿También secretas?

Autor Omnisc.—Las que queramos, y todas las estancias que nos parezcan necesarias: cómodas como ésta, o incomodísimas. La mazmorra de los suplicios es lóbrega y húmeda. La gente se muere allí sólo de estar.

Inventor.—¿Es que le divierte la flagelación?

Autor Omnisc.—Si lo quieres, ¿por qué no? También existe un aula de matemáticas donde explica sus conocidos, intrincados y paradójicos teoremas, y el museo del crimen, en que se inspira para sus narraciones de la serie negra, así como el gabinete de los teléfonos, desde donde dirige las finanzas mundiales, o la supersecreta cámara acorazada en que se fraguan y organizan los atentados terroristas de todo el mundo. ¡Ah! y el templo budista de la meditación, el jardín del yoga y la ermita de la cristiana penitencia. Todo lo que se te ocurra o se me ocurra a mí.

Inventor.—El resultado sería un monstruo por acumulación.

Autor Omnisc.—Por supuesto. También lo es Napoleón, aunque no tan complejo.

Inventor.—Casi prefiero al Eduardito guapo y tonto que le gusta Sybila.

Autor Omnisc.—Eso es cosa tuya.

Inventor.—No sé qué hacer.

Autor Omnisc.—Pues no hagas nada. Basta con que el lector sepa o sospeche que esta admirable *suite* de habitaciones secretas existe, y que en ellas se despliega la personalidad misteriosa del personaje. Que cada cual suponga lo que quiera: que es un sabio, que es un degenerado sexual, que dirige la conspiración internacional contra el *establishment,* o que, por el contrario, está dispuesto a sacrificarle todo, la vida incluso. Y muchas otras cosas. ¡Fíjate tú! Con que en una de esas habitaciones metas una cama de matrimonio de las llamadas *king size,* rodeada de espejos hasta el techo, lo que sigue será una novela de ambiente barcelonés.

Inventor.—Ya veré.

Autor Omnisc.—Pues no pierdas el tiempo en pensarlo, porque hace más de media hora que *Rosalinda* y *Lord Jim* han partido en busca de la genciana, y si te demoras un poco, te lo pierdes.

Inventor.—¡Mi escena erótica...!

Salí corriendo.

También había corrido la luna en su camino celeste, y ahora lucía sin nubes. ¡A lo mejor han esperado!, pensaba. ¡A lo mejor, como son inexpertos...! Y atravesaba los campos guiado por el rumor del agua al caer, lejana: era un rumor continuo que la brisa llevaba y traía, y que cuando lo llevaba me hacía vacilar ante la vereda blanca, o ante ésta, más oscura. Quería volar y me pesaba el cuerpo; todo a causa de mi ignorancia de lo que acontece cuando un caballo y una yegua inexpertos, en una noche de luna, se miran a los ojos después de haber comido la genciana, y ella agacha la cabeza. Como soy incapaz de imaginarlo, y como de lo que estoy más informado es de lo que les pasa a un chico y a una chica, pues eso es lo que me hubiera salido, de describirlo, que no es lo mismo. Por eso, por adquirir una nueva experiencia, atravesaba el campo a aquellas horas, con la esperanza irracional y alentadora de quien, para evitar el crimen, se apresura. Pero, cuando llegué, cansado de mi propia pesadez, *Lord Jim* se había acomodado en el césped, y parecía dormitar. *Rosalinda,* despierta y a su lado, le montaba el cuello con la cabeza quieta y veía caer el agua de la cascada. Arrancadas de cuajo, quedaban por el prado unas cuantas ramitas de genciana sin flor. Yo me detuve, perplejo o más bien turulato, y me sentí de pronto sin la aguja de marear, quiero decir sin saber a punto fijo cuál era el pito que estaba tocando allí, y hasta quién era yo y quiénes los caballos: más o menos de repente, la historia en su conjunto se me desvanecía y no reconocía en el contorno mis propias invenciones. Lo hubiera pasado mal, pues lo que se avecinaba ni más ni menos era una crisis de identidad, accidente por lo demás de cuya consistencia lo ignoro todo, pero que sobrevenido al inventor de una historia, debe de ser terrible. Como me di cuenta a tiempo, me reintegró a mí mismo un violento esfuerzo que hube de prolongar durante un tiempo largo, todo el que me duró aquella tendencia de mi ser a escapárseme: hasta que estuvo dominado, y sosegado, hasta que pude contemplar el episodio desde fuera y sonreírme, por cuanto no venía a cuento ni tenía razón de ser ni era proporcionado a las causas que lo engendraran. Lo que sí sucedió, y con toda justificación, después de una crisis así, fue que me encontré olvidado de la trama tan cuidadosamente preparada, y de los hilos que aún quedaban por anudar, así como del final que pensaba darle a todo aquello: tan olvidado y vacío como un espejo en la oscuridad, y entonces empecé a dar vueltas a mi propio alrededor, a ver si recordaba, y, desde luego, a arrepentirme de aquello del intermedio y del diálogo con el Autor Omnisciente, que, en el fondo, no era otro que yo mismo, aunque de otra manera si pudiera ser, y, ¡hay que ver cuán raros son los caminos del Señor!, aquel recuerdo impertinente fue el que me devolvió a la función de Inventor y Conductor de la presente historia, así como a la de Narrador, pues supuse que el susodicho Omnisciente, quiero decir, Yo Mismo, recordaría lo que yo había olvidado, y se lo pregunté, y, entonces, Él, riéndose de mí, me respondió: «No solamente lo recuerdo, sino que puedo también ponerte al tanto de lo que jamás se te ha ocurrido ni te ha pasado por las mientes, aunque debiera. Porque, vamos a ver, ¿por qué has dejado a un lado, como inservibles, a sir Stanley y a Mr. Blake, a Sherlock Holmes y al doctor Watson?» Le respondí que si, efectivamente, había prescindido de ellos, se debía a que ya desempeñaran sus papeles, y que ellos mismos por su propia falta de peso se habían eliminado. «¡Inmenso error! —me respondió—. ¿Cómo se te ha ocurrido pensar que quien antaño fue un genio de la investigación deductiva podía haberse convertido en poco tiempo (porque un siglo no es nada en el discurso del método) en un trasto inservible? Has estado a su lado, lo has escuchado, y no alcanzaste a comprender que Sherlock Holmes, al metamorfosearse en algo equivalente y por supuesto semejante a una computadora, *había precisamente evolucionado en el sentido a que invita la orientación de la ciencia*. Te reíste de aquella conclusión suya de que *Lord Jim* era un *robot* y no has querido esperar; ignoras por lo tanto las sesiones prolongadas, de horas y horas, en el despacho de Mr. Blake, horas de violín y de morfina, pero también de acopio de materiales, de propuestas al genio y de respuestas geniales. La base dialéctica de aquella investigación coincidía en su fórmula verbal: *Ni puede Napoleón resucitar, ni hablar inglés un caballo*, con lo que predicaba en un café de Saint-Germain-des-Prés un profesor de filosofía al que ya te referiste, pero de cuyas aseveraciones te reíste también. Porque, y eso es lo que te impide imaginar el alcance de tus propias invenciones, tú eres de los que creen que *Lord*

Jim es *Lord Jim,* y, Napoleón, el verdadero Bonaparte, sin darte cuenta de que debajo de su apariencia inocente se oculta la más peligrosa máquina infernal que se ha inventado contra nuestra civilización: ¡Un muerto que resucita, en la cultura de la muerte y del más allá! Todos querrán resucitar. ¡Un caballo que habla en la cultura del monopolio del pensamiento por el hombre! Todos los animales querrán hablar y pensar, y, entonces, ¡menudo guirigay! Y esto mismo lo ignoran los agregados militares, los jefes de los Estados Mayores y, por supuesto, los directores de las agencias de prensa y de los grandes rotativos. Me atrevería, incluso, a asegurar que lo ignoran también los dirigentes de la CIA, de la KGB y del Intelligence Service, aunque no sir Stanley y Mr. Bruce, que están muy por encima de todos ellos, como si dijéramos en la cúspide del secreto; tan elevados, que las nubes los esconden y el público los ignora. No deben nada a la publicidad y por eso trabajan al margen de ella, e incluso contra ella, pero gracias a eso pueden hacerlo tranquilamente. ¿Se piensa en las complicaciones que les hubiera acarreado el conocimiento por la prensa de las conclusiones a que ha llegado Mr. Holmes? Por lo que a un *Lord Jim* respecta, anunció ya qué maquinaria esconde y de qué materiales está hecha su piel; por qué habla el inglés, qué acciones trae programadas y qué noticias transmite, aunque no a quién. En cuanto a Napoleón, de siete candidatos que las más ahiladas informaciones permitieron seleccionar entre la turbamulta de los agentes secretos, se llegó a reducirlos únicamente a dos, siete personalidades de comportamiento vario para repartir entre dos individuos, el polaco conocido como conde Poniatowski, y el mejicano que respondía a los nombres de Hernán Cortés Moctezuma, ambos de figura pícnica, de tez morena, de barriga abultada y de sobrehumana inteligencia, si bien tras una penosa etapa de dificultades técnicas durante la cual Mr. Holmes consumió más morfina de la aconsejable y tocó al violín casi todas las partituras de Bach, se llegó a la conclusión de que el conde Poniatowski y don Hernán Cortés Moctezuma eran una y la misma persona cuyo nombre, en caso de tener alguno, se desconoce, así como la potencia a la que vende sus servicios. Faltaban datos para la identificación definitiva, como saber si el sujeto tenía los pies planos y si era o no el nieto que Mata-Hari había legado al mundo por medio de su hija Mara, conocida también como Yolanda, y fusilada durante la guerra del treinta y nueve no se sabe aún si en un bunker berlinés o en las mazmorras del Kremlin, pero, en cualquier caso, fusilada. En pos de semejantes informaciones, cruzaron la superficie del planeta telegramas cifrados de ida y vuelta, y cada nuevo paquete de datos se sometió a la consideración de Mr. Holmes, quien, como atacado de epilepsia, dictaminaba entre pinchazo y tocata. Pero, entretanto, el enorme sentido práctico de sir Stanley no se demoró en esperas: puesto al habla con el Quai d'Orsay, se procedió a la sustitución del personal que había de acompañar y servir a Napoleón una vez reintegrado a Francia: en vez de policías especializados en la defensa, ocupan ahora aquellos puestos policías también, pero de los especializados en el ataque y en dificultar las fugas.» Esto me reveló mi Omnisciente, y quedé convencido del escaso tamaño de mi caletre, así como de lo imprudente que sigo siendo, pues bonito papel hubiera hecho, persuadido de aquella identidad de mis personajes, cuando en realidad tienen otra. Me avergoncé sobre todo de la decepción que me había causado la imposibilidad en que me hallaba de describir determinada escena erótica de la que no había sido testigo, cuando a la luz de mis nuevas informaciones, no habría pasado, en el mejor de los casos, de penosa parodia del amor. Tenía que reírme de mí mismo, y así lo hice para quedar tranquilo: alcanzado lo cual, continué inventando, quiero decir descubriendo una cosa tras otra.

Y pasó que al amanecer volvió *Lord Jim* a su casa, después de haber acompañado a *Rosalinda* hasta la suya. Todo el mundo dormía en el castillo, los fantasmas se habían retirado ya, y el asma del *Sultán de Estambul* le había concedido una tregua y dormía también, de modo que la muchacha no requirió de grandes precauciones para no ser advertida y descubierta. Desde allí hasta el valle, *Lord Jim* trotó algo más de lo que le convenía, puede decirse que casi galopó, y sólo por no saber qué hacer, porque la falta de experiencia le tenía desorientado y a merced de los vientos: como que en vez de entrar en la caballeriza, comer algo, y echarse, se acurrucó en el patio y, con los ojos abiertos y como inmóviles, asistió al desfile repetido, aunque ordenado, de sus recuerdos nocturnos, y se veía a sí mismo como si fuera otro, y no sabía qué pensar, aunque un sentimiento nuevo y por lo tanto no identificable le naciera cerca del corazón y desde allí fuese ganando terreno igual que un fuego lento y tenaz. Allí lo encontró Crosby a *Lord Jim*, dadas las siete, cuando salió al patio recién duchada y con el cabello recogido. *Lord Jim* le preguntó que si sabía algo de Napoleón. «Se ha levantado ya —le contestó ella—, pero no quiere desayunar. ¿Tendrá miedo de que lo envenenen?» *Lord Jim* le aconsejó que refrenase su tendencia a dramatizarlo todo, y que pensase en la posibilidad de que, siendo temprano como era, Napoleón no tuviese apetito todavía, o que, sencillamente, con el trabajo y con tantas emociones, se le hubieran ido las ganas. «Es que tampoco la señora Toynbee ha querido desayunar: se ha puesto al escritorio, a preparar su nuevo testamento, y tiene citado al notario para las ocho. Por cierto que, el nuevo, es un testamento absurdo: me deja todos sus bienes. Y, lo que yo digo, ¿para eso lleva cuatro años cerrándome los armarios?» Parecía como si la pregunta se la dirigiera a *Lord Jim*, por el modo de quedarse mirándolo, y él no tuvo más remedio que responderle que lo ignoraba. «No lo entiendo. La verdad es que no lo entiendo —continuó Crosby—. Por cierto, ¿has dormido bastante, *Jim*?» «No he pegado ojo.» «Me pareció sentirte con el alba, como a los sinvergüenzas, y luego, encima, no duermes. Así no hay quien pueda estar en forma para el Derby.» *Lord Jim* se irguió y se quedó arrimado a las enredaderas de la pared: unas yedras antiguas que Mrs. Toynbee tenía en mucha estima, pues se decía que María Estuardo las había acariciado alguna vez, y aunque ella desaprobase en general la conducta privada de la reina, no por eso dejaba de sentirse, ante su recuerdo, súbdita fiel y respetuosa, de las que aprecian en lo que valen los favores de un monarca. *Lord Jim* aprovechó la aparente distracción de Crosby para frotarse el anca contra las yedras, y dijo: «Jamás volveré a correrlo.» «Bien —le respondió Crosby, muy puesta en situación y como si fuera una hermana mayor que da consejos y recibe confidencias—; pero eso no te exime de tus obligaciones. Eres un personaje y hay que dar buen ejemplo. ¿Sabes que dentro de un par de horas vendrán a buscar a Napoleón con escuadra, bandera y música? ¿Sabes que los franceses lo recibirán hoy mismo en París lo mismo que recibieron a sus huesos cuando lo trajeron muerto del destierro? Acabo de oírlo por radio, con un sin fin de detalles a cual más sorprendente. Estoy que no me cabe el miedo en el cuerpo, sobre todo por los soldados. ¡Sabe Dios de qué serán capaces esos meridionales! En fin, que la de hoy será una gran mañana y que tú no estás lo que se dice presentable.» *Lord Jim* se apartó de las yedras y quedó firme, como un recluta obediente al cornetín. «Esta noche he procurado perpetuarme», dijo, solemne; y Crosby puso cara de espanto. «¡Grosero! ¿Es eso lo que aprendes en tus escapatorias? ¿O es que te crees más caballo por hablar así?» «No, Crosby. Lo he dicho con orgullo, pero también con humildad. Probablemente voy a tener un hijo de *Rosalinda.* ¿A quién no emociona esto? Dímelo Crosby: ¿quién no se siente orgulloso?» Se había trasmudado, en la cara de Crosby, su expresión espantada, mientras hablaba *Lord Jim,* y cuando terminó, ya le miraba con curiosidad y un poco de ternura. Sin embargo, todavía le respondió con tono serio: «No lo sé, *Jim.* Yo no voy a tener un hijo de nadie. Carezco de experiencia.» «La mía de esta noche fue insospechada, honda. ¡No podía imaginar que fuese así! Y, sobre todo, ¡descubrir el amor cuando la muerte espera!» «Pero ¿no lo habías descubierto todavía?» «No, Crosby.» Ella cruzó las manos a la altura del pecho. «¡Vivir para ver! Ya no eres un potrillo.» «Pero en ese negocio me gobernaban los veterinarios. Esta noche les desobedecí. Salté una tapia, empujé una puerta y me llevé conmigo a *Rosalinda.»* Crosby cerró los ojos, y sus manos enclavijadas se apretaron fuertemente contra el seno. «Y, después, el paraíso.» «Después —*Lord Jim* hablaba con la mirada puesta en la distancia—, descubrir que la vida no es verdadera hasta que son dos a vivirla. Vengo hecho otro.» Los brazos de Crosby, liberadas sus manos de repente, cayeron como sin fuerza ya. «A todos les pasa igual. Se hacen distintos, más hombres. Hasta les cambia la voz. Como que hoy, *Jim,* la tuya parece de otro, aunque quizá sea el fresco de la mañana.» Para *Lord Jim,* y de pronto, Crosby había dejado de existir, y sus palabras se perdían en la niebla. Avanzó unos pasos hacia el huerto, sacó la cabeza por encima de la cancela y contempló el valle, alargado y azul, en cuya bruma temblaban los contornos de las cosas. Estuvo un instante quieto: después, dijo: «Ayer, cuando me comprometí a la muerte, no sabía a lo que renunciaba; pero ahora, tendrá más valor mi sacrificio. Voy a la muerte por una idea, pero también para dejar a mi hijo un nombre. Moriré pensando en él...»

Crosby le escuchó, dedujo que se había vuelto loco, y entró en la casa para informar a todo el mundo de las grandes novedades. «Fíjese la señora —le decía a Mrs. Toynbee—, si le habrá trastornado lo del hijo, que ni en *Rosalinda* piensa. Así son todos de agradecidos.» Pues *Lord Jim,* en efecto. no pensaba en *Rosalinda*: quieto lo mismo, mientras el valle se empañaba de neblina, pensaba en las mañanas que como aquélla

257

había galopado por las praderas sólo por el placer de recorrerlas. Sentía como la vida joven de su sangre le hacía correr y brincar, sin acordarse de que le estaban entrenando. Si le ponían un hombre encima, hubiera soportado veinte. Hoy no podría ya: le pesaban los recuerdos de aquella noche y le dolía en el corazón lo que abandonaba. Seguramente que esto último lo dijo en voz alta, porque Sybila, que salía, le preguntó si hablaba solo, y como él le respondiese que no se había dado cuenta, ella le sentenció que se estaba pareciendo tanto a un hombre que acabaría por perder toda la gracia de caballo. «Tienes tan mala cara como si hubieras estado pensando», agregó. «No, señora —le respondió Lord Jim—. He estado doliendo.» A ella la enmudeció la respuesta o fingió que no la había entendido, de manera que Lord Jim continuó, señalando el corazón: «Una cosa aquí, como una angustia.» «¡Ah, sí! Ya me contó Crosby que vas a tener un hijo.» «No lo tendré nunca, ni él a mí. Seré para él un fantasma del que los demás le hablen, si me recuerdan, y él, para mí, una esperanza que no llegará a tiempo.» Sybila, la verdad, no tenía nada que hacer en el patio a aquellas horas: había bajado sólo por la curiosidad de ver y de escuchar a Lord Jim, por si en lo que decía hallaba algo que a ella no se le hubiera ocurrido, dada la similitud de circunstancias, pero, principalmente, por si había ocasión de aprovechar en favor propio aquella novedad de un Lord Jim hecho padre y con una experiencia de amor que acaso le permitiría la comprensión de sus semejantes. Pero no parecía, por las palabras dichas, que la vida engendrada y el amor conseguido le aconsejaran renunciar a la gloria. Sybila quedó confusa. «¡Bueno, Jim! No es para ponerse trascendental. También yo voy a morirme, más o menos como tú, y antes que tú; voy a morirme dentro de un par de horas, y no me pongo a hablar sola ni digo que me duele el corazón. Conviene ser sencillos, Jim, y pensar en cosas prácticas.» Lord Jim la miró largamente con ojos melancólicos, y después hizo un movimiento de paletilla equivalente al encogimiento de hombros de los humanos. «Me permito recordarle, señora, que no soy un gentleman y que las reglas de conducta por las que se rigen los caballeros son distintas de las que a mí me obligan. Yo puedo, incluso, llorar.» A la señora Toynbee parecieron picarle estas palabras. «¿Y qué piensas que hice yo toda la noche? ¿O es que supones que marcho alegremente de este mundo? ¡Ni siquiera me queda el consuelo de que vaya a nacerme un hijo, porque en ese mundo a donde voy los hijos ya no nacen!» Lord Jim se le acercó con la mirada aún más tierna y aún más triste. «Nos parecemos en que nadie nos obliga a morir y en que muriendo no resolvemos nada.» «Eso no debe decirse, *Jim*. Se piensa, pero se calla.» «Vuelvo a recordarle que no soy un *gentleman*. ¿Qué le importa a Napoleón que sea yo su caballo en la gran batalla o que sea otro cualquiera? ¿Y qué le importa a nadie que sea yo el que muera o que sea otro? Voy a morir para mi propia gloria y para que me entierren bajo una cúpula de oro. Si el mundo cambia como dice Napoleón que va a cambiar, es posible que un día le digan a mi hijo: Ves, debajo de esas piedras muere tu padre. Pero también es posible que el mundo se quede como está y que a mi hijo no le lleven jamás a contemplar mi nombre. Mi gloria, entonces, será para mí solo y se olvidará conmigo, lo cual me entusiasmaba hasta esta noche, pero a partir de la madrugada ya me entusiasma menos.» Sybila, con un brillo nuevo en la mirada, acarició el cuello de *Lord Jim*. «¿Acaso temes volverte atrás?» *Lord Jim* le contestó: «Lo único en que coincido con un *gentleman* es en que soy fiel a mi palabra.» Pero lo dijo con voz atravesada de temblores, y Sybila no dejó de acariciarle, sino que alargó la caricia hasta su cara. «Mira, *Jim*: ayer tuve unas palabras con el emperador, y me gustaría que me perdonase. No quiero dejar detrás de mí ningún recuerdo desagradable: que piense, por lo menos, que aquella mujer a la que hizo tanto daño supo estar a la altura de las circunstancias. De modo que si hablas con él, insinúale que, antes de que se lo lleven otra vez a su imperio y a sus guerras, sería para mí un placer que nos diésemos la mano.» «Pero ¿es que existe alguien, señora, que tenga que perdonarle algo?» «Napoleón, a mí, el tono descomedido de mi voz, aunque también yo a él el desprecio con que habló de mis hijos frustrados. No sé qué dijo acerca de perpetuar la raza de los tontos.» *Lord Jim* se apartó suavemente de las caricias. «Iré a verle.» Y subió al dormitorio con saloncillo donde el emperador se había aposentado y en cuya mesa había desparramado papeles y escrito notas. *Lord Jim* le saludó y le preguntó si podía curiosear en lo que hacía. «Son las líneas generales de las leyes futuras. ¿De qué vale vencer si no se asegura la victoria? Pero lo que me preocupa ahora es el preámbulo, que es lo que realmente varía de unas leyes a otras, aunque tampoco mucho, eso es lo cierto, porque siempre se invoca la felicidad de todos para justificar el poder de unos pocos, y eso es precisamente lo que ahora estoy pensando. ¿Cómo recibirían los hombres unas leyes en las que no se les hablara para nada de la felicidad de nadie, ni de la justicia, ni de ninguna de esas máscaras habituales, sino desnuda y crudamente de lo que las leyes son, un código del mando y la obediencia?» Miró a *Lord Jim* como enderezándole la pregunta, y *Lord Jim* le respondió con aquella mueca que en su sistema de signos sustituía a la sonrisa: «Recuerde vuestra majestad que yo no soy un hombre.» «Pero te aproximas bastante a ellos, y, en cierto modo, los superas. Deberías darme una respuesta.» «Sólo se me ocurre cambiar con vuestra majestad una pregunta por otra: ¿Prefiere la felicidad al poder?» «Prefiero la felicidad por el poder. Ya te lo expliqué ayer: una vuelta a la derecha, otra a la izquierda. Es como un juego.» «Y ¿vuestra propia libertad?» «En la cumbre de mi poder personal, dueño de las leyes y de sus instrumentos, sería mi propio prisionero. No olvides que te hablo por experiencia.» *Lord Jim* emitió el relincho que en su sistema de signos sustituía a la risa. «¡Me dan ganas de cantar aquello de *"Liberté, liberté chèrie, — combats avec tes defenseurs!"*» Napoleón pareció replegarse con una arruga en la frente. «¿Por qué se te ocurrió eso?» «Me brota del corazón —le respondió *Lord Jim*, y añadió—: Pido perdón a vuestra majestad, pero es que esta mañana me encuentro especialmente golpeado allí. Quiero decir emocionado.» A Napoleón se le borró la arruga y sonrió. «¡Ah, vamos, ya te entiendo! Crosby me contó esta mañana lo de tu aventura.» «Crosby es una chismosa, pero la verdad es que me siento triste.» «Cuando pasen dos semanas, todas las yeguas te parecerán iguales a esa que amas ahora. ¡Si lo sabré yo!» «Vuestra majestad sabe tanto, que me siento enteramente apabullado y sin atreverme a añadir una sola palabra. Pero quisiera hacer a vuestra majestad una última pregunta, en cierto modo relacionada con su experiencia. ¿Ha visto muchos muertos vuestra majestad?» «Pirámides de muertos, *Jim*. El interminable camino de Rusia cubierto de cadáveres, y los cuerpos de mis últimos fieles amontonados en Waterloo. Si de algo tengo una gran experiencia es de los muertos. Y, ¿cómo no?, de mi muerte también. En eso llevo una gran ventaja a cualquier vivo.» *Lord Jim* meneó la cabeza y, en cierto momento, la torció hacia un lado, como esquivando la mirada de Bonaparte. Luego le respondió: «Gracias, majestad. En realidad, yo no venía a escuchar sus confidencias, que no merezco, sino a decirle que a mi ama le gustaría darle la mano antes de separarse.» «Es muy bien educada tu ama. Mira, ya ves, en eso los ingleses nos llevan la ventaja a los demás europeos: la buena educación les permite disimular la tontería. ¿Sabes a qué hora nos iremos?» «En absoluto, majestad.» «Crosby me dejó ayer un aparato que permite enterarse al momento de todas las noticias del mundo. ¡Lo que me entretuve esta noche y la pésima idea que he sacado del orden con que se procede! Pude saber que, de acuerdo los gobiernos de Francia e Inglaterra, esta mañana misma vendrán a buscarme y a llevarme con todos los miramientos que merece un emperador, aunque, al parecer, acerca de estos miramientos no están enteramente conformes, ya que la carencia actual de emperadores serios ha arrinconado los antiguos protocolos. Pero yo no me molestaré por un Sire más o menos. En cuanto a ti... ¿tienes ya preparado tu equipaje?» «A la muerte, majestad, se va desnudo.» «En mis tiempos, para morir, los hombres se vestían de gala.» «Yo no soy un hombre, señor.» Por su ademán, se diría que Napoleón se disponía a replicarle, pero, por fin, no lo hizo, sino que lo despachó con estas pocas palabras: «Bueno. Avísame cuando venga.»

Lord Jim salió, y Napoleón volvió al preámbulo de sus leyes. Sybila se había encerrado en su gabinete-biblioteca con el notario, y corregía su testamento en algunos puntos. En cuanto a Crosby, con unos prismáticos en la mano, oteaba hacia el lugar donde quedaba la estación, a ver si llegaba el tren con los soldados franceses, pero el tren no había llegado todavía. En el valle espesaba la niebla, y, en la colina, el castillo se embarullaba con las nubes bajas. *Lord Jim* escuchó el aire: «Va a llover esta tarde», sintió, como si ya estuviera lloviendo; volvió grupas y se acercó a la casa, pero, sin esperarlo él mismo, salvó de un salto la cerca y a través de los campos galopó hacia el prado donde crecía la genciana, hacia la cascada del río: galopó con furia, como si el martilleo de sus cascos quisiera deshacer las huellas que había dejado, con *Rosalinda,* aquella noche: tranquilas y a veces demoradas. Al llegar al prado, pateó la hierba, deshizo la figura de los cuerpos, que aún se distinguía en ella, y se·encontró, sin esperarlo, con que desde los siete chorros de la cascada, espejos susurrantes, siete caballos iguales le miraban con siete miradas duras y un poco avergonzadas, jueces de un tribunal que sintiesen sus propios sentimientos y le juzgase por sus claudicaciones: siete caballos, siete, que se multiplicasen en todos los remansos del río, en todas las corrientes secundarias, en las charcas y en las lagunas ocasionales, y emergiesen de la hierba como un verdadero auditorio de caballos, como si todos los caballos del mundo, habidos y por haber, concurriesen allí y fuesen representados por la misma imagen repetida. Le devolvían el gesto, mimaban sus movimientos, se aquietaron al aquietarse él, y le escucharon cuando les habló. «¡Bueno! ¿Y qué? Ya sé que me estoy portando mal, pero es que vosotros no habéis oído a Napoleón. ¡Muertos, todos son muertos, pirámides de muertos! Desde lo alto de esas pirámides, camaradas difuntos, Napoleón os contempla con el volante en la mano. Será feliz dándole medias vueltas, a la izquierda o a la derecha, según quien se desmande. Será feliz mandando sobre los vivos y sobre los espectros, sobre los hombres y las especies superiores, sobre las esperanzas y los recuerdos. ¡Será feliz prisionero de su propio poder! Y yo no lo comprendo, ¡qué caray!, y si llego a comprenderlo no podré compartirlo: por algo soy también un difunto y mi opinión no cuenta. Sin embargo, si me mandasen gritar, ¿diría como antes "¡Viva la libertad!", cuando ya estoy enterado de que la libertad es una palabra vacua? Lo más probable es que lanzase al aire mi antiguo grito privado, el primero que aprendí, que, por lo menos, tiene sobre los otros la ventaja de traer consigo los recuerdos infantiles: *"God save the Queen!"* ¿Os reís, o sólo respondéis con vuestra risa a la mía? ¡Pues no me importa, os juro que no me importa!» Y se quedó mudo y quieto.

Entonces, de uno de los chorros espejeantes, sobresalió una cabeza, y una voz como la suya le advirtió que sus palabras, juzgadas sin pasión, resultaban bastante incoherentes. «¿Es que alguno de vosotros, en mi lugar, mantendría la lucidez?» Y otra cabeza semejante, ésta del chorro más alejado, le preguntó si estaba arrepentido de su voluntario heroísmo. «Es que morir por una cosa tonta no le convence a nadie, sobre todo si se deja en la tierra el amor de una hembra y la esperanza de un hijo!» Una cabeza más, cualquiera entre las muchas, aunque más en el papel de juez, dijo con voz que retumbó en el silencio: «Has elegido la muerte, *Jim*. No puedes volverte atrás!» «¡Yo quería morir por la libertad de los hombres y de las especies superiores, no por la felicidad particular de Napoleón!» «Nadie muere por nada, *Jim*. Se muere simplemente, y los que sobreviven se encargan de afirmar que se ha muerto por esta hermosa causa o por aquella otra, mala, según convenga.» «¿Y el nombre que ha de llevar mi hijo?» «No pases pena. En el día radiante de las conmemoraciones, un señor con chistera contará a la muchedumbre de hombres y de caballos que has muerto por la causa más noble, y tu hijo llorará de orgullo.» «Pero yo, bajo la cúpula de los Inválidos, esconderé la cara de vergüenza.»

Se oyó, a lo lejos, el silbido de un tren, y *Lord Jim* orientó la cabeza hacia el lugar del ruido. «Son ellos, ¿sabéis? Los soldados que vienen a buscarle.» «¡Y a ti también, *Jim*, no lo olvides! ¡Te has nombrado caballo de su majestad imperial!» Lo que ahora se escuchó fue la trompeta que congregaba a los soldados dispersos. *Lord Jim* brincó. «¡Esperadme!» Y salió corriendo. Los caballos de la cascada, los de las charcas y los de las lagunas, todos los caballos que habían venido a juzgarle y los que intentaban presenciar el juicio, se desvanecieron en la niebla conforme él se alejaba.

Segunda vez aquel día, con el corazón golpeándole por el temor de no llegar a tiempo, *Jim* atravesó los campos, saltó las charcas y los setos, y era tanta su prisa que derribó algún ladrillo de la cresta de un muro, pero no había juez de campo que le apuntase la falta. De saberlo Mrs. Toynbee se hubiera preocupado y lo atribuiría, con toda seguridad, a la falta de entrenamiento durante aquellos días, desde el momento en que Napoleón había atravesado la linde del misterio para estropearlo todo. ¡Pues hacía lo menos dos años que *Jim* había cometido la última falta, y para alcanzar la perfección, distaba del tiempo mínimo una docena de segundos, como quien dice, medio cuerpo nada más! Mrs. Toynbee, sin embargo, en aquellos momentos, no estaba suficientemente desembarazada de cuidados como para preocuparse de su caballo, pues una turbamulta de ciudadanos, periodistas y soldados acababa de detenerse ante los rododendros de su jardín, por la parte que miran a la carretera, y aunque nadie gritase, el rumor del gentío (pasos rítmicos, carreras de los niños, los sones apagados de una bocina) llenaban ya la casa. Quien en cambio gritaba era Crosby, de una ventana a otra en busca del lugar desde donde se les viese mejor. «¡Son franceses, señora, son todos guapos! ¡Y lo bien que les sienta todo! ¿Será del sol por lo que están tan morenitos?» Al escuadrón de policía francesa encargada de vigilar y custodiar a Napoleón hasta París, lo habían disfrazado con uniformes de la Vieja Guardia, pompones en el morrión y enormes espadones; los miembros de la banda de música traían también uniformes, aunque de granaderos, pero sin armas, y la bandera era un viejo pendón de las guerras de Italia, «*Liberté, Egalité, Fraternité*», que Napoleón, amparado detrás de unos visillos, reconoció en seguida como el que le había acompañado en el puente de Arcoli. Se ordenaron en doble fila a lo largo del camino, la bandera en su sitio, y el oficial que los mandaba pasó revista y ordenó al cornetín «en su lugar, descanso». «No parece que la instrucción moderna dé grandes resultados —pensó Napoleón—. Los míos lo hacían con mucha más vistosidad», y se fijó especialmente en el temblor de los pompones. Crosby los contemplaba, sin embargo, como a bellísimos autómatas, y preguntó a su ama si serían soldados de verdad o robotes traídos del Nuevo Mundo. Los periodistas sacaban sus fotografías para entretener la espera: de los soldados, de la casa, de los redodendros y hasta del valle, y ya apuntaban las cámaras al castillo, sombra imprecisa en medio de la niebla, cuando un chiquillo gritó que *Lord Jim* se aproximaba y apuntó con el dedo su silueta veloz; le fotografiaron también, de modo que las últimas varas de su recorrido quedaron registradas para la historia y los grandes rotativos. Él, sin embargo, no hizo caso o quizá al pasar por el lado de aquella gente, no la miraría siquiera, embebido en sí mismo como iba, y sólo los contempló con atención al explicarle Crosby que aquellos caballeros que habían estado con Bonaparte el día anterior, habían anunciado su visita para aquella misma hora y que Napoleón estuviese preparado para el viaje. «También te recordaron, perillán. El tren en que viajará Napoleón trae un furgón especial para ti.» «¡Eso no lo sabía Napoleón esta mañana! —le respondió—. Lo malo es si le da celos.» Crosby, entonces, inició una larga perorata sobre los celos que pudiera sentir Napoleón y los que al propio *Jim* atormentarían como puñales en el corazón cuando pensase, allá en las lejanas tierras, que *Rosalinda* se entrenaba con otro; pero *Jim* no la escuchaba ya: se había detenido delante del espejo, y contemplaba su imagen con ira en la mirada. Llamó a Crosby. «¡Cubre el espejo con el tapiz!», le gritó, y ella, picada, le preguntó que por qué, y con qué derecho. «¡Porque me da la gana y porque, si no lo tapas, no podré contenerme y le daré de coces!» «¡Bueno, hombre, bueno, no te pongas así, que no es para tanto; pero perdona si te digo que se te empieza a notar que no eres un verdadero *gentleman,* sino quizá un esnob trepadorcillo. ¡Qué modo de tratar a una señorita!» Iba, sin embargo, a taparlo, cuando creció el rumor de la gente y se escuchó la llegada de un automóvil, que por la suavidad de su marcha y el silencio de sus frenos debía de ser de gran clase. Crosby corrió otra vez a la ventana. «¡Son los mismos de ayer! ¡Ay, qué emoción! ¡Son los que vienen a llevarse al general!» Eran, sí, los del día anterior, aunque con la variante de que el coronel Podkoliosin había sido sustituido, y no con ventaja, al menos a la vista, ya que Podkoliosin tenía mejor figura, por un oficial chino, quien, sin embargo, pese a su talla escasa, se movía con naturalidad y seguridad entre sus elevados colegas. Pero es probable que Crosby los hubiera contemplado como conjunto y acaso como especie, no como suma de individuos, pese a su condición de escocesa, y por eso se le escapaban los matices. *Lord Jim* le rogó que dejase de mirarlos y colocase el tapiz. «¡Pues ya voy, no te impacientes! Pero me digo que eso de que estén tan morenitos los soldados debe de ser del sol, ¿no te parece? En tierras como la nuestra todos salimos pálidos.» Los tres agregados militares, delante sir Ives Thompson, venían por la vereda del jardín: desde la altura de la silla a que se había subido, Crosby los vio llegar, y advirtió a *Lord Jim* de la conveniencia de que alguien los atendiese «porque la señora no creo que acuda a abrirles». Fue allá *Lord Jim*. El funcionario del Foreign Office, con los guantes amarillos en una mano y en la otra el *chapeau melon,* se adelantó sonriéndole, y después de saludarle, le preguntó si Napoleón se encontraba dispuesto. «Pues pienso que sí, milord», le dijo. El señor Thompson, bastante sonriente y mientras pasaba de la mano derecha los guantes a la izquierda, le aclaró que no era lord, sino sólo sir. «Pues merecía ser lord. ¿No ha comprendido aún que todo lo que existe merece ser un poco más de lo que es? Esta mañana, por lo menos. Las margaritas merecen ser estrellas; las criadas, duquesas. El general Bonaparte lo empuja todo hacia arriba, de modo que hasta el sistema solar es una espiral que asciende. ¡Ah, señor, señor! ¿Cómo podría decírselo? Los corazones aspiran al amor, y la savia del árbol trepa a la ramas más altas. ¡Hay un anhelo universal que tira de nosotros o nos empuja, no lo sé bien! Pero ¿qué es lo que debe hacerse? ¿Subir o bajar? ¿No será más bien cosa de esperar simplemente, de esperar, y esperar, y esperar? ¡Perdón, me había distraído! Vuelvo en seguida.» Se apartó de la puerta y subió por la escalera, quizá dando el ejemplo personal de la ascensión de todo. El coronel chino, que se llamaba el señor Li sin Piu, le preguntó al representante del Foreign Office si la conducta de aquel caballo no resultaba un tanto fuera de lugar, poética como si dijéramos y si era absolutamente de fiar un negocio en el que un caballo como aquél, tan imaginativo, tenía parte principal. Pero M. Dubonet, que estaba al tanto y que durante el viaje había tenido respuestas suficientes para todas las preguntas de su colega chino, que habían sido muchas (que por qué había tantos castillos, que por qué había tantos fantasmas, que por qué el lago Ness escondía un monstruo debajo de sus ondas y no sencillamente un dragón, como los lagos de la China), le explicó que *Lord Jim* se envaneciera un poco a partir del momento en que Napoleón le había

265

condecorado, pero que, fuera eso, tenía de su conducta las mejores referencias y que esperaba verdaderas sorpresas de su comportamiento militar. Entretanto, Crosby había acudido, y los invitaba a entrar y a sentarse en las butacas del salón, que eran muy cómodas, mientras de paso les refería la aventura nocturna de *Lord Jim*, la cual, escuchada, redobló la simpatía que hacia él sentía el agregado francés, hizo pensar al coronel Schmidt que los europeos seguían padeciendo la inveterada afición a las historias novelescas que los había caracterizado, y movió al chino a la sonrisa. En lo cual, sin embargo, encontraron el tema de conversación indispensable para mantener la espera, aunque, si se le miraba bien, más que una conversación parecía un monólogo, pues, tomada la palabra por Dubonet, y puestos en relación los amores de *Lord Jim* con las pasiones más notorias de todos los tiempos, no parecía que hubiese lugar ni ocasión para que alguno de los otros metiese baza, de modo que Dubonet llegó a decir ni más ni menos que acaso aquellos amores acabasen por merecer la atención de un poeta de categoría shakespeariana, a lo cual le respondió el señor Thompson que aquel recuerdo del cisne del Avon quedaba justificado por el hecho de hallarse en los dominios de Macbeth y a la sombra de su castillo, aunque quizá no por la categoría dramática de los amores comentados. Pero *Lord Jim* no había corrido a prevenir a Napoleón, sino que, antes, había pasado por la biblioteca y había solicitado de la señora Toynbee que no dejase de estar presente cuando Napoleón saliese de aquella casa impelido por la fuerza de su estrella en dirección a los nuevos laureles. «Pero, *Jim*, ¿cómo quieres que presencie con la debida dignidad cómo se desvanece mi última esperanza?» «Señora, piénselo bien, es como una escena de teatro, a la cual no pueden faltar los personajes más importantes. Y si Napoleón es aquí el protagonista, ¿quién es su víctima?» «Querido *Jim*, ¡mi dolor no es de teatro!» A *Lord Jim* empezaron a saltársele las lágrimas. «¡Señora, se lo suplico! ¡Por ese hijo que no veré y por los que usted puede ver todavía! ¿Quién lo sabe? Napoleón no se ha marchado aún...» Y envió a su ama, envuelta en desesperación y amor, una mirada de súplica; tras la cual salió de la biblioteca y marchó al cuarto donde el emperador, con una mano en el pecho y otra en la espalda, paseaba la habitación en diagonal, desde la esquina de la puerta a la de la ventana, y viceversa. «Ya me tardabas, *Jim*. Esos señores han llegado hace rato.» «Pero hubo trámites previos, majestad.» «¿Los has concluido?» «Casi todos, y ahora desearía saber si vuestra majestad tiene pensada ya su aparición en público.» «¿Cómo dices?» «La salida. Eso está lleno de fotógrafos y de operadores de la televisión. La escena se verá en el mundo entero -dentro de pocas horas.» «Pues no hay más que salir. Esos señores delante y yo detrás; o bien esos señores detrás, y yo delante.» «Lo encuentro poco imperial, majestad. Con que se agache un tanto, podemos aparecer juntos en la puerta, usted a caballo, y eso sería de gran efecto.» Napoleón le acarició una parte del pecho, precisamente la contraria a aquella en que solía ostentarse *le ruban rouge,* es decir, la derecha. «Lo que tú quieres, *Jim,* es que te saquen los diarios ya como cosa mía.» «Tengo mi vanidad, Sire.» «Entonces lo haremos a caballo.» *Lord Jim* inició una corveta que, por inesperada, obligó a Napoleón a recular. «¡No esperaba otra cosa de su generosidad, Sire! Pero aún me queda un ruego más.» «¿No son ya muchos, *Jim?*» «Vuestra majestad comprenderá, al escucharme, que no lo hago por capricho, sino por buenas razones sentimentales.» «He desconfiado siempre de las razones sentimentales, *Jim.* Me entiendo mejor con las otras.» «De lo que se trata en este caso es de despedirme de mi señora.» Napoleón echó mano al sombrero y se lo encasquetó. «¡Ah, vamos! Ésa es ya otra cuestión. Naturalmente, naturalmente que te autorizo, pero conviene estudiarlo antes, sobre todo si piensas llevarlo a cabo en mi presencia, porque luego se cuenta y sale en los libros.» «¡Sí, majestad!» «Y cuando el oficio de uno es salir en los libros, las cosas no pueden confiarse a los albures de la improvisación, sobre todo cuando median palabras. Entérate para siempre, *Jim:* la palabra oportuna te salva o te condena. Como puedes suponer, pongamos como ejemplo, cuando se cansen los pintores de pintar esa parte de la escena en que soy yo el personaje, no faltará un extravagante a quien se le ocurra desplazarte hacia el centro de la composición y titular el cuadro con la frase culminante de tu discurso de despedida.» «Sí, majestad.» «De modo que aunque no llegue a sublime, conviene que en todo momento seas tú quien domine la situación. Si la señora Toynbee se emociona, la mandas sentar. Si se desmaya, dirás a Crosby que la recoja. Nada de lágrimas por tu parte. Un abrazo, puede pasar; besos, ninguno. La palabra, siempre noble: afirmaciones de carácter general, tópicos y hasta refranes. Y, sobre todo, que tu parlamento termine en sol mayor. Yo permaneceré al margen.» *Lord Jim* sacó un gran palmo de lengua, como si fuera a acariciar con ella la barbilla del corso, pero se arrepintió a medio camino y la retiró. Dijo un al parecer emocionado «¡Gracias, Sire!» y echó a andar escaleras abajo.

Napoleón, después de un titubeo, le siguió.

Al pasar frente a un espejo, comprobó que el sombrero le quedaba conforme con las más divulgadas versiones de su figura.

Dio a sus manos y brazos la disposición tan conocida.

Y fue aquél el momento en que los astros, sensibles a los clímax de la Historia, interrumpieron su curso, expectantes de lo que iba a suceder.

Fue la hora precisa de los augurios y de las premoniciones.

Varias madres solteras dieron a luz sus hijos anticipadamente.

Un volcán en erupción extinguió, de repente, sus luminarias.

Y una bandada de almas migratorias que volaban en demanda de sí mismas, se dispersó para no encontrarse jamás.

Las había que llevaban una pata anillada.

Y otras más que la ornaban con cintitas de color.

¡Todas, todas erraron el camino de vuelta, pese a las cintas y los anillos!

Muchos otros prodigios acontecieron en aquel mismo instante.

Pero ninguno como el que se atestigua del filósofo Kant, el solitario masturbador de Koenisberga.

Con lluvias o con nieves, con vientos o con soles.

El filósofo Kant daba el paseo habitual a las doce menos cuarto.

Recorría siempre idéntico camino.

Si aquí bajaba la cabeza, allí la levantaba.

Pero, si el tiempo era nublado, la levantaba aquí y la bajaba allí. Y todo el mundo sabía que iba a llover.

De un modo u otro, con bastón o con paraguas, Emmanuel Kant regresaba a su casa a las doce y diez en punto, almorzaba, y se ponía a corregir las pruebas de sus *Obras completas*.

Pues aquella mañana salió a las diez y doce.

Olisqueó el aire y exclamó: Me huele a chamusquina. Y un poco más adelante, alguien le oyó mascullar: ¡Ese Napoleón...! ¿Por qué otra vez?

Y todos pudieron ver cómo se marchaba por la autopista de Francia, adonde, sin embargo, no llegó por carecer de pasaporte.

En fin, que el momento fue solemne.

Sybila Toynbee se hallaba ya en el salón, y había saludado a los cuatro visitantes.

Y, en la calle, el rumor de la gente crecía y era difícil de contenerla: como que Mr. Horn hacía uso de sus poderes especiales y zurraba de lo lindo a los muchachos, pero en vano.

Una palabra se cernía por encima de las cabezas apretadas, por encima de fusiles y pompones: palabra, sin embargo, que no pasará a la historia por ininteligible.

¿Sería, quizá, gaélica? ¿O el rumor de un arpa eólica? ¿Y por qué no una jaculatoria fálica?

Entre la calle y el salón, el cornetín de órdenes había establecido un sistema de comunicaciones rápidas, del que era en parte inventor y responsable sir Ives Thompson, V. C., del Foreign Office.

Habrían de entenderse, más que por órdenes verbales, por señas visuales.

De modo que cuando sir Ives Thompson, V. C., del Foreign Office, alzase uno de los visillos rosados y lo dejase levantado, la banda atacaría con la primera estrofa de *La Marsellesa,* por la parte que dice «*Aux armes citoyens!*» (que pertenece más bien al estribillo, pero que va muy bien como comienzo).

Todo estaría, pues, a punto.

De suerte que *Lord Jim* apareció en la puerta del salón, miró primero a la derecha, a la izquierda después, y apartó su cuerpo a un lado para dejar el paso franco al general.

Quien descendió los escalones como el que puede hacerlo sin que su gloria se marchite ni su fama padezca.

Es decir, pisando fuerte.

Le fueron saludando, uno a uno, los presentes: escena más o menos repetida.

Cuando le llegó el turno al coronel Li sin Piu, al pronto Napoleón quedó perplejo.

Pero sir Ives Thompson, V. C., del Foreign Office, estaba oportuno al quite.

—Majestad, es el coronel Li sin Piu, representante de la China y valiente militar. Empezó la Gran Marcha como soldado raso, y ya es coronel.

—¿Y por qué no mariscal? —le preguntó Napoleón mientras le daba la mano—. Mis soldados no necesitaban de marchas tan dilatadas para alcanzar más rápidos ascensos.

—Salvo cuando quedaban en el Beressina, Sire —fueron palabras interpuestas por Dubonet. Y todos rieron, porque estaban en el secreto, menos el coronel Li sin Piu, que no lo estaba.

De una manera o de otra, la cosa, si no tenía gracia, tampoco dejaba de tenerla. Por eso Li sin Piu pareció dubitante, aunque al final optase por la sonrisa.

Que fue como si iluminase entera la China popular.

La gente respiró satisfecha, y sir Ives Thompson, V. C., etcétera, inició la breve perorata que le habían encargado.

Quiere decirse que carraspeó un poco, que cambió de mano los guantes y el *chapeau melon* y que dijo, con la pausa e interrupciones consabidas:

—Majestad, está todo dispuesto para partir. El gobierno de su majestad la Reina ha puesto a disposición de la vuestra el tren que usaban habitualmente los miembros de la Familia Real. Es un tren cómodo y discretamente suntuoso, con toda clase de servicios y un *buffet* variado. En cuanto al caballo *Jim*, el gobierno británico, que estima en lo que valen la pureza de su acento y su vocación heroica, si bien deplora que abandone las Islas en que nació, no por eso le remite a su suerte, y, en consecuencia, ha mandado enganchar al tren real e imperial un furgón adecuado, con abundante provisión de cebada y una pequeña biblioteca con las biografías de los caballos ilustres.

Napoleón meneó la cabeza a la diestra y a la siniestra: aquella oratoria inglesa, tan en tono menor, tan sistemáticamente interrumpida por tosecillas y carraspeos, le fastidiaba. ¡Si hubieran oído a Mirabeau!

—Andaba por ahí. Bajó conmigo. ¿Por dónde andas, *Jim*?

Lord Jim compareció. Se había apartado un momento de la puerta.

—*Adsum* —respondió por lo bajo, y añadió en seguida—: Atendía al reverendo Palham del Contentin, quizá recuerde vuestra majestad, es aquel eclesiástico que tuvo el privilegio de asistir a la apertura de cierto espejo, y que ahora pretende, en nombre y representación del pueblo, despedir al emperador y desearle suerte. Debo añadir a vuestra majestad que le acompañan Mr. Cammember, miembro del Parlamento, y miss Agatha Christie, su prometida, la señora Smith, bibliotecaria local, y el señor Weeson, que tiene sobre ella ciertas miras honestas. En dos palabras, que ha venido el completo. El reverendo Palham trae además un discurso.

—¡Un discurso! —exclamó Napoleón—. ¿Nos queda tiempo aún para discursos? Creí que los discursos se habían suprimido. ¡Y en un país como éste, lleno de gente práctica!

Sir Ives Thompson se atrevió a intervenir:

—Que es al mismo tiempo la gente más poética del mundo.

—También era poético Chateaubriand, y no hizo más que estorbarme. ¡En fin, que pase el reverendo!

Lord Jim corrió a la puerta del salón.

Sobrevino una pausa silenciosa.

Tras la cual, el reverendo Palham del Contentin apareció bajo el dintel, seguido de sus amigos.

Sybila les suplicó que entrasen.

Lo hicieron ellos.

Tímidamente.

Sin dejar de mirar a Napoleón.

¿Qué pensaría? Li sin Piu de los occidentales, puesto que no perdía ripio ni abandonaba la máscara de la sonrisa?

¿Pensaría quizá que un código de cortesía, con tantas reverencias antes y otras tantas después, con los pasos contados y las posturas fijas, evita muchas situaciones embarazosas?

¡Pues no le faltaba razón a Li sin Piu! Pero no hay que olvidar que el bárbaro Occidente careció de un Lao Tsé, y que, en lugar de letrados y mandarines, gobernaron comerciantes y guerreros.

Así que, finalmente, aquellos cinco personajes se pusieron en fila, el reverendo en un cabo y el miembro del Parlamento en otro.

Y dijo Napoleón al reverendo:

—¿Es usted el portavoz?

—¡Me cabe esa honra, majestad!

—Pues muchas gracias, muchas. Me siento verdaderamente conmovido. Los recordaré siempre porque fueron los primeros en creer en mí. ¡Coronel Dubonet! ¿Le importa que le nombre desde ahora mismo mi ayudante de campo? ¡Pues apunte los nombres de estas personas para la primera promoción de la Legión de Honor!

—¡Oh, majestad, ese honor me desvanece! Pero traía un discurso... Contiene una importante tesis político-teológica muy conveniente a quien se dispone a gobernar al mundo.

—¿Quiere usted, Dubonet, hacerse cargo de él? ¡Y no vaya a perderlo! Reverendo, le prometo leerlo en cuanto quede solo. ¡Pues ya lo creo, una tesis teológico-política! ¡Con lo necesitada que anda la política de que Dios se meta en ella! Otra vez gracias. Y le ruego que en este abrazo vea una muestra de afecto hacia todos ustedes, hacia este pueblo, hacia la hermosa Escocia. En una palabra, reverendo: que estoy emocionado y que les autorizo a permanecer en esta sala hasta el momento mismo de mi salida.

—El momento sublime —terció Lord Jim.

Napoleón se volvió, entonces, al caballo.

—A propósito de sublimidades, Jim, ¿no te despides de la que fue hasta aquí tu dueña y tu señora? De quien también me gustaría despedirme y agradecerle su hospitalidad.

Mrs. Toynbee le sonrió, le dirigió una breve reverencia y le tendió la mano.

—¡Oh, madame! —exclamó Napoleón.

Y le besó la punta de los dedos. ¡Ah! Los dedos mismos que lord Edward había acariciado y que no volvería a acariciar.

(Salvo bajo la apariencia de una forma desprovista de materia.)

—Gracias, señor —le respondió Sybila.

Y atendió a Lord Jim, que también esperaba.

—¿Tú también, Jim?

—Yo, señora...

Todo el mundo advirtió que el caballo se había emocionado, aunque sólo Lord Jim supiese interpretar el gesto de sorpresa, ironía y desagrado que durante un instante alteró el rostro de Napoleón.

—... beso la mano que me dio mis primeros piensos, y bendigo al Dios que hace crecer los trigos y las flores.

—¡Oh, qué bonito! —susurró alguien, quizá el mismo Li sin Piu, aunque de manera inútilmente audible, y porque asimismo, con una sonrisa simultánea expresaron los presentes la satisfacción compartida.

Pero el tono de Lord Jim cambiaba.

—¡Señora Toynbee, marcho a la muerte, y un morir bello honra toda una vida!

Napoleón aprobó el tópico y su sonrisa fue entonces de triunfo. Pero Lord Jim, vacilante, cruzó de nuevo la frontera.

—En la llanura fría, mi carne, que el amor ha estremecido, será regalo de las fieras hambrientas.

Miró furtivamente al emperador y le hizo un guiño.

—Mas ¿quién le mirará el diente a caballo regalado?

—continuó—. En fin, me marcho. No volveremos a vernos con los ojos carnales, pero os prometo, señora, espiar el cielo de los hombres desde el cielo de los caballos, os prometo buscar vuestro espíritu en el jardín más hermoso, y, el día que lo encuentre, le enviaré un beso y un manojo de estrellas.

Calló, de pronto, paseó la mirada alrededor, desde la puerta del salón al espejo que Crosby había cubierto, y de éste al emperador suspenso. «¿Es que no tocan *La Marsellesa?*», preguntó; y sir Ives Thompson, V. C., que estaba junto a la ventana, hizo con la mano la señal esperada, y se escucharon fuera los compases del himno que a tantos millones de hombres había arrebatado, seguidos de un clamor entusiasta y al mismo tiempo expectante.

Aux armes, citoyens!

Los presentes en el salón componían como un arco de círculo, dentro del que quedaban, frente a frente, la señora Toynbee y su en otros tiempos candidato al Derby. Al comenzar la música, aquel arco de círculo intentó reducirse, como si pretendieran ver más de cerca a los protagonistas de aquella despedida. Pero *Lord Jim* dio unas coces al aire, enigmática conducta que los obligó a retroceder, al mismo tiempo que decía, casi gritando:

—¡Señora Toynbee, sanseacabó! ¡La vida es buena y el amor no es malo! ¡A quien Dios se la dio, san Pedro se la bendiga! ¡La libertad es un mito burgués! ¡A caballo, Napoleón! ¡Señora Toynbee, abra esa puerta para que salga el emperador! —y su mano derecha apuntó inequívoca, pero enérgicamente, al espejo tapado. Napoleón se le había arrimado, y el coronel Dubonet le tenía el estribo. A Sybila, mientras se encaminaba a la puerta cerrada del Allende, se le escapó un «*Lord Jim*» cargado aún de ternura y ya de nostalgia. Napoleón había cabalgado, y la banda de música, terminados los primeros compases, iniciaba lo de «*Allons, enfants de la Patrie, — le jour de gloire est arrivé!*» Fue el momento en que *Lord Jim,* de un solo salto, sin tomar carrerilla, cruzó el espacio y se hundió con su carga en las tenebrosidades del espejo franqueado. Las metáforas con que se describió el acontecimiento fueron variadas, conforme a la mente de cada inventor, y de cada una de ellas proceden series perfectamente definibles, de modo que hoy disponemos al menos de cuatro familias de metáforas, más o menos nu-

merosas. Li sin Piu lo comparó a la cabriola de un delfín en
la mar de la China, y el coronel Dubonet, al de una bella
campeona de natación cuyo cuerpo, antes de hendir el agua,
se demora en una curva tranquila. Para el coronel Karl
Schmidt, especializado en balística, la trayectoria elegante y
precisa de un misil de múltiple cabeza sirvió de término de
comparación, y para sir Ives Thompson, V. C., acaso más
devoto de la precisión que de la poesía, el prodigioso salto del
caballo se quedó para siempre en prodigioso salto de un caballo, no superado y difícilmente superable por los grandes
saltadores equinos de que quedaba noticia. En cuanto a los
demás presentes, como no fueron interrogados por la prensa,
si habían elaborado cada uno su metáfora o si eran mejores
o peores, no pasaron a los ámbitos públicos ni ocuparon un
lugar en la Historia. Mientras tanto, Sybila, pese a su buena
educación, estaba tan emocionada y era tanta su esperanza
de recobrar a su Eduardo, que no consideró que aquel instante fuese el más apropiado para inventar metáforas: de
modo que permaneció en la linde del misterio con el espejo
bien agarrado por el borde. Conviene recordar que, a su debido tiempo, el reverendo Palham del Contentin había gritado un «¡Hurra por Napoleón!», al que todos los presentes,
menos Sybila, habían respondido, y que, ahora, ninguno se
atrevía a mirar a los otros, de puro avergonzados. Quizá se
hubieran separado en silencio y cabizbajos, de no haber cambiado la situación un grito jubiloso de Sybila al ver que
Eduardito asomaba la cara por el oscuro agujero, y que detrás venía, enhiesta, pero mandona todavía, la nariz de la
duquesa. «¡Eduardo, mi vida!», gritó la viuda del señor
Toynbee, dispuesta ya públicamente a dejar de serlo, por
cuanto abrió los brazos y aprisionó en ellos al *révenant*. La
duquesa pasó a su lado y les dedicó una mirada de asco y
palabras que nadie comprendió. Después, atravesado el salón con paso todavía de fantasma, pero con la seguridad
ducal acostumbrada («El mundo es mío»), se dirigió al teléfono, y todos le oyeron pedir una conferencia con Londres
y dar la dirección de su modista. El resto de los presentes
hablaba, decía tonterías emocionadas o asombradas, y arma-
ba un mediano guirigay al que la banda de música, a la que
nadie había mandado callar, ponía solfa. Sybila, sin soltar
el cuerpo recuperado de Eduardito, iba empujando con el
suyo la hoja del espejo, con la intención visible de cerrar
aquella puerta de una vez para siempre, pero no pudo hacerlo del todo por cuanto cierta masa inesperada, aunque de

buen tamaño, lo estorbaba: un cuerpo de caballo, semejante a *Lord Jim*, pero que traía puestos unos *kilts* del tartán de los Forres y colgada una escarcela de siete colas de armiño. Los forasteros exclamaron: «*¡Lord Jim!*», normalmente engañados por la apariencia; pero los naturales del país reconocieron en seguida que el que se ocultaba bajo la especie de caballo, era ni más ni menos que su antiguo señor, el viejo duque de Forres, «bendita sea su gracia»; Algy para los íntimos, que regresaba sin que se lo pidiese nadie, sin que una mínima nostalgia lamentase su ausencia. ¡Ah, la ingratitud del hombre, y, en este caso, la ingratitud del escocés! Quedó delante del espejo, en espera quizá de unos abrazos, mientras sus antiguos súbditos le saludaban con una fría inclinación que rayaba en la irreverencia. Él, entonces, desde lo alto de los escalones, explicó: «Sobraba un cuerpo de caballo, y como yo estaba a mano...» Le respondió un alarido que venía del vestíbulo donde estaba el teléfono. «¡No! ¡Mi marido, no!», había gritado la duquesa; y sin soltar el aparato, apareció en la puerta del salón, más lady Macbeth esta vez que lady Adelina. «¡Pediré el divorcio inmediatamente! —continuó—. ¿Dónde se ha visto una duquesa casada con un caballo?» El duque, sin abandonar su posición preeminente, le respondió: «Renuncio de la mejor gana a mi puesto en el lecho conyugal. Mi deber y mi deseo me llevan junto a *Rosalinda*.» «¿Un adulterio en mis caballerizas? ¡Os mandaré expulsar a entrambos!» «Pues bien: iremos peregrinos a propagar por Inglaterra la fama que merece el sacrificio de *Lord Jim*, y consolaré la soledad de *Rosalinda* hablándole del hijo que lleva en su seno y que dentro de p)co vendrá a sustituir al padre, si no con ventaja, al m.ios con dignidad. Es lo que me queda por hacer en este mur o hasta que, muerto ya como hombre, muera también cc no (ballo.»

¿Colorín, colorado? Más o menos, aunque convenga, por honradez profesional, conceder unas líneas de atención informativa a sir Stanley y a Mr. Blake, quienes quedaron perplejos al recibir las noticias del desenlace, con la inesperada desaparición del emperador y del caballo, y, durante unos minutos, el mundo, que en cierto modo había comenzado a organizarse, volvió a perder el sentido. «Eso no encaja en mis supuestos», confesó el ministro suplente, y el director misterioso de todas las policías secretas que se ignoran a sí mismas le suspiró que, en efecto, algo desentonaba en el conjunto y lo hacía sospechoso, pero que, de momento, no sabría decir qué. «Podríamos preguntárselo a Sherlock Holmes», sugirió el doctor Watson, una vez consultado, y, después de reducir el suceso a sustantivas fórmulas verbales, se las comunicó al clarividente, quien se agitó como si padeciera una convulsión epiléptica, pidió morfina, tocó al violín unos fragmentos dificilísimos de Paganini, y sentenció: «Huyeron al saberse descubiertos.» Se miraron los otros. «Eso pudiera ser una solución, pero no nos aclara lo que desentona del conjunto», dijo, entonces, Mr. Blake, y añadió que si aquélla era la respuesta definitiva, el desconcierto que un elemento extraño causaba al orden de los componentes normales era mayor todavía. Pero a sir Stanley no le faltaba el sentido del humor, había leído a Shakespeare y a Dylan Thomas, y, al menos en teoría, no descartaba de la realidad las soluciones disparatadas. «Todo quedaría en su sitio si admitiéramos que Napoleón era Napoleón, y, *Lord Jim,* un caballo.» Mr. Blake sonrió y el doctor Watson respiró profundamente. «¿Qué más quisiera yo que poder aceptarlo? Pero ese hombre esquelético que ahora dormita, antaño todo inteligencia y hoy todo milagro, mè lo impide.» «¿Ha dicho usted milagro?», le preguntó Mr. Blake. Y el doctor Watson, con visible extrañeza, le respondió: «¿Milagro? Pues no recuerdo. En todo caso quise decir intuición.» «Ya. Ya comprendo.»

Se acordó que la pareja de los investigadores se trasladase a la aldea de Forres a enterarse sin prisa de la verdad del asunto. Les serviría de pretexto la inesperada abundancia de salmones descubierta recientemente en un río de los contornos, falsa noticia que daría la prensa y que, al provocar la concurrencia masiva de pescadores, permitiría al doctor Watson pasar inadvertido. En cuanto a Sherlock Holmes, cansado ya del disfraz de Mr. Phileas Fogg, lo más probable sería que se disfrazase de Mr. Pickwick, quien, por ser inglés y acostumbrado, le facilitaría el disimulo de su harto conocida, de su temida personalidad, en medio de la muchedumbre, que es como un mar que lo engulle todo.

Salamanca, 27 de febrero de 1979.

EL HOSTAL DE LOS DIOSES AMABLES

I

Sí: el primero que se enteró fue Zeus, aunque bastante tarde, cuando ya no era tiempo de poner un remedio. Sabido es que solía distraerse en aventuras y en otras ocupaciones íntimas que, si contribuían a complicar y a enriquecer de episodios secretos su particular biografía, le apartaban la atención del gobierno del mundo, y, sobre todo, de lo que pudiésemos llamar los intereses específicos de clase (siempre que se entienda como tal la de los dioses), de modo que a estos descuidos y a estos entretenimientos cabe atribuir la condición de causa de que, más tarde y poco a poco, amén de subrepticiamente, fuesen apareciendo dioses y diosecillos con los que no contaba, los cuales, como se sabe, en un principio no parecían molestarle, pero que, a la larga, se interpusieron en su camino, y aun en su destino, y le causaron abundantes sinsabores, como quizá llegue a verse (o a leerse). Lo que aquí se va a contar tiene bastante relación, en cierto modo, con esas apariciones, aunque en realidad sea anterior a ellas, o al menos, se haya iniciado antes, si bien es cierto que nadie sabe a ciencia cierta el cómo, y menos aún el cuándo. Zeus se enteró un buen día, por confidencia de Hermes, y estuvo a punto de no darle importancia. Le preguntó, al zascandil mensajero, una tarde de lluvia, que cómo andaba de ninfas determinado valle umbroso, antes muy abundante en ellas, como que Zeus solía considerarlo como su gineceo privado en épocas en que otras aventuras de más singularidad y relumbre no se ponían a tiro, y Hermes le respondió que vacío de ellas, como quien dice desierto. Le interrogó entonces Zeus sobre el porqué, y Hermes le explicó que porque los habitantes de aquel valle ya no creían en ellas. «Pero ¿qué tiene que ver eso?», inquirió, algo incrédulo, el Padre de los Dioses, y en las palabras de Hermes que siguieron halló motivo sobrado de preocupación, pues vinieron a decirle que no se hiciera ilusiones, que estaba demostrado ya y sin vuelta de hoja que existían los dioses en tanto en cuanto hubiera alguien creyente en ellos, y que cuando este alguien se extinguía (o dejaba la fe), lo hacían también los objetos de su creencia; y puso abundantes ejemplos de casos conocidos, como el de aquel Marduk de la Mesopotamia, de quien no se acordaba nadie ya, pero de quien tampoco se sabían, aun entre los demás dioses, el lugar de residencia o el último refugio, como si hubiera desaparecido. Y algo más añadió Hermes en su razonada explicación, y fue que, además, la figura de los dioses variaba según lo que se imaginase de ellos, y así, dijo a su Padre: «Todo lo que tú has cambiado pasando de la India al Egipto, y del Egipto a Grecia, y de Grecia al Imperio, contando incluso los nombres, obedece a que indios y egipcios, helenos y romanos te han imaginado de maneras distintas, a las que tú, insensiblemente, te vas acomodando. Y quien dice tú, dice también los otros. Si quieres darte una vuelta conmigo por la tierra, comprobarás el número de tus colegas, contados sólo los menores, que han desaparecido ya lo mismo que las ninfas, y un día cualquiera te llevarás la sorpresa de que también los grandes desaparecen. Concretamente, a Démeter no la veo muy fuerte en los últimos tiempos: aunque te parezca raro, a la gente le ha dado por dudar de la divinidad de la tierra.» El pecho inabarcable del Gran Dios se colmó, en una inspiración intensa: al espirar el aire, provocó varios cataclismos. «Y, de la del cielo, ¿dudarán también?» «De momento no parece probable, pero, ¿quién sabe en el futuro?» «El futuro lo abarca mi mirada», dijo, orgulloso, Zeus, y Hermes se echó a reír: «No tanto, Padre y Señor, que dé la vuelta a la tierra y te veas a ti mismo por la espalda.» «¡Hombre! Este Universo que hice se rige por ciertas leyes, y, según las de la óptica...» Hermes le interrumpió: «¿Que tú hiciste? ¿Estás seguro, o no será que lo has soñado?» «No deja de agradarme esa idea que oí a algunos poetas, de que el Cosmos sea mi sueño, porque si soñando doy esas señas de potencia, ¿qué podrá ser despierto?» «Me has entendido mal —le atajó Hermes—, porque lo que yo quise hacerte comprender no fue que el Cosmos lo hayas hecho soñando, sino que has soñado que lo hacías.» «¿Y no es lo mismo?» «No, Padre mío, aunque te desagrade. Tú sueñas que lo haces, pero lo más probable es que se haya hecho a sí mismo.» «Eso, ves, ya no lo entiendo. ¿Cómo va a hacerse y darse a sí mismo leyes? No me cabe en la cabeza; y si no me cabe en la cabeza es porque no es racional, y lo que es irracio-

nal no es real. No, no. El mundo lo hice yo. Salta a la vista.»
«Pero ¿tú lo recuerdas?» «Vagamente. Hace ya mucho tiempo.» «Millones de años, Padre, más de los que tú tienes. Los
que te atribuyeron la Creación lo hicieron porque necesitaban
explicársela como obra de alguien, y nadie mejor que tú para
cargar con el mochuelo. Pero —y sonrió— supongo que si fuese cosa de tu mano, estaría mejor hecha. Por lo pronto, a nosotros nos hubieras dotado de más autonomía, y no depende-
ríamos de que vivan o no los hombres, de que crean o dejen
de creer.» «No acabo de persuadirme... —murmuró Zeus,
pero de pronto se interrumpió y quedó mirando al cielo, a su
cielo—. En cualquier caso, siempre habrá hombres con fe.»
«Siempre los habrá que crean en algún dios, pero no tiene que
ser en nosotros necesariamente.» Zeus, al volverse con rapidez,
dio tal aire a su manto que al sacudir la punta la superficie
del cielo arrastró un buen puñado de estrellas. «Si le preguntas a cualquier hombre, te dirá que Zeus es inmortal, de manera que en eso está la mejor refutación de tu razonamiento,
puesto que, si somos como ellos creen, al creernos inmortales,
lo seremos.» Hermes se había apresurado a recoger las estrellas y las colocaba ya en sus órbitas, no fuese aquel incidente
a provocar una catástrofe celeste, de las que no tienen arreglo.
«Querido Padre, yo no te hice ningún razonamiento: te pro-
puse un hecho, nada más, al que ahora añado un consejo: no
te fíes en absoluto de los hombres, porque un día cualquiera
puedes encontrarte con que...» Pero Zeus había dejado de
hacerle caso: su divina mirada, a través de la distancia, de las
noches y de las nubes, había descubierto a una doncella bellísima que dormía en un lecho, a oscuras, destapada y desnuda por el calor. De un tiempo a aquella parte, Zeus, acosado
por la evidencia de cualquier realidad indiscutible, fuesen palabras de verdad o hechos impepinables, acababa por escabullirse hacia el remedio erótico, en cuyo tejemaneje era tan
fácil olvidarse de todo, empezando por el olvido de sí mismo.
Llamó a su hijo. «Mira, Hermes, ¿ves aquella muchacha?
Pues me gusta. Entérate de quién es y de lo que le apetece
en este mundo, animal, vegetal o mineral, ya sabes, como en
otras ocasiones. Y verás cómo después de hacerla mía, y de
revelarle quién soy, cree en mí y al creer...» «Pero es mortal
—adujo Hermes—, aunque lo lamentemos, porque es de verdad bonita.» «¿Qué más da lo que sea? Después de ésa, habrá
otra, y otra más, y así siempre y para siempre. Lo que ellas
duren, duraré yo.» Hermes se estaba ajustando los lazos de
las sandalias. «Hay quien dice que ese mundo, y el universo

entero, un día se destruirán.» «Pues ese día, quizá no me interese ya continuar viviendo.»

Hermes, de un salto elegantísimo, aunque tramposo, hendió el espacio, y su Padre le vio brillar, cada vez más cercano a la tierra, con luz como de estrella. Le vio también asomarse a los sueños de la muchacha durmiente y hurgar en ellos. Volvió después el rostro hacia los cielos y exclamó: «¡Es una tonta que no vale la pena!» Se remegió Zeus en el asiento. «¿Qué sabrás tú de mujeres? Cumple con tu deber y déjate de opiniones personales.» Hermes se encogió de hombros y siguió curioseando; al cabo de un rato se le oyó de nuevo: «¡Un cerdito! ¡Lo que apetece es un cerdito!» «¿De qué raza?», le preguntó el Padre. «De esos coloraditos, que parecen culos al aire...» Zeus pensó que aquella muchachita tan apetecible bien podía haber tenido deseos más estéticos, pero consideró por fin que, al fin y al cabo, medidas las distancias que le acercaban o le separaban de un cisne, de un toro, y de una cría de cerdo, por ahí se iban, millas de más o de menos. Deseó transformarse, y se le fue cambiando el cuerpo, poquito a poco, conforme descendía, así como la voz y la mentalidad. Lo último que agregó a aquel lechón blanquecino, fue un rabito como un tirabuzón en el que la muchacha pensaba en aquel momento: pensaba y no soñaba, porque Hermes había hecho ruido para que ella se despertase, y del sueño le quedaba el recuerdo de aquel rabo, que la había hecho feliz. Zeus se arrimó a la cama, precisamente cuando ella dejaba caer la mano, y le puso el rabo al alcance. La muchacha se estremeció de alegría, que gracias a las imágenes que Hermes le suministraba, pronto se convirtió en placer. Es muy posible que en aquella oscuridad nocturna y con aquel trujamán de Hermes por el medio, algún objeto haya sido sustituido por otro semejante, porque es el caso que la muchacha quedó en aquel mismo momento embarazada de un soberbio jabalí que daría mucho que hablar a los poetas y que temer a los monteros; pero ésa es ya otra historia, y no interesa. Conviene sin embargo saber y tener muy presente que la muchacha, sin explicárselo ni preocuparse por la explicación, empezó a creer en Zeus, al que sin embargo llamó de otra manera, y Zeus quedó muy orgulloso, como siempre que acometía con éxito una aventura de aquéllas; pero, además, muy satisfecho, aunque, por lo que haber pudiera de humillación en la metamorfosis, procuró que la aventura pasase inadvertida, al menos como suya. ¿No había otros muchos dioses?

II

Lo que pudiera llamarse el espacio escénico de las divinidades, es de difícil precisión y, su delimitación, más difícil todavía. No sería imposible eliminar el quid cambiándole el planteamiento al teorema y decir, por ejemplo: «lugar de la acción, el Cosmos», pero ésta no es más que una salida escurridiza y en cierto modo un juego de palabras, válido en tanto en cuanto se dejen sus componentes como están, no los toquéis ya más, que así es el cardo, pero inservible a partir del momento en que una mente analítica y, sobre todo, analógica, caiga en la cuenta de que la fórmula «lugar de acción» equivale exactamente a la de «espacio escénico», y de que el Cosmos es precisamente lo ilimitado y lo impreciso que intentamos de algún modo redondear. Esto, por lo que se refiere a los problemas espaciales, porque tampoco los temporales dejan de tener su miga, pues si bien parece razonable, y aun admisible, que quienes se definen a sí mismos como inmortales carezcan de una noción del tiempo que pudiéramos calificar de «como al dedillo», de lo que en esta historia se trata, o lo que en ella se intenta relatar, como se ha visto por la anterior conversación entre Hermes y Zeus, es que pese a la inmortalidad, el tiempo hiere a los dioses, aunque de modo indirecto e indoloro, no como muerte con pudrición ulterior, sino como mero olvido o como lenta disolución en las ondas incoloras de la nada. No estaría de más que presentásemos la inmediata asamblea de los dioses como acontecida o aconteciendo en tiempo y lugar cualesquiera: un salón en el Olimpo, por ejemplo; pero eso nos privaría de contemplar a Artemisa deslizándose por el arco iris como por un tobogán luminoso; a Diónisos lanzándose, desde un punto situado exactamente en el infinito más remoto (infinito más uno como sumando de una suma infinita, que ya no hay más allá, sino otro tanto), como un bólido o un meteorito que al roce con las partículas suspensas en una y en otra atmósferas se transfigura en esfera incandescente; a Zeus padre de todos, Dios le bendiga, desparramando la mente por ese mismo infinito hasta sus mismos bordes, que es todo lo que él puede alcanzar, y como más allá comienzan la eternidad y el misterio, que no le caben en la cabeza, para ver si se le alcanza algo, mete la mano en aquel río oscuro y la saca mordida de pirañas; a Poseidón saltando como un delfín de ola en ola en medio de una tempestad tremenda, y al rubicundo Apolo yendo de estrella habitada en estrella habitada igual que un marinero va de puerto a puerto, y a esta dama que la cambia en palmera, a esta doncella en rododendro y a la más allá en olorosa madreselva, amadas todas imposibles la dama, la doncella y la de más allá según las leyes que los dioses se imponían a sí mismos, y que a veces tenían la ocurrencia de respetar y de llegar hasta su exacto cumplimiento. ¿Y qué decir del caminar dengoso a la par que insinuante de Afrodita Anadyomena, cuyo manto, caído, o medio derribado del lado de la diestra, oscurecía al paso los soles más lejanos, las flores más ocultas? Manto, por otra parte, innecesario, ya que jamás se envolvía en él para taparse, sino para mejor quitárselo después, como quien amontona nubes a la hora del alba para que el sol resplandezca al descubrirse. Por esta y otras costumbres semejantes, no gozaba de grandes simpatías entre las féminas divinas, pero éste es cuento sabido, de los de nunca empezar, y no hay por qué insistir en él, si bien convenga añadir que Afrodita estaba ya cansada de semejante impopularidad y se hallaba dispuesta a portarse de manera conveniente, e incluso había llegado a intentarlo, aunque sin conseguirlo y sin poder explicarse por qué no lo conseguía: se quedó sorprendida cuando, a lo largo de la asamblea, se enteró, no sólo de que su existencia andaba presa de la imaginación de los hombres y de sus veleidades epistemológicas, sino también de que su manera de portarse, e incluso su figura, obedecía al modo como ellos la soñaban e incluso la deseaban, y de que si en general actuaba descocadamente, a la voluntad más oscura de los mortales se debía, ya que le atribuían lo que ellos mismos no se atrevían a hacer. «De manera que estábamos creídos, se plañía el gran Zeus en la mitad del divino cotarro, de que los hombres eran nuestros juguetes, y como tales jugábamos con ellos a la crueldad y a la tragedia, y ahora resulta que estamos en sus manos, y que sin sospecharlo ni ellos ni nosotros, somos los dioses juguetes verdaderos, y que tal como van esclareciéndose sus mentes, con ese escandaloso predominio de lo racional sobre lo numinoso que debemos sobre todo al influjo de Palas Atenea, un día cualquiera, remoto o próximo, no seremos ya ni la sombra de un recuerdo.» Se había convenido por unanimidad, aunque después de trámites difíciles, que los dioses dejarían de intervenir en las cuestiones humanas que de un modo directo o indirecto influyesen en el progreso de la civilización: ya estaba bien con el irresponsable latrocinio de Prometeo, y con aquel favoritismo que manifestaba Palas, o que más bien había manifestado, hacia lo que se empezaba a llamar con cierta impropiedad y torpeza

Escuela de Atenas, donde un puñado de señoritos ociosos llegaba a conclusiones monoteístas e incluso ateísticas, «...siendo así —insistía Zeus casi tronante— que no hay más que contemplar esta asamblea para convencerse de cuál es la realidad numérica de esta familia». Otro de los acuerdos era el de que se evitase por cualquier medio al alcance de cada uno que los hombres llegasen a enterarse de su poder imaginativo, de modo que si la Escuela de Atenas, por el camino escalonado de la razón, descendía a la conciencia de lo inevitable, es decir, de que no había ningún dios, se levantasen contra ella murallas de fanatismo y se multiplicasen esos prodigios que asombran y que convencen a los hombres sencillos de la existencia de seres superiores: los grandes terremotos expiadores; la aparición de monstruos policéfalos en la tierra y en la mar; las guerras de exterminio, y la sospecha de que el cielo está surcado por gentes de otros planetas que algunas veces se posan en la tierra y dejan en ella señales extraordinarias: trabajos todos al alcance, no sólo de los componentes del cotarro considerado como cuerpo colegial, sino de la mayor parte de ellos uno a uno, como otras guerras, otras catástrofes, otros monstruos y otros inquilinos de los aires habían ya probado. Pero nada de este programa, llevado a cabo con escrupulosidad y rigor, impidió que las muchedumbres celestes fuesen poco a poco aclarándose, hoy éste, mañana aquél, aunque no según la temida línea de menor resistencia, o la ley del *struggle for life,* pues se dio el caso de que, conforme los Más Grandes se iban quedando sin clientela, y alguno de ellos se desvanecía de la Nómina, los más humildes, los apenas divinos númenes de riachuelos y de boscajes, antiguas ninfas de fuentes violadas por el Todopoderoso, genios de las encinas huecas y de los alcornoques, las que cabalgan a lomos de las tormentas y las que moran en las altas montañas, detienen vientos y los apartan de los valles pacíficos: en fin, de todos éstos, y de sus semejantes, se sabía que seguían viviendo, algunos con otros nombres y con otras historias, sin más fidelidad que la de los lugares, santos antes y ahora, o bien santificados. Una vez Hermes propuso a los sobrevivientes (la asamblea no estaba tan lucida, ni necesitaba ya del Cosmos para ella sola, ni el manto de Afrodita oscurecía estrellas) que se adaptasen a los tiempos: «Hay dioses nuevos, lo sabéis; distintos de nosotros, pero sin duda equivalentes. Todo consiste en renunciar a nuestras biografías personales y un poco a nuestro carácter, y acomodarnos a eso que los hombres esperan de los nuevos.» «¿Y yo he de ser casta?», interrogó, entre irónica y aterrada, Afrodita, y sintió que Zeus, con la mirada, sostenía su pregunta; como que preguntó a su vez: «¿No se trata de un Dios de quien se desconocen tratos con mujeres o que es al menos monógamo?» «Así parece, aunque a cambio concurra en él la circunstancia de que nadie duda de que sea el creador del mundo, al menos de momento.» Zeus respondió malhumorado: «No me compensa», y Afrodita, por su parte, no se dignó contestar. Hermes enumeraba y describía otras posibles adaptaciones, panteones de los pueblos remotos nunca tenidos en cuenta, pero se los juzgó, en general, repugnantes, dioses de los volcanes o del maíz, incompatibles con la belleza, con la nobleza, con la racionalidad (al fin y al cabo) de los presentes en la asamblea. Quienes, aun siendo la reunión permanente y de extremada urgencia, quedaban autorizados a ausentarse por algún tiempo, el que les requiriesen sus asuntos privados, cosas de amores o de aventuras; si bien empezase ya a ser lo corriente que alguno de ellos partiese con un alegre «¡Hasta luego!» y no se le viese más. Se respetaba entonces su sitial en la asamblea y en la mesa de los banquetes, y a veces se le nombraba. Por lo general, Hermes recibía el encargo de investigar las circunstancias en que había desaparecido, y Palas Atenea el de pronunciar, en un a modo de oración fúnebre, el elogio de las virtudes y la narración escueta de las vidas. Lo corriente era que cada ausencia resultase de una historia vulgar, sin dramatismo y sin lucimiento, mera desaparición a la mitad del camino por carencia de hálito, porque ha desaparecido también el último en creer, o porque alguien que creía había decidido no hacerlo ya. Mucho tuvo que inventar la diosa de la lechuza para que le resultasen figuras medianamente lucidas, en que todos afectaban creer públicamente, ya que en privado sabían que Atenea les estaba mintiendo. Y el hecho de que Atenea mintiese bastaba por sí solo como indicio o como síntoma (que quiere decir lo mismo, pero que es esdrújulo).

III

Vino un tiempo, sin embargo, que fue como la primavera, y la esperanza estallaba en las almas de los dioses; se notó, sobre todo, en que volvían a relatarse las antiguas historias, fábulas de ríos divinizados y de metamorfosis, Apolo por aquí, por allá Dafne; en que de nuevo a las ninfas se las llamaba por sus nombres, y en que en la tierra entera parecían renacer dioses y diosecillos, aunque no por la fuerza que ellos tuvieran para imponer su presencia, como en una operación de reconquista del Universo, sino por decisión de algunos hombres que lo contaban en verso y con la música de la palabra lo revelaban también. No es que como resultado expulsasen al Dios Intruso a sus eternidades inaccesibles, a sus paraísos despoblados y lejanos; no, sino que, de momento, procuraban convivir, y poco a poco le iban minando el terreno por el procedimiento de mostrarlos, a los dioses, desnudos, y hasta de jugar alguna vez a las suplantaciones, si bien disimuladamente, como cambiaron por el de Apolo el cuerpo de Aquel Otro para que resultase hermoso además de torturado, aunque en postura tal que al dios del sol le parecía ingrata así como inadecuada. Hay que reconocer que si bien a todos se les nombraba, con frecuencia se les invocaba y en muchas ocasiones se les pintaba, los había favoritos según un orden de preferencia, y, de todos, Afrodita se llevaba la palma, por aquella afición que tuvo siempre a desnudarse, y también porque ahora se creía que lo propio de los dioses era manifestarse sin ropas, especialmente de ella, que no las había usado nunca, a juzgar por lo que se sabía, y, sobre todo, por lo que se cuchicheaba. Y en esto de presentarla tal como había nacido de la ola, chorreándole incluso el agua por el pecho y el costado, y otras veces ya enjugada y reposando en telas suntuosas, hubo sus más y sus menos en unos pueblos y en otros, pues los había que la querían así, en puritito cuero, y la mostraban en público, de color en interiores y de mármol blanco en los parques, y otros en los que, sin velos, nada, y que sólo la aceptaban disfrazada de alegoría y con las manos tapándose los pechos: lo cual le divertía a ella y le incitaba a jugar, por lo que llegó a aparecerse a artistas angustiados de desnudeces y a servirles de modelo contra leyes y conveniencias, y otras veces a torturar con su imagen persistente la conciencia de los grandes gobernantes que mandaban traer de tapadillo sus efigies y las miraban a hurtadillas, y la de los grandes guardadores de las conciencias, señores sombríos de la libertad y del desliz, que mandaban pintarla como tentadora vencida, aunque hermosa, y era un modo como otro de contemplarla también: lo que no le hacía gracia de esto último era que la equiparasen a un demonio, entidad sucia y desagradable de reciente invención, que no cuadraba con el orgullo de los dioses antiguos, menos aún con su dignidad reconocida. Hermes, sin embargo, que iba y venía y que tenía muy en las puntas de los dedos el mercado de obras de arte y las almas de los poetas, a cada regreso contaba peores noticias, que si no había que hacerse ilusiones, que si aquello más que una primavera era una moda, que si la gente no los tomaba en serio y los iba olvidando, en fin, cosas como para aguarles la fiesta, a lo que era tan aficionado. Todo lo más que había hallado en sus expediciones eran algunos hombres perdidos en valles y en montañas alejadas que aún desconocían la historia del Dios Único, y que, si les había llegado, no la habían creído, y seguían adorando a sus dioses naturales, del sol, del viento y del agua, y a algunos más, de la tierra o del sexo, pero así en abstracto, pues de los nombres propios ya no sabía nada, y hasta se daba el caso de que, en vez de adorar al dios del viento adorasen al viento mismo, y no digamos al sol y a la luna, en detrimento de Apolo y de Artemisa. Aquello no era suficiente como fe que alimenta y que hace alentar las esperanzas: de modo que los dioses languidecían. Pero estaban aún, se mantenían, seguían vivos.

Comenzaron extrañas transformaciones. Por lo pronto, fuera de los artistas en general, y de algunos poetas en concreto, pero no todos, ni aun de los mejores, la gente no se cuidaba de ellos si no era como símbolos o representaciones, lo cual era un modo bastante exangüe y escasamente satisfactorio de persistir. Había, sí, quienes los concebían aún como estatuas o como telas pintadas, pero con la diferencia de que si antes parecían empeñados en que el desnudo fuese Afrodita misma, buscando a través de la materia los trazos verdaderos y el espíritu, ahora la pintaban o esculpían según una modelo zarrapastrosa, sin ir más lejos de su mismísimo cuerpo, y le daban el nombre de la diosa con intención burlona, y además habían sacado la moda de traer a concurrencia cada uno de estos cuerpos con otros semejantes, a ver cuál era mejor: con lo cual se desesperaba Afrodita como si hablasen mal de ella, póngase por caso, y se acostumbró a meterse en el desnudo al que le parecía asemejarse más, guardando siempre las distancias, a fin de animarlo un poco y de quedar, en el certamen, con color. Pero no dejó de sorprenderle, y aun de molestarle, que la reputación de excelencia fuese para las telas o los mármoles en que la zarrapastrosa quedaba más fielmente reproducida, y donde ella se había metido decían que era frío. Empezó a no entender lo que pasaba.

Pero lo más grave aún fue que inclusive los artistas empezaron a olvidarlos, a los demás lo mismo que Afrodita, y sus cuerpos y sus personas fueron perdiendo interés, al menos para los de más talento, que eran los que vivían en París, aquella ciudad que los dioses habían encontrado desagradable, salvo Afrodita, que allí se divirtiera de lo lindo en la buena época de los estudios, cuando harta de ser suplantada por mujeres que llamaban modelos, se decidió a ser modelo ella misma. Al mismo tiempo supo (Hermes, como siempre, averiguando) que surgía una casta de hombres sabios para quienes los dioses eran objeto de estudio, no al modo de los antiguos teólogos, que les inventaban cualidades, ni siquiera de los poetas, que les imaginaban historias, sino según procedimientos que se llamaban científicos, y en virtud de los cuales no había diferencia entre Afrodita y Astarté, valgan ambas como ejemplo, al tiempo que una y otra no eran más que proyecciones, más o menos antropomórficas, de la libido varonil; lo cual venía en cierto modo a corroborar el antiguo descubrimiento de Hermes, de que los hombres los habían soñado, aunque lo de ahora fuese más desagradable y humillante, por cuanto iban los dioses en mescolanza, sin discriminaciones y, sobre todo, sin el debido respeto a calidades y jerarquías; finalmente, ponía muros a cualquier esperanza, ya que explicar la genealogía de los dioses según el método científico no significaba en modo alguno creer en ellos, sino más bien dar razones para que no creyese nadie: se los presentaba descaradamente como invenciones humanas, recursos últimos del miedo, si bien no había dios que se librase de semejante definición, ni siquiera el Dios Único que tanto les había dado que hacer y que envidiar. Menos mal que Hermes, a quien no se escapaba nada, sabía siempre de un escultor de provincias, o de un pintor, que aún creía, y a los que recurrían para seguir subsistiendo, aunque cada vez más en precario y en menor número, pues a cada traslado siempre quedaba alguno en el camino. Hubo una vez uno de estos escultores que andaba muerto de hambre, y por darle de comer le encargaron una fuente para un jardín, pomposa y clásica, y él la hizo, y en aquellas figuras desgraciadas se refugiaron los supervivientes, porque el artista creía en ellos de verdad, y venía cada día a visitarlos y a ofrecerles su alma como único holocausto posible, aunque alguna vez, en los otoños, cuando el viento excluía del jardín a las parejas de amantes y lo dejaban vacío, él reuniese un montón de ramas secas y les plantase fuego, para que alguna vez al menos ascendiese hasta los dioses el humo perfumado de un sacrificio. Llegaron a tenerle cariño, a aquel desesperado, y se entristecieron mucho cuando les trajo Hermes la noticia de que había enfermado, de que estaba en el hospital y de

289

que iba a morir. Se plañían de perder un amigo, el último de todos, pero Hermes les dijo que, además, se perderían ellos mismos, se perderían definitivamente, y sería el acabose, porque no sabía de nadie más que tuviese fe en ellos. Fue una tarde bien triste, aquella de noviembre, en que la lluvia lavaba el mármol de la fuente y atería las carnes de Afrodita: Hermes permanecía al pie del lecho en donde el escultor agonizaba, y, en su agonía, los invocaba a ellos, a los dioses, como si fuera a tropezárselos nada más que morir; Hermes comunicaba sus palabras, una a una, entrecortadas y roncas, y sus colegas las escuchaban como quien baja los peldaños de una escalera que conduce a la nada, pero, curiosamente, procurando disimularlo, de modo que una pareja que, al cobijo de un paraguas, se besaba al lado de la fuente, no advirtiese en ellos pesadumbre ni angustia, sino la impasibilidad divina propia del mármol, que, en aquel caso, era más bien la torpeza del moribundo, que los había labrado tan sin salero. Había, sí, un juego de miradas, todas vueltas a Zeus, ni de reproche ni de despedida, sino de pura presencia, aún estamos aquí y no dejaremos de estarlo nunca puesto que desapareceremos al mismo tiempo y no habrá nadie que sirva de testigo y lleve nuestra muerte en su recuerdo. Los mensajes de Hermes llegaban cada vez más espaciados, y las palabras del moribundo eran cada vez más triviales y bobas, más vacuo sonido, ni siquiera ya nombres mal pronunciados. Fue el momento en que por cada uno de ellos pasó en secuencias rápidas su historia, y como si hubieran de dar cuenta de ella a un juez, la aprobaron e hicieron suya: dispuestos a mantenerla y a afirmarla, y el que había sido divino Zeus ni siquiera se arrepintió de haberse equivocado y de haberse creído inmortal, pues (fue la última argucia, quizá la última arrogancia) esto no es verdaderamente muerte, como la del escultor, sino disolución, fusión en algo, quizá en la lluvia, quizá en la tierra, como en el aire azul la nube blanquecina. «¡Murió!», fue el susurro de Hermes, y la mente agilísima de Zeus, al escucharlo, no dejó de preguntarse cómo era posible que hubiera sobrevivido al escultor aunque sólo por un instante, el tardado por Hermes en hablar y el de ellos en recibir. Y con un regocijo que le entró por los calcañares y le alcanzó la mitad del corazón, comprobó Zeus que también al segundo siguiente, y el otro, y algunos más, sobrevivían, y se escucharon a un mismo tiempo las preguntas de todos, excepto las de Apolo y Poseidón, y algunas de menor volumen, que habían enmudecido. «¿Vivimos?», le preguntaban, y él no supo responder porque no se lo permitió la alegría; y al mismo tiempo se sintió desprendido del mármol y vio como los otros se desprendían también, y no desnudos, como allí estaban, ni con túnicas ni clámides, como los habían soñado, sino vestidos como los demás hombres aunque de una manera un poco rara, quizá anticuada, al menos Zeus, cuyos cabellos habían enrojecido y en cuyos labios había surgido una pipa de verdadero brezo. Hermes se aproximaba velozmente. «¡Es indudable que alguien cree en nosotros!», gritó con alborozo. «Pero no en todos», le respondió la respetable Hera, esposa de Zeus, vestida como una dama un poco cursi a fuerza de empaque, aunque mucho más joven (o al menos bien conservada) de lo que aquellas ropas parecían pedir. «¡Tenemos que contarnos!», ordenó Zeus. «Es muy fácil, señor. ¡Somos tan pocos!» El corro lo formaban, con la pareja divina, de hombres, Diónisos y Ares, además de Hermes, que contaba; y, de mujeres, Afrodita, Atenea y Artemisa: la una muy a la moda y con un buen escote; la otra, con traje sastre y gafas, aunque bella, pero harto severa en la mirada; y, la tercera, como una chica deportista, saludable y fuertota, si bien con una especie de tristeza o descontento que no era fácil de desentrañar al pronto. Al arrogante Ares le griseaban los cabellos, pero se mantenía apuesto y muy marcial; Diónisos no parecía estar en sus cabales, sino saliente de orgía: se le cerraban los ojos y se bamboleaba una poquito.

—Tienes que averiguar... —le dijo Zeus al mensajero; pero éste ya desaparecía, ya había perforado la lluvia como un relámpago. Quedaba cerca una choza de jardinero: corrieron a cobijarse en ella, y, desde la puerta, contemplaron la fuente ya desierta, donde permanecían sus efigies, donde subsistía también el recuerdo de los desaparecidos.

Contemplaron en silencio. Luego, habló Zeus:

—Atenea, hija mía: repítenos su historia y haznos el panegírico. Empieza por tu hermano Apolo, que fue hermoso y guió la inteligencia de los hombres. Ya sé que lo amabas sobre todos los otros y que te costará un esfuerzo recordarle tan largamente; pero es nuestra obligación piadosa, pues así como los hombres honran a sus muertos con la memoria...

Atenea le interrumpió:

—No me costará trabajo, Padre, tampoco pena, pues no siento el corazón y sospecho que ese hombre que aún cree en nosotros me imagina sin él. Me siento por primera vez inteligencia pura, y, como tal...

IV

Lo que tardó Atenea en endilgar a sus colegas contristados las oraciones fúnebres de los idos para siempre, así como el concepto de sus elogios y las imágenes de sus historias, no parecen de lo que más importe al desarrollo de esta mitología, sino lo que se le descubrió a Hermes al final de su vuelo relampagueante, en una aldea de tierras alejadas por las que nunca había viajado y en las que jamás hubiera creído que existiera un creyente: pues eran de las fieles a Aquel Otro, de las empecinadas, de las dejadas de la mano. Se llamaban, en su conjunto, las Islas Verdes, y el lugar en el que Hermes se había detenido era un caserío al pie de una colina, era la puerta de una casa de piedra con tejado de paja. Salían voces del interior, voces en elevada tesitura, de esas que si la muerte no las acalla dejan en mal lugar al que las ha proferido. Hermes se hizo cargo rápidamente de la situación: allí se desgañitaban dos hombres y una mujer, dos que se la disputaban y una que había elegido ya; y si uno de aquellos dos era el creyente, el otro alzaba contra él la mano con el arma, y no parecía posible que nadie la detuviese. Hermes consultó de memoria los horóscopos y lo que iba quedando del Libro del Destino: operación que en otro tiempo y en otras circunstancias hubiera consumido espacios, discursos de los dioses, idas y vueltas del mensajero, y acaso fórmulas de compromiso y concesiones de las partes, pues siempre que dos hombres contendían, detrás de cada uno había un dios, a veces una diosa, lo que complicaba mucho las soluciones y a veces las retrasaba; pero ahora fue inmediata la respuesta, el tiempo que da la mano que se levanta, airada, para herir: el hombre aquel podía, efectivamente, ser muerto en aquel instante, pero también podía salvarse, pues en el Libro del Destino aparecía como caso indeciso y claramente condicionado: Si no lo mata ahora, lo matará... No quiso saber otra cosa Hermes. Desvió la mano agresora, cayó al suelo la mujer, y el creyente, tras un sollozo inmenso, se arrodilló junto a su cuerpo. El matador arrojó el arma, salió corriendo, «¡Te mataré a ti también!», y huyó por los vericuetos de la colina. Hermes le hizo que tropezase y se enredase en los arbustos; que se hiriese en una pierna y no pudiese caminar, que vinieran a prenderlo los policías y lo llevasen. A nadie de la aldea, en seguida alborotada, le sorprendió aquella muerte. «¡Tenía que suceder!», oyó Hermes que decían; y también: «Y ahora, ¿qué hará sin ella Patricio?» Esto fue lo que le preocupó a Hermes, lo que le hizo permanecer en la aldea, seguir los trámites de la justicia, hacer alguna que otra trampa para ayudar a Patricio, y acompañarle, finalmente, después que el matador hubo sido condenado: veinte años de prisión por homicidio. Hermes había asimismo consultado otra vez los horóscopos y destinos, hasta completar la información, y se había enterado de que, pasados los veinte años, el matador mataría otra vez, inexorablemente. Contempló entonces al creyente con cariño: veinte años eran bastante tiempo, y, bien aprovechados, les permitirían a los dioses buscarse unos creyentes más que asegurasen, tras la muerte de Pat (que así le llamaba todo el mundo) una supervivencia digna. Hermes, bajo diversas apariencias, acompañó a Patricio en un viaje que hizo, y así pudo saber que regentaba, en la ciudad, una hostería o casa de pensión que se llamaba —¡también era coincidencia!— «El Hostal de los Dioses Amables». Trató con él de un posible alojamiento, por unos días, de unas cuantas personas, y Pat le respondió que esperaba a una familia importante que ocuparía todas las habitaciones, y que ya no le quedaba ni un rincón. Por otras preguntas indirectas le fue sacando que a quien esperaba Pat era precisamente a ellos, a los dioses supervivientes, sin que pudiera Hermes explicarse el porqué, pues una cosa era creer en ellos y otra tenerlos alojados en su casa: pero eso era exactamente lo que pensaba Pat, lo que esperaba, y había que aceptarlo. Le examinó dormido, pasó y repasó la tabla de sus sueños y la de su conciencia, y sacó en limpio que todo estaba en orden con las palabras, y que ellos tenían que someterse a sus imágenes, pues de otra solución no disponían: si bien la esperanza fuese bastante satisfactoria, pues, según lo que le andaba por la cabeza a Pat como una loca astronomía, ninguno de ellos quedaría insatisfecho de lo que le aguardaba: la imaginación de Pat revelaba un corazón generoso y un espíritu eminentemente comprensivo, pues aunque mostrando ciertas limitaciones a causa de su afición a la lectura de novelas, aceptaba incluso que Hermes le hiciera trampa en las cuentas.

Cuando regresó al jardín desolado del viento y de la lluvia, concluía Atenea su panegírico de Poseidón. Las nuevas del presente interesaban más, estaba claro, que los recuerdos y los elogios de los muertos. El discurso quedó trunco, y Hermes en el centro de un círculo anhelante. Contó su cuento, los dioses quedaron satisfechos, si bien la divina Hera, de ojos de buey según algunas retóricas anticuadas, protestase de que la ropa con que Pat le había imaginado no le parecía tan apropiada a su figura como la llevada por Afrodita. «Son detalles que se arreglarán. Ahora, lo que tenemos que hacer...» Hermes expuso el plan inmediato. Le interrumpieron algunas veces con preguntas extemporáneas, como la insistencia de Afrodita en averiguar si aquello de que estaba formada, tan caliente y palpitante, era verdadera carne humana o sólo la apariencia de que tantas veces se había revestido a lo largo de su vida. «¡Como que tengo hambre —explicó en una de sus intervenciones— y ganas de acostarme con un hombre!» «Eso —la atajó Atenea— no es ninguna novedad.» «He dicho un hombre y no uno de nosotros; he dicho exclusivamente un hombre. Supongo que esto querrá significar algo.» Pero la explicación de lo que aquello significaba quedó para más tarde, o se aplazó para un tiempo indefinido, porque les urgía Hermes que se pusieran en camino, no fuese cosa de que Patricio desesperase: aquel hombre cuya amada había muerto, y que ansiaba la muerte también, sólo esperaba hallar consuelo en la llegada de los dioses y en el servicio que pensaba prestarles, aunque anhelase en su corazón el paso rápido de aquellos veinte años que le apartaban de la puerta tras de la cual se hallaba ella. «¡Imaginaros que se suicida!», y un estremecimiento como un viento negro los sacudió por un instante. Aquí fue Zeus el que impuso un retraso: no entendía muy bien las esperanzas de Pat, y quería que Hermes las explicase. «¿O es que se trata de bajar al infierno, como bajó Orfeo a buscar a Eurídice?» «Una cosa semejante debe de ser, aunque no a rescatarla, sino a quedarse con ella.» «Pues no le veo la gracia que puede hallarle a eso de andar con su amada por el infierno. Allí no hay más que espíritus, y con el espíritu solo, no se ama.» «Los hombres piensan cosas muy raras», le dijo Hermes como única respuesta. Otra cuestión de las previas, una más, la formuló Afrodita con palabras que parecían —¡por una vez!— dignas de Palas Atenea, como que en ellas se interrogaba sobre sustancias y no sobre accidentes más o menos eróticos, como era su hábito. «Me gustaría saber —dijo— si esto que estoy ahora pensando, y esto que siento, lo siento y lo pienso porque ese Pat lo quiere así, o lo imagina, y no porque yo conserve mis facultades de sentir y pensar.» A lo que Palas Atenea, la sapientísima, le respondió: «Por lo que voy averiguando, según estrictos razonamientos, no sólo lo que hemos pensado y sentido desde que empezó nuestra existencia, sino también lo que hemos hecho y sufrido y todo cuanto nos constituye, fue imaginado alguna vez por alguien.» «¿El juicio de Paris también?» «Eso fue ni más ni menos que una invención de los poetas, como la mayor parte de nuestra historia. Hermana mía querida, somos materia deleznable, y el menor viento que sople nos desintegra.» Terció Hermes, algo menos pesimista: «No estoy seguro de que sea así, Atenea, o al menos que lo sea del todo. Acabo de examinar la conciencia de Pat, que es lo que nos sostiene, y he advertido que en ella se nos concede bastante autonomía: como que Pat espera que presenciar lo cotidiano de nuestras existencias sea algo así como asistir a una función de teatro incalculable. Dicho en otras palabras, que se interesa por lo que unos y otros podamos hacer.» «Los hombres —sentenció Zeus, que había permanecido silencioso— se divierten con sus propias invenciones. ¡Si lo sabré yo! ¿No eran felices con sus sueños las mozas que me soñaban?» A Hera se le escapó entonces una lágrima tardía: «Porque quien andaba por sus sueños eras tú mismo.» «¡Te juro, esposa querida...!» Afrodita se echó a reír. «¿Esta escena de celos la está pensando Patricio o forma parte de lo inesperado? Porque lo cierto es que carece de novedad.» «Dejémonos ahora de todo esto y en marcha», sugirió, casi ordenó, Hermes, y los demás le obedecieron.

V

La ciudad por la que Hermes los llevó, no les gustó por grande, por sucia, destartalada y pretenciosa, por multitudinaria y maloliente, por ruidosa; pero no les dejó en ella, sino un poco más allá, en un barrio antiguo y reposado, con muchos árboles y estanques, por donde pasaba también el río, donde vieron que hombres sin prisa y con sombrero aguardaban tras un anzuelo las horas vivas de las ensoñaciones. Le gustó a Palas, que les supuso pensando, más que soñando. Pasaron a otras calles, algunas de ellas vacías, y en otras, extrañas parejas de enamorados maduros, que también se escondían en cafés de deslucidos terciopelos y de espejos casi opacos y en que los camareros parecían estatuas de la quietud: lo que le complació a Afrodita y pensó que si la casa adonde iban le quedase por los alrededores, acudiría alguna mañana a lugares tan discretos y de tan ajado encanto, a divertirse y también a emocionarse un poco con los amores tardíos o con los imposibles, como el de un caballero viejo que en un rincón discutía con una muchachita las dificultades insuperables de aquel amor, y de ese modo, discutiendo lo que no podía ser, lo llevaban adelante: ¡como que le vinieron las ganas de quedarse allí mismo y de enterarse a fondo de la historia, y hasta de hacer un milagro! Pero temió llamar la atención por sus modales, o quizá por su lenguaje; temió singularmente que el proyecto de prodigio fracasase y siguió con los otros hasta el hostal; pero su alma, si la tenía, allí quedó demorada.

Había que subir por una callecita en cuesta, bordeada de tapias que el tiempo había mancillado: por encima de cuyos caballetes derramaban sus ramas en la calle pinos, olmos y castaños, y algún que otro arce, y también sauces; una calle sin automóviles al lado de las aceras, y silenciosa. A su final, allá arriba, detrás de una puertecilla verde, había un jardín de césped y de flores. Caminaron por la vereda de arena limpia desde la puerta hasta la entrada de la casa, y ya les esperaba Pat, avisado por un toque de campana que la puerta de la calle emitía casi en secreto. Estaba Pat como asustado y también entusiasmado, con un brote de alegría comedida en su cara larga y triste, y les saludaba un poco atropelladamente, venga a decir «Milord» y «Milady» a Zeus y a Hera, y a los demás «honorables señores», incluso a Diónisos, que parecía dormido ya y que pronto se dejó caer en un sillón, la mano cargada con el vaso que Pat se había apresurado a servirle (aunque convenga decir que no perdiera Diónisos la compostura ni la belleza un poco agreste, de lo que puede deducirse que las imágenes con que Patricio le imaginaba, si convencionales, eran bastante respetuosas y se mantenían dentro de un innegable buen gusto). ¡Qué espanto para Atenea, pensaba entonces Atenea misma, si le hubiera ocurrido imaginarle como un vulgar borrachín! El pobre Diónisos, no obstante, sólo la preocupó a ella y por muy poco tiempo, pues los demás se hallaban admirados del encanto, del sosiego hondo, del silencio de aquel vestíbulo en que se habían detenido, con su gran escalera de roble, y su chimenea de piedra oscura, y los muebles de tan suave color, y las alfombras, y los grabados de caza por las paredes que en seguida atrajeron la atención de Artemisa, y todos los cachivaches de loza y cobre distribuidos por aquí y por allá, y la gran lámpara de estaño con más de veinticinco velas, ¡y tantas cosas más que no podían abarcar de una mirada rápida, pero que juntas componían un lugar en que ya les apetecía quedarse y estar solos! A Zeus le sorprendió en seguida aquel deseo, jamás experimentado, y el pensamiento de que en un rincón de aquellos, divagantes los ojos en el silencio, se pudiera sentir feliz: no dejó de asustarle la novedad, sobre todo porque jamás, en sus proyectos, había aspirado a semejantes maneras de vivir, y le pareció lo más oportuno consultar a Atenea, a quien llevó hacia un lado, mientras los otros curioseaban, cuchicheaban y pedían cosas a Patricio. Atenea se quedó atenta y con la mirada baja, quizá un poco perpleja, como el que asiste a un desfile de silogismos inesperados por la pantalla de su mente, y después alzó los ojos, contempló a Zeus, expectante y un poco temeroso de lo que su hija pudiera responderle, tan enrevesado a veces, tan difícil de comprender, y le dijo que la afición que los dioses tenían al buen clima, aquel del Mediterráneo que les permitía andar desnudos y no cuidarse del frío, les había llevado a desentenderse del resto del mundo, confiado a otros dioses y a otros modos de vivir que ellos no habían presidido. «Nuestra gente se pasaba el día en la plaza y hablaba a voces; discutía, se peleaba, perdía la vergüenza. A estos de por aquí, el frío los retuvo en sus casas, y lo mismo que los nuestros embellecían las plazas con estatuas y pórticos, los de aquí hicieron los interiores tan bonitos como éste, porque tenían que permanecer en ellos. Son silenciosos, y cuando cierran los ojos, como tú acabas de hacer, sueñan.» «Yo no he soñado nunca, te lo puedo asegurar.» «No hace falta que lo jures. Tampoco yo. No sabemos hacerlo. ¡A no ser que los hombres sean sueño nuestro!», iba a añadir, pero comprendió que, al decirlo, las cosas se complicarían demasiado, allende la razón y los juegos de espejos, y prefirió que quedase en el aire su palabra. Tampoco Zeus daba a las suyas el remate apropiado: «Pero ¿tú crees que, de veras...?» «No sé qué responderte, padre. Mi filosofía necesita tomar tierra, y yo misma darme cuenta del mundo en que vivo ahora. Ya hablaremos. De momento necesitas saber que esta ciudad es fría y lluviosa, aunque hoy esté claro el aire. No te convendrá andar mucho a la intemperie...» Terminó con una sonrisa lo suficientemente inteligente como para que Zeus se diese cuenta de que, para su hija la más sabia, había envejecido.

Lo que a Afrodita le llamó la atención fue el contenido de las maletas que halló en su cuarto y que inmediatamente deshizo y curioseó. En una encontró trajes para diversas horas y ocasiones (lo adivinaba con sólo verlos, por ciencia infusa), y en otra los utensilios de tocador, con los mejunjes de que su piel, al parecer, necesitaba (se la palpó, la recorrieron los dedos, desde la frente a la barbilla, y la halló tersa); fue el contenido de la tercera lo que le arrancó verdaderos gemidos de entusiasmo e incluso de estupor, puesto que allí venían inesperadas menudencias y frivolidades para ponerse debajo o para dormir, y era todo tan sutil, de tan suave color y de tacto tan deslizante, que por unos instantes se quedó turulata, sin otro movimiento que introducir las manos en el burujo de las ropas como quien las mete en una catarata de espuma, sólo por la sensación. Después de aquel placer se imaginó con ellas puestas, y como hubiera dificultades o cierta falta de precisión en los resultados, se desnudó en un santiamén y comenzó a probárselas delante del espejo y a comprender lo que ganaba una mujer que tenía que irlas quitando en presencia de un hombre, o que permitía a éste que la fuese desplumando: en comparación, los mantos y las túnicas de antaño resultaban de un primitivismo decepcionante. Se le ocurrió al mismo tiempo que la luz de aquellas tierras del Sur donde en sus buenos tiempos había amado era demasiado cruda, y que en estas penumbras de los rincones la cosa debía de llevarse a cabo con cierto encanto y misterio. Ellos no habían conocido nunca las medias tintas.

Encima de la mesa de Ares, colgada de la pared, había una copiosa colección de pistolas, hermosas aunque inútiles, y en la mesa misma, algunos tratados de estrategia: Ares los hojeó con desencanto, pues creía saber todo lo escrito sobre el tema; pero, al leer unas líneas, halló que mucho lo ignoraba, o al menos algo de la guerra moderna, y enrojeció: después decidió en su corazón que estudiaría hasta ponerse al día. En el cuarto de Artemisa había chismes de deportes, y por la ventana abierta se oía el relincho de un potro. Artemisa se asomó, y, desde abajo, Patricio le gritó que no tenía más que mandarle, y se lo ensillaría. «¡Después de que descanse un poco!», le respondió la diosa para no parecer exigente; y le gustó la sonrisa con que Pat recibía la respuesta. Parecería lógico que en el cuarto de Palas le esperase una biblioteca completa, pero lo que halló en la mesilla de noche fue un carnet con su fotografía que le daba derecho a usar de la biblioteca pública, y un catálogo muy explícito de los tratados de filosofía y de ciencia indispensables para enterarse aproximadamente de en qué mundo vivía: era tan lista Atenea, que sólo con leer los títulos se daba cuenta de lo mucho que las cosas habían cambiado. Pero lo que más le satisfizo fue un sobrecillo azul en que la Junta de Promotores de la Cultura de la Vieja Ciudad, calle del Arco Plano, número seis, sotanillo, la convocaba a una reunión en que había de decidirse si se fundaban o no unas escuelas para muchachas adolescentes, y quiénes habían de ser sus maestras. Jamás se le había ocurrido, a Palas Atenea, que pudiera alguna vez dedicarse a la enseñanza, y, ante aquella invitación, sintió como si le naciera en su interior, como si se le revelara, una indomeñable vocación pedagógica, mejor aún, artesana, porque movió las manos en el aire como si estuviera modelando el alma de las muchachas con el mismo movimiento que da a las suyas el alfarero en el alfar. Y quedó un poco en éxtasis.

Zeus, el divino padre, bajo las ropas de un milord, y la divina Hera, trasmudada en milady por el capricho imaginativo de aquel Patricio («¡Pues no te quejes, que es un modo de ser bastante decoroso!»), se habían detenido ante el enorme lecho, tamaño rey, de su cuarto dormitorio. Zeus, el divino padre, no dijo nada, pero pensó que se le invitaba a dormir con su esposa diariamente, cosa que no había hecho jamás, ni siquiera en los primeros tiempos de matrimonio, pues aquello no era costumbre entre los griegos, mucho más civilizados que estos de ahora, a lo que parecía; y se sintió también desalentado, por lo cual respiró profundamente, o suspiró o como quiera llamarse a lo que hizo con el sistema respiratorio en tanto se encogía de hombros. Hera le echó el brazo al cuello con delicadeza y se atrevió a decirle, susurrando y con tono de pedirle al mismo tiempo: «¡Si consideras que se te van a enfriar los pies y que yo podré calentártelos...! Aparte de eso, a oscuras...» Zeus le dijo que bueno, pero, en el fondo, se había decepcionado de su nuevo papel, y su divina mente empezaba a maquinar remedios.

En cuanto a Diónisos, había iniciado ya el monólogo que iba a durar veinte años y que tendría a Patricio como único auditorio. Era la saga de sus nombres y de sus recuerdos, Ditirambo, Zagreo, Basareo; de las mujeres de su vida, Ariadna, Alzaia, Erigone, y de los viajes y las orgías por las tierras vitivinícolas, Tracia, Frigia y Egipto, y por las islas de aquellos mares resplandecientes: lo repetía incansable como piropos de letanía, y a veces intercalaba los de sus fiestas, y llamaba por sus nombres a las ménadas furiosas o simplemente danzantes. «¡Evohé, evohé!», gritaba. No era al principio más que un susurro, como un suspiro fuerte y un poco entrecortado; después subía el tono, y las palabras se sometían a un ritmo y también a una música, la de la orgía y del amor, tumultuosa y a veces lánguida, y Patricio se sentía envuelto en ella y arrebatado hasta perder la conciencia, hasta creerse que un remolino caliente y rápido le sacaba de sí y le llevaba a juntarse con la amada. Por eso sentía tanta ternura por Diónisos y le cuidaba tanto. Aquella tarde de su llegada, cuando le escuchó por vez primera, las manos largas de la música le llamaron y envolvieron; se entregó a ella de un modo tal que no advirtió la llegada de los otros dioses, que habían bajado a tomar su té (curiosos además de saber lo que era aquello) y que se habían sentado junto a la chimenea, los más friolentos próximos a la llama, y que se miraban unos a otros y a veces atendían, sonrientes o entristecidos, según, a la cantilena de Diónisos: hasta que recordó Patricio la advertencia que había dejado en cada cuarto acerca de las horas de comer, y que el té se tomaba a las cinco, de modo que abandonó la cabalgada cuando ya casi estaba a sus alcances el halda de su amor perdido (él bien sabía que se trataba de una ilusión, aunque agradable: algo así como un prodigio que los dioses hacían a su favor), y escapó a la cocina. Cuando regresó cargado de cachivaches que fue poniendo en la mesa, ya los dioses habían entrado en conversación, y a propuesta de Hermes, cuyo sentido práctico se había manifestado especialmente en semejante coyuntura, trataban de qué política convenía seguir para no perder el tiempo —aquellos veinte años de plazo— y asegurarse lo antes posible una buena clientela. Hermes les había explicado que afortunadamente habían caído en un país libre, y que en algunas calles y esquinas de la ciudad se alineaban los predicadores de los más inconcebibles dioses, y que todos tenían auditorio, aunque quizá no creyentes, de modo que si Zeus, a causa de su aspecto respetable, y Atenea, a causa de sus inconmovibles razonamientos, se constituían en pareja propagandista, lo más seguro sería que en poco tiempo hubiesen constituido una capilla con fieles, todo ello protegido por la ley, y que con poco esfuerzo podrían luego entregarse tranquilamente a sus negocios particulares, seguros ya de la supervivencia: pues un grupito de veinte o treinta adeptos —¿para qué más?— era de fácil entretenimiento, y no se diga de persuasión y de conservación. Pero Zeus no parecía conforme. Adujo en contra de la opinión de Hermes que ellos jamás habían hecho proselitismo, ni predicado en las plazas, ni nada de eso; que se habían limitado a vivir como dioses que eran, y que por la noticia de estas vidas y de su mera existencia se traslucía rápidamente su divinidad, de modo que los hombres, sin otro trámite mental que la evidencia, les adoraban. «Quizá los modos que ahora tengan de hacerlo no coincidan con los de antes. ¿Quién piensa ya en hecatombes? Aunque recuerdo con ternura el humo de ramas secas que nuestro último amigo nos enviaba a veces, confieso y reconozco que para soportarlo son necesarias las narices divinas, y no estas de hombre que tenemos ahora, de tan fácil ahogo: pues en este momento estoy sintiendo cómo me pican las mías por el humo que rebosa de esta chimenea. Convengo contigo, Hermes, en que la operaciŏn de ganar unos adeptos es de absoluta urgencia, una operación inaplazable, como que estoy dispuesto a comenzarla hoy mismo, cuando esta reunión se acabe. Mas no yéndome a predicar por unas calles que no conozco y en esquinas que seguramente serán frías, sino viviendo como antaño, en la medida divina que nuestro ser de ahora nos lo permita, que será más de lo que hemos esperado, no sé por qué lo vengo sospechando. Sea porque no hemos perdido facultades, sea porque Patricio me imagina con ellas, me he atrevido a ensayar unos pequeños prodigios de andar por casa, y dieron resultado. Poco a poco iré haciéndolos mayores. Pienso que debéis intentarlo también y comprobar hasta qué punto las potencias divinas permanecen activas en vosotros. ¡Y a utilizarlas cada cual, qué diantre! Propongo, pues, que vivamos: nos sobrará, en tantos años, quien descubra lo que somos y nos adore.» Hermes, sólo a medias convencido, rezongó que veinte años no eran muchos, y, para la medida que ellos tenían del tiempo, nada. «Te equivocas al hablar en presente, Hermes. Uno de mis descubrimientos más inmediatos es el de la duración del tiempo humano: fue mientras esperábamos a que Patricio nos trajera este brevaje tan excitante que desconocíamos, y al cual pienso que lo único que le sobra es el limón o la leche, esa "mancha" que Pat aconsejó. Diónisos canturreaba como ahora esa misma cantilena que arrastra desde hace siglos y que tantas veces le oímos como quien oye llover. Pues hoy me ha parecido larga, ¿os dais cuenta?, larga la inacabable melopea de Diónisos, y, además, aburrida. Eso quiere decir que la escuché dentro del tiempo humano. Yo no sé si a vosotros os habrá sucedido lo mismo.» Las respuestas variaron, porque durante aquel ínterin cada uno de ellos se había entretenido a su modo, salvo Hera, que había escuchado también a Diónisos y lo había encontrado adormecedor. Pero Zeus, como ofendido, le atajó que siempre le había señalado con su odio, y que su opinión carecía de objetividad. «Y aprovecho la aparición de este tema para rogaros que definitivamente se acabe toda rencilla entre nosotros y que aprendamos a vivir de otra manera, si no más cómoda al menos más inteligente. Pelillos a la mar, digo yo, y empezar la vida nueva, de la cual sabemos ya la duración, pero no lo que traerá cada día.» «Poco te queda de tu divinidad si no eres capaz de adivinar el futuro», le objetó, con ironía, Palas. «Tampoco adivinaba antes —le respondió su padre—. Fue una función incómoda, esa de conocer el porvenir, que arrebataba a la vida toda sorpresa. Le delegué en Casandra y en otros adivinos y sibilas. ¿No la recordáis, a aquella pobre muchacha? Pues si tuve alguna vez el don de la adivinación, acabó por embotarse a fuerza de no utilizarlo.» Afrodita, que había escuchado sin pestañear (aunque tenía con qué hacerlo y sin siquiera amagar un cuarto a espadas, se levantó de repente. «Pues que de vivir se trata, lo primero es conocer el mundo en que vivimos. Me marcho a recorrer esas calles.» La respondió Zeus que era una buena idea, y que él haría lo mismo. Atenea aseguró que tenía una cita para aquella misma tarde, y exhibió la convocatoria. Ares preguntó a Patricio si no había por aquellas cercanías algún círculo o casino militar, aunque fuese de retirados, y Patricio le respondió que podían mirarlo en la guía de teléfonos. Artemisa se interesó por algún club deportivo que no quedara lejos (ella, naturalmente, no le llamaba todavía un club), y al cabo de media hora sólo quedaban en el hotel Diónisos, bamboleándose y cantando como siempre, y la divina Hera, que lloró un poco al sentirse sola, que intentó entretenerse luego con el odio que siempre había sentido hacia Diónisos, pero que no lo encontró en el corazón, por más que rebuscó, y que por último subió a su cuarto y pasó la tarde probándose ante el espejo los trajes que se encerraban en sus maletas. Reconoció que estaba un poco gorda para aquellas hechuras, y que tendría que buscar a alguien que se los arreglase con miras al disimulo de lo sobrante. Las túnicas de antaño eran más prácticas: al recordarlas, Hera sintió que el corazón se le anegaba en nostalgia y volvió a llorar. Además el té no le había gustado.

VI

Lo que encontró Artemisa fue una asociación para el fomento del baloncesto formada por personas maduras que no habían practicado en su vida ningún deporte y que ahora lo echaban de menos: Artemisa no se sintió feliz entre ellos, y abandonó con cualquier pretexto la reunión. Lo que encontró Ares fue un bar en uno de cuyos rincones se reunía a beber un grupo de ex combatientes que se quejaban en variados tonos y con palabra seria o mordaz, de que habiendo ido a la guerra, y padecido en ella, no eran los amos del país: tampoco hicieron feliz a Ares. Volvieron al hostal, uno y otra, pronto. Hermes los escuchó y tomó de su cuenta el menester de buscarles donde pudieran desenvolverse según el modo que Zeus les había recomendado o al menos como ellos lo habían entendido: muy a sus anchas, sintiéndose a gusto y pudiendo llevar a cabo todo lo que se les apeteciera. Halló, en efecto, un casino militar, y se las compuso para que la junta directiva esperase a partir de aquel momento al general Mambrú, héroe de las guerras continentales, tanto tiempo alejado de las islas por cuestiones de ingratitud, y que ahora había regresado y vivía con su padre, el viejo duque, en un hostal cercano. Y halló para Artemisa la gran organización deportiva de la Ciudad Antigua, la más vetusta y reputada de aquel contorno, con vitrinas repletas de trofeos. A su cargo corrían famosas pruebas internacionales, seguidas con interés por el universo mundo: anunció la llegada de Artemisa (no creyó necesario cambiar el nombre) y que solicitaba el ingreso como socio. Al recitar su palmarés, el secretario de la asociación abrió la boca de puro estupefacto. «Pero ¿está aquí esa campeona?» «Sí, y además es una muchacha bellísima, aunque muy puritana. No vive más que para el deporte.» «¡Oh, si las demás hiciesen otro tanto, otro gallo les cantaría! Pero, ya sabe usted, en cuanto ganan tres o cuatro medallas, a casarse y se acabó.» «Pues con mi hermana Artemisa le garantizo que no sucederá.» Se corrió inevitablemente la voz por las canchas y por los picaderos, y al día siguiente, cuando llegó Artemisa, modesta pero digna, y sobre todo hermosa: en la esbeltez y euritmia de su cuerpo se proclamaba la eficacia del deporte; cuando llegó Artemisa, digo, la mitad de los socios la esperaba, y fueron muchas las bocas que se abrieron con el asombro, no sólo la del secretario, tan proclive a ello; y abundaron también los corazones estremecidos al contemplarla, no sólo de varones. La intervención de Hermes había facilitado las cosas a aquellos dos, que si se les sacaba de sus montes o de sus guerras no sabían gobernárselas solos. Antes de una semana, y sólo en los entrenamientos, Artemisa había superado tres o cuatro plusmarcas: su retrato salió en los periódicos especializados. En cuanto a Ares, aunque con más calma y tras un período inicial de carencia, si bien encontró tiempo para informarse de las guerras continentales en las que había intervenido su nombre, su inmensa intuición profesional le permitió averiguar los detalles que no vienen en los libros, y explicar las batallas como quien muestra el revés de los tapices. Se granjeó reputación de muy inteligente, más de lo que convenía a un general victorioso y olvidado, aunque también de un poco demoledor. El recuerdo de sus colegas más famosos quedaba malparado al demostrar cómo el azar había, a veces, remediado los fallos de los planteamientos, y cómo otras veces los había remediado él. Alrededor del sillón desde el que peroraba, se reunían no sólo un grupo de retirados más o menos deseosos de conocer la verdad de lo que ellos mismos habían hecho, sino también oficiales jóvenes atraídos por el mero deseo de saber: el modo que tenía el general Mambrú de presentar las cuestiones, y sobre todo el de sacarles punta, deslumbraba por su evidencia, estremecía por su osadía y asustaba por su heterodoxia. La policía le hizo una ficha, y una advertencia llegó al E. M.

Cuando les preguntó Hermes, al cabo de cierto tiempo, que cómo iba lo de ganar adeptos, le respondieron con curiosa unanimidad que andaban por la primera etapa del proceso, la de la fascinación, y que más tarde ya se vería. Cuando Hermes marchó, Ares confesó a Artemisa que se sentía feliz, y ella le respondió que también, aunque no enteramente. «¿Echas de menos las montañas, las traíllas, los ciervos y la aljaba?» «Debe de ser eso. Sí. Eso es.» Pero en el mismo momento se acordó de Endymión. Venía sucediéndole, de manera imprevista, desde su entrada en el club deportivo. Y Endymión no era un recuerdo personal, al menos según las recopilaciones de mayor garantía.

Afrodita había explorado calles iluminadas y penumbrosas, excéntricas y centrales, y una de las primeras tardes la habían confundido con una prostituta y llevado al cuartel de la policía, donde, sin embargo, al verla a la claridad, y próxima, los mismos que le pusieran la mano encima reconocieron su error y le pidieron perdón, aunque no sin rogarle que para otra vez pasease con precauciones, por sitios no tan oscuros, y sin menear el bolso de aquella manera violenta. Había pasado las horas del crepúsculo recorriendo cafés, los de las parejas maduras que ya conocía, y otros de parejas jóvenes, y también de solitarios, y se había entretenido en poner a unos y otros en aprietos de inmediatez incontenible, con lo que diera lugar a episodios ridículos y tiernos, y algunos de ellos tan conmovedores que, por escrúpulos de conciencia, había gratificado a los protagonistas con una nube impenetrable y persistente en cuyo interior caliente pudieran haber resuelto sus apreturas. Fue después de esto cuando se dio el paseo, aunque inocentemente, ya que desconocía los hábitos peripatéticos de las tristes buscavidas, y así lo explicaba, cuando ya estaba todo en claro, a una especie de secretario o chupatintas distinguido de la comisaría, que no vestía de uniforme y cuya inexperiencia con las mujeres adivinó Afrodita inmediatamente. Era un guapo mozo bien plantado, o podía llegar a serlo a poco que una mujer se cuidase de él. Le vinieron las ganas, a la nacida de la mar, de llevárselo unas horas de paseo, a ver qué podía sacar, y se las compuso, con exposición de miedos a las calles oscuras, y de quejumbres por lo que le había sucedido ya, para que el mozo, que más lo parecía que lo era, la acompañase con el permiso de la autoridad superior hasta el lugar en que vivía, aunque por camino largo y demorado, en plazo que les pareció brevísimo si se considera que en la conversación se habían incluido las narraciones de ambas biografías (la de Afrodita, bastante vaga, y siempre referida a lejanas tierras) y a la confesión recíproca de que se encontraban solos: verdadera en ambos casos, aunque de distinto modo. El muchacho se llamaba algo así como Jerry, que Afrodita transformaba inmediatamente en Churri, y como él dijera que no era así, y ella le respondiera que no sabía pronunciarlo de otro modo, pues quedaron citados para el día siguiente, a la hora en que Churri terminaba su compromiso diario con la protección de los ciudadanos y recobraba la libertad de pensamiento.

Fue justamente el momento en que Afrodita regresó al hostal el elegido por el Padre Zeus para la misma operación, aunque después de un periplo complicado y con preferencia zigzagueante por el barrio y sus recovecos, atraído a todos los lugares donde rieran muchachas y por las mismas risas. En todas las ocasiones, su aspecto de viejo lord respetable las hiciera enmudecer, y en todas unas palabras suyas habían restaurado la alegría y la risa, aunque con la notable diferencia de que las chicas se sabían miradas y perdían la naturalidad. Milagrosamente (y el adverbio se usa con el mayor rigor) hallaba, en sus bolsillos, inagotables golosinas, y alguna que otra joyita lo suficientemente deslumbradora como para que la agraciada con ella la hurtase a cualquier curiosidad y se sintiese comprometida, no se explicaba bien por qué, aunque sí de manera parecida a la de dos que comparten un secreto, con aquel caballero tan alegre y guasón que desaparecía tan rápidamente como había llegado y que no había tenido la precaución de dejar su nombre, menos aún sus señas de identidad completas. Pero en todos los corros se había despedido con un «¡Hasta mañana!» prometedor. Pasó de media docena el número de muchachas que aquella noche tardaron en dormirse, desveladas por aquel rostro barbudo (aunque con moderación) que de modo tan inexplicable persistía en el recuerdo. El almacén de proyectos del Padre Zeus se había incrementado en otras tantas historias deseables, en las que pensó bastante rato antes de dormirse y cuyos detalles de desarrollo y trámites fue acomodando para que salieran perfectas, al modo, como quien dice, del escritor que corrige su texto.

Por su parte, Hermes había husmeado, y encontrado en seguida, el lugar de las casas de juego, y entró en una que le pareció discreta. Robó dinero a un cliente para poder apostar, lo hizo, ganó una cantidad razonable y se retiró afectando el aire de un caballero honesto que se ha jugado unos duros para meter en su vida un poquito de emoción e incertidumbre. Cuando llegó al hostal, Afrodita y su padre se habían acomodado junto a la chimenea; ella soñaba con los ojos abiertos, y él jugueteaba con la flor que le había dado alguna de las muchachas. Les preguntó Zeus por el resultado de sus expediciones. El padre Zeus respondió que todo iba viento en popa, y que antes de un par de meses dispondría, seguramente, de su buena docena de feligresas, que acabaría adoctrinando con el mayor rigor. Afrodita suspiró antes de responder, se extendió después en consideraciones bastante abstractas acerca de la conveniencia de que en la policía, ya fuese en los rangos más activos, ya en los meramente burocráticos, alguien creyese en ellos con fe de lo más ciega posible, o por lo menos en ella, pues se hallaban en una ciudad muy extraña y nadie sabía lo que podría suceder. Hermes le preguntó que cómo se había enterado de que había policía, aquella institución de la que en Grecia no existían precedentes bastante claros, como no fuese alguna compañía del garrote al servicio de Aristófanes, y ella le respondió que lo había descubierto por casualidad, y que después de una larga conversación había comprendido que se trataba de gentes honorables dispuestas siempre a socorrer al ciudadano, y que como ella, al menos de momento, pasaba por ciudadana, le convenía estar a bien con los posibles protectores y, cuando el momento llegase, revelar a alguno de ellos la sustancia de su divinidad. «Y tú ¿en qué has empleado la tarde?», preguntó, por su parte, a su hermano, y Hermes le respondió que, como a él no le estaba encomendada ninguna tarea fundamental, sino sólo las secundarias de recadero o ayudante, se había dedicado a ganar algún dinero con que pagar a Patricio la cuenta quincenal adelantada. «¿Es que tenemos que pagar por vivir en esta casa?», le interrogó, un poco despistado, Zeus. «Padre y señor —le respondió Hermes—, nuestro Patricio tiene que ir todos los días al mercado para darnos de comer, pagar a la servidumbre y arreglar las goteras de la casa cuando aparezcan. Por muy dioses que seamos, la realidad de los hombres nos tiene aprisionados, y por mucho que conservemos nuestras divinas prerrogativas (y yo acabo de hacer uso de alguna de ellas), somos hombres con todas sus consecuencias. Lo comprenderás, padre, en cuanto sientas ganas de orinar.» «¿De orinar?», le preguntó Zeus bastante sorprendido. «Sí, padre y señor: eso mismo que ahora te acucia y que no sabes lo que es. Se remedia yendo por aquella puerta —y le señaló una, barnizada de oscuro—; confío en que el resto lo comprenda en seguida tu soberana inteligencia.» «La mía —intervino Afrodita— acaba de enterarse de algo muy parecido. ¿Hay alguna otra puertecilla?» «Sí —le dijo Hermes—; en tu misma habitación, a la derecha conforme entras.» «¡Ah, ya sé!», y subió corriendo la escalera con los muslos muy apretados.

VII

Aquel sujeto que se llamaba Jerry y al que ella seguía llamando inexplicablemente Churri, contó a Afrodita que, por las tardes, iba a los salones de un club del que era socio, un club muy restringido, eso sí, y de difícil acceso, y se ponía a charlar con otros caballeros de su misma edad, año más, año menos, los cuales, generalmente, no hacían más que hablar de sus hazañas eróticas, mientras él permanecía callado, porque no había conquistado a nadie nunca, pese a la libertad de las costumbres, y que por eso solían reírse de él. A la objeción de Afrodita de que por qué no mentía, él le respondió que porque no sabía hacerlo, y porque los caballeros no acostumbraban a mentir, que aquello se consideraba como un defecto, o más bien como un vicio, de los países meridionales, mal visto por aquellas latitudes. «Pues eso hay que remediarlo —le respondió Afrodita— lo que se dice en seguida ; de modo que ya puedes empezar a conquistarme a mí.» «Pero ¿no comprendes que no sé?» «¡Tendré que enseñarte entonces, porque no puedo consentir que nadie se ría de mi niño!», y le dio un beso largo, por el que comenzó la conquista, llevada a buen término por Jerry, aunque con la ayuda constante de Afrodita y con ciertas rectificaciones que ella misma le aconsejaba. «¡De modo que mañana ya lo sabes, a contarlo en el club! Te permito que vengas algo más tarde.» «Pero ¿es que también mañana...?» «¡Y todos los días, mi niño! ¡Pues no faltaba más! Nada de contar cada día lo mismo! ¡Ya verán tus amigos! ¡Una historia distinta cada tarde por lo menos!» Jerry tuvo, en efecto, qué contar, pero al principio no le creyeron, y le salió reputación de mentiroso, de la que se quejó y a la que Afrodita puso remedio haciéndose ver, con él, de los compinches, y no una vez, sino varias, para que quedasen convencidos. Y esto duró bastante tiempo.

Zeus, en una semana, sedujo a la media docena de muchachas, y como no quería llevarlas al hostal, ante todo porque Hera hubiera puesto los gritos en el cielo, pero también por elemental decencia, le pidió a Hermes que le buscase discretamente un lugar idóneo, él sabría dónde y cómo, pues comprendía su inteligencia divina que cosas como aquella tenían que existir entre los hombres, aunque la falta de información le impidiese imaginarlas o averiguarlas. Hermes le alquiló en la ciudad el pisito coquetón que dejaba vacante un *gentleman* desarbolado y que a juzgar por la decoración del piso, debía de tener un gusto bastante malo. Hermes le introdujo unas reformas y lo dejó convertido en una especie de *cella* o lugar preferido por el dios, aunque rebajado en su severidad dórica por alfombras, tapices y cojines ; una buena colección de estatuillas eróticas de la clase de los ex votos, al tiempo que completaba el decorado, insinuaba el verdadero carácter del conjunto. Las muchachas, sin embargo, cuando entraban allí, no dudaban haber caído en manos (más tarde en brazos) de un libertino, con el que lo pasaban muy bien, hasta el punto de que solía llevarlas desde la tierra a los empíreos, pasearlas entre las estrellas y las constelaciones, y preguntarles si no les gustaría ser una de ellas. Y como siempre le respondieran que no, que preferían quedarse por las calles, él susurraba a sus oídos estupefactos: «¡Pues lo serás cuando mueras!» Esto solía suceder precisamente el día anterior al cambio de pareja, quizá como despedida. Y aconteció que la mayor parte de aquellas seducidas, ya que a la primera media docena siguió otra media, y otra, y otra, a lo largo de años, fuesen alumnas del colegio que dirigía Palas, quien acabó enterándose, naturalmente, y no por confesión de las interesadas, que todas fueron fieles al secreto, sino por conjeturas y razonamientos de aquella mente infalible: Palas recriminó a su padre y le acusó de destruir el esfuerzo pedagógico de aquella institución tan ejemplar que ya, naturalmente, dirigía. El padre Zeus se disculpó, más bien se justificó, con lo del proselitismo, e intentó convencer a su hija de que por el amor se conseguían adeptos más fácilmente. «¡Ya verás tú cuando ya estén maduras para la fe, y me revele a ellas en mi esplendor de dios! Acabarán prosternadas, como nuestras antiguas fieles atenienses, y a partir de ese momento, todo hecho!» Palas no quedó convencida, y hasta se encogió de hombros ante lo que parecía inevitable; a partir del día siguiente, sin embargo, reforzó las precauciones con que esperaba proteger la honestidad de sus alumnas: consejos, razonamientos, la gran flauta.

No obstante, daba la impresión de ser feliz en su despacho de directora, rodeada de libros y de colegas que la escuchaban y pudiera decirse que casi la obedecían. Había comenzado como simple colaboradora, pero muy pronto y sin quererlo, aunque de manera inevitable, se había distinguido entre los demás, se había destacado como una yegua en forma en carrera de buenas voluntades: si su bagaje intelectual les asombraba a todos, no se explicaban cómo, siendo tan joven, y soltera, había alcanzado conocimientos tan hondos del ser humano: como que se había atrevido a llevar la contraria al equipo psicoanalista y le había ganado. La miraban como una especie de milagro, y, probablemente, de todos los dioses del grupo, era la única que hubiera podido, una cualquiera de aquellas tardes de reunión, decir sencillamente: «Soy Palas Atenea», y la hubieran creído y hasta lo hubieran hallado natural; sin embargo, no lo había hecho porque su inmensa sabiduría la conducía a dudar de sí misma, a preguntarse cuál era su entidad, y a no creer, o casi, casi, en la divinidad de su naturaleza. Su padre y sus hermanos habían encontrado, más o menos, alguna forma de felicidad: incluso Hera, quien, finalmente, se entregara en cuerpo y alma a las formas más ruidosas de solidaridad y de humanitarismo que le ofreciera el Ejército de Salvación: se vestía de uniforme y tocaba el saxofón en las aceras. Solo ella, Atenea, detrás de aquella apariencia serena, profundizaba cada día un poco más en la angustia y en la desesperanza, porque cada día hallaba en sus libros nuevas maneras de conocer y de criticar y las ensayaba en sí misma. Solía entregarse al trabajo y a la acción con ceguera desesperada. Llegó a aceptar el nombramiento de *chairman* (que aquí hemos traducido por «directora») y, desde aquel cargo, inició una campaña contra su padre, aquel viejo fauno perverso, en quien tampoco creía.

Una vez, ya había pasado bastante tiempo desde el principio, Artemisa le rogó que la escuchase, que tenía algo que consultarle; y fue acerca de la insistencia, ya reseñada, con que Endymión se le aparecía en sueños, desnudo y dormidito a la luz de la luna, y acerca de la complacencia con que ella, también en sueños, le contemplaba: como que se le iban las ansias detrás de él. La vida de Artemisa había cambiado mucho, a causa de su perfección en el deporte del arco, y por el hecho de no fallar una saeta, fuera cual fuese la distancia, se había visto envuelta en el ceremonial de las competiciones y de las olimpiadas, y andaba siempre de un continente a otro, muy traída y llevada y sin otro reposo que el que le prescribían los médicos del ramo. Hubiera llegado a la creencia de que no era Artemisa, sino una verdadera campeona, sin la presencia nocturna de Endymión, que se le hacía visible en cuanto cerraba los ojos y que por algo le recordaba, con las viejas historias, su naturaleza y su situación de divinidad en precario. Atenea le respondió que indudablemente la intervención en sus sueños de aquel pastor heleno se debía a que Patricio la imaginaba así. «Pero —objetó Artemisa— Endymión le pertenece a Selene. Fue ella quien lo descubrió dormido.» Atenea le clavó en las pupilas la mirada perforante, que, sin embargo, no encontró más que la infinitud oscura, y le sonrió. «Hay en el mundo muchos sabios que te responderían esto mismo: se trata de una contaminación de mitos operada por la mente simplista de Patricio, para quien Artemisa y Selene son la misma divinidad, quiero decir, la Luna. Y no le falta razón, si bien se mira, porque debes recordar que tú misma has sido adorada como Luna por varios pueblos.»

«¿Y me toca todo lo de Selene, aquella puerca que parió cincuenta hijos?» «Pues no parece que hasta ahora haya venido ninguno.» «En esos sueños, y desde hace tiempo, siento el deseo de entregarme a Endymión.» «Si no es más que en el sueño...» «De momento...» «Es que si va más lejos no es a mí a quien tendrás que consultar sino a Afrodita.» Artemisa tenía que salir de viaje a una confrontación en Moscú con una chica soviética que acertaba también con casi todas las flechas. Pensó Atenea, al verla marchar apresurada, que con el ajetreo distraía el corazón y la mente; pero ella, como no tenía corazón, iba sintiendo ya la mente algo apesadumbrada.

Hay que contar aquí, y el orden es lo de menos, lo que interrumpió en su ritmo las vespertinas seducciones de Zeus y las peroratas bélicas de Ares, o, para ser más exactos, sus lecciones sobre teoría de la guerra, que tantos oyentes atraían y tantas sospechas suscitaban en las altas esferas del gobierno del mundo, y, sobre todo, tanto desabrimiento y tanto ajetreo y rectificación, pues a cada nueva idea estratégica o táctica del general Mambrú, comunicada en su textualidad a los capitostes por los presentes a las lecciones, obligaba a cambiar los supuestos, a desechar las armas más sofisticadas y a inventar otras nuevas, y esto a un ritmo tal que desafiaba la capacidad de las fábricas y la inventiva de los especialistas. No fueron simultáneos el acontecimiento que llevó a Zeus delante de un tribunal civil, y a Ares ante uno militar; en realidad, mediaron unos años de distancia, pero como en estos casos el antes y el después no alteran la sustancia del suceso, vaya primero el de Ares, ya que queda iniciado: y fue que imaginó una tarde unas armas posibles con todos sus detalles, y con tal precisión que cundió la sospecha de que había sido informado por alguna cadena de espionaje, o quizá de que él mismo formase parte de ella, ya que se daba la inesperada circunstancia de que semejantes armas se habían, efectivamente, planeado, y estaban en vías de fabricación. Fue detenido una tarde, más bien ya anochecido, cuando regresaba al hostal, y llevado a un lugar cercano a la ciudad donde se le introdujo con variadas, y en este caso inútiles, precauciones. Se le hizo esperar; se le encerró en una especie de dormitorio, cómodo sí, aunque enrejado, y se le dio de cenar lo que pidió, pero con la advertencia de que no se sabía cuando saldría de allí; y aquello con tal firmeza y con tal tono de amenaza, que, en cuanto se quedó solo, decidió desprenderse de su cuerpo, o digamos de un bulto que lo simulase, y reintegrarse al hostal, donde ya los dioses, y, sobre todo Pat, comenzaban a impacientarse por su tardanza. Dio una disculpa, durmió como los demás, y, a la mañana siguiente se reintegró al bulto que le sustituía. Hacia las once de la mañana fue conducido ante un tribunal, si no de jueces, al menos de peritos, quienes le acosaron a preguntas sobre lo que sabía, y el porqué, y, sobre todo, acerca de los conductos por los que le había llegado el saber. Ares jugó con las respuestas, que se resumieron en una : todo lo que yo sé, que no es lo que expliqué a mis amigos, sino bastante más, se debe a una mezcla de experiencia y de imaginación que no tiene nada que ver con los canales del espionaje ni cosa parecida. Y, para demostrarlo, expuso lo que a su juicio pensaba o proyectaba el enemigo acerca de la posible defensa y del ataque hipotético, así como de las armas que iba inventando y de las que había desechado, y por si esto les parecía poco, anticipó las líneas generales y algunos detalles muy concretos acerca de los sistemas que sustituirían a los actuales, y de las armas que inventarían unos y otros. Los componentes del tribunal quedaron estupefactos, y aquel de entre ellos que estaba en connivencia con el enemigo, no pudo menos que justificar una salida y enviar un mensaje urgente en el que sugería la inmediata suspensión de cualquier trabajo, fuese teórico o práctico, al menos hasta saber a qué atenerse. Un secretario joven leyó con voz escasamente firme el comunicado de la policía según el cual sobre la personalidad del general Mambrú recaía toda clase de sospechas, sobre todo en lo que a autenticidad se refería, ya que semejante nombre no figuraba en ninguno de los escalafones conocidos de las grandes potencias, de las medianas y de las menores ; tras lo cual el Presidente, o que como tal actuaba, le rogó que dijese quien era. ¡ Gran ocasión, pensó entonces Ares, de revestirme de grandeza, de cambiar este traje civil por las viejas, gloriosas armas con que había combatido del lado de Diomedes, y decirles : Soy el dios de la guerra ! Pero comprendió que ninguno de aquellos caballeros, más oficinistas que militares, merecía tan solemne revelación, y se encogió de hombros y les respondió que casi nadie, sino un mero aficionado a las lecturas castrenses con mucha más fantasía de la que suelen tener los profesionales. No obstante lo cual, y en un aparte con el que hacía de presidente, se le rogó que aceptase un puesto de asesor con voz y voto en aquel alto organismo. Respondió que lo estudiaría. Al día siguiente no compareció en el casino militar : había rectificado un poco el aspecto, lo suficiente como para no ser conocido, y se había incorporado a un grupo de ajedrecistas que jugaban en un café del barrio, cuando hacía mal tiempo, y en la Gran Plaza del Héroe Nacional en los días calientes y apacibles.

Lo de Zeus es bastante diferente, ante todo porque existió un tercero en discordia, promotor del suceso y de la situación, así como alguien que le ayudó en cierto modo a salir del aprieto, aunque no fuese más que aclarándose los términos; curiosamente uno y otro fueron sus hijos, Atenea y Hermes, aquella como provocadora, éste como mentor. Empezó a correr la voz de que en el barrio, o, más exactamente, en los diversos barrios de la Ciudad Antigua, operaba un seductor siniestro, quizás un violador, hombre de media edad y buena facha, que no dejaba tranquilas a las muchachas, que se las llevaba a un lugar desconocido al otro lado del río (en la ciudad nueva de todos los pecados) y que allí las sometía a misteriosas operaciones cuyo carácter no estaba bien definido, pero del cual no se descartaban el componente erótico y quizá, quizá el fetichista: culto acaso de alguna religión antigua y bárbara, de la que no se sabía si exigía por último sacrificios humanos. Los periodistas, con la noticia, armaron un mediano guirigay, y, como es su oficio, se encargaron de corregirla por su cuenta y sistemáticamente, hasta perfeccionarla según su modo de entender la perfección: así, atribuyeron al seductor figura entre caballero y antropófago, e introdujeron en el que se había llamado el componente erótico del suceso, varios subcomponentes sadomasoquistas; por último, convencieron a los lectores medios de que varias chicas habían desaparecido y de que las señas de algunas de ellas coincidían con las de ciertos cuerpos de adolescentes hallados muertos en rincones oscuros o en el río. Se hizo un retrato-robot del seductor, se fijó en casi todas las esquinas, y la policía comenzó a cercar a una sombra, que al principio se les escurría de las manos, pero de la que poco a poco fueron agenciándose noticias más concretas, sobre todo de las muchachas en las plazas y en los jardines, ah, sí, el hombre que nos regala bombones, Margaret sabe, yo no sé nada, véngase con nosotros, señorita, declare, bueno, sí, me dio esta pulsera y quedamos citados para mañana. Zeus no se había enterado de nada. Cayó en la trampa. Fue conducido ante el juez y acusado formalmente de un sinfín de delitos. Por último se le llevó a una prisión. Era aquel un episodio con el que nunca había contado. Le divirtió en principio (a condición de que, con su potencia, pudiera de algún modo remediar la incomodidad de aquella cárcel; afortunadamente, le respondió el prodigio). Entró y salió como quiso por el truco del cuerpo dormido, puso en autos a Her-

313

mes de su situación, y le pidió que viese la manera de resolverla por el procedimiento más legítimo posible, ya que, fuera de aquellas mejoras mínimas introducidas en su prisión, no quería actuar como un dios, sino vivir como un hombre la aventura hasta el final. «Te llevarán delante de un juez y también de un jurado. Te declararán inocente o culpable. Después de esto, o libre, o a la cárcel por un montón de años; eso si los miembros de alguna asociación feminista no deciden tomarse la justicia por su mano, que de todo hay que esperar.» Hermes mostraba, al hacer esta advertencia, un buen conocimiento de la gente y de su modo de portarse, porque las informaciones de la prensa acerca de la detención del sátiro no sólo se aprovecharon para exagerar los rasgos, evidentemente espantosos, de su personalidad y por supuesto de su aspecto, sino para enterar al lector de las nuevas hazañas del detenido que se iban descubriendo, seducción de muchachos y cosas semejantes o al menos igualmente malvadas, con el recuerdo de Ganymedes que a Zeus hubiera halagado, que colmó la indignación popular y llevó en masa a los indignados hasta la prisión desde la que, advertido aunque un poco asustado, les contemplaba el dios, pretendían, evidentemente, asaltarla, no como acto de fuerza, sino de justicia, ya que al asalto seguiría la ejecución del culpable, no se sabía aún si por el procedimiento primitivo de la cuerda o por el más civilizado del despedazamiento. Se trajeron refuerzos de policía, pero como abundaban en ella los padres temerosos de que sus hijos e hijas pudieran caer en las trampas de un monstruo como aquél, tan feo de orejas, tan sospechoso, no parecían dispuestos a ofrecer al asalto del público una resistencia medianamente eficaz y que por lo menos garantizase la vida del prisionero. Llegó el momento en que estalló el tumulto. Las puertas fueron derribadas. La gente furiosa se repartió, vociferante, por galerías y corredores; abrió celdas, arrastró por error a dos o tres inocentes, los demás fueron examinados por un comité nombrado *ad hoc,* pero nadie reconoció a Zeus. Se corrió entre la gente que el sátiro había sido hurtado a la venganza del pueblo. Sacaron a la calle a los presos y pusieron fuego al edificio. Zeus, mezclado al público, contemplaba cómo las llamas lamían con sus lenguas rotas las panzas de las nubes. A su lado, un grupo de asaltantes gritaba y protestaba, y como otro de los presentes les llevase la contraria, alguien del corro dijo, dirigiéndose a Zeus: «Que dé su opinión este caballero, que tiene cara de persona decente.» Zeus, entonces, le respondió que evidentemente se trataba de un conflicto entre dos modos de entender la justicia, el espontáneo y popular, y el legalmente institucional, y que ambos tenían razón, aunque por sus métodos difiriesen; pero que en todo caso él no creía que el detenido hubiera sido llevado secretamente a otra prisión, como allí se decía, sino que lo más probable era que hubiese salido con los demás y que en aquel momento se encontrase cerca, contemplando el incendio y hablando con la gente. «No lo crea usted, amigo. Lo reconoceríamos en seguida. ¿No ve usted este recorte de periódico, con su retrato, que llevo en el bolsillo? Pues cada uno de nosotros tiene otro igual. Cualquiera lo identificará solo por la manera de mirar. ¿Quiere usted verlo?» Metió la mano en el bolsillo y sacó el recorte. Los demás hicieron otro tanto, y Zeus pudo contemplar cómo le habían concebido e interpretado los dibujantes de la prensa: una especie de gorila de rostro lúbrico y manos como garras, con levita y sombrero de copa, al que no le faltaban más que los cuernos. El padre Zeus comparó aquellas imágenes con los recuerdos sucesivos que tenía de sí mismo, y se sintió entristecido por tan evidentes muestras de que la imaginación humana decaía. «Si les dijese ahora que soy un dios, y que al seducir a sus hijas las he divinizado, ¿qué pensarían?» La gente aquella que le rodeaba parecía esperar su opinión, pues por alguna razón indescriptible lo habían hallado superior a ellos, como de una raza que no fuera de emigrantes. «Lo que no me explico —dijo calmosamente después de haber examinado los diversos retratos— es cómo las muchachas se enamoraron de un sujeto tan feo.» Uno respondió que porque las hipnotizaba; otro, que porque les daba un bebedizo, y un tercero, por fin, expresó su sospecha, nada reciente por cierto, y con justificaciones anteriores al suceso, aunque corroboradas por él, de que las mujeres, en general, eran completamente tontas. Se echaron todos a reír, y Zeus les invitó a unas cervezas. A la tarde siguiente volvió a recorrer, jacarandoso, las calles arboladas, a buscar en las sombras muchachas con inquietudes. Fue muy bien recibido, y le contaron que días atrás un malvado señor desconocido había intentado seducirlas.

Al hombre nombrado Jerry, al que llamaba Churri una mujer a quien él no conocía, pero que era su amante desde hacía algunos años, le aconteció que empezaron a salirle arruguitas, y que perdía energías, operaciones de las que, naturalmente, no quería darse cuenta, ya que había adquirido la costumbre de transferir a Afrodita sus propias deficiencias, y si por la mañana, al afeitarse, se descubría una muestra nue-

va de madurez, por la tarde, al encontrarse con ella, le susurraba con fingida ternura que a la ribera de los ojos le había
salido un plieguecito que le daba mucha gracia al conjunto y,
sobre todo, que lo hacía más luminoso. La verdad era que
Afrodita seguía tan pimpante como una veinteañera, y que
a veces le daba tanta vergüenza su superioridad sobre su
amante, que le hacía verla con el rostro ensombrecido, aunque fuera transitoriamente, para no causarle pesadumbre;
pero lo que también le pasaba a Churri, llamado en ocasiones Jerry, era que ya se había cansado de ella, y que en el
casino empezaban a reírse de él por no haber cambiado de
amante en tanto tiempo. ¡Pues no venía pegando fuerte la
nueva hornada de rubias! Las había así y asado, y todo lo
demás. Afrodita intentó retenerle con caricias originales e irre-
sistibles, entre las que se cuenta la tan famosa ya, tan reco-
mendada por los tratados como descrita por los escritores, que
consiste en estirarse y adelgazar hasta quedar extensa y fina
como una toalla de baño, y envolver entonces el cuerpo del
amante, quien se queda como preso en una enorme lengua húmeda y caliente que le entra por las junturas y le sume en el
recuerdo del ya lejano claustro maternal, resumen y lugar
de todas las delicias; pero fuera porque Churri había experimentado la sensación sin advertir los medios puestos en juego para proporcionársela, fuera que lo que le importaba era
contar a sus amigos que tenía una querida nueva, el desape-
go siguió, y obligó a Afrodita a valerse de otros procedimientos, como fueron, ante todo, el de marcharse tras una escena
de llanto y desolación, y reaparecer tiempo después cambiada
en chica de coro de las que salen en las revistas ilustradas con
el culo al aire y cuyos retratos pinchan en la pared los soldados bisoños, de donde les viene el específico apelativo de *pin-
ups*. No deja de ser curioso el que, cuando la nueva amiga le
preguntó a Jerry que cómo se llamaba, él le respondiese que
Churri. Aquella relación les duró poco, porque Afrodita, des-
confiada ya, aunque dispuesta a no perderle, se inventó una
personalidad nueva, y después otra, y, así, podía Jerry contar ante sus amigotes estupefactos que cada dos o tres semanas cambiaba de conquista: y como hoy lo veían con una, y
más tarde con otra, le creyeron y hasta llegaron a admirarle.
Así se pasaron esos años tremendos que van de los cuarenta
a los cincuenta: un verdadero tío-vivo de *pin-ups*. Jerry había
mejorado en su carrera. Era un funcionario importante, casi,
casi un personaje. Concedía mucho tiempo a la vida social y
a la profesional, reuniones, entrevistas, y le quedaba poco

para el amor. Afrodita paseaba sola seis tardes a la semana, amaba el sábado. Un día se le ocurrió recobrar su verdadera figura y hacerse la encontradiza. Jerry quedó asombrado de su invariable juventud; ella, en cambio, al mirarle con ojos casi nuevos, lo encontró bastante viejo, monótono en la conversación, vanidoso. Le insinuó que, desde la separación, seguía sola, pero Jerry esquivó la respuesta y prefirió el tema de sus triunfos profesionales, de los que se sentía satisfecho. «¡Eso sí que es difícil, y no conquistar a las mujeres!, como les digo a mis amigos, que se han quedado todos a mitad del camino.» Le pidió ella que la llevase a cenar, y él puso un pretexto y se marchó. Afrodita continuó bajo los árboles un paseo que la llevó a los pretiles del río: se acodó a uno de ellos y durante un tiempo largo contempló cómo pasaban las aguas, y las barcas, y los vaporcitos con música: le subía desde la sangre una tristeza callada que la mantuvo allí hasta que apareció la claridad del alba al otro lado del río. Entonces, se fue al hostal, y nunca- más volvió a ver a Jerry, ni como la que era ni bajo ningún disfraz. Jerry esperó en la tarde del sábado, y volvió a esperar en la tarde del sábado siguiente, y, como no venía nadie, salió a buscar amiga nueva, pero ninguna mujer le hizo caso. Al cabo de algún tiempo, dejó de ir al club.

De todos los dioses amables, el que no conoció tropiezos fue Hermes, a quien se le ocurrió inventar una sociedad anónima sin nada que vender, ni nada que comprar, ni nada que fabricar; una sociedad anónima que consistía en palabras escritas en papeles, pero de la que pronto se empezó a hablar en la bolsa de la ciudad, y después en muchas bolsas de muchas otras ciudades, y finalmente en todas las del mundo: crecía, multiplicaba las oficinas y los empleados, llegó a constituir una especie de red como de meridianos y paralelos, aunque bastante más tupida, con que enjaulaba al mundo y lo regía, y, a veces, lo oprimía: pero seguía siendo de palabras escritas en papeles, muchas palabras, siempre las mismas, en papeles distintos: como un castillo de naipes inmenso, que cubriese la tierra y que llegase hasta el cielo; cada día inventaba Hermes otra sucursal, otra representación, otro despacho, y contrataba o comprometía más hombres, y recogía más dinero, hasta llegar a apoderarse de todo el que guarda el mundo y encerrarlo en una cifra, de modo que las demás sociedades existentes, las nacionales, las internacionales y las multinacionales no pasaban de subsidiarias suyas, ramas especializadas, bancas en serie, sistemas asociados de producción y mercadeo, explotaciones de materias primas, trustes de almacenes y transportes, monopolios energéticos, casas de préstamos y salones de subasta. Los tenduchos de los suburbios eran suyos, así como los puestos callejeros de los súbditos griegos que vendían en otoño las castañas asadas; y las grandes organizaciones prostibulares, y las casas de modas, y los registros donde se inscriben los inventos y se expiden las patentes. Los ministros de hacienda, o de finanzas, o del tesoro, de todos los países, los socialistas también, eran asimismo sus agentes, y puede decirse sin exageración que, por primera vez en la historia, seguramente también por última, la economía del planeta se gobernaba desde *un* despacho por *un* cerebro. Seguía, sin embargo, viviendo en el Hostal de los Dioses Amables y haciendo los recados, aunque a veces, de atareado que estaba, los confiase a cuidado de tercero.

VIII

La verdad es que Aquel Hombre que aguardaba en la prisión el cumplimiento de una larga condena, y que durante veinte años se había regodeado, de todas las maneras posibles, en las imágenes de la venganza inexorable, había sido poco a poco olvidado: salvo por Hermes, pero eso es cosa aparte. Coincidían la divina pareja y los hijos de entrambos, pues Diónisos, que lo era sólo de Zeus, no contaba: siempre con su monótona melopea de nombres y de recuerdos; coincidían, digo, en que en el fondo de la memoria de todos ellos yacía un como recuerdo oscuro, oculto y casi aplastado por otros más recientes, del que tenían también una a modo de conciencia desvaída, lo cual, aprovechada la licencia que conceden las palabras, siempre imprecisas, pudiera formularse más o menos así: «De acuerdo. Sé que hay algo importante, pero lo tengo olvidado, o lo he perdido, o no sé qué me ha pasado con él. En todo caso, es algo que se refiere a otros tiempos y a otras situaciones. ¿No será un descuido juvenil, palabra de amor dada, promesa sin cumplir? Es lo probable. Y si es así, ya no tiene remedio. ¡Mi juventud está tan lejos!»: así fue la respuesta de Zeus a su hijo cuando éste, una tarde cualquiera, mientras aprovechaban paseando un rayito de sol con el que no contaran, le preguntó que cómo iban las cosas, y al responderle Zeus que como de costumbre, y que no había grandes novedades, el correveidile de otro tiempo, señor ahora de las finanzas universales y clave del equilibrio y del progreso, insinuó la posibilidad de que su padre hubiese olvidado algo muy importante. «Pues te encuentro desmemoriado, padre —le dijo Hermes a Zeus—; y menos mal que yo me acuerdo todavía.» A Zeus casi le dio un repeluzno cuando Hermes se refirió después a un hombre que esperaba en la cárcel... «Pero, ¿han pasado ya veinte años?» «Están a punto de cumplirse. Digamos el mes que viene.» «¡El mes que viene! ¡Y parece que fue ayer! El tiempo de los hombres no dura nada.» «¡Si lo cuentas por muchachas seducidas...! ¿Cuántas generaciones nuevas no han pasado por tu piedra?» «¡Te explicarás que no lleve la cuenta! No soy un vulgar conquistador, de esos que después presumen junto al mostrador de la taberna.» Hermes le miró sonriente. «¡No se me había ocurrido, padre, cosa tan descabellada! Recuerdo que me dijiste que esas muchachas, cuando llegase el momento, y mediante una sencilla operación reveladora, acaso una teofanía, no sé, tú sabrás lo que tenías pensado, caerían a tus plantas para adorarte como al padre de los dioses que eres. Lo demás, vendría rodado.» A Zeus le molestaba especialmente el rictus de ironía que aún no se le había caído de los labios a Hermes. Contra toda previsión y conveniencia, al menos si se le juzga con un criterio estatuario, arrugó la divina frente. «No he dejado de pensarlo un solo instante. Y en cuanto al olvido de ese sujeto, sabes de sobra que, por economía mental, cuando un propósito se lleva a cabo a lo largo de mucho tiempo, la causa del propósito, y el propósito mismo, pasan a ese segundo término un poco oscuro de la conciencia donde permanecen vivos pero sin embarazar con su insistencia. Si analizásemos cualquier proceso de venganza alargado durante años y años, se vería...» «No lo analicemos, padre, y vete pensando en tu teofanía, que yo tomo el resto a mi cuenta.»

Lo había tomado ya bastantes años antes, desde el momento mismo del proyecto de su Sociedad Limitada, que no tenía otro fin que asegurarse el dominio del mundo para que le fuese, no precisamente fácil (el Destino estaba en su contra), sino al menos posible, intervenir en ciertas operaciones y orientarlas en un sentido favorable. Así, cuando introdujo en la cárcel donde Aquel Hombre esperaba e imaginaba, un virus mortal de necesidad que envió al otro mundo a todos los reclusos y a casi todos los guardianes, pero no a Aquél contra quien iba dirigido. Así también, cuando Aquel Hombre, trasladado de cárcel y viajero por ríos tenebrosos a bordo de un barquichuelo, naufragó ante las bocas abiertas de los caimanes, aunque pudo después llegar a nado a las ciénagas de la orilla y librarse de los bichos y de las ciénagas. Así, por fin, las diez o doce veces que Hermes le tendió otras trampas mortales y logró salir con vida. Hermes no se desesperaba. No se le ocultaba la victoria final del Destino, pero en el Libro correspondiente, folio el que fuese, constaba la muerte de Patricio a manos de Aquel Hombre, mas no que, por tal muerte, los dioses hubieran de desaparecer. No aspiraba a salvar a Patricio: quería sólo ganar tiempo. En una sobremesa, en el momento en que Patricio se hallaba en la cocina, dijo como sin darle importancia: «Hoy salió de la cárcel el Hombre Aquel...» Y a los demás se les cayó de súbito el velo del olvido, y por casualidad allí se encontraban todos, incluida Artemisa, que disfrutaba de unas cortas vacaciones. Le respondió un grito de Afrodita, y grito más patatús de la madre Hera, que se privó en el hombro de su marido. Los otros manifestaron, con el silencio, la sorpresa: sólo a Zeus no le cogió desprevenido: «¡Estoy haciendo todo lo posible de mi parte para evitar la catástrofe!», dijo, y apartó delicadamente a Hera, cuya cabeza recogió Ares, que tomó en brazos a la diosa desvanecida y la dejó en un sillón. Estaban en el otoño, los vientos aun no habían llegado, no lucían las llamas en el hogar. Afrodita, sin embargo, se estremeció y dijo que sentía frío. En aquel mismo instante, galopaba por las anchas praderas del parque, del que rodea el castillo, un caballo con jinete militar; la tarde estaba gloriosa de luz, y en el cielo no había nubes. Los tilos impedían la llegada del sol, pero, bajo aquella sombra, el césped relucía de vicioso y bien cuidado. De repente, de una rama ignorada, se desprendió una hoja amarillenta, rojiza por los bordes, y tardó en llegar al suelo, perezosa, porque el aire estaba quieto y denso: quedó acostada en la yerba, única en aquel verdor, y un casco del caballo, que por allí pasó entonces, la aplastó. Aquella misma tarde llegaban, con el viento inesperado, nubes del Este, y con ellas las ráfagas de frío y el tableteo de las ventanas. Refugiados junto a la chimenea, encendida ahora, los dioses esperaban, y alguna vez hablaban. Afrodita había envuelto en un chal aquel divino torso, tantas veces imaginado, aunque siempre aproximadamente. Hera sorbía el vaho de unas sales, y Artemisa, con ropa de montar, golpeaba las botas con la fusta. Ares parecía tranquilo: silbaba por lo bajo un aire militar, y miraba los primeros remolinos de las hojas. Fue, sin embargo, el que dijo: «El hecho de que haya ganado a mis amigos varios cientos de partidas de ajedrez no me parece razón como para exigirles, o, al menos, para esperar de ellos, que me tengan por un dios. Cualquier campeón soviético ha ganado tantas partidas como yo.» «¡Y cualquier hombre moderno se ha acostado en su vida con tantas chicas como este viejo dios cansado —tronó Zeus—, y no por eso hay que pensar que sean dioses! —acompañó de un puñetazo, como si fuera de refuerzo, el modestísimo trueno—. Lo de seducir doncellas tenía cierto valor en otros tiempos.» Artemisa, sin dejar de menear la fusta, aclaró algo acerca de la puntuación alcanzada en las últimas competiciones, y concluyó, como un epifonema, que «los hombres ya superan a los dioses en el estadio». Zeus le preguntó a Afrodita si no tenía nada que decir, y ella le respondió que prefería disolverse en la nada a revelarse como diosa «a aquel imbécil», pero no les aclaró quién era. Una pregunta semejante dirigió Zeus a Palas Atenea, que se mantenía algo lejos y algo en penumbra; pero que cuando la iluminaban las llamas no podía disimular la preocupación (estrictamente intelectual, se supone) que reflejaba. «Sí, padre —le respondió—: que todo me hace sospechar que nuestro fin se acerca y que no tiene remedio. Esperemos como dioses que somos, si lo somos de veras, que algunas veces lo dudo, que como aquellos condenados a quienes fue dado hacerlo, vivamos hasta el final lo que nos falta por vivir con serenidad y con claridad de espíritu. Yo, por mi parte, confieso que en el tiempo que queda me gustaría alcanzar el secreto de los hombres. ¿Qué son, por qué están aquí, por qué son como son?» «¿Y qué somos los dioses, ya no te preocupa? Quizá, si respondieras, averiguaríamos el secreto de lo que nos aguarda.» Atenea se encogió ligeramente de hombros. «Eso ya no me interesa tanto.» Lo dijo en el momento en que entraba Hermes, con el abrigo puesto y unas hojas de tilo posadas en el hombro. «El tren en que venía Ese Hombre —dijo— acaba de descarrilar. No se ha muerto, no os hagáis ilusiones, pero la catástrofe supone un gran retraso. Confío en proporcionarle algunos más, ¡y cuántos hombres van a morir por su causa y por la nuestra! Si por lo menos vosotros no perdierais el tiempo...»

Sentado, un poco lejos, Diónisos canturreaba: «Ditirambo, Zagreo, Basareo... Ariadna, Alzaia, Erigone... Tracia, Frigia, Egipto...» Pat le trajo de la cocina un grog caliente de ron haitiano y se le arrodilló delante, a escucharle: había amor en su mirada, y en su actitud un sentimiento contenido, como si algo que se escapaba a su voluntad quisiera rebelarse contra lo que sabía próximo. Pero no hay que alarmarse: a lo mejor se trata de una interpretación errónea del que contempla.

IX

Da lo mismo la hora en que Zeus dijo que había que hacer algo y en que las miradas de sus hijas le interrogaron, mientras Ares no se dignó volver la cabeza o, al menos, escucharle: con la frente apoyada en el vidrio de la ventana, seguía contemplando cómo el viento jugaba con las hojas del jardín: ¿un día, diez después?

—«Algo» quiere decir, pues eso, «algo», una ocurrencia que sea una solución.

—¿Insinúas —le preguntó Atenea— la conveniencia de salir a la calle a la busca de un hombre que pueda creer en nosotros?

—No sería imposible que alguno nos necesitase. Acordaros de Patricio.

—Si nos necesitase, lo habríamos sabido de algún modo, no se le hubiera escapado a la perspicacia de Hermes, o, al menos, a su espionaje. La verdad es que nadie nos necesita; unos, porque tienen ya sus dioses; otros, porque se las arreglan sin ninguno. Lo cual, por otra parte, apruebo: los fantasmas no son indispensables.

Ares, en este mismo instante, se apartó de la ventana y se acercó lentamente al corro de los grandes butacones, al círculo caliente que las llamas iluminaban.

—Veo que te has pasado al ateísmo —dijo a su hermana—. Yo, también, hace tiempo.

—Están locos. Todos están locos —suspiró Hera, y sollozó. Ares le preguntó entonces si no sería conveniente que tomase una aspirina. «¡Te hacen tanto bien algunas veces! ¿Quieres que suba al dormitorio y te la traiga?» Hera movió la cabeza penosamente, como si hiciera un gran esfuerzo: Ares se dirigió a la escalera y la subió. Atenea contempló un momento a su madre. «Si padeces, no eres una diosa. No lo eres si te duele la cabeza.» «¿Y qué he hecho desde que existo si no es sufrir?» Miró a su esposo, miró al bastardo borracho que seguía canturreando y no se enteraba de nada, y se echó a llorar. «¡Los dioses son impasibles!», corroboró Atenea.

«Me gustaría que me escuchaseis un momento —indicó, entonces, Afrodita, y sacó el brazo que escondía debajo de la toquilla y lo alargó hacia el cotarro—. Pensando bien lo que acaba de sugerir nuestro padre...» Le interrumpió la risa de Atenea. «¡Me niego a andar por las calles a la busca de un hombre! Eso ya lo hizo no sé quién hace un montón de años, y no le sirvió de nada.» «Podías, por lo menos, no reírte. No veo nada risible en nuestra situación.» «Sentimentalmente, ¿quién lo duda? Atravesamos una situación trágica, de las que encogen el corazón. Pero yo-no-lo-tengo —silabeó—. Yo soy un mero cerebro pensante, de lo que no me siento responsable, sino quien me creó o me piensa, y os aseguro que, convenientemente analizado, lo que nos acontece se pasa de ridículo. Escucharme, si no...» «¡No —le gritó Afrodita—. ¡Guárdate tus análisis. Somos cuatro corazones contra un cerebro!» «¡También Hermes piensa!» «Pero siente. Y nos ha pedido que no perdiéramos el tiempo.» Atenea recogió las piernas en el sillón y se hundió en sus blanduras lo más posible. «¡Será lo único que hagamos de una manera o de otra!»

Ares había bajado ya, y servía a su madre la aspirina y un vasito de agua. La operación le costó a Hera seis o siete suspiros y un conato de desmayo, al que siguió una reprimenda de Afrodita en el sentido de que, si no se sentía con fuerzas para no interrumpir, que se retirase a sus habitaciones: sugerencia que Zeus halló inteligentísima y que ayudó a poner en práctica: acompañó a su esposa hasta la alcoba y, cuando regresó solo, parecía más seguro de sí mismo. «No hay duda de que el remedio existe —comenzó a decir, mientras se sentaba, aunque esta vez lo hizo en una silla, en la que destacaba más su silueta, y montándose en ella como en un caballito de juguete, con lo que dejaba al descubierto su lujoso chaleco—; existe, pero es necesario dar con él. ¿Por qué no procuramos entre todos...?» Afrodita, de un salto, quedó en medio del corro. Se le había derribado de una parte, la toquilla, y parecía una figura griega de teatro, en medio de la orquesta, con la mano apuntando a su padre. «¡Padre, te estás repitiendo! ¡Ese capítulo lo hemos sobrepasado ya! Exijo ser oída.» Y estimó como expresión del consenso el silencio que siguió. «Bien. No voy a echar un discurso ni a decir paradojas. Quiero manifestar mi confianza, mejor, mi seguridad de que en algún lugar de esta ciudad o del mundo haya algún desgraciado al que podamos hacer feliz y pedirle su fe a cambio. No veo otro

camino. Esto es todo.» Dejó caer el brazo, que había mantenido en alto, aunque sin orientación, y se sentó. Zeus paseó la
mirada por el concurso: nadie parecía oponerse. «Pues no ha
pensado mal, por esta vez, Afrodita», aprobó, por fin, el padre. Atenea, con voz sin demasiado relieve, resumió el pensamiento de todos. «Con probar nada se pierde. Aunque...»
Se calló, sin embargo, el contenido de la proposición adver-
sativa. «Por mí, no hay inconveniente —confirmó—. Me gustaría, sin embargo, que Afrodita nos explicase qué diferencia
encuentra entre la anterior idea de echarse a buscar un hombre y la suya de limitarse a un desgraciado.» «Pues que si a
éste lo hacemos feliz, siempre nos quedará algo más agradecido que uno cualquiera en una situación corriente.» «Eso de
la felicidad —insistió Atenea—, ¿lo entiendes desde tu punto
de vista? O, dicho de otra manera, ¿sugieres que se busque
a un varón aquejado de soledad sexual, llamémosle así para
entendernos, cuya felicidad esté a tu alcance?» Afrodita la
miró con desprecio. «¡Estúpida!» «Eso no es una respuesta
—objetó Atenea muy tranquila—. Te pregunto si propones
que te busquemos un hombre con el que pasar las últimas noches de tu existencia.» «Pensaba —dijo Afrodita afectando
frialdad— que para esos menesteres siempre es más útil una
inexperta.» Artemisa sacó el torso de la penumbra y encaró
a su hermana. «¿Debo sentirme aludida? —preguntó con voz
sardónica; y antes de que Afrodita le respondiese, añadió—:
Porque puedo recordarte que nuestro padre, aquí presente,
me concedió en una ocasión memorable el derecho a la virginidad y no quiero renunciar a él.» Afrodita, que se había sentado, sacudió los puños encima de las rodillas. «Lo que os digo
a una y a otra, lo que os digo a todos, es que así no vamos a
ninguna parte. Si nadie es capaz de refrenar las respuestas que
se le ocurren, por muy inteligentes o por sinceras que sean, y
no dudo que las vuestras lo son, nos cogerá la muerte discutiendo.» «¿La muerte? ¿Por qué dices la muerte? No somos
humanos.»

No la muerte, aunque sí el día, que trajo, después del vendaval, una mañana de calma. Pasó la sobremesa sin discusión.
Caía la tarde cuando Afrodita regresó de un paseo por los alrededores. Parecía desalentada. Su padre le preguntó si había
tenido algún mal encuentro, y ella le respondió que la causa
de su desaliento era precisamente el no haber tenido ninguno.
Zeus interpretó mal la respuesta y aludió a los hábitos de su
hija. «¿También tú, padre? No me refería a esa clase de hallazgos, sino a ese desgraciado de que os hablé. La gente es

rabiosamente infeliz, pero no busca en nosotros el remedio, sino en las drogas, en la venganza... ¡Curiosos bichos, los hombres! Sigo pensando, sin embargo...» La llegada de Hermes la interrumpió: traía su hermano nuevas de un nuevo incendio formidable y de cómo Aquel Hombre había colaborado heroicamente en el salvamento de las víctimas: su fotografía venía en los periódicos, y se le proponía para una condecoración. «Contamos con unas horas más.» «¿Para qué? ¡Ese hombre tiene que estar en algún sitio! O esa mujer, ¿quién sabe?» Había vuelto el ventarrón, el ruido rodeaba el hostal, Atenea corregía los trabajos de unas alumnas excepcionales, Zeus discutía en su interior si estaría bien visto saliera a darse una vuelta por las calles oscuras, Artemisa pensaba en..., Ares recordaba los..., Hera se había sentado con el uniforme de la Salvation Army peripuesto. «¿Por qué no me atendéis un momento? —gritó, de pronto, Afrodita; y continuó—: Mirar allá, os lo suplico, podéis verlo como yo. No sé en qué ciudad, ni si en éste o en otro continente, pero lo estoy viendo claro con mis ojos de diosa, iguales a los vuestros, con los ojos que traspasan las paredes, la distancia y el tiempo. Como cuando nos juntábamos a contemplar el mundo, Hera, y tú también, Palas, y podíamos espiar desnudo a Paris y desearlo. Mirar como yo miro, es en ese parque oscuro, en esa plazoleta donde se cruzan las veredas, a la derecha, fijaros bien, no está muy claro, la luz les queda un poco lejos, pero nosotros también vemos sin luz. Hay una mujer sentada en ese banco, ¿no la veis? Es joven y muy hermosa, y también desgraciada. Palas, tú sabes que esa mujer quiere morir, que va a matarse, seguramente. ¿Por qué entre todos...?» Dejó en el aire la pregunta, y Palas le respondió: «Espera. Se está acercando un hombre, ¿no lo veis? ¡Es curioso! ¡Si llegaran a conocerse, ese hombre y esa mujer podrían ser felices! ¡Cuidado! El hombre viene cansado, se sienta también en el banco, no se ha dado cuenta de que ella está a su lado, ni ella tampoco. ¡Qué enorme la distancia que los separa, y qué juntos!» Ares sacudió la ceniza de su pipa encima de las brasas de la chimenea y volvió a llevársela a los labios. «¿Te has dado cuenta, Palas, de que él es un terrorista?» «Sí.» «¿Y de que huye?» «Sí.» «¿De qué se trata ahora? —intervino Artemisa—. ¿De que les demos un empujoncito, de que se rocen y de que se reconozcan?» A los límites del parque, a sus diversas entradas, iban llegando vehículos cargados de hombres con armas, que se desplegaban por la oscuridad y formaban círculos de hierro. Ares, sin hacer caso de Artemisa, dijo que le iban a coger, al mozo aquel, y que no tenía escapatoria; y que quizá, por hallarse a su lado, se llevasen también a la muchacha. Afrodita le respondió con voz resuelta: «¡Son nuestra última esperanza!» Sus hermanos, su padre, la miraron; hasta Hera levantó un poco la cabeza del gorrito que estaba confeccionando para algún niño del barrio. «Os propongo —continuó Afrodita— que los traigamos aquí. Sabéis que podemos hacerlo, lo sabéis. Y si lo queremos todos...» Hubo un silencio, el viento fuera, y, más fuera aún, los rumores del tránsito como un anillo que lo apretase todo. Aquella plazoleta rodeada de sombras y de fusiles quedaba aún más allá del viento y de los ruidos, más allá acaso del mismo mar y de algunas montañas; pero, por encima de la distancia, se levantó como una alfombra de luz, algo curvada en los bordes, con las nubes por techo, y por ella avanzaron, sonámbulos quizá, parecían sonámbulos, el hombre y la mujer: el uno al lado del otro, casi pegados, como dos que emparejan en la calle y que se desconocen, de modo que no se miran siquiera; adelantaban por la alfombra de luz mientras en la plazoleta convergían las armas, y los hombres golpeaban con ellas los rododendros y los mirtos; y otros hombres, que traían perros sujetos por correas fuertes, y que parecían desorientados, los hombres y los perros: los perros levantaban a los aires los hocicos y aullaban hacia arriba, hacia la luna. «¿Querrán decir que se ha ido por el aire?» Escudriñaron también las copas en que temblaba la brisa, y alguno de ellos disparó su arma contra las sombras sospechosas. Y todo esto lo contemplaban los dioses, y lo escuchaban también, fundido con las imágenes de los que recorrían con algo de torpeza o titubeo el camino interminable y sin embargo próximo, tanto, que casi estaban encima, que casi habían llegado, que atravesaban las paredes y quedaban en la alfombra: quietos, con las miradas perdidas, ignorándose e ignorándolos a todos. Los dioses los rodearon sin atreverse a tocarlos: eso, al menos parecía. Silenciosos y curiosos, exceptuada Artemisa, que dio un grito y dijo, desgarrada: «¿Por qué lo habéis traído? ¡Es Endymión!», y corrió por las escaleras, sollozando, pero no llegó a subirlas todas, sino que se detuvo a la mitad del camino, en el rellano, y allí arrinconó su llanto: sólo Pat la siguió y le preguntó si necesitaba algo.

Lo que Zeus dijo fue, como siempre, que había que tomar una determinación, con haber traído a aquellos dos y con dejarlos sonámbulos y quietos no se adelantaba nada: pero ya Palas Atenea le estaba sacando el alma al hombre y se la estaba escudriñando. Le dio un repaso en silencio, sólo con algún gesto, algún mohín y alguna mirada cómplice a Afrodita, que, a su lado, examinaba también. Los otros comprendieron que lo que sucedía era importante, y esperaron, callados. Afrodita, con la voz dolorida y el mirar triste, exclamó: «¡Es increíble!», y su hermana pareció corroborar al decirle con el mismo tono: «¡Pobre muchacho!», y se volvió a su padre, que la interrogó con la mirada. «¡Si fuera cierto, padre, que este mundo y sus hombres son obra tuya, no merecerías perdón! Ninguno de nosotros es capaz de imaginar lo que éste lleva sufrido, lo desdichado que es.» Se apartó de la pareja inmóvil y requirió su asiento. «Tampoco mi inteligencia alcanzaría a explicar —continuó— por qué el dolor y la desdicha humanas han engendrado la maldad. Y, sin embargo, es en cierto modo lógico. Este hombre no aspira a ser feliz ni a que lo sea nadie, sino a destruir el mundo.» «Y a nosotros con él, por supuesto», terció Zeus. «¿Qué importamos nosotros ahora? A este hombre nadie le habló jamás de ningún dios. Para él, quedamos fuera de la realidad. Se reiría si le dijeran quienes somos.» Aquí Afrodita, que la había escuchado, se le acercó unos pasos. «Estoy conforme en todo, querida Palas, menos en el final. En cualquier caso, se trata de una experiencia a la que no podemos renunciar. Conviene, además, que consideres que a tu entendimiento de la situación se le escapó un detalle. Es cierto que a este hombre, cuyo nombre, por cierto, es el de Fred, no lo había dicho aún, nadie le habló de nosotros, pero también lo es que jamás hubo en su vida una mujer; madre, hermana, amante, amiga. Ni siquiera camarada en sus ansias de destrucción, porque es un lobo solitario. Admito que se reiría de nosotros si le dijésemos... bueno, eso que tenemos que decirle, pero no creo que rechace a esta mujer cuando la encuentre a su lado.» La señaló: era una muchacha bonita y atractiva, vestida vulgarmente, el rostro amargo. «En cuanto a ella —continuó Afrodita—, ¿qué os diré que no sea compararla a Fred y dudar entre cuál de los dos es la mayor desventura? Con una diferencia: si en la vida de él faltaron las mujeres, en la de ella han sobrado los hombres, y cada uno la dejó lastimada en el cuerpo y en el alma. Ahí tenéis su historia: podéis verla como si...» Se oyó en aquel momento, inesperada y aguda, la voz crispada de Artemisa: «¡Queréis liar a Endymión con una prostituta! ¡Asco me dan vuestras piedades!»: y todos pudieron ver cómo Fred se había cambiado en Endymión, cómo dormía y lo alumbraba la luna. Duró sólo un instante, la ilusión o la alucinación: volvió después a ser el mismo guapo mozo de gesto duro y manos apretadas. «Yo no diría tanto, Artemisa. Hay muchas cosas de las que tú no entiendes o que eres la menos apropiada para juzgar. Pero en último caso, ¿qué nos importa? Sabemos que Elisabeth y Fred —ella se llama Elisabeth— están hechos el uno para el otro; que, en otras circunstancias, hubieran formado una pareja de esas que son capaces de resistir el paso de los años y los efectos del tedio, que dejan por donde pasan un recuerdo de luz. Y sabemos también, fijaros lo que os digo, que nosotros podemos reunirlos...» Fue Ares quien interrumpió esta vez: «¿Cada uno cargado con su historia? ¿No les será imposible ser felices? Todos sabemos cómo estorba el pasado, aun a nosotros, los dioses, cuanto más a ellos, que desconocen nuestros ardides...» «...pero que son, lo mismo que nosotros, sensibles al olvido. No os pido más que eso: que les hagamos olvidar y que les inventemos una sencilla historia común, la de dos que se quieren y que conviven, pero que se quieren tanto que nunca necesitan del recuerdo. Tú puedes hacerlo, Palas; sabes en qué consiste.» «Sí, claro que lo sé.» Dudó un momento; después, se levantó. Las almas de Elisabeth y Fred habían quedado desplegadas y patentes como ropa colgada al sol, y en ellas pululaban los recuerdos hirientes: Palas pasó la mano y los fue recubriendo de una capa de olvido. Algunos se resistían: pelearon, mas se aquietaron al fin. «Ahora —dijo a Afrodita— esa historia feliz te toca inventarla a ti.» A Afrodita le temblaban las manos cuando las levantó para unir las de Fred y Elisabeth: las mantuvo entre las suyas un pedazo de tiempo durante el que empezó a hablar, así, cerca de ellos, con voz apenas susurrante: de un jardín, de dos que en él se encontraron, de un escondrijo lejano y una terraza con flores, de un peligro, una huida, un viaje... Afrodita les soltó las manos: «¡No necesitan más!» En las almas desnudas quedaban ya los trazos de la historia nueva: Afrodita las recogió y plegó delicadamente y las metió en su almario. La mano izquierda de la mujer permanecía agarrada a la del hombre, pero sin fuerzas: empezó a fluirle la sangre a las mejillas, y él sacudió la cabeza como si se desprendiese de algo que le estorbaba. Afrodita, que no se había movido de su lado, dijo naturalmente: «El que no haya habitación para ustedes no debe preocuparles, porque cualquiera de nosotros les cederá la suya. Yo, por ejemplo. Puedo dormir con una de mis hermanas mientras sea necesario.» Elisabeth le respondió, con voz un poco temblona, que no querían causar molestias, y que lo mismo sería buscar en otra parte el acomodo. «¡No, no, de ninguna manera! Se encontrarán muy bien aquí, y nosotros muy contentos de acogerles!» Fred intervino entonces: «Y, esa gente, ¿dónde está?» «¿Qué gente?», le preguntó Afrodita, y él le respondió: «No sé, no estoy muy seguro, alguien que venía detrás», y volvió a sacudir la cabeza. Elisabeth y Afrodita se miraron: «No piense ahora en eso. Aquí puede estar tranquilo y descansar.» «¡Oh, sí, descansar —dijo Elisabeth—. ¡Estamos muy cansados!» Afrodita les dijo que la siguieran, que los llevaría a la habitación, y pidió a Pat que les preparase de comer, y que se lo sirviese arriba. Al pasar por el rellano de la escalera, Artemisa miró con odio a Afrodita y a Elisabeth, con entusiasmo entristecido a Fred. Cuando desaparecieron en el corredor, Artemisa bajó corriendo y se plantó delante de su padre. «¡Vengo a pedirte que me eximas de aquella promesa...!» Palas la cogió de los brazos y le miró a la cara. «Pero ¿qué es lo que te sucede, criatura?» Y después de observarla un instante más, añadió: «¡Me das miedo!» «Le pido a Zeus que me releve del juramento de virginidad que le hice aquella vez y al que fui fiel durante tantos siglos. Ahora me doy cuenta de mi error, pero quizá esté a tiempo. Le voy a disputar el hombre a esa mujer, porque lo quiero para mí. ¡Tú sabes, Palas, los años que hace que lo deseo en mis sueños, aunque ahora me dé cuenta de que también lo deseaba en mis vigilias! Espero que me ayudéis...» Miró a su alrededor, en busca acaso de una mirada de apoyo: Ares había iniciado, con las manos y los brazos, un ademán de disculpa; Zeus aún no había dicho nada, pero quizá quisiera decirlo y no lo recordase bien. En cuanto a Palas sólo parecía dispuesta a seguir escuchándola. «Por ejemplo, padre, si haces de mí una mujer. ¿No puedes emplear en eso tus potencias divinas? Pienso, no sé por qué, que a una mujer le será más fácil que a una diosa quitarle a otra el marido. Por supuesto, renuncio a la inmortalidad.» Zeus había empezado a menear aquella su cabeza, tan noble y poderosa como la de un león, tan reluciente (para quien sepa mirarla) como el globo encendido del sol, aunque ya un poco ajada. «Ni aun en los tiempos de mi mayor poderío estuvo a mis alcances la trasmutación de las sustancias según el orden descendente, pues si bien es lo cierto que divinicé a muchos mortales, también lo es que jamás me fue dado humanizar a un dios, como no fuera en apariencia. Y la apariencia, hija mía, ya la tienes. ¿Te da miedo rivalizar con Elisabeth? Estoy de acuerdo en que es bonita, mira, lo es de veras, y he de confesarte que me gusta; también es cierto que sus recursos serán mejores que los tuyos, tan poco ducha en las cosas del amor; pero una diosa es una diosa, qué diablo, y en caso de competencia tiene que llevar la mejor parte. Confío, pues, que si es tu gusto quedarte con ese hombre para tu uso, que lo hagas fácilmente y en poco tiempo, digamos en el tiempo indispensable si tenemos en cuenta que todos vamos de prisa. Conviene, sin embargo, que no nos olvidemos de la situación en que se engendran estos acontecimientos, quiero decir, sobre todo, el porqué están aquí Elisabeth y Freddy. Tenemos que hacerlos muy felices, y no dudo que lo sea Freddy a tu lado. ¡Pues menudo debe de ser tu amor cuando lo estrenes! Renuncio a imaginar a qué cimas del cielo levantarás a ese hombre, pero confieso que me da cierta envidia. Pero no olvides que soy justo. ¿Qué haremos, entretanto, de Elisabeth? ¿Contemplar cómo llora su abandono, mostrarle si llega el caso el camino de la muerte? Ni tú misma lo puedes aprobar, ni yo lo permitiré mientras me sea dado impedirlo. Así, por tanto, se me ha ocurrido... Te ruego, Palas, que te abstengas de juzgar, y, sobre todo, de criticar: hay actitudes, hay decisiones que se entienden con el corazón, jamás con la cabeza, y ésta que te voy a exponer es una de ellas. Insisto, Palas, en que te limites a escuchar, y te advierto de antemano que, cualquiera que sea tu razonamiento, no torcerá mi propósito. Soy el padre de los dioses, y como tal... Bueno, he aquí mi decisión: yo sustituiré a Freddy en el corazón de Elisabeth. Me parece lo justo, que no se quede sola, y de los dos varones que aquí hay (no te parezca mal, Ares, lo que voy a decir), el único con la suficiente experiencia de mujeres mortales soy yo. Enamorarla será cosa de minutos, pero no me contentaré con eso, sino que voy a hacerle un hijo. En estos veinte años que llevo viviendo entre los hombres he llegado a comprender que necesitan de un nuevo Hércules. Con él, una era nueva, y, por supuesto, para todos nosotros, otro período de gloria. Mi hijo, ese futuro hermano vuestro cuya reputación ya me enorgullece, entre otras cosas, llevará nuestros nombres a los confines del mundo, levantará templos, consagrará sacerdotes y vírgenes vestales... ¡Lo de antes, aunque mejor! Y todo, por fin, resuelto.» Miró a sus hijos: Ares se había sentado; Artemisa permanecía quieta y con un punto de desesperanza en la mirada: se le habían borrado del rostro aquellas señales de superioridad soberbia con que la describieran los periodistas deportivos del mundo entero. Atenea escuchaba meciéndose ligeramente a un ritmo sosegado, y cuando Zeus concluyó, apenas movió los labios para decir: «No entiendo nada, no os entiendo, lo que estáis proponiendo cae fuera de la razón. Sólo una cosa veo, aunque darme cuenta de ella no me sirva de nada ni me ayude a comprenderos: tú, padre, con ese propósito de conquistar a Elisabeth, no haces más que ser fiel a tu costumbre de encandilarte con cuanta mujer te pasa por la vera; en cuanto a ti, Artemisa, ¿qué es lo que quiere decir esa pasión de última hora? ¿Un arrepentimiento o un mero cambio de conducta? Aunque, en tanto en cuanto estás contaminada de Selene... Creo habértelo dicho ya: en el alma de Pat se han cruzado dos dioses distintos, y por eso te piensa enamorada.» «¿Y suicida? ¿También me piensa suicida?» La pregunta quedó en el aire, vibrante como un cuchillo que alguien hubiera clavado, sin esperarlo, en el marco de la puerta. Zeus, encaramado a las alturas de sí mismo, profirió tres o cuatro frases algo banales, aunque sonoras, con las que pretendía quitarle el hierro a la situación, y la comandanta del Salvation Army dio unos cuantos gritritos de incomprensión y susto, acompañados de un mohín de desagrado. Ares permanecía mudo, aunque preocupado, o al menos así lo parecía, y Atenea, después de una vacilación semejante a la del que rechaza una idea que no se corresponde con la realidad, explicó: «Que no te quepa duda. Si una diosa, inmortal por definición, piensa en el suicidio, es porque quien la imagina le atribuye, fuera de toda lógica, un propósito que se contradice con su ser.» A Artemisa se le habían caído fláccidas las manos y los brazos, antes enérgicos: «Pues si no consigo a Freddy, me suicidaré, aunque sea una contradicción.» Una voz que hasta entonces no había intervenido le respondió desde la puerta: «Si te da tiempo.» Era la voz de Hermes, que acababa de llegar. Traía puesto aún el grueso abrigo de viaje, y, en la mano, la gorra a cuadros de los *globe trotters*. «Ese Hombre está cerca, no os digo más. Las cuatro o cinco metáforas que aún le tengo preparadas lo retrasarán algunas horas, no sé cuántas, pero pocas. Estad dispuestos, por lo tanto.» «Luego ¿es tan inminente? —le preguntó, algo apurado, Zeus—; porque tenemos entre manos, Artemisa y yo, algo así como la solución definitiva. Escúchame y juzga, si no.» Y empezó a contarle lo sucedido con bastantes detalles y un consumo de tiempo superior, quizá, al necesario, sobre todo si se considera la cosa desde el punto de vista de un narrador americano: como que durante su transcurso reapareció Afrodita, y, sin decir palabra, se instaló en su sillón y tuvo ocasión de enterarse, sin haberlo preguntado, del cambio de la situación en su conjunto, así como de los detalles que, en consecuencia, variaban. Aprovechó el silencio final de Zeus para explicar que Elisabeth y

Freddy, de puro muertos de sueño, de puro fatigados, nada más comer algo de lo que Pat les había llevado, se habían echado encima de la cama y se habían dormido, sin desnudarse siquiera, y que ella misma había tenido que buscar una manta y cubrirlos, no fuera el diablo que se enfriasen. «De modo que, de amor, ¿nada?», le preguntó Atenea. «Nada.» «¿Puede más el cansancio que el entusiasmo?» «Los hombres son extraños, y algunos dioses, también», y al decir esto, Afrodita miró de reojo a Ares, quien acaso recordase algún viejo episodio, por cuanto bajó la vista y se hizo el desentendido. «Devolver el vigor a Freddy no nos será difícil», exclamó Atenea, como si se respondiese a una objeción que los demás no hubieran escuchado. «Pues, no es muy difícil, no.» «¿Y hacer a Artemisa irresistible?» «¡Ah! Eso es cosa de ella.» «Sin embargo, algún consejo sabrás darle. Es inexperta.» Afrodita la miró de arriba abajo y de izquierda a derecha. «Con esa ropa, no tiene nada que hacer.» «Me la quitaré, por supuesto. Es una cosa de la que no es necesario hablar...», le respondió con cierto apuro, Artemisa. «Pese a todo, insisto en averiguar si piensas presentarte a él desnuda.» «Tendré que hacerlo en algún momento. Creo haberlo dicho ya, o, al menos, lo he dado a entender.» «Muy bien. Pues desnúdate ahora.» «¿Aquí, delante de todos?» «El que más y el que menos te ha visto ya sin ropa alguna vez. Sin ir más lejos, cuando éramos estatuas... Precisamente por eso quiero saber cómo eres ahora, cómo te mueves. El escultor aquel te había concebido un poco fría y envarada, y aunque desde que nos piensa Pat has ganado en elegancia, conviene tener en cuenta que la elegancia no seduce, aunque guste.» Artemisa, entretanto, se había despojado de las ropas, y se quitaba ahora, con timidez visible, las prendas últimas: sus manos y sus brazos cubrieron al instante lo que aquéllas habían ocultado. Y miró a su alrededor con el miedo en las pupilas. «No te encojas, niña; ponte a tu gusto.» «¡No puedo!» «¡Pues si entras en la habitación de Freddy con esas cortedades...!» «¡Allí no será lo mismo!» Atenea metió baza para decir que acaso conviniese dejarla que se las arreglase sola; que tanta gente la azoraba, y que en cuanto a su belleza, ella la encontraba irreprochable y superior, por supuesto, a la de Elisabeth. «No olvides, sin embargo, que le lleva la ventaja de ser mujer.» «Y, en eso del amor, ¿no conservamos los dioses superioridad alguna?», preguntó, un poco irritada, Atenea. «Por supuesto, todas las que se derivan de nuestra divinidad. Por eso creo que, ya que los ardides de las mujeres los ignora, que se valga, al menos, de los propios de los dioses.»

Se dirigió a Hermes y le pidió que apagase la luz. Quedó la estancia en penumbra, con un rayo de luna que entraba por la ventana, llegaba a la pared de enfrente y desde allí enviaba su resplandor difuso. Afrodita lo atrapó de un salto, lo recogió en el brazo como una clámide y se acercó a Artemisa. «Estáte quieta un momento, ya verás...» La fue envolviendo en el rayo de la luna, le fue plegando la luz alrededor de los pechos y las caderas, le fue marcando los muslos y las pantorrillas, de modo que el cuerpo entero le quedó a Artemisa incandescente, aunque no demasiado, porque la luz parecía haberse dulcificado, o quizá rebajado en unos grados su crudeza. Hasta Atenea exclamó que estaba mucho más bella, y Ares añadió que la hallaba irresistible, y que era una verdadera lástima que las cosas anduviesen como andaban. Afrodita le dio una palmada en las nalgas, como un empujoncito. «¡Vamos, arriba, y que tengas buena suerte!»; y le añadió un beso. Artemisa empezó a subir las escaleras, como una reina lunada, y todos la contemplaron. Cuando desapareció allá arriba, Atenea se volvió hacia Afrodita: «¿Tú piensas...?» «No sé. Demasiado majestuosa.» «Pero un hombre no podrá resistir esa grandeza...» «Precisamente por eso.» La inteligentísima frente de Atenea se alteró con unas arrugas fugaces: «No consigo entender...» «¿Qué importa ahora? Entender es lo de menos. Lo que importa es que Artemisa enamore a su Endymión.» Esto lo había dicho, armado de su autoridad el Padre Zeus, y añadió: «Estoy deseando saber lo que sucede.» «Es una curiosidad que no me explico —le replicó, desde su distancia, Hermes—; cosas así las has hecho infinidad de veces, y no creo que ésta traiga consigo ninguna novedad, salvo esa, tan necesaria, de que alguien crea en nosotros.» «A pesar de todo, yo os propongo hacer uso de nuestras prerrogativas y contemplar lo que está sucediendo. No es por curiosidad ni por delectación morosa, sino por calmar cierta angustia que voy sintiendo en forma de hormiguillo.» «¿No será demasiada impertinencia? Artemisa tiene derecho a su intimidad.» «Que en este caso, Atenea, no le pertenece enteramente, por cuanto forma parte del grupo, es una de nosotros. Otra cosa sería si... Pero, bueno. Os prometo no mirar más que lo necesario y sólo hasta el momento en que desaparezca mi hormiguillo. Y para que no me distraigáis con preguntas, os invito a que lo hagáis también.» Les dio la espalda, quizá sólo en espíritu, y un así como esclarecimiento se hizo hacia lo alto de la escalera, pero no vieron la habitación donde Freddy y Elisabeth dormían, donde Artemisa había entrado ya, sino lo que debía de ser la conciencia de Freddy, o al menos el lugar del desarrollo de sus sueños, algo así como un desierto inmenso cuyos límites se adivinasen como montañas o como mareas furiosas; en uno de los extremos esperaba alguien y en su centro se arrastraba una mujer, tensa y crispada hacıa quien esperaba; sino que de pronto se cambiaron los papeles, y la de la espera era ella, y él quien se arrastraba con un brazo tendido y el otro hundiéndose en la arena. Vieron que más allá del límite, Artemisa buscaba un puerto por el que entrar, pero aquellas montañas y mares, que no eran seguramente tales, no le dejaban el paso, sino que se apretaban cada vez más y cada vez más pétreas; y al no ser montañas ni mares, se quedaban en sombras informes, de las que la conciencia de Freddy tenía noticias como de monstruos que lo cercaban, y que acabarían aplastándolo si aquella mujer no llegaba hasta él o si él no llegaba hasta aquella mujer, y entretanto, el corazón se le apretaba y se le cerraba la respiración como si fuese a morir. Vieron también como Artemisa por fin, volaba por encima de los monstruos y llegaba hasta Freddy, esperase o se arrastrase, y le ponía en la frente la mano lunada para que hubiese paz, pero él no comprendía que fuese una mujer, ni siquiera una diosa, sino sólo la luna, y cerraba los ojos. Ella en cambio, Elisabeth, esperando o arrastrándose, gritaba que aquel hombre era suyo, que no se lo robasen, que no lo arrebatasen con un ıayo de luna, y Artemisa, la pobre, no sabía qué hacer, y desde el sueño de Freddy pedía a los otros dioses que la ayudasen. «¡Desnúdate!», le sugirió Atenea, y Afrodita miró a la sabihonda y le llamó'tonta e ignorante a media voz, pero entretanto Artemisa se había despojado de la luna, caída a su lado y hecha un montón de luz, y resulta que el cuerpo resplandecía lo mismo, como la piel de una luciérnaga, y no parecía verdadero sino soñado: eso fue al menos lo que entonces creyó Freddy, que era sueño en un sueño, como en el sueño mismo se leía, y lo rechazó con vehemencia, hasta el punto de que Artemisa se vio repelida hacia la orilla del mar y el borde de las montañas, donde la voluntad de Freddy la mantenía a raya, y desde donde pudo ver cómo Elisabeth conseguía llegar hasta él por el doble camino de quien se arrastra y de quien espera, de modo que quedaron abrazados doblemente, aquí y allá, sin que Artemisa pudiera averiguar, sobre todo tan de prisa como exigía la situación, cuál era Freddy y cuál una ilusión. Los dioses le dijeron que se saliese del sueño y volviese junto a ellos, y ella lo hizo, y, al llegar, venía hipando, y decía que aquello de envolverse en la luna había sido un error, y que probablemente

Freddy había comprendido que era una diosa, lo cual, así, de repente, acaso le asustase. Pero Zeus aclaró que no, que obedecía más bien a la falta de práctica, y que lo mejor sería que Afrodita la aconsejase, no de manera general, como decirle sé coqueta o insinúate, sino con todo detalle, a lo que respondió Afrodita que a su hermana quizá le diese vergüenza que en medio de la gente le aconsejase determinadas caricias, de modo que lo mejor sería llevársela a la sala de billar, y, allí, a oscuras, aleccionarla. «Me parece muy bien —aprobó Zeus—, y, mientras tanto, para no perder el tiempo, voy yo a probar fortuna»: ascendió la escalera con cierta petulancia e incluso con un ligero contoneo, mientras Afrodita se llevaba a Artemisa. Desde arriba advirtió Zeus a sus hijos que podían mirar, si creían que valía la pena, pero que no esperasen contemplar nada nuevo, sino la historia de siempre. Ares, sin embargo, dio la espalda a la pantalla y se puso a fumar; Hermes salió a cuidarse de sus catástrofes, de las cuales dos o tres por lo menos habían transcurrido ya, y la madre de los dioses, con el gesto enfurruñado, aunque sin decir nada, e incluso con cierta dignidad de esposa incorruptible, dejó el gorrito en el asiento y se marchó a platicar con Pat, que siempre le contaba chismes de los vecinos del barrio. Quedó, pues, sola Atenea, quien, por pura curiosidad intelectual y no por otras razones, se quedó contemplando lo que hacía su padre, y vio por lo pronto que, lo mismo que Artemisa, tenía que introducirse en un sueño, el cual, a diferencia del de Freddy, estaba enteramente vacío, atravesado acaso, algunas veces, por brillantes burbujas azules que emergían de lo que bien pudiera tomarse por inconsciente, el cual se las tragaba luego, de modo que las que surgían una y otra vez a lo mejor eran las mismas que antes se habían sumergido. Pero, de pronto, aquel divertido espectáculo se vio interrumpido por la presencia de un gallo absolutamente obsceno, no sólo con más plumas que las acostumbradas por los demás colegas de la especie, y de distintos colores, sino con espolones relucientes de metales preciosos, cínicamente fálicos, y el rojo de la cresta tirando a carmesí, y ¡había que ver qué uñas, de un brillo tal que en el brillo se anunciaba la calidad algo cruel de la caricia! Sería un gallo soberbio si no diese la impresión de ser un gallo pintado, lo cual quizá lo hiciese más atractivo, pero bastante menos real. Un contemplador inexperto, o un periodista perspicaz, hubieran dicho que caminaba con arrogancia humana, pero los iniciados sabían que aquel modo de moverse era sencillamente majestuoso, y no con la majestad de los reyes, sino con la de los dioses, pero quizá convenga recordar que, según los informes poseídos hasta aquí, Elisabeth no había sido iniciada, lo cual quizá sea la causa de que la superficie de su conciencia se mantuviera tranquila y de que su corazón latiese regularmente. Se estremeció, sin embargo, cuando Zeus envió a los espacios sin límite su ki-ki-ri-ki potente, el cual, pese a haberse degradado en el camino, al alcanzar algún lugar oscuro de las galaxias remotas, provocó un espantoso cataclismo sideral, del que llegaron ecos como oleadas a nuestro mundo; pero no despertó a Elisabeth. Quizá contase con eso Zeus, por cuanto se sacó una gallina de debajo de un ala: una gallina que, mirándola bien, era la misma Elisabeth, y allí mismo la montó con notable desvergüenza, más aún, con marcado exhibicionismo, aunque con evidente eficacia, ya que empezó a cacarear la gallina y en los cacareos, cuya estructura sonora iba experimentando notables perturbaciones reveladoras de un elevado índice de placer, proclamaba que dejarse poseer por aquel gallo y morir luego, era la mayor felicidad del mundo: lo cual pasado, se quedó como escrutando la conciencia de Elisabeth en la actitud de quien espera una respuesta inmediata. La recibió: fue como una voz muda que salió de allí mismo y que dijo que, por supuesto, ya no le interesaba morir, y que si quería esperar a que Freddy y ella se despertasen, ya vería lo que era el amor. Esto oyó Zeus. Echó la pata a la gallina, la escondió bajo el ala y se salió del sueño, y al traspasar el límite recobró la figura. Advirtió desde arriba de la escalera que Atenea le observaba. «¿Has visto, hija mía?» «Sí, padre: he visto y he escuchado también un trompetazo.» «¿Verdad que fue potente?» «Como que algo se trastornó en un lugar remoto del universo.» «Pero, ya ves, con esa señora no me sirvió de nada. Yo creo que deben de ser algo tontos, tanto ella como él, ¿no te parece?» «¡Pues no sé qué decirte, padre! Aún no he tenido tiempo para reflexionar.» Zeus había descendido ya y se encaminó a su butacón, al cual, no es por nada, confería al ocuparlo la dignidad del trono. Mientras se sentaba, miró de reojo a Ares, que sacaba de la pipa anillas de humo. «Y tú, ¿qué opinas?» Ares se volvió lentamente. «Qué opino, ¿de qué?» Zeus prefirió no responderle. «Habrá que esperar a que despierten —dijo Atenea—. Durante el sueño, los hombres suelen ser disparatados.» «Más o menos —le respondió Atenea— como los dioses durante la vigilia.» Pues éste fue el momento en que entró de nuevo Hermes, todo apurado, y gritando que había que darse prisa, porque Aquel Hombre iba a llegar con la inexorabilidad del tiempo lineal.

«Pero —le preguntó Atenea— ¿no acabas de marchar hace un momento, a prepararle unas catástrofes?» «No te das cuenta, hermana, de que vosotros estáis viviendo el tiempo de los dioses, pero el de los hombres marcha algo más apresurado.» «Es cosa que no comprendo bien, hermano. Los relojes están homologados, el tiempo es lo mismo para todos.» «El tiempo —le respondió Hermes— lo segrega el corazón, y los nuestros caminan con esa lentitud de lo que aspira a lo eterno.» «Pero la gente que nos rodea...» «Para su cómputo humano, esos dos de ahí arriba llevan ya días durmiendo.» «¿Y Patricio?» «Ése vive desde hace veinte años como si hubiera muerto ya, lleva la muerte enterrada en el alma, y el tiempo ya no cuenta para él.» Zeus se había quedado silencioso e incluso pensativo, y cualquiera hubiese supuesto, al contemplarle, que intentaba entender el porqué de aquella indiferencia manifestada por Elisabeth ante el gallo verdaderamente fascinador en que el dios se le había trasmudado, y sobre todo, al adquirir conciencia entera del orgasmo incalculable experimentado por la gallina. Eso al menos fue lo que interpretó Afrodita, al regresar con su hermana y contemplar a su padre. No necesitó que le contasen el suceso, pues le fue dado recomponerlo en sus líneas generales con sólo recoger y ordenar los fragmentos que aún le andaban por la mente a Zeus. Se le acercó, le cogió por la barbilla y le obligó a mirarla. «¿También tú?» «Sí, incomprensiblemente.» Afrodita meneó la cabeza. «Lo que tú le ofreciste no es lo que apetecía ella.» Zeus le apartó la mano de la cara. «A los años que tengo, no intentarás que me porte como un muchacho sentimental. Además, bien claramente dije que lo que intento es engendrar a un nuevo Hércules.» «¿Lo intentas todavía?» «No he desistido aún. Según lo que Hermes dice, esa gente lleva durmiendo un par de días. Ya estarán cansados, ¿verdad? Vamos a despertarlos y a traerlos. A veces la franqueza da mejor resultado que la astucia.» «Pero ¡de prisa! —urgió Hermes—. Ese Hombre ha llegado a la ciudad, y estará aquí dentro de nada.» Atenea preguntó que si el dentro de nada había que entenderlo según el corazón de los hombres o el de los dioses, pero Hermes no le hizo caso. Había crujido una puerta, arriba, y en ella apareció Elisabeth, que llevaba de la mano a Freddy, aún con telarañas en los ojos. Rápidamente Afrodita arrebató el tapete de la mesa central, que era bonito, de los tejidos en Persia, y con él ocultó la desnudez de Artemisa, al tiempo que le decía: «Envuélvete. Es un manto precioso, y, además, tiene flecos.» Y respiró con el miedo de que Elisabeth se hubiera dado cuenta y de que el cuerpo resplandeciente de Artemisa le hubiera despertado suspicacias. Habían comenzado a bajar, Elisabeth y Freddy, y los dioses les aguardaban con tranquilidad aparente e incluso con amables sonrisas, pero, en el fondo, anhelantes. Y la pareja bajaba como por una escalera desconocida cuyos tramos conviene tantear, y no dejaban de mirar a los dioses, quizá con la intención de encajarlos en sus recuerdos. Atenea pensó que la ausencia de Hera alteraba el protocolo, pues a ella le correspondería dar a los huéspedes los buenos días e invitarles a tomar algo, y le comunicó el pensamiento a Afrodita, pero ésta le respondió que Hera carecía de presencia de ánimo, y que, supuesto lo que iba a suceder, mejor sería dejarla en la cocina, y que fuera ella, Atenea, como la más respetable de las presentes, la que les hiciese los honores; pero, al parecer, el pensamiento de Zeus había ido más de acuerdo con la prisa, ya que, tras un breve cuchicheo con el mensajero zascandil, fue él quien se adelantó a recibir a la pareja, que ya había llegado a los últimos peldaños y tendía la mano a Elisabeth con un ademán bastante cortesano, aunque también anticuado; Hermes, mientras tanto, empujaba a Artemisa, que se dirigió a Freddy y le cogió del brazo. «Estos dos lo van a estropear», murmuró Afrodita, pero si pretendía repararlo, o evitarlo quizá, no le dio ocasión el tiempo, porque inmediatamente se inició la trasmutación del espacio escénico, esta pared que se desvanece, aquélla que se aleja y el techo que se escapa hasta perderse. Quedaron de momento como en un vacío ilimitado y, sobre todo, incoloro, el cual sin embargo empezó a teñirse de un azul conocido, si bien un punto más intenso que el del cielo; y lo llenaban poco a poco los astros en movimiento, pero al alcance de la mano: planetas que se palpan y manosean, cometas que dan vueltas alrededor de la cabeza y que se evaden por entre la rodilla; galaxias como bufandas de seda transparente, que invitan a ponérselas al cuello; soles como diamantes, luceros como gemas: cada uno con su camino particular y propio que a primera vista resultaba de todos ellos una maraña palpitante pero que luego, examinada con calma, así admiraba por su infinitud como por su regularidad; y lo que más chocaba, al menos a quien mostrase el ánimo contemplativo, eran la transparencia y penetrabilidad de los cuerpos, aun conservadas la forma y la fisonomía, puesto que los astros los traspasaban sin que por eso saliesen de su interior pringados, ni maculados siquiera; como aquel firmamento no había reducido su tamaño, se deducía pues que las figuras vivientes habían aumentado el suyo, de modo que aparecían gigantescas en armonía con aquel Cosmos; y otra sorpresa inmediatamente advertible (se insiste, para los ánimos dispuestos), la constituía aquella música salida del conjunto como de una orquesta exactamente concordada, que acaso de los dioses hubiera sido alguna vez oída, pero jamás de los mortales en su estado natural: música de matemático rigor, de compases amplios y pausados, música para ignorantes del miedo y de la prisa, que se vio como les venía grande a Elisabeth y a Freddy, a juzgar por las muestras que dieron de súbito desasosiego. «¿Es lo más inteligente que pudo hacer nuestro padre?», le preguntó Atenea a Afrodita, y ésta le respondió que cada cual trabajaba con sus propias herramientas, y que no había hazaña de Zeus en la que no hubiese intervenido con alguna maravilla. Y mientras lo decía, aconteció que Elisabeth había iniciado el ascenso a los empíreos y comenzaba a recorrer espacios siderales, primero un poco a lo que sale, en seguida con orden y ruta concertada, y trecho a trecho parecía cobrar el aspecto de una nueva constelación, estrellas en los ojos y en la boca, en los pechos y en el sexo, dos triángulos como si el uno se espejease en el otro a cual más reluciente. Todos comentaron que aquello era una verdadera belleza, si no fue Freddy, quien manifestó con toda claridad que no le interesaba en absoluto y que a ver si las acrobacias en que Elisabeth parecía entretenerse la iban a conducir a una caída con fractura y conmoción. «¡No le hagas caso a ella, Endymión!», le susurró entonces Artemisa al oído, con voz de verdadero terciopelo; y al tiempo en que el espacio sideral, sin dejar de ser cielo, se incrementaba en montaña fragosa, en valle placentero y en pradera luciente, y al tiempo en que a la música estelar se sumaban mezclándose rugidos de las fieras y gemidos de sus víctimas, Artemisa añadió: «¡Ven conmigo, cazador, que sé un lugar donde las onzas velarán nuestro reposo!», y dejó caer el tapete en que se había envuelto y quedó en túnica corta de cinegeta, el arco en una mano y una teta al descubierto. «Ya he dormido bastante —le respondió Freddy—; lo que me preocupa es que ella ande por los aires. Me da miedo y, además, temo que se me pierda.» «Pero ¿no la ves glorificada, con estrellas prendidas de su cuerpo? Si lo quieres, también tú te verás así, estrellado y glorioso. Basta que vengas!» Freddy se apartó un poco de ella para mirarla mejor, y, después de unos instantes, se sonrió: «¡Qué cosas más raras dices, y qué personas tan extrañas son ustedes! No digo que malas, pero creo recordar... o no, no, no lo recuerdo bien, pero contra ellas peleaba, no sé, me ciega ahora con un muro de niebla en mi pasado, alguien tuvo que ver alguna vez contra personas como ustedes.» Artemisa se había ido acercando, y ahora casi su aliento acariciaba las mejillas de Freddy. «No nos confundas. Nosotros nunca tuvimos enemigos. Somos los que pueden hacerte feliz. Vente, si quieres verlo. Feliz eternamente.» Y le agarró la mano bien asida. «¿Para qué voy a irme con usted, si la tengo a ella?» «Es que yo...» Artemisa pareció titubear. Envió a sus hermanas una mirada con petición de socorro. Atenea le sugirió inmediatamente que se desnudase, mientras Afrodita movía la cabeza y decía: «¡No es eso, no es eso!», y, con cierta simpatía, levantó hacia la que cruzaba los espacios sus ojos ennochecidos. Su Padre le preguntó: «¿Verdad que es muy bonita y que lo va haciendo bien?», y a esto ya Artemisa había dejado caer también la túnica y se había quedado sólo con el arco y con la aljaba, ésta colgada en bandolera, aquélla en la mano izquierda. Pero Elisabeth parecía pedir, con movimiento de brazos y otros aspavientos, que la bajasen de allí, que se mareaba. «Creo, padre, que te será mejor dejarla en paz», le sugirió a Zeus Afrodita, y el Viejo Dios Pendón respondió que aquello no había hecho más que comenzar, y que guardaba otros recursos. «¿Por qué se ha desnudado usted? ¿No se da cuenta de que le luce el cuerpo como si fuera una linterna y que con un cuerpo así no se podrá jamás estar tranquilo? Además, el que me gusta es el de ella.» «¡Endymión! En mis brazos...» Pero Endymión corría a recoger en los suyos a Elisabeth cadente: seis estrellas se desprendieron de ella y huyeron, sollozando, a esconderse en algún lugar lejano. Zeus, sin embargo, consiguió estropear la operación: se interpuso, y si no al cuerpo entero de Elisabeth, al menos a una parte de él logró echar mano. Con un impulso abandonó la tierra y surcó los espacios cargado con el medio cuerpo de la mujer, a cuya otra mitad se asía el hombre que les seguía pataleando: el vuelo duró algún tiempo, es imposible precisar cuánto, dado que los corazones en excursión aérea marchaban a distinto ritmo, pero lo suficiente como para que los de abajo lo contemplaran a gusto; para que Palas dictaminase la condición grotesca del espectáculo en cuanto tal, y para que Afrodita, a efectos de una mutación sentimental imprevista, aunque en cierto modo lógica, que no es posible explicar aquí, se pusiese de parte de la pareja, lograse desprenderla de las garras del águila y extendiese sus brazos para que en ellos cayesen blandamente: fue entonces cuando advino Diónisos, imprevisible Diónisos, ausente desde Dios sabe cuándo, ausente también su cantilena: traía el cuerpo erguido y, al parecer, la mente espabilada, por cuanto se aproximó y dijo: «Es un error. Todo lo que habéis hecho es un error. ¿Por qué no bajas del cielo, padre, y te dejas de hacer cabriolas? Yo pienso que hay que decir a estos señores sencilla y francamente lo que queremos.» «¿Y tú crees que habrá tiempo? —le atajó Hermes—. Ese hombre acaba de llegar al cabo de la calle. Podéis verlo sin esfuerzo, allá abajo.» Su dedo señaló un punto, la figura que en aquel mismo instante aparecía en la avenida de sauces. ¿A cien metros de distancia, a doscientos? «Le enviaré un chaparrón que le obligue a refugiarse, le enviaré un par de rayos que derriben un árbol y le estorben el camino, pero ya no me quedan catástrofes ni creo que nos sirvieran de nada. El Destino siempre estuvo por encima de nosotros, y de sobra sabéis que Nadie puede contra él. Patricio va a morir dentro de unos minutos.» Avanzó hacia el lugar donde Elisabeth y Freddy, abrazados y un poco temblorosos, esperaban. «Escuchadme —les dijo—; el caso es que los aquí presentes, y una dama que ahora queda desmayada en la cocina, somos los supervivientes de los dioses, restos de aquella multitud extraordinaria que en otro tiempo adoraban los hombres. No es muy fácil explicaros el porqué; para subsistir, tenemos necesidad de que alguien crea en nosotros. Estamos aquí todavía porque cree Patricio, el dueño de este hostal, el mejor y más piadoso hombre del mundo, pero Patricio va a morir. Os hemos traído a nuestro lado para invitaros a creer, y seguir así viviendo, o como sea el nombre de lo que hacemos. Os hemos mostrado ya unos cuantos prodigios que bastan para que cualquiera nos tome por lo que somos y no por unos señores divertidos. Claro que bien podéis no hacerles caso, como si cosa fueran de magia o de prestidigitación, pero algo es indudable: que antes no os conocíais y que nosotros os hemos juntado; que antes no os amabais, y que ahora os amáis merced al amor que os hemos infundido. «¡Eso no es cierto! —gritó Freddy—. ¡Nos conocemos de siempre, nos amamos desde niños!» «Quizá sea necesario —respondió Diónisos con gravedad, pero mirando a Atenea— añadir a mis razones la prueba indiscutible del dolor. Atenea, ¿quieres deshacer tu obra? Así sabrán...» «¡No! —gritó Afrodita—. ¡No hagáis eso!» Pero ya Palas, diligente, había sacado afuera las almas de Elisabeth y de Freddy y les borraba de un soplo el polvo del olvido. Primero a Freddy, que gritó: «¡Os odio!» Después a Elisabeth. Y cuando ya les había dejado el dolor al descubierto y a los rostros volvían las sombras de la angustia, alguien llamó a la puerta. Enmudecieron todos. «¡Os daré, si creéis...!», les gritó Zeus; pero ya

Patricio había atravesado la habitación, y abría. Lo último que los dioses vieron fue el resplandor de un fogonazo: el estampido ya no les llegó a tiempo.

Estaban en la plazoleta del parque, sentados en el banco, abrazados. Amanecía, y una luz delicada se entrometía en las oscuridades de los árboles copudos. Lo primero que dijo Elisabeth fue que tenía frío, y se apretujó más a él. Después le preguntó por qué estaban allí, y antes de que Freddy pudiera responderle, inquirió que por qué se habían abrazado; pero con voz suave y triste. «Recuerdo haber entrado sola en este parque y haberme sentado luego en este banco vacío. Sentía un gran cansancio, tanto, que, aunque había decidido morir, tenía que descansar primero.» «Yo también entré solo, pero venían siguiéndome. Me senté para cerrar los ojos y olvidar, mientras ellos llegaban y me mataban. No me fijé si estabas ya sentada.» «Lo cierto es que no nos conocíamos...» Freddy la apartó bruscamente y la miró a la luz del amanecer. «No, no te había visto nunca. Y, sin embargo...» «¿Qué?» «Me parece como si te hubiera querido siempre.» Ella volvió a echarle el brazo por el cuello. «Yo también.» «Pero no puede ser —razonó él—. No nos conocíamos.» «Sin embargo...» «¿Qué quieres decir?» «¿Y si ellos tuvieran razón?» «¿Ellos? ¿Quiénes son ellos?» «Los dioses, los que dijeron que son dioses.» «Eso lo hemos soñado.» «¿Los dos el mismo sueño?» «Y ¿por qué no? El mismo sueño. Hemos llegado aquí sin habernos visto nunca; nos hemos acercado ignorándonos, hemos soñado lo mismo. Inexplicable quizá, pero no importa. También es inexplicable que ellos no me hayan matado. Me venían encima.» «¿Quiénes son esos ellos?» «Los verdaderos, la policía y los perros.» «¿No será que te habías dormido y te dejaron dormir?» Freddy rió: «¡No los conoces, Elisabeth! Son como...» Pero ella le tapó la boca con los dedos y le dijo cariñosamente: «No me llamo Elisabeth... y, a lo mejor, tú no te llamas Freddy.» «No. Eduardo.» La cogió de las manos y le miró a los ojos. «¿Y tú? ¿Cuál es tu nombre?» «Me conocen por Suzan, pero el mío verdadero es Miriam.» «¡Qué tarde llegas, Miriam! Cuando salgamos del parque, me matarán.» «Y a mí contigo.» «¡Hasta entonces...!» La atrajo hacia sí y la besó: sólo el comienzo de una larga operación de amor, mientras la luz crecía. Ya cantaban los jilgueros, ya correteaban las ardillas, ya llegaba de la calle el comienzo del tráfago. Ella le preguntó: «¿Por qué en el sueño nos llamábamos Elisabeth

y Freddy? ¿Quién nos puso esos nombres?» Pero él no le
quiso contestar: le había pasado el arrebato, y únicamente sabía que a la salida del parque se le echarían encima las armas
y los perros.

14 de junio, 1979, en Salamanca.

Índice

COLECCIÓN NARRATIVA

Obras publicadas